安徽师范大学文学院学术文库（第三辑）

U0746877

中国古代叙事文学研究

ZHONGGUO GUDAI XUSHI WENXUE YANJIU

王 昊 著

安徽师范大学出版社
·芜湖·

责任编辑:刘　佳
装帧设计:丁奕奕　欧阳显根

图书在版编目(CIP)数据

中国古代叙事文学研究 / 王昊著.—芜湖:安徽师范大学出版社,2017.2
(安徽师范大学文学院学术文库.第三辑)
ISBN 978-7-5676-2756-7

Ⅰ.①中…　Ⅱ.①王…　Ⅲ.①中国文学—古典文学—叙事文学—文学研究　Ⅳ.①I206.2

中国版本图书馆CIP数据核字(2017)第033150号

本书由安徽高校省级学科建设重大项目资助出版

中国古代叙事文学研究

王昊　著

出版发行:安徽师范大学出版社
　　　　　芜湖市九华南路189号安徽师范大学花津校区　　邮政编码:241002
网　　址:http://www.ahnupress.com/
发 行 部:0553-3883578　5910327　5910310(传真) E-mail:asdcbsfxb@126.com
印　　刷:虎彩印艺股份有限公司
版　　次:2017年2月第1版
印　　次:2017年2月第1次印刷
开　　本:700 mm×1000 mm　1/16
印　　张:18.5
字　　数:285千字
书　　号:ISBN 978-7-5676-2756-7
定　　价:54.00元

总　序

安徽师范大学文学院的前身是1928年建立的省立安徽大学中国文学系，是安徽省高校办学历史最悠久的四个院系之一。1945年9月更名为国立安徽大学中文系，1949年12月更名为安徽大学中文系，1954年2月更名为安徽师范学院中文系，1958年更名为合肥师范学院中文系，1972年12月更名为安徽师范大学中文系，1994年10月更名为安徽师范大学文学院。这里人才荟萃，刘文典、陈望道、郁达夫、朱湘、苏雪林、朱光潜、周予同、潘重规、宗志黄、张煦侯、卫仲璠、宛敏灏、张涤华、祖保泉、余恕诚等著名学者都曾在此工作过，他们高尚的师德、杰出的学术成就凝固成了我院的优良传统，培养出了一大批出类拔萃的各类人才。

文学院现设有汉语言文学、汉语言、秘书学、汉语国际教育等4个本科专业，文学研究所、语言研究所、古籍整理研究所、美育与审美文化研究所、艺术文化学研究中心等5个研究所（中心）。拥有中国语言文学博士后科研流动站，中国语言文学一级学科博士点，中国语言文学、艺术学理论两个一级学科硕士学位点；设有中国古代文学等10个硕士学位二级学科授权点和学科教学（语文）、汉语国际教育两个专业学位点；有1个安徽省A类重点学科（中国语言文学），3个安徽省B类重点学科(中国古代文学、汉语言文字学、中国现当代文学)；1个国家级特色专业建设点(汉语言文学专业)，1个国家级教学团队（中国古代文学），两门国家级精品课程（文学理论、大学语文），1个省级刊物（《学语文》）。

文学院师资科研力量雄厚，现有在岗专任教师82人，其中教授28人，副教授35人，博士55人。2010年以来，本学科共主持省部级以上科研项目100项，其中国家社科基金项目28项（含重大招标项目和重点项目各1项），获得省部级以上奖励9项。教师中，有国家首届教学名师1人，享受国务院特殊津贴12人，皖江学者3人，二级教授8人，5人入选省级学术和技术带头人，6人入选省级学术和技术带头人后备人选。

走过八十多年的风雨征程，目前中文学科方向齐全，拥有很多相对稳定、特色鲜明的研究领域。唐诗研究、古代文论研究、儿童语言习得研究、古典文献研究、宋辽金文学研究、词学研究、当代文学现象研究、古典诗歌接受史研究、梵汉对音研究、句法语义接口研究等在全国居于领先地位或在学术界有较大影响。特别是李商隐研究的系列成果已成为传世经典，国务院学位委员会委员、北京大学教授袁行霈先生说，本学科的李商隐研究，直接推动了《中国文学史》的改写。

经过几代人的薪火相传，中文学科养成了严谨扎实的学术传统，培育了开拓创新的学术精神，打造了精诚合作的学术团队，形成了理论研究与服务社会相结合、扎根传统与关注当下相结合、立足本位与学科交融相结合、历代书面文献与当代口传文献并重的学科特色。

21世纪以来，随着老一辈学者相继退休，中文学科逐渐进入了新老交替的时期，如何继承、弘扬老一辈学者的学术传统，如何开启中文学科的新篇章，成了摆在我们面前的迫切任务。基于这一初衷，我们特编选了这套丛书，名之为"安徽师范大学文学院学术文库"，计划做成开放式丛书，一直出版下去。我们认为，对过去的学术成果进行阶段性归纳汇集，很有必要，也很有意义，可以向学界整体推介我院的学术研究，展现学术影响力。

现在奉献的是第三辑，文集作者既有年高德劭的退休老师，也有年富力强的年轻学者，学科领域涵盖中国文学、语言学、美学、逻辑学等，大致可以反映文学院学术研究风貌的历史传承与时代新变。

　　我们坚信，承载着八十多年的历史积淀，文学院必将向学界奉献更多的学术精品，文学院的各项事业必将走向更悠远的辉煌！

储泰松

二〇一五年十二月

目　录

上编　中国古代戏曲研究

下编　中国古代小说研究

上编　中国古代戏曲研究

明代过锦戏的种属、形态与规模辨析

　　过锦戏是明朝宫廷戏剧的一种，在明朝之前的文献中未见记载，清代及以后的文献亦未载录其演出实况。清人高士奇称过锦"迨入我朝遂废不治"①；程恩泽诗云："水嬉过锦未亲见，剩有轻罗拜恩久"②；翁心存诗曰："过锦排当想像中，胜朝曾此建离宫"③。这些均表明过锦戏是明朝特有的名称，后人对过锦戏的认识唯有凭悬想而已。就演出形式、表演形态而言，过锦戏继承了宋金杂剧滑稽逗乐的传统，并稍加改变，规模上略有扩大。它以其命名之新奇引起了戏曲研究者的兴趣，学者对其加以考察的主要依据是明清时期的相关文献记载。从清人提及过锦戏的文献来看，乾隆时期之后的学人对它已非常陌生，并由此而产生了一些曲解，误导了后人。胡忌的《宋金杂剧考》是对过锦戏的演出形态、体制等做较早、较深入研究的成果，其他学者的相关探讨亦对理解过锦戏有所助益。然而，笔者仔细梳理相关研究成果后发现，过锦戏研究有三个方面有待进一步深入挖掘、辨正：一是清代以来关于过锦戏的种属所存在的一些误解；二是关于过锦戏的形态的一些意见分歧；三是关于过锦戏的演出规模的不同见

---

　　① 高士奇：《金鳌退食笔记》卷下"玉熙宫"条（与刘若愚《明宫史》合刊本），北京古籍出版社1980年版，第146页。

　　② 程恩泽：《厉宗伯竞渡图为滇生同直题》，《程侍郎遗集》第1册卷四，中华书局1985年版，第84页。

　　③ 翁心存：《阳泽门内小马圈是前明玉熙宫遗址》，《知止斋诗集》卷五，清光绪三年（1877）常熟毛文彬刻本，第21页。

解。这些均需基于相关文献载录一一予以分析辨正。以下即针对这三个方面展开讨论，力争对过锦戏研究有所推进。

一、过锦戏的种属

根据明代宫词等史料文献的记载，过锦戏在明朝宫廷内经常上演，娱乐性非常突出，十分受欢迎。秦徵兰诗曰："过锦阑珊日影移，蛾眉递进紫金卮。天堆六店高呼唱，瘸子当场谢票儿。"①饶智元诗云："水嬉过锦绝欢娱，内殿宣传罪己书。忧及万方多涕泪，比来长御省愆居。"②明清之际的著名诗人吴伟业、屈大均等亦曾吟咏及此。清代再也没有宫廷演出过锦戏的记载，随着时间的推移，清人对它的认识日趋模糊。很多人仅仅知道它是明朝宫廷戏的一种，至于具体面貌则不得而知了。例如，晚清俞樾在阅读吴伟业《琵琶行》中"先皇驾幸玉熙宫，凤纸金名唤乐工。苑内水嬉金傀儡，殿头过锦玉玲珑"等诗句时，对过锦究竟属于何种戏曲已不甚明了。当后来看到刘若愚《酌中志》对过锦戏的记载，才对此有了一定了解③。以俞樾之博闻强识尚且如此，其他人产生误解亦不足为奇。整体来看，清人对过锦戏主要存在两种误解，并均对后来学界相关研究产生了不小的误导。下面分别予以梳理、辨明。

一种意见认为过锦戏是影戏，以清朝乾隆时期的吴长元为代表，他说："明钟鼓司掌印太监一员，金书、司房、学艺，官无定员，掌管出朝钟鼓及内乐、传奇、过锦、打稻诸杂戏。按过锦，今之影戏也。"④按语之前的文献引述并无问题，但是吴长元所加按语"过锦，今之影戏也"并无根据，不免有臆测之嫌。揆其致误之由，盖因未能细读所引文献的上下文所致。吴氏引文源自于敏中《日下旧闻考》："钟鼓司掌印太监一员，金书

---

① 秦徵兰：《天启宫词》，朱权等《明宫词》，北京古籍出版社1987年版，第39页。
② 饶智元：《明宫杂咏》，朱权等《明宫词》，北京古籍出版社1987年版，第304页。
③ 参见俞樾：《茶香室丛钞》第1册卷一八"过锦"条，中华书局1995年版，第396页。
④ 吴长元：《宸垣识略》卷三"皇城一"，北京出版社1964年版，第44页。

司、房学、艺官无定员,掌管出朝钟鼓及内乐传奇、过锦、打稻诸杂戏。《明史职官志》。"于敏中在此注明其文献源于《明史职官志》,其中并无过锦戏即影戏之说明,不知吴长元何所据而云然。《日下旧闻考》此条记录之前是:

> 原钟鼓司陈御前杂戏,削木为傀儡,高二尺余,肖蛮王军士男女之像,有臀无足,下安卵楄,用竹板承之,注水方木池,以锡为箱,支以木凳,用纱围其下,取鱼虾萍藻践(笔者按:据清文渊阁四库全书本,"践"当为"跃"之误。)浮水面,中官隐纱围中,将人物用竹片托浮水上,谓之水嬉。其以杂剧故事及痴儿騃女市井俚侩之状,约有百回,每四(笔者按:据文渊阁四库全书本,"四"当为"回"之误。)十余人,各以两旗引之登场,谓之过锦。皆钟鼓司承应。《芜史》。①

于敏中根据刘若愚《芜史》记载了水嬉和过锦两种宫廷杂戏,其中水嬉是以木材削制成傀儡人物,由太监隐藏于纱围之后,"将人物用竹片托浮水上"来表演的。而过锦则是"以杂剧故事及痴儿騃女、市井俚侩之状,约有百回,每回十余人,各以两旗引之登场"加以表演的,两者虽然均属"钟鼓司承应",却是完全不同的艺术形式,并且两者皆与影戏无关。影戏是用纸或皮剪作人物形象,以灯光映于帷布上操作表演的戏剧。据宋代《都城纪胜》"影戏"条记载:"凡影戏乃京师人初以素纸雕镞,后用彩色装皮为之,其话本与讲史书者颇同,大抵真假相半,公忠者雕以正貌,奸邪者与之丑貌,盖亦寓褒贬于市俗之眼戏也。"②影戏表演是艺人通过操纵纸影、皮影或手影形成的形象来完成的,而过锦戏则是演员真人登

---

① 于敏中等编纂:《日下旧闻考》第1册卷三九"皇城"条,北京古籍出版社1985年版,第617页。

② 灌圃耐得翁:《都城纪胜》,俞为民、孙蓉蓉主编《历代曲话汇编(唐宋元编)》,黄山书社2006年版,第116页。

场扮演故事，两者依托的物质媒介和表演形式完全不同。由是观之，影戏不是过锦戏。虽然水嬉和影戏均是通过人的操控进行表演，但是从制作材质和表演形式来看，水嬉是水傀儡，属于傀儡戏之一种，必须在水上表演，与影戏也无直接关系。

清人铁保《玉熙宫词》："嘈嘈杂剧名过锦，绰约轻姼对对引。雅俗全登傀儡场，君王何处窥民隐。水嬉之制制更神，雕刻木偶投水滨。机械运制百灵走，出没邋遢如生人。"①前四句咏的是过锦戏，后四句写的是水嬉。"嘈嘈杂剧名过锦"，指过锦是杂剧的一种，表演起来非常热闹。"水嬉之制制更神，雕刻木偶投水滨"，指水嬉是在水里表演的木偶戏，即水傀儡，"机械运制百灵走，出没邋遢如生人"是说水嬉的演出像真人表演一样栩栩如生。今人汤际亨根据吴长元之说得出结论："可知明朝影戏已见盛行，宫廷内且有专司之官"，此说前提有误，断语自然难以信从。另外，至今未见明朝宫廷有专司影戏之官的记载。针对此说，江玉祥征引沈德符《万历野获编补遗》卷三"禁中演戏"、刘若愚《明宫史》木集"钟鼓司"、秦徵兰《天启宫词一百首》、蒋之翘《天启宫词一百三十六首》、程嗣章《明宫词一百首》等文献的相关记载，较为细致地考辨了过锦戏并非影戏②。其说甚为允当。此外，郝可轩征引吴长元按语称"皮影戏在明朝时名'过锦'"③，学者型作家高阳以为"皮影戏称为'过锦'"④，想必也是受吴长元之说的影响。

另一种意见以为过锦戏是木偶戏，以晚清的震钧为代表。他说："明代宫中有过锦之戏。其制以木人浮于水上，旁人代为歌词，此疑即今宫戏

---

① 铁保：《梅庵诗钞》卷二，《续修四库全书》第1476册，上海古籍出版社2002年影印本，第305页。

② 参见江玉祥：《中国影戏》，四川人民出版社1992年版，第62—65页。按：本文与江先生征引的文献与考辨的角度有所差异。

③ 郝可轩：《漫谈皮影戏》，中国人民政治协商会议全国委员会文史资料研究委员会《文史资料选辑》编辑部编《文史资料选辑》总第108辑，中国文史出版社1986年版，第159页。

④ 高阳：《明武宗正德艳闻秘事》，团结出版社2005年版，第28页。

之滥觞。但今不用水，以人举而歌词。俗称托吼，实即托偶之讹。《宸垣识略》谓：'过锦即影戏。'失之"①。近人夏仁虎《傀儡戏》诗："日长无事慰慈怀，内里传呼过锦来。春耦斋中风景好，玲珑特构小宫台。"其自注云："傀儡戏俗呼托吼，即明代之过锦。清曰宫戏，以娱太后、宫眷。其演唱技艺皆由内监供役，故亦称宫戏，于春耦斋构宫台。自孝钦后，外优入演，此戏遂废"②。章乃炜等《清宫述闻续编》采纳其说③。震钧、夏仁虎均认为过锦即托吼，后者进一步坐实过锦为清代宫戏，考虑到夏仁虎稍晚于震钧，受震钧影响的可能性大一点。托偶是木偶戏的一种，张次溪云："托偶戏之偶字，北京读偶如吼。此种戏约分三种，一种名傀儡，一名提线，一即此种，名曰托吼。"托偶的表演与形制是"以其真人皆须隐藏帐内，不得窥视外边，而观者亦只见偶人，不见真人，极便于宫中观看，故又名大台宫戏。其舞法则上搭一戏楼，下截四周，围以布帐，人在帐中，托偶人舞之，故名托偶。每一真人，舞一偶人，一切喜怒哀乐，皆可形容出来。"④也就是说，木偶戏是藏在幕后的每个真人通过操控一个偶人来表演的，观众是完全看不见操纵者的，而过锦则是演员真人登场扮演，插科打诨，观众欣赏的是真人的表演。两者依托的物质媒介和表演形式不同，显系不同的表演伎艺。由此可知，震钧指出吴长元之失是歪打正着，其"过锦即托偶"之说也是错误的。

根据前文所引《琵琶行》《日下旧闻考》《玉熙宫词》的片段可知，震钧显然是混淆了过锦与水嬉两种杂戏。明人刘若愚详细记录了水嬉的制作与表演体制：

> 又，水傀儡戏，其制用轻木雕成海外四夷蛮王及仙圣、将军、士

① 震钧：《天咫偶闻》卷七"外城西"，北京古籍出版社1982年版，第175页。

② 钱仲联主编：《清诗纪事》第20册"光绪宣统朝卷"，江苏古籍出版社1989年版，第14474页。

③ 参见章乃炜等编：《清宫述闻续编》，《清宫述闻：正续编合编本》，紫禁城出版社2009年版，第775页。

④ 张次溪：《人民首都的天桥》，中国曲艺出版社1988年版，第83页。

卒之像，男女不一，约高二尺余，止有臀以上，无腿足，五色油漆，彩画如生。每人之下，平底安一榫卯，用长三寸许竹板承之，用长丈余、阔数尺、进深二尺余方木池一个，锡镶不漏，添水七分满，下用凳支起，又用纱围屏隔之，经手动机之人，皆在围屏之内，自屏下游移动转。水内用活鱼、虾、蟹、螺、蛙、鳅、鳝、萍、藻之类浮水上。圣驾升殿，座向南。则钟鼓司官在围屏之内，将节次人物，各以竹片托浮水上，游斗玩耍，钟鼓喧哄。另有一人，执锣在旁宣白题目，替傀儡登答、赞导喝采。或英国公三败黎王故事，或孔明七擒七纵，或三宝太监下西洋、八仙过海、孙行者大闹龙宫之类。惟暑天白昼作之，犹耍把戏耳①。

由上引文献可知，水嬉（即水傀儡戏）表演的题材比较丰富，其中军事战争题材有英国公三败黎王、孔明七擒七纵孟获等故事，神怪题材有三宝太监下西洋、八仙过海、孙行者大闹龙宫等故事，表演之时"钟鼓喧哄"，非常热闹。其表演形式才是震钧所谓"其制以木人浮于水上"；"另有一人，执锣在旁宣白题目，替傀儡登答、赞导喝采"即震钧所谓"旁人代为歌词"。水嬉是通过人操控木偶浮在水上表演，而托偶是通过人托举木偶表演，它们之间的区别才是"但今不用水，以人举而歌词"，显而易见，过锦并非托偶。

震钧此说对后来的研究者产生了较大影响。李家瑞征引震钧之说以证明悬丝傀儡与水傀儡在明代都没有消失的观点，②佟晶心在论证傀儡戏时亦引证震钧之说③。孙作云称："按过锦之戏，其说非一，果如《天咫偶闻》所说，'其制以木人浮于水上，旁人代为歌词'，当即水傀儡无疑。"④

---

① 刘若愚：《明宫史》木集"钟鼓司"条，《明宫史 金鳌退食笔记》，北京古籍出版社1980年版，第40页。

② 李家瑞：《傀儡戏小史》，《文学季刊》第1卷1934年第4期。

③ 佟晶心：《中国傀儡剧考》，《剧学月刊》第3卷1934年第10期。

④ 孙作云：《孙作云文集·美术考古与民俗研究》，河南大学出版社2003年版，第490页。

他十分清楚关于过锦戏"其说非一",却在诸种说法中误信了震钧的意见。雷齐明也根据《天咫偶闻》认为过锦戏与木偶戏有类似之处①。其他文史研究者亦多受震钧误导,如王娟以为:"水傀儡:古称水饰、水戏、水嬉……后来进入宫廷,被称为宫戏与过锦戏。"②周耀明说:"水傀儡戏又叫'过锦戏'。"③吴刚、冯尔康等也或多或少受到此说的影响④。

另外值得注意的是,当代学者中还有将过锦、水嬉混淆的,有的以为有所谓"过锦水嬉"之戏,有的认为有所谓"水嬉过锦"之戏。前者如傅起凤等认为:"过锦戏除上述形式外,有时也在水中表演。据《续文献通考》载,愍帝朱由检(1628—1643)曾宴玉熙宫,作过锦水嬉之戏。曹静照宫词云:'口敕传宣幸玉熙,乐工先侯九龙池;妆成傀儡新番戏,尽日开帘看水嬉'。文献还记载,朱由检曾数次观看这种过锦戏。"⑤然而,《续文献通考》注明是根据高士奇《金鳌退食笔记》作如上记载的,并未将两者混淆,而《金鳌退食笔记》对过锦、水嬉是分别介绍的,两者界限分明⑥。另外,曹静照宫词只描述了水嬉的表演,并未提到过锦。清人史梦兰《全史宫词》的简释者云:"《金鳌退食笔记》载,崇祯帝每宴玉熙宫,作'过锦水嬉'之戏。"⑦后者如荆清珍认为过锦之戏又叫水嬉过锦⑧,其依据是:"《芜史》御前杂戏有水嬉过锦,皆钟鼓司承应。"⑨此引

---

① 雷齐明:《明清剧种源流谈》,《北京师范学院学报》1981年第2期。按:雷先生引震钧《天咫偶闻》误作李人《天咫偶窗》,其后又云"若据《胜朝彤史拾遗记》的记载,过锦戏'取时事谐谑,以备规讽'又有些类似唐代的参军戏"。可见,对过锦戏究为何物,颇有犹疑。

② 王娟:《民俗学概论》,北京大学出版社2011年版,第221页。

③ 周耀明:《汉族风俗史》,学林出版社2004年版,第117页。

④ 参见吴刚:《中国古代的城市生活》,商务印书馆国际有限公司1997年版,第88页;冯尔康:《古人社会生活琐谈》,湖南出版社1991年版,第255页。

⑤ 傅起凤、傅腾龙:《中国杂技史》,上海人民出版社1989年版,第250—251页。

⑥ 高士奇:《明宫史 金鳌退食笔记》,北京古籍出版社1980年版,第145页。

⑦ 史梦兰:《全史宫词》卷下,中国戏剧出版社2002年版,第725页。

⑧ 荆清珍:《明廷禁戏与戏曲刍议》,《长江学术》2008年第3期。

⑨ 姚之骃:《元明事类钞》卷二七"水嬉过锦"条,文渊阁四库全书本,上海古籍出版社1987年影印本(第884册),第437页。

文前的条目虽为"水嬉过锦",但姚之骃显然明白水嬉、过锦是两种不同的艺术形式,否则就不会说"皆钟鼓司承应"。"皆",俱词也,针对的对象肯定不止一个。如果姚之骃认为水嬉过锦是一种艺术形式,绝不会用"皆"字。高志忠认为:"过锦戏中有一种叫做'水嬉过锦'的值得一提。《柳亭诗话》卷18'过锦'条云:'何次张宫词"昆明池水漾春流,夹岸宫花绕御舟,歌舞三千呈过锦,琵琶一曲唱梁州。"盖在水上进行演出的过锦之戏为'水嬉过锦'。"①然详考其所引文献,仅提及过锦而未涉水嬉。所谓"歌舞三千呈过锦"当指在众多歌舞表演中穿插了过锦戏的表演。"盖在水上进行演出的过锦之戏为'水嬉过锦'"之说不知何据?以上诸位之所以产生误读,可能是因为水嬉、过锦在文献中经常被同时提及,将两者连读而未参考其他相关文献所致。

二、过锦戏的形态

迄今为止,学术界关于过锦戏的形态有三种主要观点。第一种观点认为过锦戏与杂扮相似,以王国维为代表。作为近代最早关注过锦戏的学者,他指出:"则元时戏剧,亦与百戏合演矣。明代亦然。吕毖《明宫史》(木集)谓:'钟鼓司过锦之戏,约有百回,每回十余人不拘。浓淡相间,雅俗并陈,全在结局有趣。如说笑话之类,又如杂剧故事之类,各有引旗一对,锣鼓送上。所装扮者,备极世间骗局俗态,并闺阃拙妇骏男,及市井商匠刁赖词讼杂耍把戏等项。'则与宋之杂扮略同。"②这一观点得到多数学者的赞同。如周贻白据《酌中志》记载认为:"'过锦戏'虽有戏剧的形式,而无戏剧的排场,仅为活动地随上随下。颇与宋代所谓'杂

---

①高志忠:《明代宦官演戏种类考略》,《文化遗产》2011年第3期。
②王国维:《宋元戏曲史》,百花文艺出版社2002年版,第126—127页。按:王国维先生意识到过锦戏与杂扮的不同,所以他接着又说:"至杂耍把戏,则又兼及百戏,虽在今日,犹与戏剧未尝全无关系也。"

扮'相仿，或即由其转变而别立新名，亦未可知。"①董每戡以为："照沈氏所说，明代的'过锦戏'只名称新鲜，实际内容跟笑乐院本是差不多的，仍然是唐代参军戏，两宋杂剧，金元院本的继承，甚至没有什么发展和提高，只不过取了这么个漂亮名儿罢了……可是依书本上的一些零星记载看来，它大致是放在正戏完后'打散'用，有点儿像两宋杂剧的最后一段'杂扮'。"②赵景深等认为，过锦戏是宋杂剧中杂扮的延续③。上述诸家注意到过锦与杂扮的相似处，但用"略同""相仿""有点儿像"等词语表述，未遽下断语，态度严谨。此说有一定道理，但不全面。过锦戏与杂扮确有不少相似之处，如两者均具有一定的叙事性和谐谑性，结构都比较简短，场面皆十分热闹。然而它们又有一定的差异，不能等量齐观，其不同之处主要表现在以下两个方面：其一，表演的次序（位置）不同。杂扮在正杂剧的结尾表演，也称打散。据《梦粱录》记载："又有'杂扮'，或曰'杂班'，又名'纽元子'，又谓之'拔和'，即杂剧之后散段也。"④孙楷第《也是园古今杂剧考·品题》云："盖扮杂剧至末折尾声止，正剧虽完，而当场之艺犹未结束，观者犹未去也。至打散讫而承应之事始毕。打散者乃正剧之后散段，其事实为送正剧而作者。"⑤过锦戏则不然，其表演位置较为灵活，不拘于正戏之末，既可以在正戏之前搬演，又可以在正戏之中进行，亦可以在正戏之后演出（说详后）。其二，表现的题材不同。杂扮装扮的人物是乡村老叟，地域范围局限于山东、河北，题材是嘲谑这类人物的孤陋寡闻，即所谓"顷在汴京时，村落野夫罕得入城，遂撰此端。多是借装为山东、河北村叟以资笑端"。而过锦装扮的人物则是市井人物，地域范围没有限制，题材也相对广泛，包括"世间骗局俗态，并闺阃拙妇骏男，及市井商匠刁赖词讼杂耍把戏"等内容，并不专以戏弄庄稼人为能

① 周贻白：《中国戏剧史》，中华书局1953年版，第470页。
② 董每戡：《"滑稽戏"漫谈》，《戏剧艺术》1980年第2期。
③ 参见赵景深、李平、江巨荣：《中国戏剧史论集》，江西人民出版社1987年版，第56—57页。
④ 吴自牧：《梦粱录》卷四"妓乐"条，浙江人民出版社1980年版，第192页。
⑤ 孙楷第：《也是园古今杂剧考》，上杂出版社1953年版，第227页。

事。因此，尽管过锦戏与杂扮很相似，但不能等同。

第二种观点以为过锦戏包括说笑话、滑稽戏和北杂剧及杂耍把戏三种形式，以陆萼庭为代表。他说："'过锦'何解？自来众说纷纭，或谓即'今之影戏'，或谓系宋杂剧之别立新名。细味引文表述层次，所谓过锦其实含有'多样'的意思，并非单一的戏剧形式名称。其事甚古，刘若愚虽经目睹，惜不明渊源，以致分厘不清，叙述失序。'每回'指每档节目，'百回'极言其多而已。这里至少包含三种形式：一、说笑话、滑稽戏，渐伴有乐声歌呼动作以渲染气氛，应该与'御前插科打诨'是一物，是宋元杂剧原本的遗制，有传统段子，更多是新编的；二、北杂剧，新旧兼有；三、杂耍把戏，所演节目今知有狻猊舞（狮子舞）、掷索、垒七桌、齿跳板、蹬技等。我认为明代的宫戏，实际囊括了宋代的'杂伎艺'，名副其实的'沿金元之旧'。"①陆先生敏锐地指出过锦戏并非单一的戏剧形式名称，具有多样的意思即杂的特征，过锦戏确实包括不止一种体制。但是以为北杂剧也是过锦戏之一种则值得商榷。根据前引《酌中志》《明宫史》对过锦戏的记载，过锦戏的题材以"世间骗局俗态，并闺阃拙妇骏男，及市井商匠刁赖词讼杂耍把戏"为主，而北杂剧的题材包罗万象，十分广泛，明显不同于过锦戏。过锦戏的艺术特征是"浓淡相间，雅俗并陈，全在结局有趣"，即以诙谐热闹的插科打诨收场，而北杂剧则或悲、或喜、或悲喜交乘，插科打诨只是其中的调料而已，并不构成戏剧的主体，绝大多数也并非作为杂剧结局之用。考引文所载"杂剧"故事当指沿金元之旧的院本，与以正旦、正末为主角演唱四大套曲的偏重叙事的北杂剧是不同的。因此，北杂剧不属于过锦戏的范畴。

第三种观点认为过锦戏就是院本，以胡忌为代表。他认为："在他处未见'过锦'资料前，据前引四例，我们不妨说：明代宫中所演出的院本，尚有'过锦'的别称。而且就这些记载看来，'过锦'应属于优谏类的滑稽戏而不是歌舞类戏。自南戏、北曲杂剧相继盛行以来，院本即相对

---

① 陆萼庭：《昆剧演出史稿》，上海教育出版社2006年版，第157页。

属于小戏之流，以《金瓶梅词话》和《客座赘语》证之，它仍然有夹杂在杂耍、队舞、伎艺之间演出的。'过锦'的'过'，似有夹带的含义；'锦'字可能约如现今习惯语'什锦糖''十样锦'之类（南曲集曲中有'五样锦'也正同此义），有零碎、好玩的意义。"①说过锦是院本的别称，显然以为过锦戏就是院本。廖奔也认为："很明显，过锦戏就是院本，其表演要求'浓淡相间'，不是令人想起唐代参军戏的'咸淡最妙'。"②此说有一定道理，似尚可补充一则资料以证之。《明史》记载："阿丑，宪宗时小中官也，善诙谐。帝尝宫中内宴，钟鼓司以院本承应，为过锦戏，丑每杂诸伶中作俳语，间入时事，帝辄喜，或时作问之以为娱，而丑顾心疾汪直弗置也。"③揆"钟鼓司以院本承应，为过锦戏"之意，则院本显然属于过锦戏的表演形式之一。明人沈德符云："有所谓过锦之戏，闻之中官，必须浓淡相间、雅俗并呈，全在结局有趣，如人说笑话，只要末语令人解颐，盖即教坊所称耍乐院本意也。"④此处明确交代其关于过锦的信息是"闻之中官（宦官）"，说明沈德符并未亲眼看过过锦戏的表演。鉴于他与刘若愚年代相近，生活或有交集，其所谓"闻之中官"的"中官"很可能即指刘若愚。即便并非如此，也不妨碍亲眼看了过锦戏表演的刘若愚所记更加可信，其《酌中志》记载过锦戏时明确指出："杂耍把戏等项，皆可承应。"⑤意即杂耍、把戏亦是过锦戏的表演内容。

杂耍把戏是杂耍与把戏的合称，两者往往有交叉。明人刘侗等《帝京景物略》卷二称："杂耍则队舞、细舞、筒子、筋斗、蹬罈、蹬梯。"⑥清人李斗记载，杂耍之技包括竿戏、饮剑、壁上取火、席上反灯、走索、弄

---

① 胡忌：《宋金杂剧考》，古典文学出版社1957年版，第108页。按：胡先生后来修正了观点，认为过锦是队戏。参见《菊花新曲破：胡忌学术论集》，中华书局2008年版，第95页。

② 廖奔：《论中华戏剧的三种历史形态》，《戏剧》1995年第2期。

③ 万斯同：《明史》卷四〇五"宦官上"，《续修四库全书》第331册，第385页。

④ 沈德符：《万历野获编》补遗卷一"禁中演戏"条，中华书局1959年版，第798页。

⑤ 刘若愚：《酌中志》卷一六，北京古籍出版社1994年版，第107页。

⑥ 刘侗、于奕正：《帝京景物略》卷二，北京古籍出版社1980年版，第58页。

刀、舞盘、风车、簸米、躧高跷、撮戏法、飞水、摘豆、大变金钱、仙人吹笙等①。除了撮戏法、飞水、摘豆、大变金钱属于魔术，其余均属于杂技。把戏亦兼指杂技和魔术。明传奇《蕉帕记》第三出"下湖"形象地描述了把戏表演："〔中净〕列位相公在上，看小的做一会把戏讨赏。〔净〕妙妙！你有什么本事？〔中净带做介〕〔北寄生草〕〔中净〕卖解单身控。〔生〕会走马的了。〔中净〕千钧只手拿。〔小生〕是有手力的了。〔中净〕吞刀任把青锋插。〔净〕妙！怕人。〔中净〕抛丸尽着流星打。〔净〕看脑袋。〔中净〕飞枪直向云端下。〔净〕罢了，坏了眼。〔中净〕有时百尺上竿头，撒身惯使飞鹰怕。〔净〕掉下来跌折了腰，妙妙！好手段！"②此处把戏指杂技。明人谢肇淛《五杂俎》卷六所记幻戏既有魔术亦有杂技③。李渔曰："如做把戏者，暗藏一物於盆盎衣袖之中，做定而令人射覆，此正做定之际众人射覆之时也。"④这里把戏指魔术。章炳麟《新方言·释言第二》云："其谓幻戏曰把戏，或曰花把戏，把即葩字，花即蒍字。"⑤则幻戏又名把戏，幻戏和杂耍有交叉重合之处，故可统称为杂耍把戏。由此可见，过锦戏不是单一的品种，而是混杂的形态，它不仅包括以滑稽调笑为目的的院本，而且还包含非常精彩耸人视听的魔术、杂技等表演，娱乐性突出，称之"绝欢娱"名副其实，属于典型的"杂"戏。

三、过锦戏的演出规模

学术界对过锦戏的演出规模有两种不同看法：一种意见以为过锦戏属于大戏之范畴，演出规模较大；另一种意见以为过锦戏属于小戏之范畴，

---

① 李斗著，许建中注评：《扬州画舫录》卷一一，凤凰出版社2013年版，第284页。

② 佚名：《蕉帕记》，章培恒主编《四库家藏六十种曲》第8册，山东画报出版社2004年版，第4页。

③ 《明代笔记小说大观》，上海古籍出版社2005年版，第1598—1599页。

④ 李渔：《闲情偶寄》，浙江古籍出版社2011年版，第32页。

⑤ 章炳麟：《新方言·释言》，《章太炎全集》第7册，上海人民出版社1999年版，第47页。

演出规模较小。过锦戏究竟属于大戏还是小戏，牵涉到学者对大戏、小戏的认知，而以往学者谈论大戏、小戏时，指称的往往是不同的戏曲现象，难免言人人殊。对此，李玫、曾永义作了系统深入的辨析。李玫指出："所谓小戏，在明清曲家对明清传奇的评论中，指传奇中某些净、丑、杂等次要角色出场的场次，或指在特定场合表演生动的配角；在清代地方戏的语境中，除了指小剧种，通常指一类表现普通人生活、且风格谐谑的短剧。这些短剧，既包括表现手法简单的民间戏，也包括那些从晚明至清代一直流传的成熟的剧作。所谓'大戏'，除了指整本戏和连台本戏以及大剧种外，还指一类吉祥戏。"① 曾永义着眼于戏曲的发展史，认为："所谓'小戏'，就是演员少至一个或三两个，情节极为简单，艺术形式尚未脱离乡土歌舞的戏曲之总称……而其'本事'不过是极简单的乡土琐事，用以传达乡土情怀，往往出以滑稽笑闹，保持唐戏'踏谣娘'和宋金杂剧'杂扮'的传统。所谓'大戏'即对'小戏'而言，也就是演员足以充任各门脚色扮饰各种人物，情节复杂曲折足以反映社会人生，艺术形式已属综合完整的戏曲之总称。"② 综合上述观点可以看出，小戏的特点是形制短小、风格谐谑、情节简单；大戏的特点是形制长大、风格多样、情节复杂。下面以此为标准考量以上两种观点。

先看第一种意见，翦伯赞在论明代戏剧时说："在结构方面，则由'四折剧'发展而为百回以上的长篇巨制。刘若愚《酌中志》谓：'（明代）过锦之戏，约有百回，每回十余人不拘，浓淡相间，雅俗并陈，全在结局有趣。'由此可知明代戏剧，无论在剧曲本身音乐配合方面，都已经超越了金元时代的水准。"③ 以过锦戏证明代戏剧的长篇巨制，应是将其作大戏看待。周妙中认为："太监学的官戏，有《盛世新声》《雍熙乐府》

---

① 李玫：《明清戏曲中"小戏"和"大戏"概念刍议》，《文学遗产》2010年第6期。

② 曾永义：《论说"小戏"与"大戏"之名义》，刘祯主编《中国戏曲理论的本体与回归：'09中国戏曲理论国际学术研讨会论文集》，文化艺术出版社2010年版，第415页。

③ 翦伯赞：《清代宫廷戏剧考》，《翦伯赞史学论文选集》第1辑，人民出版社1990年版，第308页。

《词林摘艳》等曲选所收的曲子，也有所谓'过锦之戏'，以及杂耍等的节目。只是玉熙宫档案早已散失，演出情况如何，无从作详细的了解，只可以从明宦官刘若愚《酌中志》得知一斑……看来所演的内容，与民间并没有太大差异，只是规模庞大得多。长达百回左右的'过锦之戏'，很可能就是乾隆年间一些宫廷历史大戏的蓝本。"①王正来认为清宫大戏《劝善金科》《异平宝筏》的结构是一段一段的，乃受明代宫廷过锦的影响，可以称为清代的过锦戏②。李真瑜论及过锦戏时据《酌中志》所载认为："戏长至百回，演出的内容很多，演员阵容庞大，所以场面也很宏大。"③持这种看法的学者均着眼于于过锦戏约有"百回"的记载，以为它既然有百回，当然是规模庞大的长篇巨制，属于大戏之属。以"回"称戏早有先例，宋人孟元老云："般杂剧：杖头傀儡任小三，每日五更头回小杂剧，差晚看不及矣。"④元人杨立斋《哨遍》套曲云："更那碗清茶罢，听俺几回儿把戏也不村呵。"⑤元人高安道散套《哨遍·嗓淡行院》云："打散的队子排。待将回数收。"⑥此处回均指可断可连的独立场次段落。据刘若愚的记载，过锦戏的形制是短小的，风格是谐谑的、情节是简单的，当属小戏，所谓百回是极言过锦桥段之多，而非像大戏那样的连贯长篇、情节复杂。

再看第二种意见，认为过锦戏类似于杂扮和认为过锦戏是院本的学者显然认同过锦戏属于小戏的观点，前文已述兹不赘引。其他如薛宝琨以为："明代有所谓'过锦戏'，继承唐参军、宋滑稽遗风穿插于大戏之中，以'浓淡相间、雅俗并陈'，'谐谑杂发，令人解颐'取胜。敷演其中段落也绝似现代相声。"⑦洛地称："所谓过锦，大致便是若干'锦'组练成队

① 周妙中：《清代戏曲史》，中州古籍出版社1987年版，第186—187页。
② 吴新雷主编：《中国昆剧大辞典》，南京大学出版社2002年版，第30页。
③ 李真瑜：《明代宫廷戏剧史》，紫禁城出版社2010年版，第174页。
④ 孟元老：《东京梦华录》卷五"京瓦伎艺"条，上海古典文学出版社1956年版，第29页。
⑤ 张月中、王钢主编：《全元曲》（下册），中州古籍出版社1996年版，第3084页。
⑥ 隋树森编：《全元散曲》（下册），中华书局1964年版，第1111页。
⑦ 薛宝琨：《相声艺术的源流》，《中国幽默艺术论》，浙江人民出版社1989年版，第308页。

串连（'过'）而演吧。包括杂耍在内的各式戏耍的'耍乐院本'串演，称'过锦之戏'……过锦戏（弄），将若干戏弄段子串演：以（任何）一个由头，造成或提供一个过程或背景，便可能收纳若干相近的戏弄段子，组练串连而演。其收纳的戏弄段子，相互间是平列的，段数可多可少；其中每个段子又仍保持其为段的状态，可长可短。"①曾永义以为："像这种一折或一出式的'小戏'，明代有所谓'过锦戏'……可见过锦戏就是'笑乐院本'（沈氏之语），'约有百回'，则是一个大型的小戏群，内容包罗万象，而其中既有'世间市井俗态'及'拙妇騃男'，则应当也包含类似'踏谣娘'或'纽元子'那样乡土小戏式的演出。"②李玫说："从此段话看，崇祯朝，在李自成没有打到河南以前皇宫里一直演过锦戏。……这既有宋代杂剧的遗韵，又与明清的小戏作品在审美效果上异曲同工。③"上述学者未局限于百回之说，而是从形制、风格、情节的特点出发，认为过锦戏属于小戏或小戏群，这种看法是相对准确的。

笔者赞同第二种意见。因未见学者对此分歧专门论证辨析，故立足另两则材料对此问题进一步申说。过锦戏仅限于在明代宫廷表演，亲眼目睹其表演者甚少，相关文献记载只有刘若愚是据亲眼所见载录，其他记载基本辗转源于《酌中志》。据笔者所知，似乎只有两个例外，一个是吴伟业，一个是吴棠桢，他们关于过锦戏的看法源于不同的信息渠道，分别来自于明代宫廷中的其他两个宦官，既可以印证刘若愚之说，又对过锦戏演出规模的辨析大有助益，因而显得弥足珍贵。吴伟业《琵琶行》序云："坐客有旧中常侍姚公，避地流落江南，因言先帝在玉熙宫中，梨园子弟奏水嬉、过锦诸戏，内才人于暖阁赏镂金曲柄琵琶，弹清商杂调。自河南寇乱，天颜常惨然不悦，无复有此乐矣。相与哽咽者久之，于是作长句纪

---

① 洛地：《"戏弄"辨类》，《艺术研究》1990年第12辑。

② 曾永义：《论说"折子戏"》，《戏剧研究》2008年1月创刊号。

③ 李玫：《明清小戏的演出格局探源——兼及宋代"小杂剧"研究》，《文学遗产》2012年第6期。

其事，凡六百二言，仍命之曰琵琶行。"①吴梅村明确指出其关于过锦的认知源自明朝宫廷中亲眼看过过锦戏表演的宦官姚公（姚在洲），信息源是可靠的。吴伟业既是著名诗人也是戏曲家，曾创作过传奇《秣陵春》和杂剧《临春阁》《通天台》等，对戏曲非常精通。其《琵琶行》中诗句"苑内水嬉金傀儡，殿头过锦玉玲珑"直称"过锦戏""玲珑"，玲珑乃精巧、灵活之意。正因为过锦戏内容简单、体制短小，属于精巧的杂戏，称其"玲珑"十分贴切，如此则过锦戏当属小戏。若过锦戏是百回大戏，吴伟业以"玲珑"评之显属不伦。再看另一个证据。清人宋长白记载：

> 何次张《宫词》："昆明池水漾春流，夹岸宫花绕御舟。歌舞三千呈过锦，琵琶一曲唱梁州。"吴雪舫云："宫中以'饶戏'为过锦，得之黄开平座上高内相所言"。宫词故实甚多，然历朝各有所尚，五百拣花，三千扫雪，番经奏篆之类。诗人尚未摭拾也。②

吴雪舫即吴棠桢，清初戏曲家，《今乐考证》著录其《赤豆军》《美人丹》杂剧两种。金烺《汉宫春·读吴雪舫新制四种传奇》："小立亭台，见一双么凤，竞啄丹蕉。爱看吴郎乐府，直压吴骚。移宫换羽，却新翻、字句推敲。雄壮处、将军铁板，温柔二八妖娆。如许锦绣心胸，想琅玕劈纸，翡翠妆毫。自有宝簪低画，红豆轻抛。当筵奏伎，听莺喉、响彻檀槽。若更付、雪儿唱去，座中怕不魂销。"③据此则吴氏至少有四种传奇问世。宋长白明确指出吴雪舫以"饶戏"为过锦的看法来自明朝宦官高内相，当较为可信。既然明朝宫中以饶戏为过锦，则两者的形态应该是相似的，若饶戏是小戏则过锦戏亦为小戏。

---

① 钱仲联主编：《清诗纪事》第3册"顺治朝卷"，江苏古籍出版社1987年版，第1438页。

② 宋长白：《柳亭诗话》卷一八"过锦"条，《续修四库全书》第1700册，第285页。

③ 南京大学中国语言文学系《全清词》编纂研究室编：《全清词·顺康卷》第14册，中华书局2002年版，第8087页。

"饶戏"即"饶头戏"。张相说："'饶，犹添也；连也；不足而求增益也。即今所云讨饶头之饶……断送，即赠品之意；所谓饶个某某项者，即饶头戏之意。"①姜书阁称："饶就是添，饶戏就是正戏之外，再添演别的节目，那外添的部分便叫饶头。饶头与正项可以是同品种，也可以不是同品种。如买一棵大白菜，又搭一棵葱，即非同种；买一斤橘子，外搭一个小的，则属同种，都叫做饶头。所以在正戏之外，不一定必须加其他说唱、杂技才叫饶戏，另演一段小戏也是饶戏。"②由此观之，饶戏是与正戏相对而言的，是正戏之外额外添加、赠送的小戏。饶戏表演的位置有三种，一种是在正戏之前，一种是在正戏之中，还有一种是在正戏之后。饶戏在正戏之前表演的如《张协状元》正戏之前"饶个撺掇末泥色，饶个踏场，……饶个《烛影摇红》断送"是如此，《风月紫云庭》剧："我唱的是《三国志》，先饶十大曲。"亦如此。饶戏在正戏之中表演的如《长生殿》演出本，洪昇在《长坐殿例言》中指出："今《长生殿》行世，伶人苦于繁长难演，竟为伧辈妄加节改，关目都废。吴子愤效《墨憨十四种》，更定二十八折，而以虢国、梅妃别为饶戏两剧，确当不易。且全本得其论文，发予意所涵蕴者实多，分两日演唱殊快。取简便，当觅吴本教习，勿为伧误可耳！"③饶戏表演在正戏之后的情况较多，如明代小说《疗妒缘》中许雄等先点了一本《满床笏》，"未几正本已完，来点饶戏。许雄说一些不知，推与秦仲点。秦仲取戏目一看，说：'索性做学出来的罢。'就点了《狮吼》一回。又将戏目送入帘内，尤氏就点了《万事足》掷棋盘、《疗妒羹》上团圆"④。此处，《满床笏》是正戏（正本），《狮吼》《万事足》《疗妒羹》中的折子戏均是饶戏。在李渔所作小说《谭楚玉戏里传情，刘藐姑曲终死节》中，刘绛仙"更有一种不羁之才，到那正戏做完之后，忽然填起花面来，不是做净，就是做丑。那些插科打诨的话，都是簇新造出来

① 张相：《诗词曲语辞汇释》，中华书局1953年版，第127—128页。
② 姜书阁：《说曲》，江苏文艺出版社1990年版，第130—133页。
③ 洪昇著，康保成校点：《长生殿》，岳麓书社2003年版，第3页。
④ 佚名：《疗妒缘·听月楼》，内蒙古人民出版社2000年版，第81页。

的，句句钻心，言言入骨，使人看了分外销魂，没有一个男人，不想与他相处"①。这里正戏之后的净丑戏，就是饶戏。明末张岱接待鲁王时，演《卖油郎》传奇，剧完，饶戏十余出，起驾转席②。饶戏亦名"找戏"，如明代《梼杌闲评》第四十三回"到了城外，戏子已到，正戏完了，又点找戏"③。以此观之，从体制、结构、篇幅、表现内容等来看，饶戏属于小戏之范畴。宦官高内相说明宫中以"饶戏"为过锦，则过锦亦属小戏。

综上所述，过锦戏是明代一种宫廷杂戏的专称，表演以滑稽逗乐、精彩热闹为目的，在继承宋金杂剧的基础上有所发展，体现在表演人数增加到十余人，品种更加丰富，有约百回的独立成章的段子，可分可合。它由真人扮饰表演，既不是影戏，也不是木偶戏，更没有过锦水嬉或水嬉过锦的品类。其形态是混杂的，不同于单一的杂扮、北杂剧、院本，主要包含了院本和杂耍把戏两大类。就演出规模而言，其形制短小、风格谐谑、情节简单，个体上属于小戏，不同段子合演则属于小戏群。

[原载《文学遗产》2016年第2期]

---

① 李渔撰，于文藻点校：《李笠翁小说十五种》，浙江人民出版社1983年版，第3—4页。

② 张岱：《陶庵梦忆》补遗"鲁王"条（与《西湖梦寻》合刊本），上海古籍出版社2009年版，第140页。

③ 无名氏撰，金心点校：《梼杌闲评》，中华书局2005年版，第378页。

明传奇《百宝箱》作者及情节辨析

杜十娘决意从良却明珠暗投，最终沉江的故事，涉及爱情、死亡主题，哀感顽艳，本身极具张力与看点，经冯梦龙《杜十娘怒沉百宝箱》演述后更成为悲情经典之一。其事最早载于宋懋澄《九籥集·负情侬传》，又被潘之恒《亘史》、宋存标《情种》、冯梦龙《情史》竞相祖述。在戏曲史上以此为蓝本且名为《百宝箱》的传奇有两部：其一为明末戏曲家郭彦深所作，其二为清代梅窗主人所撰。后者在清代戏曲书目中已著录并有存世刊本，因而对其作者及情节等问题无甚争议。然而，前者在明清戏曲书目里未见著录且久已散佚，对其作者及情节存在一些误解，事涉前辈权威与知名专家，且未见相关辨析之文。职是之故，笔者以为对明传奇《百宝箱》之作者及情节进行辨析，探究导致误解之由，以正本清源很有必要。鉴于笔者闻见不广、水平有限，文中容或有疏漏、欠妥之处，敬请方家不吝赐教。

一

明传奇《百宝箱》明清戏曲书目未见著录，周贻白《曲海燃藜》、赵景深《读曲小记》、庄一拂《古典戏曲存目汇考》均据焦循《剧说》认为作者为郭彦深，邓长风进一步考证出郭彦深的生平概略，洵为确论[1]。然

---

[1] 邓长风：《明清戏曲家考略三编》，上海古籍出版社1999年版，第189页。

而，认为其作者是卓人月的说法亦流播甚广、影响颇大，需加辨析。据笔者考察，此说滥觞于张友鸾，他说："全变本的《西厢记》以卓珂月的《新西厢记》最为有名，珂月又名人月，曾作《小青》杂剧，又作《花舫缘》《春波影》《百宝箱》等等，也是当时的一个有魄力的作家。"①其误表现在如下三个方面：其一，《小青》杂剧与《春波影》不是两部作品，而是同一部杂剧的异名，传演的是冯小青红颜薄命之事；其二，《小青》杂剧的作者是卓人月之好友徐士俊，卓人月仅曾为之作序；其三，《百宝箱》的作者是郭彦深，卓人月亦仅曾为之作"引"。容或受其误导，谭正璧指出："卷三十二《杜十娘怒沉百宝箱》，本事出宋懋澄《九籥集·负情侬传》，亦见《文苑楂桔》《情史》引，明卓人月、清郭彦深各有《百宝箱》传奇（见《剧说》），……"②在此误解扩大为：卓人月作《百宝箱》传奇在前，郭彦深作同名传奇于后。承谭氏之说，何满子认为："明末卓人月，清代郭彦深分别衍演为《百宝箱传奇》。卓本不见（焦循《剧说》中论及），郭本在杜十娘沉江后……"③揆其意，卓本《百宝箱》已佚，郭本《百宝箱》仍存世。事实是，"郭本"已佚，所谓"卓本"并不存在。陶慕宁认为："《警世通言》卷三十二《杜十娘怒沉百宝箱》初以白话小说敷衍其事，明、清之际，卓人月又有《百宝箱》传奇剧……晚明戏曲家卓人月在他的《百宝箱传奇引》中……"④此说误以为卓人月不仅创作了《百宝箱》，而且还自己为之作了《百宝箱传奇引》。

《百宝箱传奇引》收在卓人月《蟾台集》中，全文不易寓目。在无法亲睹原文的情况下，众学者立论均据清代焦循《剧说》对其之转引：

卓珂月又有《百宝箱》传奇引云："昔者《玉玦》之曲，风刺寓

① 张友鸾：《西厢的批评与考证》，《小说月报》第17卷号外《中国文学研究（下）》，第20页。

② 谭正璧、谭寻：《古本稀见小说汇考》，浙江文艺出版社1984年版，第79页。

③ 何满子、李时人：《古代短篇小说名作评注》，上海古籍出版社2000年版，第572页。

④ 陶慕宁：《青楼文学与中国文化》，东方出版社1993年版，第140页。

焉，刻画青楼，殆无人色。嗣赖汧国一事，差为解嘲，然后渐出墨池而登雪岭。乃余览白行简所述李娃始末，颇多微词者，何欤？归自竹林，憩于姨宅，目笑手挥，以他语对蝉蜕之局，娃与闻之矣。迫夫雪中抱颈，拥入西厢，惧祸及身，非得已也。必可以生青楼之色、唾白面之郎者，其杜十娘乎？此事不知谁所睹记，而潘景升录之于《亘史》，宋秋士采之于《情种》，今郭彦深复演之为《百宝箱》传奇，盖皆伤之甚也。"①

按说，卓人月已明确指出郭彦深为《百宝箱》的作者，理应没有误读之空间。那么，卓人月作《百宝箱》之说是如何产生的呢？谭正璧《三言二拍资料》对《剧说》的误逗透露了其因由，其云："卓珂月又有《百宝箱》传奇，引云……"②此处所略引文与以上引文在内容上完全相同，标点、断句略有差异，因其并不影响文意，孰优孰劣姑置勿论。然而，涉及《百宝箱》作者最关键的一句却被谭先生大意误逗了，由此产生了重大误解：卓珂月创作了《百宝箱》，郭彦深也创作了一部同名传奇。

实际上，此句的正确句读应是："卓珂月又有《百宝箱传奇引》云：……"谭正璧所断"卓珂月又有《百宝箱》传奇，引云……"存在瑕疵，兹将其理由胪举如次：第一，"引"是中国古代一种常用文体，在唐代才出现，相当于"序"，或被称为"叙"的异名。"引"一般写在著作之前对其进行简要说明，明代为戏曲作"引"的如朱有燉《张天师明断辰钩月引》、陈大来《锦笺记引》、臧晋叔《玉茗堂传奇引》等，或作"小引"，如无疾子《情邮小引》等。通过与《玉玦记》、《绣襦记》（述李娃事者）的比较，卓人月彰显了杜十娘故事的意义，强调其形象的卓异性，并交代其本事来源，显然是对作品的简要说明，完全是"引"的写法，符合"引"的文体特征。第二，按照谭先生所断，卓人月是创作《百宝箱》传

① 焦循：《剧说》卷四，《中国古典戏曲论著集成》（八），中国戏剧出版社1959年版，第171页。

② 谭正璧编：《三言二拍资料》，上海古籍出版社1980年版，第354—355页。

奇的主体，"引云"的主体只能是《百宝箱》传奇，也就是说下面一大段比较、议论、感慨等文字是传奇里的内容。一部戏曲不会在其中自揭其本事来源，并大谈特谈其他同名作品。何况戏曲最忌枝蔓，脱离剧情设置这么大一段文字是不可想象的。第三，按照谭先生所断，依文法规则，既然是"又"有《百宝箱》传奇，则其《剧说》上文应该还记载了卓人月作的其他戏曲作品，否则"又"字便为赘疣。然而细检《剧说》卷四，其上文均未提及卓珂月作的其他戏曲。恰恰相反，《剧说》中紧承此句的上文是："卓珂月作孟子塞《残唐再创》杂剧小引云……"①两段文字顺承而下，语意贯通。由此可见，卓珂月既为孟称舜之《残唐再创》杂剧作过"小引"，也为郭彦深之《百宝箱》传奇作了"引"。焦循先言"卓珂月作孟子塞《残唐再创》杂剧小引云"，再说"卓珂月又有《百宝箱》传奇引"，用词严谨，一笔不漏。第四，谭先生所断与其"明卓人月、清郭彦深各有《百宝箱》传奇"的说法也自相矛盾。照其说法，应是卓人月《百宝箱》创作在前，郭彦深《百宝箱》在后，卓人月怎么可能事先预见到后出的作品并对其大加谈论呢？

那么，有没有陶慕宁理解的那种可能性：卓人月确实创作了《百宝箱》，同时自己为之写了一篇"引"呢？历史上毕竟有不少戏曲家为自己的作品撰写"引"，如朱有燉《春风庆朔堂传奇引》《洛阳风月牡丹仙传奇引》，孔尚任《桃花扇小引》等。答案是否定的，兹举其理由如次：第一，如果是卓人月为自己作品写"引"，他不会用如此多笔墨来谈《玉玦记》《绣襦记》和郭彦深《百宝箱》《紫钗记》《牡丹亭》等，而竟无一语及于己作（见下引《百宝箱传奇引》情况更明朗）。作为著名才子，卓人月不可能连自序都不会写，而如此下笔离题万里。第二，如果是卓人月所作自序，作为严肃的学者，焦循会十分清楚地加以标示，不可能如此葫芦提带过，让人有产生误解的可能。比如，卓人月曾经作了一部《新西厢记》（已佚），并自撰一篇序言，焦循对此明确载录为："卓珂月有新西厢

①焦循：《剧说》卷四，《中国古典戏曲论著集成》（八），中国戏剧出版社1959年版，第170页。

记，其自序云：……"①

二

明传奇《百宝箱》久已散佚，如果根据《剧说》对《百宝箱传奇引》的局部引录，仅可知其为演杜十娘事者，至于具体关目则不得而知。阿英说："不过，关于杜十娘事，虽经文人敷衍成种种不同本子，但有一共通之处，即故事并无多少改变，其差异点仅在沉江以后。于沉江时结束，自是最有意义的，可是这并不能平观众愤慨之情，于是有的本子，便添上'活捉孙富'一段，仍不足，就有所谓李甲得中，再经瓜州，他也溺死江中，到龙王府里，和十娘再成亲了。"②由此观之，在各种杜十娘故事里，沉江之前的情节均大体相同，其差异在于有无沉江之后的情节。需要说明的是，阿英所谓"有的本子"绝非指郭彦深《百宝箱》，其理由是：第一，阿英不可能看过久佚的《百宝箱》；第二，阿英未读过《百宝箱传奇引》全文（否则他不会自《剧说》转引）；第三，阿英甚至怀疑郭彦深即梅窗主人。鉴于此，他不会知道郭彦深《百宝箱》的情节。何满子说："卓本不见（焦循《剧说》中论及），郭本在杜十娘沉江后，平添活捉孙富，李甲后来中第后再经瓜州，溺死江中，至龙宫与杜十娘重合情节，真是佛头着粪。"③此仍阿英之说，而将"有的本子"坐实为郭本，应系误解。

既然杜十娘故事在沉江之前均相似，则考察郭彦深《百宝箱》关目主要应看沉江之后。周贻白说："揆其（笔者按：指郭彦深《百宝箱》）情节，似至杜十娘沉江而止……"④即认为它没有沉江之后的情节，是悲剧

---

① 焦循：《剧说》卷四，《中国古典戏曲论著集成》（八），中国戏剧出版社1959年版，第106页。

② 阿英：《小说闲谈四种：小说二谈》，上海古籍出版社1985年版，第33页。

③ 何满子、李时人：《古代短篇小说名作评注》，上海古籍出版社2000年版，第572页。

④ 李恕基编：《周贻白戏剧论文选》，湖南人民出版社1982年版，第323页。

结局。此说难以让人信服。尽管郭彦深《百宝箱》已佚，无法详知其颠末，但通过推敲《百宝箱传奇引》可窥其结局大略。其云：

> 说者谓小玉不死、十娘更生，未免增华，几于画足。呜呼噫嘻，以吾所闻金玉奴者，为其夫推堕江中，亦不过红烛筵前，青藜棒底，稍伸幼妇之气耳。李生压于严君，不能庇其所爱，实由才短，以致情渝。盖十娘之诚过于汧国，李生之毒减于金夫，此定案哉！然则收其鲛泪，予以鸾胶，使夫凄以凉者、激以奋者，化为贵主还宫之乐、秦楼双凤之鸣，抑何不可之有？①

霍小玉在唐人蒋防《霍小玉传》中一恸而绝，杜十娘在宋懋澄的《负情侬传》中沉江而亡，两者均无死后还魂之事，然而，《紫钗记》与《百宝箱》均改变了各自蓝本中的结局，使两人起死回生、破镜重圆，并因此遭到时人画蛇添足之讥评，即所谓"说者谓小玉不死、十娘更生，未免增华，几于画足。"而卓人月则为《百宝箱》的团圆结局辩护，指出李甲之薄幸是迫于父亲的威严与压力，而莫稽（金夫）则是有意背叛欲置玉奴于死地。即使狠毒如莫稽，亦仅受棒打之薄惩，何况迫于无奈之李甲？因此，作者令其与十娘团圆亦在情理之中。

"然则收其鲛泪，予以鸾胶，使夫凄以凉者、激以奋者，化为贵主还宫之乐、秦楼双凤之鸣，抑何不可之有？"更透露出其结局的具体关目。何所据而云然？"贵主还宫之乐"用唐人李朝威《柳毅传》之典故，龙女为丈夫公婆虐待牧羊道畔，柳毅愤而为之传书，钱塘龙君怒杀泾河小龙，救龙女还洞庭龙宫，时奏"贵主还宫之乐"，后柳毅与化身卢氏女之龙女结姻好，终得成仙。元人尚仲贤《洞庭湖柳毅传书》搬演其事时亦述及此乐。"秦楼双凤之鸣"用《列仙传》之典故，萧史善吹箫，能致孔雀、白鹤于庭，秦穆公以女弄玉妻之，并为之筑凤台，后夫妇皆随凤凰升仙。两

---

① 卓人月：《百宝箱传奇引》，《蟾台集》卷二，明刻本。

作结局之共同点是夫妻团聚、双双升仙。既然卓人月道其结局"化为贵主还宫之乐、秦楼双凤之鸣",则《百宝箱》之结尾当为:沉江之后杜十娘死而复生,又在龙宫与李甲团圆,最终双双升仙。这是传奇"戏不够,神仙凑"的常用俗套,其优劣无足深论。

综上可得两点结论:其一,明传奇《百宝箱》的作者是郭彦深,卓人月为之作了一篇《百宝箱传奇引》,卓人月作《百宝箱》之说完全是误逗、误读的结果。其二,明传奇《百宝箱》沉江之前的情节与其本事大致相同,沉江之后杜十娘遇救死而复生,在龙宫与李甲团圆,最终双双仙去。

［原载《文学遗产》2009年第5期］

《长生殿》主题商兑

爱情与死亡是文学两大永恒的主题，它们在唐明皇、杨贵妃的情感故事中均有集中体现，帝王、皇妃的特殊身份又为这部"生生死死为情多"的浪漫传奇注入了复杂微妙的变数，使之具备颇能吸引眼球的诸多看点，因而成为历来传演不衰的"绝好题目"。在搬演李、杨爱情故事的所有文学作品中，洪昇的《长生殿》独占鳌头、声誉最隆，成为当之无愧的"绝大文章"①。20世纪80年代以前，关于《长生殿》主题影响较大的说法有三种：其一，爱情主题说，即认为其主题是宣扬李、杨之间生死不渝的爱情；其二，讽喻主题说（或政治主题说），即认为主题是批判李、杨爱情给国家、社会、人民带来的深重灾难；其三，双重主题说（或折中说），即认为既有爱情主题也有讽喻主题。1983年周明先生又提出"情缘总归虚幻"主题说：

> 《长生殿》的主题思想包含着互相联系的两个主要方面：一方面通过李隆基、杨玉环"逞侈心而穷人欲，祸败随之"这一"乐极哀来"的悲剧故事，总结治乱兴亡的教训以"垂戒来世"；一方面又让李、杨在历尽劫难，遍尝悲欢离合的人生况味后，大彻大悟，跳出爱河情海，以色空观念否定他们的情欲，宣布"情缘总归虚幻"，促使

---

① 梁廷楠：《曲话》，《中国古典戏曲论著集成（八）》，中国戏剧出版社1959年版，第269页。

沉迷情海者"蘧然梦觉"。后一方面是对前一方面的补充和深化。①

此说独树一帜，具有一定的启发性，后被罗宗强、陈洪先生主编的《中国古代文学史（二）》全盘接受②，流播颇广，影响甚大。然而经过文本细读与审慎思考，笔者认为它不完全符合实际，尚有商兑之余地。大凡探究叙事性文学作品的主题，均可以从作者的创作意图、作品的叙事结构、受众的审美接受三个维度进行。但是，不同受众的审美接受各不相同，言人人殊，相对而言客观性最弱，极易纠缠不清。且周明先生也主要从《长生殿》的创作意图、叙事文本立论，故为求公允、客观，本文重点从这两方面入手论述，然后从主题道具的运用方面对己说予以佐证。

一、借太真外传谱新词，情而已

首先，我们看洪昇创作《长生殿》的主观意图是否是宣扬"情缘总归虚幻"。探询一部文学作品的创作意图是作家中心论的批评方法，要求我们必须尊重作者自己的看法。因此，"以意逆志"地还原创作意图的最可靠、最权威的依据当然是作家的"供词"之类的一手材料。易言之，关于作品表达了什么，作家最有发言权。下面，我们来考察洪昇自己关于《长生殿》创作意图的说法。

明清传奇有一个独特的文学成规，即第一出一般是"家门大意"或曰"副末开场"，剧作者往往通过"末"之口来概括剧情和交代创作意图③。《长生殿》第一出《传概》云：

---

① 周明：《情缘总归虚幻——重新认识〈长生殿〉的主题思想》，《文学评论》1983年第2期。

② 罗宗强、陈洪编：《中国古代文学史（二）》，华东师范大学出版社2000年版，第460页。

③ 按：传奇中原本没有副末这一脚色，由末开场之所以被称为"副末开场"应该是借用杂剧的称呼。

今古情场，问谁个真心到底？但果有精诚不散，终成连理。万里何愁南共北，两心哪论生与死。笑人间儿女怅缘悭，无情耳。感金石，回天地。昭白日，垂青史。看臣忠子孝，总由情至。先圣不曾删郑、卫，吾侪取义翻宫、徵。借太真外传谱新词，情而已。①

洪昇在此开宗明义地指出，以李、杨故事为载体其目的是要宣扬真情，即"借太真外传谱新词，情而已"，对此不应有误读的空间。当然，需要指出的是，根据上下文的具体语境，此处的"情"是指广义的情，不仅仅包括"感金石，回天地"的男女之情，也涵盖"昭白日，垂青史"的忠臣之情与孝子之情等，这与清初王夫之等哲学家倡导的理欲合一的社会思潮密切相关。然而，根据此曲并结合整体情节关目，我们不难看出歌颂"精诚不散，终成连理""万里何愁南共北，两心哪论生与死"的亘古不灭的永恒爱情才是洪昇的核心创作题旨。

除此之外，洪昇还在《长生殿·例言》中再次强调了聚焦于情的创作理念：

后又念情之所钟，在帝王家罕有，马嵬之变，已违凤誓，而唐人有玉妃归蓬莱仙院、明皇游月宫之说，因合而用之，专写钗盒情缘，以《长生殿》题名，诸同人颇赏之。……棠村相国尝称予是剧乃一部闹热《牡丹亭》，世以为知言。予自惟文采不逮临川，而恪守韵调，罔敢稍有逾越。

此处有两点值得注意：其一，作者把唐代的杨妃归蓬莱仙院、玄宗游月宫等浪漫传说加以艺术地整合，进而创作出《长生殿》这部超越生死、震撼人心的言情名剧，其目的在于"专写钗盒情缘"。从中亦可看出刺激洪昇创作欲望的兴奋点是在帝王家罕见的生死不渝的爱情，而非虚幻的情

---

① 洪昇著，徐朔方校注：《长生殿》，人民文学出版社1958年版，第1页。

缘，唯其罕有才使之成为《长生殿》的最大亮点和看点，因而取得了"诸同人颇赏之"的强烈效果。其二，棠村相国即梁清标认为《长生殿》是一部闹热《牡丹亭》，这一见解深得会心，获得大多数人的普遍认可，即"世以为知言"。结合具体的文本语境来看，洪昇不但对此表示首肯，而且对与汤显祖比肩颇有当仁不让之感。这就为我们从两作之间的联系来考察《长生殿》的主题提供了新视角。洪昇曾如此评价《牡丹亭》：

> 肯綮在死生之际。记中惊梦、寻梦、诊祟、写真、悼殇五折，自生而之死；魂游、幽媾、欢挠、冥誓、回生五折，自死而之生。其中搜抉灵根，掀翻情窟，能使赫蹄为大块，隃糜为造化，不律为真宰，撰精魂而通变之。①

实际上，我们不妨把这当作洪昇对《长生殿》的自评，或者当作他对《牡丹亭》《长生殿》共同点的揭示：第一，两作关目的转捩均在于"自生而之死"与"自死而之生"。只不过杜丽娘在现实中还魂与柳梦梅结合，取得了婚姻的合法性，而杨贵妃则在天宫里重生与唐明皇团圆，获得了爱情的永恒性。第二，两作均细腻酣畅地演绎了主人公那"上穷碧落下黄泉，两处茫茫皆不见"的爱情苦旅，颂扬了他们那"一灵咬住，绝不放松"的至情诉求。两作的神似之处是均极力张扬超越生死、超越时空的男女情爱，这种情都不符合现实生活的情理，却符合艺术世界的逻辑。诚如汤显祖《牡丹亭题词》所言："情不知所起，一往而深。生者可以死，死可以生。生而不可与死，死而不可复生者，皆非情之至也。……第云理之所必无，安知情之所必有耶！"②用"理之所必无"而"情之所必有"来衡量《长生殿》也同样非常恰切。而《长生殿·传概》中的"但果有精诚不散，终成连理。万里何愁南共北，两心哪论生与死"，拿来评价《牡丹亭》也若合符节。除了对超越生死、永恒至情的诉求，很难发现两部作品

---

① 汤显祖著，徐朔方笺校：《汤显祖全集》，北京古籍出版社1999年版，第2605页。
② 汤显祖著，徐朔方、杨笑梅校注：《牡丹亭》，人民文学出版社1963年版，第1页。

在思想内涵上还有什么"世以为知言"的可比性。

梁清标的评语也指出了两作的同中之异，即一个相对闹热，一个相对冷清。《牡丹亭》处处围绕杜丽娘、柳梦梅的奇缘加以叙写，相对比较单纯，涉及的社会生活面比较狭窄，情节关目相对显得冷清，戏剧冲突是内隐的，主观抒情色彩浓郁。《长生殿》写的不是一般的才子佳人的婚恋，而是帝王、妃子的生死恋，它以帝王、后妃之情为核心，辐射的社会生活面非常广阔，既有宫廷内嫔妃的残酷争宠，又有导致唐朝衰落的安史之乱，既有降叛的花面伪官的寡廉鲜耻，又有骂贼的雷海青的刚烈忠贞等更为复杂多变的情节关目，社会生活容量也更为丰富杂多，戏剧冲突是外显的，也更为尖锐激烈。因此从情节关目及舞台表演层面看，《牡丹亭》显然不如《长生殿》热闹。由以上分析可知，洪昇创作《长生殿》的意图是宣扬"钟情若到真深处，生死风波总不妨"[①]的至情，而不是"情缘总归虚幻"。

周明先生"情缘总归虚幻"说所依据的作者"供词"是："双星作合，生忉利天，情缘总归虚幻。清夜闻钟，夫亦可以遽然梦觉矣。"（《长生殿·自序》）。对此应如何理解呢？它究竟是不是洪昇发自肺腑地自道创作目的呢？笔者认为，这不是洪昇的真心话而是违心之言，是装点门面的官样文章，不能理解为其创作意图。其理由如下：第一，中国古代向来有鄙薄写男女之情为郑卫之音的传统，这一观念根深蒂固甚至到近代也未被彻底打破。《传概》所谓"先圣不曾删郑、卫，吾侪取义翻宫、徵"，表明洪昇知道《长生殿》题材是犯忌违禁的"郑卫之音"。为了避免给道学家留下"谣诼谓余以善淫"的口实，故意在自序中做出否定的姿态。诸如此类"口是心非"的例子在中国古代文学史上俯拾即是，就连《肉蒲团》这样的色情小说也标榜其创作目的是"惩创人心"。洪昇之所以在《传概》中刻意强调剧中相对并不突出的忠臣之情、孝子之情，应是基于同样的考虑，此乃"故弄狡狯之笔"的一种叙事策略。第二，根据洪昇好友吴

---

① 冯梦龙编，严敦易校注：《警世通言》，人民文学出版社1956年版，第337页。

舒凫为《长生殿》所作序言中"是剧虽传情艳，而其间本之温厚，不忘劝惩。或未深窥厥旨，疑其诲淫，忌口滕说"①，可知剧本出版前社会上已有指责其诲淫的舆论压力了。因此，洪昇说出"情缘总归虚幻"之类诫世的话以缓解舆论压力是题中应有之义。吴舒凫所作"不忘劝惩"的辩解应该也是针对这种社会压力，出于声援好友的目的而发的。

二、但果有精诚不散，终成连理

其次，我们从具体的戏曲文本来看《长生殿》的主脑是不是宣扬"情缘总归虚幻"。古今中外的文学史表明，作者的主观创作意图与作品的客观接受效果不一致的现象并不鲜见，因此仅仅根据洪昇的宣言来判断《长生殿》主旨还是不够的，更为重要的是尊重文本本身。以文本为中心的文学理论认为，评判一部作品主题的最权威依据是作品，作品诞生后即成为相对独立的客体，即作品表达什么，作品最有发言权。故此，判断《长生殿》的主题应根据具体的情节关目与曲词、宾白等来推断。

《长生殿》采用双线结构，主线紧紧围绕李、杨情爱故事展开，辅线则突出其情爱产生的社会恶果，后者是前者的现实生活情境。两人社会角色的特殊性，双线交错的结构均是导致《长生殿》主题探讨中出现多义性与模糊性的重要原因。爱情本应是自由的、排他的、极端个人化的事情，但由于李、杨的社会角色与所处时代环境具有双重特殊性，因此，其爱情被赋予了多重性质，即既是个人事件，又是社会事件，更是国家事件。当李、杨沉溺于爱河，缱绻于两人世界时，唐明皇的"爱江山，更爱美人"必然引发"占了情场"却"弛了朝纲"的恶果，《进果》《贿权》《疑谶》《陷关》《惊变》等诸多关目对此均有表现，这也是持讽喻主题说者的主要证据。

然而，事实果真如此吗？这要根据洪昇对原始素材的取舍、增饰等情

---

① 洪昇著，徐朔方校注：《长生殿》，人民文学出版社1958年版，第227页。

况才能做出准确的评判。福斯特认为："一部小说却是以'证据加或减 X'为基础，这个未知数便是小说家个人的气质，这个未知数也常常会修改证据所形成的印象，有时会把它彻底改造。……由此产生出一个人物，那不是历史上的维多利亚女王了。"①这是针对历史小说而言的，同样适用于历史剧。《长生殿》之前写李、杨题材的多数作品或多或少保留了有损李、杨形象及爱情的事件，而基于言情的创作目的，洪昇则对伤害唐明皇、杨贵妃形象及其挚爱的素材或予以彻底剔除，如杨妃与寿王的关系，杨妃和安禄山的私情，杨妃"窃宁王紫玉笛吹"的疑似不检点行为等；或加以刻意淡化，如杨贵妃二十七岁册封贵妃时李隆基已六十三岁高龄②。对有益于两人形象及爱情的事件则予以铺张增饰，如《冥追》《闻铃》《情悔》《哭像》《雨梦》《补恨》《重圆》等反复渲染死别之后两人刻骨铭心的相思；或加以着意改写，如借唐明皇、马嵬土地之口赋予杨妃"一代红颜为君绝"以为国捐躯的悲壮色彩③。经过这样一番艺术加工与改造，李、杨已远非历史原型，而是得到了净化的艺术形象，其理想化的爱情诉求也得到了有力凸显，正如洪昇的同学徐麟所说："或用虚笔，或用反笔，或用侧笔、闲笔，错落出之，以写两人生死深情，各极其致。"④

　　周明先生据《例言》中的"马嵬之变，已违夙誓"两次提及洪昇认为李、杨没有真正的爱情。笔者以为这是误读，主要有三点理由：首先，这是对《例言》的断章取义，前引《例言》明确说"念情之所钟，在帝王家罕有"，整合李、杨故事的目的是"专写钗盒情缘"，可见在洪昇心目中两人的爱情是感人的。其次，这是对文本的误读，作者借牛郎、杨通幽、杨

① 福斯特：《小说面面观》，方土人译，《小说美学经典三种》，上海文艺出版社1990年版，第237页。
② 按：《长生殿》篇幅很长，却只有《埋玉》《觅魂》两出轻描淡写地提到唐明皇的年岁，《埋玉》中杨贵妃临死前叮嘱高力士时说"圣人春秋已高"，《觅魂》里杨通幽为明皇辩白时说"单则为老君王钟情生死坚，旧盟不弃捐"。可见作者对两人之间的年龄差距是有意淡化的。
③ 按：《哭像》中唐明皇说"只念妃子为国捐躯"，《神诉》中马嵬土地说杨妃"一霎时如花命悬三尺组，生擦擦为国捐躯"，无疑是拔高了杨妃形象。
④ 洪昇著，徐朔方校注：《长生殿》，人民文学出版社1958年版，第225页。

贵妃三人之口反复为唐明皇的"马嵬之变,已违夙誓"辩解,表明他"钟情生死坚,旧盟不弃捐"(《觅魂》)①。最后,两人用"痴情一点不泯"感动天孙而在天宫重圆,历尽劫难后实现了七夕盟言。因此,无论从《例言》还是从戏曲文本看,对于李、杨而言:爱,是不能忘记的!这种深情拨动着历代观众与读者的心弦。

《长生殿》上半本的叙事重心是两人坠入情网、沉迷爱欲,即"占了情场"。在经历了《定情》《幸恩》《献发》《絮阁》《密誓》等风波曲折之后,杨妃终于战胜了所有情敌,获得了"集三千宠爱于一身"的专宠地位。换言之,两人经过一段漫长的爱情长跑,李对杨的爱情完成了由"花心"向"专一"的蜕变,真正成为在帝王家罕有的痴情皇帝,杨妃通过"情深妒亦真"的艰苦努力终于完全赢得了李隆基的真心。而作者对杨家"恁僭窃,竞豪奢夸土木","朱甍碧瓦,总是血膏涂"的批判,对安禄山《贿权》《陷关》等社会恶果的揭露,即"弛了朝纲",是作为爱情的社会大背景描写的。《长生殿》共50出,写李、杨爱情的至少有30出,尤其最后11出浓墨重彩地写死别后两人的"人鬼情未了",《冥追》《闻铃》《情悔》《哭像》《补恨》《寄情》《重圆》等成为重点场次,《骂贼》《刺逆》《收京》等有关家国的大事均是作为沉迷于情的社会大背景来写的。从所用篇幅和投入精力看,作者显然重在表现永恒不灭的爱情。反对爱情主题说的董每戡先生亦无法否认《长生殿》叙事结构对生死不渝之情的彰显,他说:"如果就主题思想来看,后四分之一实属多余,因如此办,便显得过分渲染了李隆基和杨玉环两人一往情深……后十多出戏,专在生死不渝的爱情上着眼,尽情渲染,自生喧宾夺主之弊,同时写上这样一个为事理所无的结局,落入团圆的俗套,让主题思想变成为歌颂男女恋情,冲淡了

① 按:《丛合》中牛郎说:"国事危,君王有令也反抗逼,怎救的、佳人命摧。想今日也不知怎生般悔恨与伤悲。"《觅魂》中杨通幽说:"那上皇呵,精诚积岁年,说不尽相思累万千。"《补恨》中杨贵妃说:"伤嗟,岂是他顿薄劣!想那日遭磨劫,兵刃纵横,社稷贴危,蒙难君王怎护臣妾?妾甘就死,死而无怨,与君何涉?"这些说明唐明皇对杨妃的爱情在《密誓》后就一直如"磐石无转移"。

应有的思想性，在艺术上画蛇添足，有尾大不掉之感！"①

李、杨爱情给社会、国家带来了如此深重的灾难，极易使人反感、厌恶，如何博得受众的同情和谅解呢？这是一个叙事难题，洪昇巧妙构思了《情悔》来化解这一矛盾。杨妃死后意识到自己招致的深重灾难，并进行了发自内心的真诚忏悔，从而获得了谅解。"见你拜祷深深仔细听，这一悔能教万孽清。"（《情悔》）"既悔前非，诸愆可释。"（《神诉》）均是明证。如此一转，后面对两人至情的颂扬才显得自然而合理。李、杨生死不渝的爱情不但感动了世间的凡人取得了谅解，而且感动了天界的神仙为其重续前缘，即嫦娥所云："不想天孙怜彼情深，欲为重续良缘。……情儿久，意儿坚，合天人重见。因此上感天孙为他方便。"（《重圆》）耐人寻味的是，为其爱情所感动，并最终尽力使其在天宫重圆的正是神话传说中追求自由、永恒爱情的艺术符号——牛郎、织女，他们是"银河碧落神仙配"，更是"愿教他人世上夫妻辈，都似我和伊，永远成双作对"的"情场管领"（《怂合》）。用爱神见证"生死风波总不妨"的至情，并力助两人天上重圆其目的不是很明显吗？人生短暂，浮世如梦，附丽于物理生命的情已经消解，然而超越时空、坚如金石、永恒不灭的爱情则可以在天界获得永生。

周明先生力主"情缘总归虚幻"说的曲词证据是《重圆》中的三支【三月海棠】和【永团圆】，织女所唱两支为：

> 忉利天，看红尘碧海须臾变。永成双作对，总没牵缠。游衍，批风抹月随风遣，痴云腻雨无留恋。收拾起钗和盒旧情缘，生生世世消前愿。

> ［贴向旦介］羡你死抱痴情犹太坚，［向生介］笑你生守前盟几变迁。总空花泡影当前，总空花泡影当前，扫尘凡一起上天。

---

① 董每戡：《五大名剧论》，人民文学出版社1984年版，第467—468页。

唐明皇、杨贵妃所唱两支为:

敬谢嫦娥把衷曲怜,敬谢天孙把长恨添。历愁城苦海无边,历愁城苦海无边,猛回头痴情笑捐。

神仙本是多情种,蓬山远,有情通。情根历劫无生死,看到底终相共。尘缘倥偬,忉利有天情更永。不比凡间梦,悲欢和哄,恩与爱总成空。跳出痴迷洞,割断相思鞚;金枷脱,玉锁松。笑骑双飞凤,潇洒到天宫。

乍一看,上引四曲似有否定情缘之意,笔者以为要理解其含意必须结合具体的文本语境。开首,杨通幽唱:"情一片,幻出人天姻缘。但使有情终不变,定能偿夙愿。"随后,嫦娥说了上引天孙怜彼情深之语,织女又说:"上皇,太真,你两下心坚,情缘双证。"凡此无不强调两人一往情深的非凡能量。织女对李、杨所说"如今已成天上夫妻,不比人间"是我们准确理解四曲的指南,四曲的立足点是天上夫妻与人间夫妻的对比,用天上情缘的永恒长久来反衬尘世情缘的短暂易逝,即"天上留佳会,年年在斯,却笑他人世情缘顷刻时"(《密誓》),亦即"好会年年天上期,不似尘缘浅,有变移"(《怂合》)。因此,"空花泡影""恩与爱总成空"云云均是就人世的短暂而言,以其反衬李、杨"永成双作对"的超越了时空界限的、理想的爱情。另外,《重圆》有两个【尾声】,其一为"死生仙鬼都经遍,直作天宫并蒂莲,才证却长生殿里盟言",其二为"旧霓裳,新翻弄。唱与知音心自懂,要使情留万古无穷"。吴舒凫认为前者是"结本剧",即高度概括了剧情,后者是"结作者之意",即点明了洪昇的创作意图是"要使情留万古无穷"①。吴氏在《重圆》开端批道:"作者本意与传概满江红相发明,普天下有情人皆当稽首作礼。"②明确指出末出与《传概》前后照应,均是极力宣扬永恒的至情。在此文本语境中,恐怕难以由

① 王季思:《中国十大古典悲剧集》,上海文艺出版社1982年版,第763页。
② 王季思:《中国十大古典悲剧集》,上海文艺出版社1982年版,第759页。

四曲推断“情缘总归虚幻”，否则，普天下有情人向宣扬“情缘总归虚幻”的作者致敬，岂不有悖常理？

周明先生持其说的核心关目依据是李、杨升入忉利天的情节，认为持爱情说者均忽略了它。忉利天指欲界六天中之第二天，本为佛教术语。常在戏曲、小说中被袭用，在《长生殿》中它指谓什么呢？从天孙的两处宾白：“我当上奏天庭，使你两人世居忉利天中，永远成双，以补从前离别之恨。”（《补恨》）“鉴尔情深，命居忉利天宫，永为夫妇。”（《重圆》）以及“忉利有天情更永”的唱词可以推知，在忉利天是有夫妻之情的，只不过与人世之情有所不同罢了。两者有何差异？《长生殿》未给确解，反而是汤显祖《南柯记》为我们指明了路径，其第44出《情尽》云：

> ［生］天上夫妻交会，可似人间？［旦］忉利天夫妻就是人间，则是空来，并无云雨。若到以上几层天去，那夫妻都不交体了，情起之时，或是抱一抱儿，或笑一笑儿，或嗅一嗅儿。夫呵，此外便只是离恨天了。但和你莲花须坐一回，恰便似线穿珠滚盘内。便做到色界天和你调笑咦，则休把离恨天胡乱踹。①

此处表述十分明确，忉利天的夫妻和人间一样，只是交会时“并无云雨”而已，即所谓“痴云腻雨无留恋”。易言之，在忉利天夫妻是重真情而轻肉欲的。忉利以上几层天夫妻之间依然有情（观“情起之时”一语可知），但肉欲色彩更加淡薄。因此，李、杨在忉利天永为夫妇实现了“愿世世生生，共为夫妇，永不相离”（《密誓》）的海誓山盟，可见洪昇并未否定真情，而是淡化了其中的欲的色彩，强调理欲合一，以理节欲罢了，这是对晚明张扬自然人欲思潮的深刻反思，与清初的社会思潮桴鼓相应。

---

① 汤显祖著，徐朔方笺校：《汤显祖全集》，北京古籍出版社1999年版，第2433—2434页。

三、因合而用之，专写钗盒情缘

古代戏曲家非常重视戏曲的总体结构布局，强调对整体剧情成竹在胸后方可创作，坚决反对枝蔓横溢、颠倒零碎之弊。明代曲论家王骥德云："作曲，犹造宫室者然。工师之作室也，必先定规式，自前门而厅、而堂、而楼，或三进、或五进、或七进，又自南厢而及轩寮，以至廪庾、庖湢、藩垣、苑树之类，前后、左右，高低、远近，尺寸无不了然于胸中，而后可施斤斲。作曲者，亦必先分段数，以何意起，何意接，何意作中段敷衍，何意作后段收煞，整整在目，而后可施结撰。"①其结构意识清晰可见，但以工师建宅喻戏曲布局稍显机械、生硬，清代曲论家李渔进一步赋予戏曲结构以生命美学之意义，他说："至于'结构'二字，则在引商刻羽之先，抽毫拈韵之始，如造物之赋形，当其精血初凝，胞胎未就，先为制定全形，使点血而具五官百骸之势。倘先无成局，而由顶及踵，逐段滋生，则人之一身，当有无数断续之痕，而血气为之中阻矣。"②其实，充分重视道具在整个剧情中的作用，并将之作为总体构思的重要组成部分，是解决戏曲结构问题的不二法门。在一个成熟的戏曲家笔下，道具往往成为贯串全剧情节的线索，作为人物悲欢离合的见证和解决矛盾的关键，甚至成为主题思想的一种象喻。《长生殿》即如此，作者在《例言》中明确地表示整合李、杨传说的目的是"专写钗盒情缘"，情缘而以物名贯之，彰显出他运用道具的艺术自觉。

洪昇在《长生殿》中为了突出爱情主线，多次描述到"钗盒"意象，并以之作为维系李、杨喜怒哀乐、离合悲欢的固着点，通过对这一道具的匠心独运的使用，进而形成强有力的情节向心结构，套用《桃花扇凡例》

①王骥德：《曲律》，《中国古典戏曲论著集成（四）》，中国戏剧出版社1959年版，第123页。

②李渔：《闲情偶寄》，《中国古典戏曲论著集成（七）》，中国戏剧出版社1959年版，第10页。

之语，则"钗盒譬则珠也，作《长生殿》之笔譬则龙也，穿云入雾，或正或侧，而龙睛龙爪，总不离乎珠，观者当用巨眼"。如此一来，有效规避了传奇结构容易出现的结构松散、拖沓、板滞等毛病，使作品主题须臾不游离于爱情。钗盒是李、杨的定情信物，其重要作用开篇伊始即露端倪。在《定情》中，洪昇于杨玉环进宫更衣后，专门用了李、杨所唱两支曲子对钗盒的外观、质地及寓意加以描述与揭示，唐明皇【越调近词·绵搭絮】：

这金钗、钿盒，百宝翠花攒。我紧护在怀中，珍重奇擎有万般。今夜把这钗呵，与你助云盘，斜插双鸾；这盒呵，早晚深藏锦袖，密裹香纨。愿似他并翅交飞，牢扣同心结合欢。

杨贵妃【前腔】：

谢金钗、钿盒赐予奉君欢。只恐寒姿，消不得天家雨露团。恰偷观，凤蒼龙蟠，爱杀这双头旖旎，两扇团圞。惟愿取情似坚金，钗不单分盒永完。

洪昇在此之所以不惮辞费地连用两支曲子，其目的并不在于描绘金钗、钿盒的流光溢彩与价值连城，而在于揭示其所寄托的爱情寓意，即"愿似他并翅交飞，牢扣同心结合欢"，"惟愿取情似坚金，钗不单分盒永完"。换言之，作者关注的焦点是钗盒的象征意义及其在剧中的艺术功能。确如吴舒凫所言："钗盒乃本传始终作合处，故于进宫更衣后，特写二曲，以致珍重之意。非止文情尽致，场上并有关目。"[①]

在定情之后，李、杨的爱情经历了风风雨雨、曲曲折折，随着剧情的推演，两人的感情越来越真挚、越来越深切，但洪昇片刻不忘提钗盒在

---

① 王季思：《中国十大古典悲剧集》，上海文艺出版社1982年版，第616页。

李、杨爱情生活中的重要作用。"钗盒自定情后凡八见：翠阁交收、固宠也；马嵬殉葬，志恨也；墓门夜玩，写怨也；仙山携带，守情也；璇宫呈示，求缘也；道士寄将，征信也；至此重圆结案。大抵此剧以钗盒为经，盟言为纬，而借织女之机梭以织成之。呜呼，巧矣。"①吴舒凫之评点深得会心。确实，两人的感情生活始终不离钗盒，它俨然成为其爱情生活不可或缺的有机组成部分，又是推动情节发展的有力动因。杨妃生前，两人爱情的沉迷、波折；杨妃死后，两人的追忆、寻觅；杨妃证仙后，两人的情缘永证等，处处均藉钗盒出之。可以说，每一次钗盒的出现几乎都伴随着两人感情的深化与纯化，爱情主线因而显得更加突出、更加鲜明了。

　　实际上，"钗盒自定情后凡八见"主要是就其作为可视的实物"砌末"出现在舞台上而言的，如果算上曲词、宾白中的"钗盒"意象则远不止此数。据笔者统计，全剧共有十八出涉及此意象（有几出中不止一次涉及），这样，作者通过对"钗盒"道具的合理使用，不但起到"减头绪"的作用，而且收到"密针线"之效果，更进而使之成为统摄全剧的主题意象。正如罗钢所说："象征并不是诗歌的专利，在叙事作品中，比较重要的是一种主题性象征，它和我们上面列举的那些局部的隐喻和象征不同，这种象征通过一再重现，贯串整个作品，它与作品所要表现的主题有着密切的关系……不过，判断一个象征是不是主题性象征，主要还不是看它在文本中重复次数的多寡，而是根据它与作品主题的内在联系来确定。"②在《长生殿》中，钗盒不但出现频率极高，而且自始至终被作者赋予象征爱情的意义，如"惟愿取情似坚金，钗不单分盒永完"（《定情》），"同心再合，双股重偻"《得信》，"同心钿盒今再联，双飞重对钗头燕"（《重圆》），其寓意均非常明显。

　　可见，钗盒承载着两人生生死死的理想爱情，成为贯穿全剧的主题意象，是一种"有意味的形式"。洪昇通过对这一主题意象的成功经营，把李、杨"情根历劫无生死，看到底终相共"的理想爱情有力地彰显出来，

① 王季思：《中国十大古典悲剧集》，上海文艺出版社1982年版，第762页。
② 罗钢：《叙事学导论》，云南人民出版社1994年版，第15页。

引起历代观众、读者的感动与共鸣。假如宣扬"情缘总归虚幻"是《长生殿》的主题，从主题道具的合理运用上，应像《桃花扇》"撕扇"一样，毁灭承载爱情的钗盒，给人当头棒喝，使其顿悟爱情之虚无，或像《南柯记》"化槐"一样，将钗盒变为槐枝、槐荚，予人诞妄荒唐之感，促其警醒爱情之无稽①。

结　语

周明先生认为《长生殿》展示了情的沉迷、情的祸害、情的顽固、情的幻灭，笔者则以为它呈现的是情的沉迷、情的祸害、情的升华、情的永恒，表现情的沉迷、情的祸害固然是作品前半部的重要内容，但是洪昇的叙事重心显然在于后半部分情的升华与情的永恒。"借太真外传谱新词，情而已"是作者的主观创作意图，"但果有精诚不散，终成连理"是作品的叙事结构，"因合而用之，专写钗盒情缘"体现了主题道具使用的艺术匠心。因此，《长生殿》的主题并非是"情缘总归虚幻"，而是要表现超越生死、坚如金石的理想化的爱情，即"两情若到真深处，生死风波总不妨"的动人爱情，其目的是"要使情留万古无穷"。

[原载《文学评论丛刊》第10卷第2辑]

---

①有意思的是在《南柯记》中，淳于棼与公主的定情信物是"犀盒金钗"，应该与《长生殿》中的"金钗钿盒"有相似的寓意，然而，在《情尽》中金钗化作槐枝，犀盒化为槐荚子，明显给人以幻灭之感。

一片痴情敲两断，桃花扇底送南朝

——浅析《桃花扇》主题意象的美学功能

清代戏剧家孔尚任在《桃花扇凡例》中说："剧名《桃花扇》，则桃花扇譬则珠也，作《桃花扇》之笔譬则龙也。穿云入雾，或正或侧，而龙睛龙爪，总不离乎珠；观者当用巨眼。"①由此可见他以桃花扇绾合众多情节关目的自觉意识，这一点论者已夥，兹不赘述。我们从意象经营的角度指出，桃花扇既是经过敷彩、设色后渐次生成的复合意象，更是统摄全篇的主题意象。随着剧情的发展，一把普通的定情宫扇逐步演进为具有丰富、深刻美学内涵的桃花扇，作者借助这一主题意象营造出弥漫全剧的凄美、感伤的艺术境界，完美地实现了"借离合之情，写兴亡之感"的创作意图。本文立足于意象叙事，试图从四个层面揭示桃花扇意象所蕴涵的四重美学功能。

首先，扇面桃花象征了李香君的青春美艳。在《眠香》中，侯方域流寓南京，得到阉党余孽阮大铖的资助梳拢江淮名妓李香君。两情相悦之际，侯方域送给香君一柄洁白的宫扇作定情信物，并在扇面上即兴题诗："夹道朱楼一径斜，王孙初御富平车。青溪尽是辛夷树，不及东风桃李花。"对此，苏昆生不满地说："俺们不及桃李花罢了，怎的便是辛夷树？"这时，桃花是作为扇面题诗的一个意象出现的，意思非常清楚，即通过"辛夷树"与"桃李花"的鲜明对比，聚焦于其外在形象，赞美李香

---

① 孔尚任著，王季思、苏寰中、杨德平注：《桃花扇凡例》，《桃花扇》，人民文学出版社1959年版，第11页。本文所引曲文均摘自此本。

君的青春美艳。侯方域"正芬芳桃香李香，都题在宫纱扇上"的感慨也明确了用桃李灿烂绽放与香气袭人形容香君明艳照人、妩媚风流的意图。在"血溅诗扇"后，杨龙友就着香君红艳的血痕画成几笔折枝桃花，亦着眼于其"艳"。这是对中国文学史上以桃花比喻女性青春美艳传统的承继与发挥。最早用桃花比喻青春美少女的是《诗经·周南·桃夭》之"桃之夭夭，灼灼其华"。《文心雕龙·物色》肯定它是千载不可移易的佳构并指出"故灼灼状桃花之鲜"。清人姚际恒在《诗经通论》中说："桃花色最艳，故以喻女子，开千古词赋咏美人之祖。"①方玉润亦云："桃夭不过取其色以喻之子，且春华初茂，即芳龄正盛时耳，故以为比，非必谓桃夭时，之子可尽于归也。……（一章）艳绝，开千古词赋香奁之祖。"②两人均道明用桃花喻女子是从美艳、青春着眼。此后以艳丽的桃花象喻少女的美丽馨香和青春气息之作屡见不鲜，近乎成为一种文学描述范式。诸如"面如桃花""艳若桃李"等套语成为表达青春女性光彩照人、妩媚风流的艺术符号。不难看出《桃花扇》继承了传统文化基因，根据现成的艺术思路加以变异、改造，毫不费力地把女主人公明艳鲜活的形象刻画得呼之欲出、跃然纸上。客观公允地说，《却奁》之前，李香君在侯方域的眼里只不过是个具有天姿国色的客体化的尤物，易言之，他对香君只是"赏玩风态而已"，所谓爱慕也停留在"徒悦其色而不征其情性"的层面。③此前侯、李之情与一般文人狎妓的风流韵事没有什么本质差别，两人之间远未达到灵魂在场的两情相契的地步。

其次，扇面桃花是李香君飘零身世和悲剧命运的外化。桃花是争春、迎春开放的，吐蕊绽放时香气袭人、娇艳无比。然而桃花的花期不长，容易凋零、败落，很快就"花谢花落飞满天，红消香断有谁怜"了，最终难免"零落成泥碾作尘"的悲惨结局。职是之故，它往往也隐喻着青春红颜落拓不偶的命运。《桃花扇》中亦显然有此寓意。在《寄扇》中，香君对

---

① 转引自金启华等主编：《诗经鉴赏辞典》，安徽文艺出版社1990年版，第14页。

② 方玉润：《诗经原始》，中华书局1986年版，第82—83页。

③ 沈既济：《任氏传》，鲁迅校录《唐宋传奇集》，齐鲁书社1997年版，第21页。

扇自悲身世："咳！桃花薄命，扇底飘零。多谢杨老爷替奴写照了。"丹青描画不成的鲜艳桃花与其难免飘零、委落风尘的命运仿佛成为李香君悲剧命运和飘零身世的一种镜像。实际上这既是对李香君当下不幸命运的一种概括，也构成对她之后坎坷多舛生涯的一种预叙，从而超越了传统的美人迟暮之感，包含了丰富深刻的社会历史内涵。李香君自毁花容，付出了血的代价才躲过田仰逼嫁之难，但她没有改变反抗权奸、抨击邪恶势力的正义立场。在《骂筵》中，阮大铖、马士英之流强行招香君侑酒以助其荒淫，她不畏强暴冒着生命危险痛斥权奸："堂堂列公，半边南朝，望你峥嵘。出身希贵宠，创业选声容，后庭花又添几种。把俺胡撮弄，对寒风雪海冰山，苦陪觞咏。"此时其爱情已和国家命运联系在一起，她仗义执言为正义骂贼："东林伯仲，俺青楼皆知敬重。干儿义子从新用，绝不了魏家种。"被马士英的爪牙推倒在冰雪之中，她仍然不屈不挠骂不绝口："冰肌雪肠原自同，铁心石腹何愁冻！"因此遭到报复被选入皇宫内廷教唱曲子。南明王朝灭亡之后，她乘乱混出皇宫逃难，备尝流离播迁之苦。通观其人生道路与爱情波折，真可谓命运多舛，遭际堪伤。以写花来隐约曲折地表现人物命运的手法在《红楼梦》中达到了巅峰状态。值得注意的是，曹雪芹写林黛玉不幸命运时也使用了桃花意象，林黛玉所作《葬花吟》《秋窗风雨夕》《桃花行》均具浓郁的悲剧意味，合成了表现其悲剧命运的三部曲。其中《桃花行》是最后一首，诗歌以桃花的飘零、憔悴象征着林黛玉的悲剧命运，使全诗弥漫着忧伤、绝望的情调，增强了震撼人心的悲剧力量，或许与《桃花扇》的桃花意象有一定精神血脉上的联系。

　　复次，扇面桃花进一步象征李香君忠贞不渝的爱情追求与是非分明的政治操守。侯、李成亲之后，细心的香君从杨龙友处获悉自己的妆奁是阮大铖别有用心的暗中资助。此时，侯方域不能坚守道德底线，竟然堕入阮大铖的圈套，同意替他向复社文人求情，几乎丧失政治操守，犯下严重的错误。与之形成强烈反差的是香君"贫贱不能移"，慧眼辨忠奸，坚决"却奁"并一针见血地指出："官人之意，不过因他助俺妆奁，便要徇私废公；那知道这几件钗钏衣裙，原放不到我香君眼里。"随后毅然拔簪脱衣自我表白："脱裙衫，穷不妨；布荆人，名自香。"多么掷地有声，多么荡气回肠，多么义正词严！一个风尘女子的高瞻远瞩使侯方域如梦方醒自愧弗如："好，好，好！这等见识，我倒不如，真乃侯生之畏友也。"在深明大义、立场坚定的香君的正确指引下，侯方域与阮大铖断绝了关系使其阴谋没有得逞。非凡的胆识与政治远见不仅令她成为侯生的"畏友"，而且也赢得了复社文人由衷的敬重，他们尊称她为"老社嫂"。李自成攻破北京，马士英等人乘机拥立福王，阮大铖等因而得势，借机报复复社文人与侯方域、李香君，强逼香君嫁给马士英的党羽田仰。"疾风知劲草，板荡显忠臣"，在与恶势力直接冲突的风口浪尖上，香君对爱情的坚贞与反权奸的政治态度得到有力地聚焦与彰显。她"富贵不能淫"，声称"奴是薄福人，不愿入朱门"；她"威武不能屈"，面对百般逼迫，誓死"守楼"，为了保持节操自毁花容、血溅诗扇。扇面上的几枝灼灼桃花是杨龙友就着其血迹点染而成。画桃花的颜料竟然是李香君的鲜血，多么尖新奇特，多么匪夷所思，而这恰恰就是激发作者创作激情的兴奋点，也成为李香君高洁品格的物质载体。"传奇，传奇，无奇不传。"从某种角度看，《桃花扇》正是借助了这一新颖的情节关目才得以传之久远的。孔尚任在《桃花扇本末》中曾说："独香姬面血溅扇，杨龙友以画笔点之，此则龙友小史言于方训公者。虽不见诸别籍，其事则新奇可传，《桃花扇》一剧感此而作也。南朝兴亡，遂系之桃花扇底。"①"血溅诗扇""画扇"是全剧最关键的两个情节关目，也是其新奇可传的最重要的叙事元素。《桃花扇小识》揭示了它所包含的双重意蕴："桃花扇何奇乎？其不奇而奇者，扇面之桃花也；桃花者，美人之血痕也；血痕者，守贞待字，碎首淋漓不肯辱于权奸者也；权奸者，魏阉之余孽也；余孽者，进声色，罗货利，结党复仇，隳三百年之帝基者也。"②扇面的桃花是由香君的鲜血点染而成的，因

---

① 孔尚任著，王季思、苏寰中、杨德平注：《桃花扇本末》，《桃花扇》，人民文学出版社1959年版，第5页。
② 孔尚任著，王季思、苏寰中、杨德平注：《桃花扇小识》，《桃花扇》，人民文学出版社1959年版，第3页。

此它成为表现李香君高洁人格的重要意象,涉及两个向度:其一是李香君对待爱情的品格——忠贞不渝、之死靡它;其二是李香君对待忠奸斗争的品质——是非分明、立场坚定。血溅诗扇是挫败阮大铖借机报复的历史见证,也是香君"宁为玉碎,不为瓦全"刚烈品格的传神写照,更是塑造香君形象最具光彩的一笔,与杜十娘的愤而投江有异曲同工之妙。就鲜明的政治品格而言,香君当之无愧地成为中国女性文学形象中独特的"这一个",这也是《桃花扇》区别于才子佳人戏曲、小说的最显著特征。

最后,被毁的桃花扇象征着国破家亡之后的爱情幻灭感、人生虚无感和历史悲剧感。作者独特抽象的爱情理念、历史反思、人生观照在"撕扇"这一极具爆发力与冲击力的舞台动作中得到有力的凸显,召唤着受众在强烈的震撼中陷入深深的思索。普通的男女之情因融入了政治斗争、家国兴亡而显得异常复杂,一对有情人历尽悲欢离合,备尝相思断肠之苦,在腐朽的南明王朝灭亡后,终于在栖霞山意外相逢,其喜出望外可想而知。但是,孔尚任一反人们的期待视野,破除生旦团圆之成例,在《入道》中,侯、李对着桃花扇苦叙离别相思之情,当两人旁若无人地缠绵悱恻之际,道士张瑶星裂扇掷地并怒骂:"呵呸!两个痴虫,你看国在那里,家在那里,君在那里,父在那里,偏是这点花月情根,割他不断么?"当头棒喝敲断痴情,使他们看破历史的虚无,人生的空幻,双双斩断情丝,出家入道。张瑶星的唱词:"你看他两分襟不把临去秋波掉。亏了俺桃花扇扯碎一条条。再不许痴虫儿自吐柔丝缚万遭。"再一次强调撕碎桃花扇的重要功能意义。此前,桃花扇一直牵缠着两人的爱情,既是定情信物,也是香君美貌的象喻,既是香君红颜薄命的隐喻,也是她美好品格的象征,凡此种种均与"离合之情"紧密相连,是两人爱情具象的承载物。因而,"撕扇"不同于一般的舞台动作,而具有深刻的象征意味,被撕碎的是其承载的轰轰烈烈、生死缠绵的爱情,也是支离破碎、没有归宿的人生,更是家国灭亡的深哀剧痛。个人的儿女之情与家国兴亡之间是一种相互依存的关系。个人爱情必须有所附丽,家国的失败,民族的毁灭使个人的爱情失去了生长、培育的土壤,枯萎凋零走向幻灭也就势在必然了。"皮之不存，毛将焉附"，就是作者对群己关系，家国兴亡与儿女之情之间逻辑关系的理解。

综上所述，桃花扇意象蕴涵丰富，是"有意味的形式"，如果说孔尚任以之象征香君的青春美艳、飘零命运主要呈现出递相沿袭的特点，是"因"多于"革"的话，那么用它象征人格的高洁、人生的空幻、历史的虚无则是作者独出机杼的原创，显示出高超的艺术才能。鲁道夫·阿恩海姆指出："艺术家相对于普通人的真正的优越之处是，他不仅能够得到丰富的经验，而且有能力通过某种特定的媒介，去捕捉和体现这些经验的本质和意义，最后把它们变成一种可触知的东西。"[1]孔尚任即如此，以桃花扇意象为媒介使历史的悲怆感、人生的虚无感、爱情的幻灭感变得具体可感，引起我们强烈的共鸣与震撼，真可谓"一片痴情敲两断"，"桃花扇底送南朝"。《桃花扇》成功的意象叙事之法应当引起现代剧作家的重视，成为其效法的对象。

[原载《中国戏剧》2006年第8期]

---

① 鲁道夫·阿恩海姆：《艺术与视知觉》，滕守尧、朱疆源译，四川人民出版社1998年版，第226页。

从李氏看《金凤钗》的美学意蕴

元代是异族入主中原的时代，落后民族的统治导致伦理纲常的一度废弛，然以扶持伦理纲常为己任的文人在创作时却特别注重高台教化的作用，因而元杂剧中普遍存在着"妻贤"模式，或正面讴歌温良恭顺的贤妻，或反面鞭挞悍妒淫荡的恶妇，以至于妻子角色几乎沦为纲常的图解。然而，《金凤钗》打破了这种传统的思路和写法，塑造了李氏这么一个说不得贤愚、论不得美丑的活生生的形象，从而独出机杼地揭示了人物内心的丰富和性格的复杂，展现出真实而平凡的家庭生活图景。

在"妻贤"模式的元杂剧中，人物多是从伦理观念出发塑造的，妻子们的贤良与顽强固然让人钦敬，但人物也因而缺乏血肉与可信度。姑以《破窑记》和《举案齐眉》为例，在《破窑记》中，刘月娥出场即示人以不以富贵易心、只重白衣卿相的品性，抛绣球择偶时有意选中吕蒙正，执意与之完婚。成婚前，刘月娥被父亲剥去衣服头面逐出家门，仍无怨无悔，表示要"守着才郎，恭俭温良"。婚后恪守妇道，在父亲送衣食接济时，坚持先夫后己。吕蒙正应举之年未归，她坚决拒绝丈夫派来试她心意的媒婆，矢志死也不坏风俗。丈夫衣衫褴褛归来，她没有任何抱怨，反而巧言安慰。在《举案齐眉》里，孟光与梁鸿指腹为婚，梁父母早亡，家庭一贫如洗。孟光排除阻挠一心要嫁梁鸿，而且趁父母外出时探望他，把锦衣换成布袄以示真心。被赶出家门后仍三餐举案齐眉，抵挡住富贵人的戏辱，鼓励丈夫上京应试。两作中的女主人公皆表现出"富贵不能淫，贫贱不能移"的崇高精神和苦志守节、感情执着的可敬品格。这种人品虽然具有道义上的崇高感，但统观全剧，她们对多次冲突与困境，始终坚持着"夫唱妇随"的伦理规范，之死靡他，困厄也好，诱惑也罢，激不起她们心中的一丝波澜。她们的性格是定型化的，没有任何发展变化的轨迹。在这里，剧作者让主要角色作为封建伦理道德思想的负载者和代言人，因此也使思想窒息，仅仅依照统治阶级的意志，苍白无力地把主要人物捏合成高台教化的传声筒。主要人物的行为、动机从某种意义上说已丧失了作为"真人"的个体人格精神和自由意志，从而成为被统治者意志异化了的"非人"，成为被注入封建礼教思想的傀儡。李渔曾说："欲劝人为孝，则举一孝子出名，但有一行可纪，则不必尽有其事，凡属孝亲所应有者，悉取而加之……其余表忠表节，与种种劝人为善之剧，率同于此。"（《闲情偶寄》卷一"词曲部"上"审虚实"）明确道出了剧作者的创作动机和创作方法。随着伦理化的加强，类型化人物的出现也就不可避免，从而造就了元杂剧中有生形而无生气，如泥人木马似的贤妻形象。

然而，《金凤钗》的作者打破了这种局面，塑造出了完整、复杂的妻子形象。李氏作为妻子，其性格中有泼辣、无情、不贤的一面。作者在剧本的前半部分通过对她三要休书事件的描绘，把这一印象深深楔入读者的脑海。赵鄂携妻挈子进京应试，考前家中即欠债断粮，此时李氏吵着要休书，赵被逼无奈，只有表明中举的信心，用对将来之憧憬暂缓家庭内的矛盾。这样，开篇即先声夺人地定下了李氏为妻不贤的性格基调。接着，作者进一步强化这一印象。赵鄂在状元及第又因朝仪失简而遭废黜后，心里异常苦闷颓丧，沉重的打击使他不禁悲叹人生无常。按传统的伦理要求，李氏应当婉言解劝落寞失望的丈夫，不能有任何怨尤。但情形恰恰相反，李氏先前听说丈夫状元及第，想着以后衣食无虞，自己做夫人县君，带着儿子上街来迎接凯旋的赵鄂，不由得春风满面、喜上眉梢。谁料迎来的却是夫人梦的幻灭，于是，她大发雷霆，无视丈夫悲伤凄凉的心境，直言讥刺他："你这等模样，还不与我休书。快将休书来！"因为极度失望和家中困窘，她竟丧失理智地对丈夫进行人身攻击,而且语气斩截有力,毫无商量的余地,其强悍、泼辣、无情更甚于前。妻子的泼悍使赵鹗忍不住发出"我且不问嫌夫窨桑新妇,我则打这恨爹穷忏逆贼"的无奈之辞。气极愤极的丈夫尚不敢撄其锋,李氏平日的强硬于此可见。经过对二要休书的渲染,作者在李氏"不贤"的底色上又抹上一层浓重的油彩。在妻子的步步紧逼下,赵鹗节节败退,只得卖诗糊口。他的第一次笔酬用于救人危困,李氏知道后当街便破口大骂,毫无顾忌。骂丈夫是穷弟子孩儿,是叫花子——讥刺发展到谩骂,人身攻击升级到人格侮辱。赵鹗实在忍无可忍,一腔怨气喷薄而出,他斥责妻子"动不动拍着手当街里叫"的泼妇相,抱怨她不顾夫妻恩爱情。至此,"妻不贤极矣"的印象似已无法逆转。但细心的读者会发现,每一次宅乱家反都围绕着一个焦点——衣食无着、栖止无所。根据美国学者马斯洛的需求层次理论,需求分为:生存的需求、安全的需求、社会的需求、自尊的需求、自我实现的需求五个层次。较高级的需求满足须以较低级的需求满足为前提。李氏恰恰处于衣、食、宿这种最基本的生存需求都无法满足的境地,此时苛责她不自尊、不守礼是否恰当?以"无恒产而有恒心"的士的标准来要求李氏是否合理?须知"仓廪实而知礼节,衣食足而知荣辱"。由此看来,李氏为生存问题闹得沸反盈天,也算不得是无理取闹。在封建社会,七尺男儿不能养家实在无法推诿责任,赵鹗对李氏的一忍再忍恐怕也有愧疚的成分。更何况人生于世,孰能无过?李氏有不通情达理的缺点,唯其如此,她才是真实可信的,较元杂剧中的贤妻形象来得亲切动人,更有人情味。作者独具慧眼,切入元代下层社会惨淡的家庭生活,描摹出"贫贱夫妻百事哀"的原生态,具有超时空的穿透力。

如果作者仅停留于此,只不过增加了"妻贤"模式的反面教材,可贵的是作者还表现了李氏性格的另一面——温柔、深情、贤惠。李氏为衣食无着而担心,为儿子饥饿而发愁,在夫妻争吵中,说些过激的话伤害了丈夫并非出于本意,不能说明她真的不贤惠。赵鹗因救人得到十支金凤钗的回报后,李氏为他送饭送水,问寒问暖,关心备至。丈夫"秋

后算账"，她诚恳检讨，希望丈夫忘却不愉快的一幕。李氏对丈夫细致
入微的体恤，对他寒暖饥饱的牵挂，让他痛快泄愤而不顶撞，分明又是
一个温顺、贤良、深情的模范妻子。生存需求满足后，家庭又恢复了常
态，氤氲着融融暖意。李氏前倨后恭并非势利、市侩的表现，两者皆是
对丈夫爱意的真实流露。前者是恨铁不成钢，后者是夫妻恩爱的常情。
恭顺、温良是爱；撒泼、偏激也是爱。夫妻世界本来就是如此微妙复
杂。李氏对丈夫的一往情深在剧烈的矛盾冲突中更得到了充分体现。黑
格尔说："人格的伟大和刚强只有借矛盾对立的伟大和刚强方能衡量出
来……环境互相冲突愈众多，愈艰巨，矛盾的破坏力愈大，而心灵愈能
坚持自己的性格，也就愈显出主体性格的深厚和坚强。"（《美学》第一
卷）面对丈夫蒙受不白之冤将被斩首，李氏发出"男儿也，则被你痛杀
我也"这字字血泪的惨号，感受到"你死了我怎生是好"那情感失重的
锥心之痛。在尖锐的矛盾冲突中，李氏痛不欲生，这正是她对丈夫深
挚、热烈的爱情的集中表白，反证出夫妻间吵闹只是爱情生活的插曲。
此前，李氏虽三要休书却终未舍夫而去，依然与之患难相守，这说明相
濡以沫、同舟共济仍是他们夫妻生活中的主流。赵鄂此时也颇能体谅妻
子的苦楚，由衷地赞叹妻子是贤妇。生离死别的场面、真实炽烈的情
感，怎能不让读者感叹、嗟呀？

　　要之，贤与不贤、泼辣与温柔、深情与无情，种种相反的性格奇妙地
集于李氏一身，在不同环境中表现为不同形式，但无论何时何地，真切的
夫妻情起着统摄作用。因而，人物性格既具整体性又有复杂性。对立的性
格相反相成统一于李氏一身，因而，李氏是活生生的、真实的人物，通过
她，作者揭示了人性的深层面，反映出复杂、繁琐的人生实况。若按福斯
特的说法："在最纯粹的形式中，他们（扁平人物）依循着一个单纯的理
念或性质而被创造出来：假使超过一种因素，我们的弧线即趋向圆形。"
（《小说面面观》）则贤妻们属扁平人物，而李氏显然"超过一种因
素"，当属向圆形人物靠拢的形象。

　　综上所述，元杂剧存在着人物模式化、类型化的倾向，而《金凤钗》

则打破了这种写法与思路，在人物塑造上，它上承史传刻画复杂人物的笔法，又下开后世戏曲、小说塑造圆形人物的先河，由扁平人物向圆形人物迈出了可喜的一步。

[原载《文史知识》2000年第7期]

古代戏曲道具功能简论

中国古典戏曲历来有善于运用道具的传统。道具，本是现代戏剧文学中的术语，古代戏曲中称之为"砌末"。合理运用道具能强化舞台演出效果，吸引观众的注意力，这属舞美范畴。不在本文论述范围内。本文拟从戏曲文本的角度谈谈道具的功能。道具的设置是作家艺术匠心的独特表现，它或者有助于戏曲的严谨结构，或者有利于塑造人物形象，或者能构成象征意象，突显主题。因此，探讨戏曲道具功能是个很有意义的课题。

一

戏曲主要表现历时性的故事，情节需要紧密连属，衔接无痕。通过道具的设置，可以沟通局部关目，便于过渡、承接，也就是李渔说的"密针线"。这样，局部情节连接无痕，整体情节才能流畅圆美。

《救风尘》中，宋引章不听好友赵盼儿的劝告，撇下真心爱她的安秀实，嫁给周舍，因而受尽磨难。剧中矛盾错综变幻，宋引章与安秀实的纠葛，宋引章与赵盼儿的矛盾，周舍与宋引章、赵盼儿的冲突，这些矛盾纠结缠绕，如何贯串颇费思量。但关汉卿巧妙地利用休书这一关键道具，既不着痕迹地承接了前面的情节，又圆满地结束了全剧，同时还凝聚了各种矛盾，揭示出人物性格和主题。由于赵盼儿定计的具体内容是瞒着观众的，也加强了该剧的悬念。前三折没有提到休书，第四折中休书成为联系前后关目的道具，针线细密，引出情节高潮。骗休书是赵盼儿不计前嫌帮助昔日姐妹宋引章，是两人矛盾的解决；赚休书是安秀才实现爱情愿望的途径，是宋引章、安秀实纠葛的消解；得休书，也是赵盼儿、宋引章颇费周折战胜周舍的目的。前三折的剧情和第四折的情节因休书的使用而脉络贯通，情节进展合情合理，剧情成为有机统一的整体。

《荐福碑》中，张镐是胸怀大志的才子，但出仕无门，旧友范仲淹写给他三封荐书，但两次投奔不遇，因而心灰意冷。张浩冒名顶替并派人追杀张镐，幸亏刺客放过他。张镐困居庙中，和尚让他拓几本"荐福碑"碑帖以示资助，龙神却将碑轰碎。前两折剧情以荐书来贯串，和第三折中的事件并无必然联系，作者运用道具来联络前三折情节，用反讽手法使全剧呈现统一态势。张镐的悲惨遭遇和道具名"荐福"形成强烈反差，增强了情节张力，暗示出不遇文人的凄惶命运。无疑，碑成为联系前后关目的暗线，前后情节因用道具而无"断续痕"。

当然，古代戏曲中也有因没有充分运用关键道具而造成缺憾的例子。《琵琶记》完全可以由道具来营造气氛、组织结构，使作品更具艺术魅力。李渔指出："蔡中郎夫妇之传，既以《琵琶》得名，则'琵琶'二字，乃一篇之主。而当年作者，何以仅标其名，不见拈弄其实？使赵五娘描容之后，果然身背琵琶，往别张大公，弹出北曲哀声一大套，使观者听者涕泗横流，岂非《琵琶记》中一大畅事？"①这里着眼点在运用道具营造悲剧气氛。若从道具在结构中的作用而言，前文有道具出现，后文渐次照应，相互勾连，错综成文，全剧情节会有草蛇灰线之妙。

二

古代戏曲家更重视设置道具在整个剧情中的作用，李渔扩而大之，提出"结构第一"的主张："至于'结构'二字，则在引商刻羽之先，抽毫

---

① 李渔：《闲情偶寄·音律第三》，《中国古典戏曲论著集成（七）》，中国戏剧出版社1959年版，第36—37页。

拈韵抽毫之始，如造物之赋形，当其精血初凝，胞胎未就，先为制定全形，使点血而具五官百骸之势。倘先无成局，而由顶及踵，逐段滋生，则人之一身，当有无数断续之痕，而血气为之中阻矣。"①他强调须先成竹在胸，始能挥斥运斧，剧情前后衔接才无穿凿痕迹。而道具设置正是剧作家总体构思的重要部分，是结构整体的法宝，道具往往成为贯串全剧情节的线索，作为人物悲欢离合的见证和解决矛盾的关键。道具在公案剧中往往是破案的线索，情节由此而转折。《魔合罗》中道具是泥塑的观音，它在剧情中起着极重要的贯串作用。李德昌在五道将军庙托卖魔合罗的高山老汉捎口信给妻子。在李德昌家，孩子要买"魔合罗"，李妻没钱，好心的高老汉送给孩子一个，这就为情节的继续发展埋下了伏线。李德昌的堂弟李文道获知消息，先杀了堂兄，然后嫁祸嫂子，令史将她屈打成招。张鼎孔目重审此案，无意中提醒刘玉娘想到"魔合罗"，由此追到高山老汉，很自然地给张鼎提供了破案线索，直到最后真相大白。不难看出，"魔合罗"在剧中的重复出现是与它在全剧结构中的作用紧密相关的。"魔合罗"作为全剧的贯串线，它既连缀了剧中人物刘玉娘、张孔目、高山、李文道，又使全剧冲突集中，结构紧凑。道具在爱情戏中一般是作为信物出现的，它是人物悲欢离合的见证。元剧体制短小，容易集中凝练，而明传奇篇幅宏大，自始至终悲欢离合，有无限情由，无穷关目，情节复杂，极易结构松散、拖沓，节奏板滞、缓慢。然而，善用道具，由此生发种种矛盾，既能产生摇曳跌宕的情节，又能事事皆有依凭，形成强有力的向心结构。《长生殿》的主题向来引起人们争议。如果从作者用主题道具的良苦用心看，那么情的张扬显然比政治讽喻更有力，爱情主题大于政治主题。全剧有两条情节线，情节主线是李杨爱情，情节副线是安史之乱。安史之乱是作为爱情悲剧的社会背景来写的，以此衬托悲情。作者首先肯定本剧"专写钗盒情缘"，情而贯以物名，表明作者自觉运用道具的意识，为突出李杨爱情主线，作品中多次出现"钗盒"，以之维系人物的聚散悲喜，使

---

① 李渔：《闲情偶寄·结构第一》，《中国古典戏曲论著集成（七）》，中国戏剧出版社1959年版，第10页。

作品内容须臾不游离于情的主题。钗盒是李杨爱情信物，它的重要作用在开始已露端倪，玉环进宫更衣后，专门用两支曲子写钗盒，表明作者对它在剧中作用的重视。定情后，李杨爱情曲曲折折，愈转情愈深切，但他们的爱情生活总是片刻不忘提钗盒。吴舒凫说："钗盒自定情后凡八见；翠阁交收，固宠也；马嵬殉葬，志恨也；墓门夜玩，写怨也；仙山携带，守情也；璇宫显示，求缘也；道士寄将，征信也；至此重圆结案。大抵此剧以钗盒为经，盟言为纬，而借织女之机梭以织成之。"[①]这指出在杨生前，李杨爱情中欢娱、波折和钗盒紧密联系；而杨死后，李杨至死不渝的爱情亦借钗盒出之。钗盒是爱情生活的一部分，又是推动剧情发展的有力动因。道具的使用，使爱情主线更突出、更彰显了。

三

性格是由人物的言谈、举止、心理活动来揭示的。戏曲的动作性强烈、丰富，往往有明确的指向性，当它指向道具时，设置道具也就成为刻画人物性格的重要手段。在公案戏中，对关键道具的不同态度鲜明地表现出人物的性格差异。《胭脂舄》中三个问官的个性是通过对胭脂舄的态度显示的。聊城县令胡图果根本无视绣鞋的存在，问案语无伦次，糊里糊涂，笑话百出，除严刑拷打外，别无他能。由此反映了一个昏聩、无能的庸吏性格。济南知府吴南岱知道绣鞋在案件中的关键作用，审案前派人查出此案的有关线索，他在层层推理中却没有彻底查清绣鞋的下落以致造成新的冤狱。施闰章经过逻辑推理排除了宿介作案的可能性，注目于绣鞋，察出其下落，以此作为最后结案的根据。吴、施二人同为清官廉吏，都沉着干练，但吴南岱百密一疏，施闰章滴水不漏，反映了二人性格的同中之异。

巧用道具还是传情的手段，以道具为媒介表现人物的性格。《金翠寒

---

① 王季思：《中国十大古典悲剧集》，上海文艺出版社1982年版，第762页。

衣传情》中男主人公金定奇思妙想，用寒衣传情，这种方法最稳妥，不易被人怀疑，而且金定可以借此了解妻子的心思——她有没有变心。若没变心，告状时可用寒衣作为夫妻关系的见证。通过这一细节性道具的设置，充分表现了金定处事伶俐、慎严、小心的性格特点。同样，翠翠坚贞不渝、至死靡他的爱情，也以寒衣为媒介得到充分展示。她回赠"肠虽已断情难断，生不相从死亦从"这首诗，表明自己坚贞自守的心迹，而且翠翠睹物思人，倍感伤情，"虽不能相偎着暖与寒，猛可里想起他肥和瘦，但略是沾着些气和息，恍一似擦着他皮和肉"。剧中借寒衣衬托人物的悲苦、凄楚的心情，借寒衣刻画人物性格，显示出翠翠对丈夫牵肠挂肚、不能忘情的性格。

《风筝误》与其他作品不同，运用道具时结合误会、巧合等喜剧手法，传一人一事之奇，由此构成喜剧性冲突，加强喜剧性悬念，表现人物的喜剧性格。韩琦仲把匹配佳偶看作比猎取功名更重要的事，他渴望佳丽的心情越迫切，其喜剧性格就表现得越充分。全剧以风筝为线索，情节以一"误"字引出。韩琦仲即景生情，露出希求爱情之思，借风筝寄怨天上，整体情节围绕"题鹞""和鹞"展开，结合误会、巧合手法，构思了"惊丑""诧美"等喜剧关目，借风筝这一道具将韩琦仲的性格表现得淋漓尽致。在风筝上题诗、和诗，反映了他渴望才子、佳人成双的美好愿望，表现他对理想爱情执着追求的品格，而因为误美为丑，百般推辞美好姻缘，实在无法抗拒时，又下定决心"我教你做个卧看牵牛的织女星"，以此贴切、俏皮地反映了他对逼婚不满的心情。主观愿望和客观实际的巨大差异构成了他的喜剧性格，产生了良好的喜剧效果。

还有些作品借道具来即物言志、借题发挥，以表现人物性格。《红拂记》中第三出主人公一出场即手持红拂，引人注目。乐昌公主发问，红拂女借题发挥，抒发情思、志向："玉笋金鞲，挥尘风前乱搅愁。欲待拂除烟雾，拭却尘埃，打灭蜉蝣，春丝未许障红楼，帘栊净扫窥星斗。（背科）若问缘由，谁能解得就中机彀。"这里借道具为题，传达出主人公的心声，她想扫除污浊世界的一切烟雾尘埃，向往纯净的夜空与星斗。背科中更借此披露了悸动在心灵深处的春愁寂寞。第三十四出中徐德言带回红拂，红拂女见物惊疑，"为甚的旧物空归也，只落得万缕千丝搅寸肠"，这里用了六个"莫不是"，"他莫不是未遭逢流转异乡"，"莫不是享荣华富贵把旧恩情浑撇漾"，从不同角度的猜测中刻画了她对李靖的至诚深情。若不是借道具为题发挥抒情功能，揭示其心灵世界，很难集中表现红拂女的性格，且抒情也会因无归依而流于空洞、浮泛。

四

道具设置除有以上功能外，它还有更深层次的功能，即通过道具设置构成统摄全篇又富象征意蕴的整体意象。以此使创作主体深层的抽象情思具象化，进而揭示作品的沉潜意味。韦勒克说："一个'意象'可以被转换成一个隐喻一次，但如果它作为呈现与再现不断重复，那就变成了一个象征，甚至是一个象征（或者神话）系统的一部分。"①戏曲中大多数道具作为密针线或贯串全剧的线索，其反复出现难以构成象征。然而，有些戏曲中道具的反复出现已作为一个整体意象，反映了创作主旨且能表现"弦外之音""象外之象"。

道具因为某方面的特性可以成为一种制度的象征，从而使抽象的制度变为可观可感的生动存在。《虎头牌》中，道具令牌的反复出现，不仅作为结构因素，而且成为一种意象笼罩全篇。主人公山寿马自幼父母双亡，叔父把他养大，剧本的开始反复渲染他和叔父的深厚感情。围猎中，一听叔婶到来，马上断场回家；见了叔叔，表明忘不了养育之恩；在接替金牌上千户的人选上，念叔叔于国有功，授给他金牌。这些构成一种叔侄情深的意象，是人间亲情的象征。然而，叔叔违犯军法，饮酒误事，山寿马定要将之斩首，不许求情，闻知其已将功补过后，仍按军法杖责一百。全剧反映了军法与人情的激烈冲突，军法大于人情。如山寿马所言，让他打叔

---

① 雷·韦勒克、奥·沃伦：《文学理论》，刘象愚、邢培明、陈圣生、李哲明译，生活·读书·新知三联书店1984年版，第204页。

父的不是自己，而是便宜行事的虎头牌。这正点明了虎头牌在全剧中的象征意蕴，它不只是普通的金牌，而是代表了公正严明、决不容私的法律。由此可知，虎头牌在剧中是军纪、军法的象征，山寿马和叔父的矛盾，实际上是法与情的矛盾。道具构成了统摄全篇的主导意象，强调了作者"法不容情"的创作意图。

道具又可以是人物性格的外射，是情的象征。《梅花簪》着重写一"情"字，在某种程度上是向当时扼杀真情的礼教挑战。情的观念要通过人物表现，道具又象征着人物的品性，因而道具作为意象成了"情"的载体。人物愈坚贞愈重情，宣扬情的主旨愈有力。梅和松、竹被诩为"岁寒三友"，这一意象在历代文化传统中积淀，成为一种人格、品行的象征。因为道具的使用、众多的矛盾、冲突都有一种共同的向度——"重情轻理"。簪成为这种观念的外化，象征地显示剧作主旨。作者在《自序》中说："梅取其香而不淫，艳而不妖，处冰霜凛冽之地而不与众卉呈芳妍，此贞女之所以自况耳。"[①]这说明簪以梅花为名，作者深有寄托，它表现一种人格，象征一种"情教观"，暗含了作者对这一人格理想和坚贞不渝的情的向往。杜冰梅自小见识就不同凡响，后来立功绝域，寄寓了作者的民族自豪感和爱国心。因此，簪的象征意蕴得以由儿女情升华为爱国情，道具的设置使作品的内涵更深厚、阔大。

道具还可以象征一种形而上的哲学意蕴，使主题明白晓畅。《桃花扇》中离合与兴亡的凝聚点在桃花扇，一柄题有诗画的宫扇起初只是爱情的信物，剧中通过"赠扇""血溅诗扇""画扇""撕扇"的一系列情节掀起诸多波澜，而且通过扇子写出了戏的悲剧结局。桃花扇在剧中有三重象征意蕴：首先，它是香君姣好容貌的象征，取"桃之夭夭，灼灼其华"之意；其次，它又是香君高洁品行的象征，"血溅诗扇"是她宁死不屈的品格的写照，也是挫败了阮大铖借机报复复社文人的见证；最后，诗扇被毁，它又成为深层历史感的象征。所有这些表明道具是作为复合象征出现

---

① 《梅花簪自序》，转引自《中国古典名剧鉴赏辞典》，上海古籍出版社1990年版，第778页。

在剧中的。李侯爱情是贯串剧情的线索，可以称之为线索结构，而桃花扇则作为象征结构，用它来抒发作者的历史认识、人生感受和价值认同等。《桃花扇》是"借离合之情，写兴亡之感"，这表明桃花扇意象及其形而上的哲学意味是作品的重心。诗扇在作品中的操作过程，实际上隐含着一种国破家亡之后的人生虚无感和历史悲剧感，因而在结尾处安排侯李跳出"幻景"，放弃情爱，双双入道，从而完成了对儿女之情和家国之恨的形而上的升华，丰厚了剧作的哲学底蕴。

阿恩海姆指出"艺术家相对于普通人的真正的优越之处是，他不仅能够得到丰富的经验，而且有能力通过某种特定的媒介，去捕捉和体现这些经验的本质和意义，最后把它们变成一种可触知的东西。"[①]道具就是特定的媒介，剧作者通过它把丰富的历史认识和人生感受变为可感知的具象传达给观众。

综上所述，善用道具，则戏剧冲突集中，结构紧凑，无横斜枝蔓之病；善用道具，是表现人物性格的手段，无空洞说教之累；善用道具，可构成主题象征统摄全篇，增强作品的历史厚重感和穿透力。

[原载《安徽师范大学学报》1997年第4期]

---

① 鲁道夫·阿恩海姆：《艺术与视知觉》，滕守尧、朱疆源译，四川人民出版社1998年版，第226页。

论元代婚恋剧的伦理美

　　在元代杂剧中，婚恋剧占有很大比重，其中大多数作品表现了夫妻间真诚专一、互敬互爱的伦理准则。更可贵的是，有些作品非常注重夫妻间女性的独立自尊和人格尊严，突破了"男尊女卑""夫为妻纲"的传统观念。元代婚恋剧中的这种卓异现象，具有不容忽视的思想意义，很有深入探讨的必要。

　　宣扬真诚的感情，强调双方的互爱是元代婚恋剧的主旋律。这些婚恋剧往往寓这种互动关系于具体可感的形象中，以超越传统的伦理给人以理性的启示和美的享受。《曲江池》里，郑元和与李亚仙本是嫖客和妓女间的买卖关系，但在频繁的交往中，双方产生了热烈的情爱，随后真心相待，互相倾慕。其中虽有李亚仙迫于无奈和鸨母合谋甩掉郑元的插曲，可是当郑元和流落街头，沦为乞丐，奄奄待毙之际，亚仙良心受谴，重燃爱火，以强烈的责任感冲破鸨母的百般阻挠，勇敢、机敏地救护元和，为两人赢得了自由和栖息之所。基于金钱关系的性爱在风雨洗礼中升华为纯真的情爱。"爱情不断调节夫妻双方的各种关系，在严峻的生活考验面前，它甚至可以转化为物质力量，成为巩固婚姻，发展幸福家庭生活的基本道德保证。"①元和与亚仙相知相爱的曲折历程表明：爱情的力量是巨大的，它催人奋进，能以智力扼住命运的咽喉。声势显赫的郑父基于家族声誉的

---

　　① 罗国杰主编：《伦理学》，人民出版社1989年版，第293页。

考虑，痛打并抛弃儿子，把元和逼入绝境，使他变成"鬼"；而出身卑微的亚仙则因为爱情，使元和获得重生，以深沉的爱和谆谆教诲，唤醒这位"浪子"，令其勤苦自励，终于蟾宫折桂，成为"人上人"。元和显达后依然痴心不改，用专一的爱情回报亚仙的付出。互动的爱情催生出幸福的家庭，最终元和父子亦和好如初。与此类似的作品还有《青衫泪》《风光好》《诗酒红梨花》《百花亭》等，其共同点在于：男主角都不是一般地寻花问柳、卖弄风流，而是对恋人刻骨相思、深沉眷恋；女主角也不是一味地卖弄风情、榨取钱财，而是对情人温柔缱绻、寄寓厚望。毋庸讳言，他们爱情开端是基于"体态的美丽，亲密的交往，融洽的旨趣等等"。[①]但是随着时间的推移，其性爱质变为情爱，爱得到超越而持久强烈。这种爱是双向的、真挚的、热烈的，它所负载的婚恋伦理美是超越时空的，即使放在当代也不乏价值。与部分唐传奇视女子为尤物，为"始乱终弃"行为辩护的观念相比，高下立判，无疑是一种进步。

更能体现元婚恋剧伦理美光辉的是那些以两情相悦始，以历经磨难喜结伉俪终的作品。在元代优秀的婚恋剧中，"门当户对"被抛诸脑后，"父母之命，媒妁之言"也失去效用，情之所起无坚不摧的破坏力量往往得到淋漓尽致的表现。在言情名剧《西厢记》中，张生是一介穷书生，莺莺是已故崔相国的女儿，两人门第悬殊，何况莺莺已是"罗敷自有夫"，早被父母许配给郑恒为妻。在普救寺邂逅相逢时，两人一见钟情，张生痴痴凝眸，莺莺"临去秋波那一转"，在各自心中撞击出爱的火花。可是莺莺名花有主，张生进见无门，对他们来说，爱情是近在咫尺又那么遥不可及。孙飞虎要抢莺莺做压寨夫人，兵围普救寺，老夫人承诺谁能退兵就将莺莺许配给他。这给两人的爱情带来了转机，接到张生的求救信后，白马将军杜确发兵解了普救寺之围。在老夫人请宴之时，崔、张二人欢欣雀跃，以为爱情唾手可得。然而老夫人为了维护"相国家谱"，言而无信，公然赖婚，又使两人郁闷忧愁，无计可施。然而，真正的爱情能辐射出巨大的能

---

① 马克思、恩格斯：《马克思恩格斯选集》第4卷，中共中央马克思恩格斯列宁斯大林著作编译局译，人民出版社1972年版，第72页。

量，因为情，张生由怯懦而大胆，因为爱，莺莺由保守而战胜自我。经过一系列的曲曲折折，崔、张二人在红娘的帮助下，终于填平了门第间的鸿沟，有情人终成眷属。

《拜月亭》中王瑞兰与蒋世隆的爱情基础比上述作品显得更稳固、更现实。王瑞兰是尚书之女，蒋世隆是贫苦书生，假若没有社会的动荡，两人绝无相识、相知的可能。两人在社会离乱中，与自己的家人走散，王瑞兰为了安全的考虑，要求与蒋世隆搭伴逃难。在共患难中，他们增进了相互了解，在互帮互助中逐渐产生了爱情。同一见倾心式的爱情相比，这种情爱朦胧、虚幻的成分少了许多，清醒、现实的成分大大增强。因此，在社会安定后，残酷横暴的王尚书可以分开他们的身，却剪不断他们的情，最终还是历经磨难，破镜重圆。作者以这种"理之所必无，情之所必有"的巧合，传递出崭新的婚恋伦理，它表明：情必定战胜理，情必定战胜门第观念。

恩格斯说："性爱常常达到这样强烈而持久的程度，如果不能结合和彼此分离，对双方来说即使不是一个最大的不幸，也是一个大不幸；仅仅为了能彼此结合，双方甘冒很大危险，直至拿生命孤注一掷。"[1]在以上婚恋剧中，爱情双方的感情都是强烈持久的，他们为了能结连理而付出了很大的代价，甚至是惨重的代价，最终如愿以偿，喜结连理。这一切都是情的赞歌，爱的宣言，共同编织出一道道伦理美的"风景线"。

还有些婚恋剧运用浪漫主义的手法来弘扬真情对理的胜利，如《倩女离魂》和《张生煮海》等。在《倩女离魂》中，倩女和文举自幼订婚，倩女母亲以"三辈不招白衣秀才"为由，逼文举进京考试，等到得官之后再来成亲。倩女不甘于离别的凄苦，魂身分离，置"聘则为妻，奔则为妾"的古训于不顾，魂随文举，相伴进京并在一起过了三年的幸福生活。作者立足于"情"，写情的深沉，情的炽热，情的真挚，情的持久。由于现实生活中理想的情为礼教不容而难以实现，所以作者用超现实的手法刻画

---

① 马克思、恩格斯：《马克思恩格斯选集》第4卷，中共中央马克思恩格斯列宁斯大林著作编译局译，人民出版社1972年版，第73页。

"身外身"——"魂"的形象，通过魂的形象超越现实的种种羁绊，再现情的升华和结晶。如果说《倩女离魂》侧重反映女性的勇敢与至诚，那么《张生煮海》则着力表现男性的努力和抗争。书生张羽借住在东海边石佛寺，温习经史，闲来无事，清夜抚琴，美妙的琴声吸引来琼莲，两人互生爱慕之意，定下终身，并约定中秋月圆之夜再次相会。张羽赴约时，东华仙姑告诉他，琼莲是龙王的三女儿，龙王不会轻易将爱女嫁给他。仙姑送给他银锅、金钱、铁勺，并传授了煮海的法术，让他煮沸海水，逼龙王招亲。最后，龙王只好认输，让琼莲和张羽结为夫妇。煮海，是美丽神话中的行动，实际上是表现人的精诚。这个煮海而使龙王屈服的故事，实际上是反封建礼教斗志与结果的体现，作品最后就这样高唱道："愿普天下旷夫怨女，便休教间阻；至诚的，一个个皆如所欲。"上述作品构成了张扬真情的组曲，余音袅袅，绵亘古今。有学者在论婚姻剧中说："元代则以同情书生而作出崭新的调和。"①实际上，作者不止于作出新的调和，更是在强调爱情主体之间的互爱，是他们在深情呼唤理想的新婚恋伦理观念。

最难能可贵的是，有的作品把视角转向女性在爱情婚姻中的自尊自重和独立人格。封建礼教的"三纲五常"是套在女性项上的沉重枷锁，在封建伦理纲常重压下的妇女，没有独立自主权，没有人格尊严，顺从男人、依附男人被认为是天经地义。然而，元代婚恋剧中的有些作品对"女权"的呼吁和想象，如一道道划破夜空的闪电，为千百万人拓开了思想的疆域。《墙头马上》中，李千金与裴少俊一见倾心后便主动以身相许，显得大胆泼辣而果断刚毅。在私情被老嬷嬷撞破后，李千金毫不慌张，通过"撒泼打赖"的方式封住老嬷嬷之口，又毅然决定与裴少俊私奔。裴、李在裴家后花园秘密地生活了七年，生下一儿一女。纸里包不住火，一个偶然的机会，裴父发现了这个秘密，他十分恼怒，赶走李千金，逼少俊赴试。面对裴父的谩骂和刁难，李千金坚定沉稳、勇敢反抗、据理力争，愤怒诅咒，毅然离开裴家，没有丝毫的卑躬屈膝和奴颜媚骨。她对丈夫的怯

---

① 黄仕忠：《中国文学负心婚变母题研究》，《戏剧艺术》1991年第2期。

懦无能非常失望，她渴望作为妻子的地位和尊严。强烈的自尊意识和勇敢的抗争精神是李千金性格中的闪光点。她的爱情曾是那么热烈而深挚，遭受不幸后又是那么决绝而坚强，她要为女性的独立人格而战。后来，面对裴父的妥协和哀求，她并不是欣喜若狂地接受，而是以"覆水难收"为由进行有力的反击。最后，还是儿女们纯真的情感和泪水荡开了她的心扉，促使她回归裴家。《望江亭》与《墙头马上》不同，谭记儿在失去丈夫重新择偶之前，就吐露了这样的心声："若有似俺男儿知重我的，便嫁他去也罢。""知重"之情是全新的婚恋要求，夫妻之间应恩爱体贴，互相尊重，保持独立人格。在白士中一再表明赤诚相待之后，谭记儿才与之结为夫妻，两人的婚后生活因为相互尊重，如鱼水般和谐。谭记儿在误会丈夫与前妻旧情未断时，直告那"不伶俐"的丈夫："堪相守，留着相守；可别离，与个别离，这公事合行的不在你。"意即合就合，分就分，不必勉强，无须迁就，我的命运自有我掌握，这是多么豁达，多么果敢，又是多么威严！在知道误解丈夫后，利用智慧和美貌，以巧计惩罚了作恶多端的杨衙内，维护了家庭的稳定。

元杂剧中所强调的"知重"之爱，对元代以后的作家，尤其是蒲松龄、曹雪芹等进步作家有十分重要的影响。在《聊斋志异》中表现的婚恋观是：至情相爱，互为知己，互相尊重，人格独立，患难相扶。在《葛巾》中，常大用爱好牡丹成痴，为欣赏牡丹花，不惜典卖春衣、马匹。这种以至诚赏花的精神，感动了花仙葛巾，主动嫁给常大用，两人婚后生活幸福美满，还生了孩子。后来，因为常大用对葛巾产生了怀疑，葛巾就主动离去。这个美丽的故事，蕴含着夫妻关系的基本准则，即双方应以诚相待，尊重对方的人格独立和个性特点；如果怀疑猜忌，夫妻间失去基本信任，也就意味着感情破裂，难以维持夫妻关系。这种颇具现代意识的婚恋伦理与《望江亭》表现的伦理观一脉相承，只是在继承的基础上注入了更多的时代内涵和个性解放色彩。《阿宝》《连城》等篇目强调的"知己"之爱更是如此。《红楼梦》中不但强调了爱的双方要相互尊重、相互信任，还突出了双方要有共同的思想基础，表现出更高层次的婚恋伦理美。宝黛爱情的思想高度，主要不在于写出缠绵悱恻的"知己"之情，而在于写出了"知己"之情新的思想基础，那就是：不拘礼法，婚姻自主，厌恶功名利禄，否定科举等。因而，宝黛爱情达到了前所未有的高度。但曹雪芹在爱情关系上，强调的男女之间要互相知心，互相体贴，真挚专一，始终不变的思想，其源头活水是此前流淌不断的文化江河。元代婚恋剧表现的"知重"的爱情突破了前代的寞臼，启迪了后来作家的心路。

《智勇定齐》中，钟离春以大智大勇挑起了"齐家、治国"的重任。钟离春虽有经天纬地之才，却其貌不扬。面对齐公子的求婚，她并未诚惶诚恐，手足无措，而是非常冷静地两次拒收求婚信物，举止得体，不卑不亢，展现了她的自尊意识和独立人格。她不但不依附于男子，而且大智大勇，叱咤风云，让一个个骁勇善战的名将和手操国柄的王公拜倒在脚下，心悦诚服。明代徐渭在《雌木兰》和《女状元》两个短剧中，也以女子建功立业为主要情节关目，花木兰和黄崇嘏女扮男装，一文一武，智勇双全，压倒须眉。他在两部剧作中写道："立地撑天，说什么男子汉。""世间好事属何人？不在男儿在女子！"一方面是牢骚，一方面是挑战。在极端重男轻女的封建社会，它们体现了反传统的进步思想，她们的人格和尊严也随之树立起来。在这方面，元代婚恋剧具有先导之功。

元代婚恋剧所张扬的新的婚姻伦理美，离不开其特定的时代思潮与文化氛围。首先，宋代以来推行的程朱理学，随着南宋王朝的覆灭，失去了政治上的支柱，封建观念发生动摇，在这种情况下，元代作家敢于冲破传统思想的框框，为灾难深重的妇女鸣不平。其次，元代统治汉人虽极严厉，但在文学思想上，是一个较为放任的时代。儒家思想衰微，丧失了实际的控制力，在戏曲创作中导向作用难以发挥。因而，元杂剧成为反传统思想的阵营。再次，市民阶层的出现是元杂剧繁荣的阶级基础和必要条件。市民阶层的民主思想抬头，必然对封建传统观念有某些突破，它必然会反映到杂剧创作中，元代婚恋剧中伦理观突破传统也不足为怪。最后，元代文人地位低下，他们走上与勾栏艺人结合的道路，在生活上和当时沉沦在苦海的妇女接近，熟悉她们的生活，深知她们的爱憎，了解她们的疾苦，因此，能以血痕泪水，和墨蘸笔，控诉封建统治对妇女的迫害，提出崭新的婚恋伦理。总之，元代婚恋剧弘扬的是互爱的真情，注重的是"知重"之爱，赞叹的是妇女的才智和独立人格，这种婚恋伦理在中国思想发展史上有着不可低估的地位和价值。它符合历史发展的趋势，闪耀着理想的光辉。

［原载《学术界》1997年第2期，辑入本书时有改动］

元杂剧与法律文化

中国传统法律文化蕴涵丰富，简言之，在"体"的层面，是以"人治""礼化"为精神内容的；在用的层面，是以情、智、用来补充法理的。元代，蒙古族的入主中原，促成各类文化的碰撞与转型。作为主打题材的公案剧大量涌现，体现了作者对传统法律文化的审视与思索。长期以来，对它们的研究多采用社会学方法，留下许多空白点。本文拟从元杂剧与法律文化角度切入，试图发掘其中承载、包蕴的浓厚的法律内容，展示剧作者对传统法律的多维透视与思索（本文所论不限于公案剧）。

一、法与清官戏

元代公案剧大量涌现，在现存162本元杂剧中，有27本公案剧，而且包公、王翛然等清官大出风头，成为"箭垛"式人物。这不仅是一种突出的文学现象，而且是一种卓异的文化现象。它与时代剧变、异族入侵和法制败坏等因素有着密切的关系。马克思说："使死人复生是为了赞美新的斗争，而不是为了模仿旧的斗争；是为了提高想象中的某一任务的意义，而不是为了回避在现实中解决这个任务。"①人们借前代的清官廉吏伸张正义、为民做主，突出法制问题的重要，反映了在法治不彰、司法混乱的年

---

① 马克思、恩格斯：《马克思恩格斯选集》第1卷，中共中央马克思恩格斯列宁斯大林著作编译局译，人民出版社1972年版，第605页。

代，人们对公平、正义的向往，对清官廉吏的渴望。这是元代公案剧大量出现的社会原因。

然而，清官戏出现还有潜在的法文化的根源。传统的法律思想遗留、积淀于人们心中，成为一种稳定的心理结构，深刻地影响着他们的思维方式和行为举止。勃兰兑斯说："文学史，就其最深刻的意义来说，是一种心理学，研究人的灵魂，是灵魂的历史。"①因此，从观众和作者的文化心理来探讨清官戏层出不穷的现象很有必要。

追溯到很早的判例法时代，就有"人良法行"的法律意识，从而形成了"人治"的特点。在立法、司法过程中，作为法官的"人"的作用是第一位的，法律条文的作用是第二位的。因为，首先，法律和判例是人制定的，"好"的人自然可制定的"好"的法令和判例；其次，法令和判例是靠"人"来执行的，有了好的法令、判例，没有德才兼备的法官也是枉然；第三，法令和判例的规范作用毕竟有限，它们不可能包罗无遗，不可能适应新形势和复杂情况，无前例可循的案件只有靠法官凭法律精神灵活掌握、自由裁量。在"判例法"时代，判例既是审判的结果，又是立法的产物，法官居于关键地位。法官是否具备"直"与"博"的素质决定着审判的质量，左右着司法的状态走向。其后，虽经战国法家"法治"思想的冲击，但在贯穿封建社会整体的"混合法"时代，"人治"仍根深蒂固、枝繁叶茂。它沉积于历代人们的心中，左右着他们的思维方法、法律意识。元杂剧选择包公、王翛然等清官，表现他们执法如山、为民除害的精神品质，基本符合历史原貌。《宋史·包拯传》曰："拯立朝刚毅，贵戚宦官为之敛手，闻者皆惮之。人以包拯笑比'黄河清'，童稚妇女亦知其名，呼曰'包待制'。京师为之语曰：'关节不到，有阎罗包老。'"焦循《剧说》引刘祁《归潜志》云："金朝士大夫以政事著名者，曰王翛然。……至今人云：'过宋包拯远甚。'"②在历史上，他们即具有"直"

---

① 勃兰兑斯：《十九世纪文学主流（第一分册　流亡文学）》，张道真译，人民文学出版社1980年版，第2页。

② 焦循著，韦明铧点校：《焦循论曲三种》，广陵书社2008年版，第55—56页。

与"博"的法官品行，并且清正廉洁，权变机智。人们将之传奇化，希望现世也有类似的清官主持公道，摘奸发覆，执法既讲原则性又讲灵活性，按民众的愿望行事。他们是公正法律的化身，作为"箭垛"式人物是传统"人治"思想的折射，符合作者和观众的潜在文化心理。

此外，元代特定的法律状况也与渴望"人治"的法律思想吻合。元代统治者对儒家"德治""仁政"的政治思想和"明德慎罚""礼法合一"的法制思想很隔膜，法制建设混乱。元代表面上承唐制，实际上《大元通制》是"大概纂集世祖以来法制事例而已"（《元史·刑法志》），《明史·刑法志》亦谓之"元制所取一时之例为条格"，以致造成"有例可援""无法可守"的法制真空。元代法规大多是条格汇编，律令判例混为一体，内容庞杂，结构松散。终元之世没有产生一部完整的成文法典，元代是"判例法"独擅胜场的时代，贪官污吏公然枉法，权豪势要任意违法，地痞流氓视法若无，平民良善无法可援。在这种"判例法"时代，法官的个人作用更加重要，因而"人治"思想抬头，书会才人以前代的清官为原型，塑造出许多为民申冤的法官形象，满足人们对公平、正直的法律的憧憬。这是荀子"有治人，无治法"的法律思想的形象注脚，也符合观众审美的"前理解"。

二、法与礼

在元杂剧中，根据清官断案的依据，可以看出作者对传统法律文化的体认与思考。在《鲁斋郎》中，权豪势要鲁斋郎无法无天，强夺银匠李四、孔目张圭之妻，迫使两家妻离子散，"苦害良民，强夺人家妻女，犯法百端"的事实清楚，被包公以"鱼齐即"之名骗取皇帝判斩，为民除害。而其判词却是："则为鲁斋郎苦害生民，夺妻女不顾人伦；被老夫设计斩首，方表得王法无亲。"《神奴儿》中，王腊梅为夺家产勒死亲侄，包公的判词却是："王腊梅不顾人伦，勒死亲侄。"不难看出，两剧断案的依据主要是礼而不是法。法以礼为指导，礼靠法强制执行，法与礼水乳交融，这正是传统法律文化伦理化的实质。中国传统法律文化是伦理主义型文化，它根植于自然经济土壤上的宗法社会组织。"出礼则入刑"，作为社会秩序基础的是礼。这类杂剧中违法尚可宽宥，悖礼难逃制裁的现象，表现了对传统法律礼化的认同。

如果元杂剧一味认同伦理化的法律思想，那么它的文化价值就非常有限了。其中也有对传统文化中不合理规范的质疑。《魔合罗》中，李文道毒杀堂兄逼娶嫂子刘玉娘不成，又转而嫁祸于她，庸官判玉娘死罪。幸亏六案孔目张鼎要求复审，才使玉娘沉冤昭雪。整个犯罪事实和经过，罪犯之父李彦实是了解的，却知情不举，纵容不法。真相大白后，他同样被判有罪。《合同文字》中，杨氏为独吞家产，不认亲侄。骗取合同文书又不认账，还打破侄儿的头。揆之以情，作为叔叔的刘天祥对事实不难弄清，却置身事外。经包公智审，真相水落石出，判"刘天祥朦胧有罪"。两剧皆写家庭内部矛盾导致的犯罪，李彦实、刘天祥二人均因"亲亲相隐"观念作祟纵容犯罪，似乎于礼有据，然而清官判案否定了这一原则。这应是作者在法制败坏、罪犯气焰甚嚣尘上的现实中，痛感"亲亲相隐"原则是容忍犯法、姑息养奸的，它只会使法制更加混乱，因而予以强烈反对，体现了鲜明的时代精神，是对传统法文化中不合理内容的否定。

传统法文化中关于婚姻的不合理规定也受到指责。《西厢记》中，符合传统婚姻法规的郑恒、崔莺莺的婚姻夭折。而崔张一对有情人的结合反而得到皇帝"敕赐为夫妇"，原本不合法的变成了合法。这是对传统法文化中婚制的否定，让人看出传统婚制的虚假与伪善。《墙头马上》中，李千金大胆的爱情行为最终收获良缘，是对"娶则为妻，奔者为妾"礼法规范的胜利。更有意味的是《留鞋记》，书生郭华和少女王英华，日久生情，暗约佳期。郭华因醉酒错过与王英华的幽会，醒后发现英华留下作为表记的香罗帕和绣鞋，悔恨不已，吞下香罗帕，顷刻气绝，人命案惊动包公。包公传唤英华取证时，郭华却死而复生。这是一桩私下幽期密约的风流公案，为讲究"父母之命""三媒六证"的传统婚制所严禁，而包公却认为其情可原，征得王母同意，公然以法的形式，立判两人合婚，这是民众心中的合法婚制，它包含浓郁的市民意识，与传统法律认同的婚姻截然相反。"每一种新的进步都必然表现为对某一神圣事物的亵渎，表现为对陈旧、日渐衰亡的、但为习惯所崇奉的秩序的叛逆。"①这些杂剧就是在新的时代意识明灯照耀之下，对法律礼化的某种荒谬性的审美的透视与反思，揭示其虚伪与不合理的一面。

三、法与情

元杂剧通过正反对举指出执法者应公正廉明、绝不容私。贪官以权换钱、视执法为娶财的手段，在他们心中，受贿赂即人情。在利益驱动下，他们毫无原则。贪赃枉法是元代官吏的通病。"今天下所奉以行者，有例可援，无法可守，官吏得以并缘为欺……京都为四方取则之地，法且不行，况四方之外乎?"②元杂剧通过贪官类型化的定场白对此有直接的反映，如《救孝子》是："我做官人只爱钞，再不问他原被告，上司若还刷卷来，厅上打的狗也叫。"《魔合罗》是："我做官人单爱钞，不问原被都只要，若是上司来刷卷，厅上打的鸡儿叫。"《窦娥冤》是："我做官人胜别人，告状来的要金银，若是上司当刷卷，在家推病不出。"另外，还有官员把告状的看作衣食父母，反给告状的下跪的科诨。清官之所以判案正确，首先是因为他们不受贿赂，立场坚定，无所偏私。《陈州粜米》中，刘衙内为儿子女婿说情，包公毫不容情，依法公办。元杂剧中的清官两袖清风，申冤理枉，打击权豪势要，是为了主持公道，维护法律尊严，他们支持素不相识的含冤受苦之弱者、贫者，而与贪污受财、个人私情毫无牵连。

相对而言，贿赂容易拒绝，然而，在执法与亲情的两难选择中，法官

---

① 马克思、恩格斯:《马克思恩格斯选集》第4卷，中共中央马克思恩格斯列宁斯大林著作编译局译，人民出版社1972年版，第233页。

② 丁守和等主编:《中国历代奏议大典（辽宋金元卷）》，哈尔滨出版社1994年版，第832页。

将何去何从呢?《虎头牌》中山寿马自幼父母双亡,是叔父把他抚养成人,剧本的开始反复渲染他和叔父的深厚感情,构成一种叔侄情深的意象。然而,叔叔违犯军法,饮酒误事,山寿马定要将之斩首,不许求情。知其已将功补过后,仍按军法杖责一百,浓郁的亲情和威严的军法之间构成强大的张力,突出了军法的权威,亲情在公正严明、决不容私的法律面前黯然失色。《霍光鬼谏》中,在儿子受宠时,霍光从国家利益出发,要求将其子打为庶民,明确说他没有才能,不可为官。为了使新君远女色、正朝纲,要求将得宠的女儿打入冷宫。死后,得知儿子密谋造反,其鬼魂还托梦新君,处决二子祭土。霍光以大局为重,不恤私情,大义灭亲的法制思想令人感佩。在这里,传统的"刑无差等""无恤亲疏"的法律思想印迹明显。以此构建戏剧冲突的一极,增强了戏剧性,同时亦可见作者对闪耀着民主光辉的法律意识的垂青。

面对法律本身的不合理和漏洞,将何以处之?《蝴蝶梦》中,王老汉无故被皇亲葛彪打死,三个儿子为父报仇打死了葛彪,按当时的法制,要一人抵命。包公为王家母贤子孝行为感动,以盗马贼顶罪,并判王家三子入仕,王母为"贤德夫人"。这实际上认同了古法"同态复仇"原则,显示出回归传统的倾向,但两者又不完全相同,这里复仇一方站在正义立场,不同于无原则的冤冤相报。它满足了人民原始的平等愿望。

《遇上皇》中,赵元被派申解文书,限期送到,误期按律当死。臧府尹为娶赵妻,用了这条借刀杀人之计。赵元因嗜酒如命,限期已过,按法绝无生理。但他心地善良,喝酒时祝愿国泰民安,并解救了无钱付账的宋徽宗,得到上皇的亲笔信,不但免去死罪,反而被任命为东京府尹。臧府尹阴谋败露,被发配流放。剧作一方面反映了皇帝享有封建社会中最高的立法和司法权,另一方面也反映了希望执法者按照符合民众理想中公道、正义原则办案的美好愿望。

两剧中法律本身有不合理与漏洞,若照搬法条,会使好人受冤,良善遭刑,不能满足观众的审美心理和道德需求。"不知法之义而正法之数者,虽博临事必乱。"(《荀子·君道》)元杂剧中的执法者并非机械的执法工匠，他们既讲原则又灵活变通，他们以人民的是非为是非，以人民的爱憎为爱憎，按照民众的意愿执法。在王法和民众要求发生冲突时，执法者屈法伸情。剧作反映了民间的法律意识，体现了平等、公正的价值取向。概言之，杂剧中正直的法官，对邪恶势力，依法办事，铁面无私；对亲人犯法，大义灭亲，执法如山；对贫苦无告者，循顺民心，屈法伸情。

四、法与智

智慧能帮助法官审判疑狱。元杂剧中司法智慧的表现，既有司法实践经验的遗存因素，同时也揉进了人民群众的才能、智慧。它表现为决狱之智和执法之智两种形态。

决狱之智。在长期的司法实践中，积累了许多优秀的决狱经验，如重证据、重初情、掌握犯罪心理等。这些在杂剧中都得到了形象的表现。司法中应重证据，讲究人赃俱在。元杂剧中的清官，断案不凭主观臆测，而是重证据，实事求是，这是断案智慧的体现。《陈州粜米》中，百姓纷纷告状，包公微服私访，替妓女王粉莲笼驴，深入虎穴，掌握了刘衙内、杨金吾犯罪的第一材料，在如山铁证面前，二人终于伏法。《生金阁》中，包公用权术赚出庞衙内的犯罪物证生金阁后，方才裁决。《后庭花》中，包拯命人捞出了王翠鸾的尸体，借助翠鸾头上插的"桃符"，查出两桩命案，惩处罪犯。《绯衣梦》里，府尹钱可派人暗中查访，用计引诱罪犯家属自认杀人凶器，钓出罪犯。这都反映了司法者在决狱前掌握证据的经验与智慧。

"律意虽远，人情可推。"按生活常情、常理推断判案是决狱智慧的又一表现。《灰阑记》里，命案可称疑狱，马员外中毒身亡，邻里又被收买，令史是奸夫。受害者张海棠置身陷阱，百口莫辩。被屈打成招，眼见殒命。在这种看似无可逆转的情势下，包公以其明辨是非的智慧力挽狂澜，查明事实，惩处了罪犯，奖励了良善。有人评曰："决狱断狱，颇得情理，足为吏治之助。"（《曲海总目提要》第二卷）这指出了包公推断的依据——情理。此案中奸夫并未坐实，其疑一也；姜强夺正妻之子，其疑二也。两个疑点，使包公决定覆勘。在既没有人证也没有物证的情况下，包公让张海棠与马妻于灰阑中拉寿郎，以母爱心理为依据，察辨出三次皆败的海棠是寿郎的亲生母亲。这种看似缘木求鱼、南辕北辙的方法，恰恰表现了包公决狱的智慧。

掌握犯罪心理也表现了司法者的才智。《合同文字》中，刘安住的合同文书被刘氏骗去，刘天祥昏昧无主见。家庭纠纷闹上公堂，唯一证明安住身份的文书不在，案子很难决断。包公循序渐进，先问事由，再暗提有关证人，审案时施计谋。安住不愿杖责伯父，揆之以情，包公已胸有成竹。随后，诈称安住被打致死，按当时法律尊长误杀不犯死罪，包公利用该条文和刘氏避重就轻、害怕抵罪的心理，赚出文书，真相大白。《魔合罗》与《勘头巾》里，张鼎也是抓住罪犯避重就轻的心理，采用各个击破的方法诱出实情。总之，清官断案不但凭法律，而且依靠巧妙的计策。断案的智、巧满足了人们尚趣崇智的心理，启迪了心智，为世人津津乐道。

执法之智。审案决狱往往依靠法官正直、公正的品格和丰富的司法经验。然而，在案情明朗，证据确凿之后，罪犯即将明正典刑之时，常常有来自上级乃至皇权的压力，使执法受到阻挠。皇帝在封建社会中集立法、司法权于身，"言出法随"，违拗不得。当法律对特权阶层有利，对一般平民不利时，法官依法就等于迫害人民，他们会深感失望。作者让法官用智执法，巧钻法律空子，以满足民众的伦理要求。

速战速决，先斩后奏是执法智慧之一。《陈州粜米》剧中，包公对小衙内、杨金吾的处决，是智慧的巧妙运用。他先从妓女手中追回御赐紫金锤，抓住对方作践皇权的有力证据和搜刮民脂民膏的罪证，以快刀斩乱麻的方式处决了杨金吾，让苦主用紫金锤打死小衙内。待到皇上"赦活的不赦死的"赦书一到，不仅没救得赃官之命，反而保全了受害者。这里，包公巧妙地钻了皇权的空子，以先发制人取胜。

瞒天过海，请"君"入瓮是执法智慧之二。《鲁斋郎》里，权豪势要鲁斋郎抢男霸女，淫人妻子，逼得许多人家破人亡，无法无天，罪恶昭彰。包公掌握犯罪证据之后，为阻止皇帝的干扰，利用汉字可拆可添性，以"鱼齐即"苦害良民，犯法百端为由，骗得御笔亲批斩字，然后将"鱼齐即"添几笔改作"鲁斋郎"，将鲁斋郎斩首，使恶人伏法，正义得到伸张。包公请"君"入瓮，公允执法，为民除害。皇帝在既成事实面前也无可奈何。

偷梁换柱，以罪易罪是执法智慧之三。《蝴蝶梦》中皇亲葛彪被王老汉之子打死，依律当要一人偿命，包公被贤母孝子争先赴死的牺牲精神感染。但法律上明文规定，不可公然违背，无奈之余，灵犀一点，以盗马贼替代偿命，用偷梁换柱之计蒙混过关。这种以智执法的方式反映了人民的愿望，能引起广泛的共鸣，是人民心中公平、正义的外化。同时也反映了在法律混乱状态下，清官平允执法难度之大。

五、法与用

以上所论，社会公正的实现皆靠外力的帮助（即清官）。从当事者来说，能否利用法律来保护自己的权益呢？元杂剧给出了肯定的答案。《陈州粜米》中，张懒古知道刘得中和杨金吾在粜米中营私舞弊之后，大胆揭露刘、杨的犯法行为，被打得满身血迸，临死前嘱咐儿子一定要告状，小懒古历尽险阻，找到包公告状，报了杀父之仇。《延安府》里的刘荣祖，其子告状失败后，又找到廉访使李圭申冤，直告到八府宰相那里，使冤枉得以昭雪。《合同文字》中的刘安住也靠告状取得胜利。在任何社会中，打官司告状都不失为一种有用的斗争形式，我们任何时候也不反对合法的斗争。封建社会的法律是一柄双刃剑，对邪恶势力有一定的约束力量。在既定的范围内，以法律为后盾，保护自己的合法权益，打击不法分子的强梁气焰，这不失为一条现实有效的斗争途径。

《救风尘》里，宋引章不听赵盼儿劝告，嫁给纨绔子弟周舍，婚后受尽折磨，赵盼儿巧施计谋，智赚休书。休书具有法律效力，是打官司告状的关键物证。赚到休书，才能立于不败之地，不怕惊官动府。可见，赵盼儿是巧用了本来不利的封建法规,才变被动为主动,保护了自己的姐妹。无独有偶,《望江亭》中,杨衙内觊觎谭记儿的美貌,企图霸占,遂诬告白士中,皇上听信谗言,赐给杨衙内势剑、金牌,要斩白士中。谭记儿巧扮渔妇,利用杨衙内好色的毛病,将其灌醉,计赚金牌文书。金牌文书来自皇帝,具有至高无上的法律效力,杨衙内失去了它们,就没有任何威势可言。谭记儿巧妙地钻了法律的空子,利用法律战胜了荒淫的对手。赵、谭二人巧钻法律空子,打擦边球,化不利因素为有利因素,用法战胜了荒淫、邪恶的敌手。

元杂剧中最自觉运用法律斗争的当属《救孝子》中的杨母。《救孝子》中,杨谢祖送嫂子春香回家,分手后春香被赛卢医劫持,并以梅香尸首伪装成春香。春香之母王婆不明原委,状告谢祖杀嫂。尽管作为物证的刀、衣俱在,但杨母细加辩查,拒不认尸,并正告令史"休屈勘平人",令史要刑杖谢祖时,又声言:"你打死了他,便偿他的命!"杨母守法知法,提出一系列法律程序,使令史张口结舌,并提出要检尸,指出谢祖杀嫂没有人证、缺乏犯罪动机,她依法申诉,字字铿锵,落地有声。第三回合,令史要将尸首烧掉,杨母揭穿其阴谋。第四回合,谢祖被屈打成招,杨母宁死不画供。"吏明知民知法令也,故吏不敢以非法遇民,民不敢犯法以干法官也。"(《商君书·定分》)杨母熟知法律内容,依法保护自己,为谢祖获救赢得了宝贵时间。最终冤情昭雪,昏官被处罚。由此可知,在既定的社会条件下,以法律为武器为自己争得合法权益,借他山之石以攻玉,是行之有效的途径。

结　语

"时代的趋向始终占着统治地位。企图向别方面发展的才干会发觉此路不通;群众思想和社会风气的压力,给艺术家定下一条发展的路,不是压制艺术家，就是逼他改弦易辙。"①元代杂剧作家社会地位低下，他们能与下层人民为伍，理解他们的思想感情和愿望，能真实地再现人民心声。在作品中，他们对法律文化进行了深刻的反思和探索。虽然没有摆脱"人治""伦理化"法律思想的牢笼，但在认同中有碰撞，在回归中有叛逆，特别是一切从民众意愿出发的法律意识，具有进步意义。

［原载《安徽教育学院学报》2001年第4期，辑入本书时有改动］

---

① 丹纳：《艺术哲学》，傅雷译，人民文学出版社1963年版，第35页。

血泪分明染竹枝，梁园暮雪竞题诗

——从咏剧诗看文人对李香君形象的接受

明朝灭亡的阵痛引起文人反思的热潮，他们纷纷思考明朝三百年基业为何毁于一旦？孔尚任以文学的形式作出了自己的回答。他以侯方域和李香君曲折动人的爱情故事为载体，"借离合之情，写兴亡之感"①。《桃花扇》甫一问世，即受到文人热捧，"王公荐绅，莫不借抄，时有纸贵之誉"（《桃花扇本末》），由此可见它在文人中以文本形式传播的状况及所受追捧的程度。金埴诗曰："两家乐府盛康熙，进御均叨天子知；纵使元人多院本，勾栏争唱孔、洪词。"②此诗描绘了《桃花扇》上至宫廷下至市井范围广泛的演出盛况。《桃花扇》的巨大成功引起文人题咏的兴趣，催生出大量关于《桃花扇》的咏剧诗，其中涉及对李香君描述、评价的诗篇占了很大比重。有些题咏李香君画像的诗主要内容源于《桃花扇》传奇，兼有题画诗和咏剧诗的特点，亦被纳入本文论述范围。从中可以看出，文人对李香君形象的关注与接受主要集中在以下三个方面。

一、着眼于美丽容颜

一般而言，在才子佳人题材、青楼题材的戏曲、小说中，女主人公均有沉鱼落雁之容、闭月羞花之貌，不如此不足以引起男主人公的兴趣和追

---

① 王季思：《中国十大古典悲剧集》，上海文艺出版社1982年版，第799页。
② 谢国桢：《明清笔记谈丛》，上海书店出版社2004年版，第102页。

求。李香君亦如此，她是秦淮河畔的花魁，早已盛名远扬。侯李之间爱情故事的开端与其他青楼题材戏曲并无二致，侯方域参加科举考试，名落孙山，失意之余，到秦淮河畔平康巷中访名妓以求慰藉，引出了"访翠""眠香"等香艳关目。杨龙友认为侯方域梳拢李香君是"有福消此尤物"，这在当时是比较普遍的看法。可见，在"却奁"一出之前，侯方域对香君只是"徒悦其色"而已，与普通的青楼题材戏曲并无区别。剧作通过杨龙友之口盛夸李香君"妙龄绝色""平康第一""色艺皆精""倾城""艳丽"，通过侯方域之口赞其"天姿国色""十分花貌"。孔尚任基于其青春美艳的特点，以桃花喻之。侯方域在定情宫扇上的题诗"夹道朱楼一径斜，王孙初御富平车。青溪尽是辛夷树，不及东风桃李花"，及杨龙友对此诗所发的感慨"正芬芳桃香李香，都题在宫纱扇上"，均彰显此意。许多文人的咏剧诗往往承《桃花扇》之用意，以花比况其美艳。如冯云鹏《题折枝桃画扇》云："脂痕粉泽气氤氲，人面花容两不分。一种风情千古恨，教人忽忆李香君。"[1]人如花，花如人，人面桃花相映红，由此展示的幽恨风情令人追思神往。刘中柱《题桃花扇传奇》云："媚香楼畔青溪曲，种得桃花似美人。侯郎风调真无匹，樱桃一曲鸳鸯结。"[2]不言美人似桃花，而赞桃花似美人，从对面着墨，桃花、香君之美艳融为一体。

《桃花扇》对香君容貌基本没有直接描绘，留下了空白点，咏剧诗往往着眼于此，加以想象、发挥，不仅写其整体之美，而且从眉黛、妆容、体态、穿戴等方面加以补充描绘，给人以具体可感的印象。如石卓槐《再跋〈桃花扇〉后》云："君王不顾倾城色，零落人家李媚香。"[3]谭献《虞美人·题李香君小象》云："东风冷向花枝笑。转眼花枝老。淡烟依旧送南朝。何事美人颜色念奴娇。"[4]这是从整体写其美丽。陈文述《题李香小影》云："玉人玉立艳无双，小影分明认李香。回首十三好年纪，弯环眉

---

① 冯云鹏：《扫红亭吟稿》卷八古近体诗，清道光十年写刻本。

② 阮元：《淮海英灵集》甲集卷二，清嘉庆三年小琅嬛仙馆刻本。

③ 石卓槐：《留剑山庄初稿》卷二十二七言绝，清乾隆四十年石卓椿刻本。

④ 尤振中、尤以丁编著：《清词纪事会评》，黄山书社1995年版，第886页。

黛学鸦黄。梁园词客骚坛起，才名第一侯公子。荳蔻花前早目成，琅邪只合为情死。一握宫纨赋定情，果然名士悦倾城。只应丁字帘前水，花月江南过一生。小玉风姿最明靓，佳侠含光气尤劲。"①"玉人""艳无双""倾城""最明靓"着眼于其容颜整体之美，"十三好年纪""荳蔻"着眼于其青春妙龄。"弯环眉黛学鸦黄"则进一步联想其妆容，"弯环眉黛"形容其眉毛之修长而弯曲，取唐代诗人李贺"长眉对月斗弯环"②之意。鸦黄是古时妇女涂额的化妆黄粉，展现其容饰之美，取唐代诗人虞世南"学画鸦黄半未成，垂肩䍧袖太憨生"③之意。陶樑《卖花声·李香君小影》云："薄晕脸烘霞，双鬓堆鸦，香名千载属侯家"④，写其脸庞似晚霞般红润，秀发如堆鸦般乌黑发亮。孙荪意《高阳台·李香君小影》云："曼脸匀红，修蛾锁绿，内家妆束轻盈。长板桥头，最怜歌管逢迎"⑤，从女性视角写其细润柔美的面颊均匀地涂抹着脂粉，修长的娥眉微皱似含颦带愁，穿着内家装束体态轻盈，惹人怜爱。孙云凤《咏李香君媚香楼》云："翠黛红裙竞妆裹，垂杨勾惹看花人。香君生长貌无双，新筑红楼唤媚香。春影乱时花弄月，风帘开处燕归梁。盈盈十五春无主，阿母偏怜小儿女。"⑥唐代杜甫有"越女红裙湿，燕姬翠黛愁"之句，此诗应受其影响。"翠黛"言其眉毛，"红裙"言其装束，作者由其"貌无双"联想到其仪态的婀娜美好，取"盈盈楼上女，皎皎当窗牖"之意。其后又云"那知西子含颦据"，将其比作西施。相对而言，女诗人对香君之美貌予以更多关注，描述得更加具体。这些咏剧诗对李香君外表的刻画，在剧作描写的基础上，融入了诗作者的艺术加工与想象，融进了自己的审美取向，显得更加具体、细致，可以视作是对李香君形象的丰富发展、补充完善。

---

① 陈文述：《颐道堂集》外集卷八古今体诗，清嘉庆十二年刻道光增修本。
② 彭定求等：《全唐诗》，中华书局1960年版，第4398页。
③ 彭定求等：《全唐诗》，中华书局1960年版，第476页。
④ 汪泰陵选注：《清词选注》，贵州人民出版社1992年版，第524页。
⑤ 尤振中、尤以丁编著：《清词纪事会评》，黄山书社1995年版，第625页。
⑥ 钱仲联主编：《清诗纪事（二十二）》，江苏古籍出版社1989年版，第15789页。

二、注目于忠贞爱情

  侯方域和李香君的爱情始于欢娱，其后因得罪阉党余孽阮大铖遭到报复，被迫别离，香君自毁花容抗拒逼婚，又李代桃僵入宫教曲，历经磨难。南明灭亡后，侯李两人栖霞山重逢，苦叙离情，被道士张瑶星撕毁诗扇，当头棒喝而双双入道，以悲剧收尾。打破了"始于困者终于亨，始于离者终于合"的大团圆结局，与普通的才子佳人、青楼题材戏曲有很大区别，成为中国古典悲剧的杰出作品。然而，《桃花扇》毕竟是以男女之情写兴亡之感，即以"不写英雄写儿女"的方式表现国破家亡的沧桑之感，侯李的爱情在剧中得到浓墨重彩的描述、淋漓尽致的呈现。因此，李香君对爱情忠贞不渝、至死靡它的品格自然成为咏剧诗聚焦之处。诗人们因侯李喜结连理而欣慰，为他们劳燕分飞而感叹，被李香君以死守节感动。如易顺鼎《金缕曲·题桃花扇乐府》云："莺燕飘零烟月死……红泪向扇头偷洒，中有美人才子恨，付乌丝并作沧桑写，侬是唤奈何者。"[1]对侯李生离死别寄寓深切同情，尤其致意于香君的飘零之悲、无奈之苦。杨岘《题李香君砚背拓本小影》云："扇底桃花何去处，只余鸲眼泪痕多。"[2]"鸲眼"是有色晕的眼睛，泪多而成，这里指香君对侯方域的思念，寄寓作者同情的理解。邹弢认为："灯前酒后读之，直欲击碎唾壶。"文廷式《虞美人·题李香君小像》云："南朝一段伤心事，楚怨思公子，幽兰泣露悄无言，不似桃根桃叶镇相怜"[3]，"伤心""楚怨""幽兰泣露""相怜"等语道尽离别后的李香君悲苦、寂寥之态。

  "血溅诗扇""画扇"是表现李香君对爱情矢志不渝的核心关目，往往

---

  ① 易顺鼎：《丁戊之闲行卷》卷十湘弦词，清光绪五年贵阳刻本。

  ② 邹弢：《三借庐赘谈》卷四，《续修四库全书》集部1263册，上海古籍出版社2002年版，第661—662页。

  ③ 文廷式：《云起轩词钞》，《续修四库全书》集部1727册，上海古籍出版社2002年版，第434页。

也是诗家咏叹的重点所在。如宋牧仲诗云："血作桃花寄怨孤，天涯把扇
几长吁。不知壮悔高堂下，入骨相思悔得无？"①香君的鲜血溅在定情诗扇
上，杨龙友以血作颜料画成折枝桃花，因此桃花扇成为她忠于爱情的信
物、寄托相思的意象。诗人注目于此，写香君在离别后反复把扇长叹的孤
独怨愤与刻骨思念。侯铨"胭脂井畔事如何，扇底桃花溅血多"之句②，
亦着眼于血溅诗扇，肯定其忠贞品格。李庚芸《船山诗集中有题桃花扇传
奇诗颇不惬鄙意为作八绝句》是咏剧组诗，其中四首提及李香君："欲向
南都谱旧闻，偶然刻画李香君。女儿热血能多少，洒去模糊点不分。"（其
一）"啮臂有盟甘玉碎，九原羞煞息夫人。"（其四）"画师田叔忒多情，血
当胭脂为写生。从此白门香扇坠，薛涛苏小共传名。"（其七）"夷门公子
最翩翩，裘马风流望若仙。赖有佳人作知己，雕虫小伎壮夫传。"（其
八）③。第一、第七两首均言及香君血溅诗扇之事，因为"桃花者，美人
之血痕也；血痕者，守贞待字，碎首淋漓，不肯辱于权奸者也"（《桃花
扇小识》）。作者借此高度评价李香君爱情操守和政治大节。第四首通过
与息夫人的对比，赞赏李香君不惜牺牲生命以守"苦节"。息夫人是春秋
时期息国国君夫人，容颜绝美，被称为"桃花夫人"，楚文王灭息国而得
之，她忍辱偷生，成为后人嘲讽的对象。邓汉仪《题息夫人庙》云："楚
宫慵扫黛眉新，只自无言对暮春。千古艰难惟一死，伤心岂独息夫人？"④
讥刺息夫人不能以死殉节，并托古讽今，对当时不能守大节者痛下针砭。
孙廷铨《题息夫人庙诗》曰："无言空有恨，儿女粲成行。"⑤冷嘲其唯有
幽恨而无报君的实际行动。相形之下，李香君一旦海誓山盟变不忘初心，
付诸"拒媒""守楼"的实际行动，"宁为玉碎，不为瓦全"，李庚芸贬息
夫人而扬李香君之意十分明确。正因如此，香君才能与南齐苏小小、唐代

---

① 王夫之等撰，丁福保辑录：《清诗话》，中华书局1963年版，第506页。

② 沈德潜编：《清诗别裁集》，上海古籍出版社2013年版，第1138页。

③ 李庚芸：《稻香吟馆集》诗稿卷六，《续修四库全书》，集部1477册，上海古籍出版社
2002年版，第362页。

④ 沈德潜编：《清诗别裁集》，上海古籍出版社2013年版，第494页。

⑤ 独逸窝退士辑，王镜海、王果标点：《笑笑录》，岳麓社1985年版，第134页。

薛涛比肩并驾,名垂后世。第八首更进一步,认为侯方域之所以后世知名全靠红颜知己,对李香君大加揄扬称颂。王廷燦《宋大中丞宪署观演桃花扇剧》云:"一时肝胆向夷门,文采风流今尚存。试问当年谁破壁,几人刎颈为王孙。曲中又见李师师,无价珍珠自一时。不羡通侯千乘贵,丈夫宁独在须眉?"①赞叹香君一旦与侯方域定情即矢志不渝,信守承诺不惜捐躯,重然诺之义丝毫不让须眉。

三、聚焦于政治操守

李香君关心政治、爱憎分明的政治操守给人留下深刻印象,《桃花扇》之前的小说、戏曲中,从来没有一个佳人和名妓形象与政治斗争结合得如此紧密,政治见识如此卓越,政治立场如此坚定。这是其形象最闪耀夺目之处,也是与以往文学作品中佳人、名妓形象的最大不同之处,足以使其成为中国古代文学人物画廊独特的"这一个"。在魏忠贤倒台后,作为阉党余孽的阮大铖成为"过街老鼠","人人喊打"。他设下温柔陷阱,企图通过资助侯方域梳拢李香君,让侯方域在陈定生、吴次尾等复社文人面前为其关说,以摆脱困境。侯方域果然上钩,竟然丧失政治底线,答应为阮大铖向复社文人说情。却是李香君头脑清醒、立场鲜明,一眼洞穿阮大铖的阴谋,坚决"却奁",并一针见血地指出:"官人之意,不过因他助俺妆奁,便要徇私废公;哪知道这几件钗钏衣裙,原放不到我香君眼里。"随后毅然拔簪脱衣自我表白:"脱裙衫,穷不妨;布荆人,名自香",堪称"贫贱不能移"。她的高瞻远瞩与明辨是非使侯方域幡然猛醒、自愧不如,自此视之为"畏友",此举也赢得了复社文人的敬重,尊称她为"老社嫂",其是非分明的政治节操也成为咏剧诗歌咏的重点。如茹纶常《题桃花扇传奇十首》其四云:"前身应是李师师,赢得芳名擅一时。莫道却奁多侠骨,何曾眼底有阉儿?"其五云:"时名贞丽亦清芬,展转摧

---

① 王廷燦:《似斋诗存》卷五今体诗,清刻本。

残对老军。独有桃花人面在，春风岁岁吊香君。"①称赞香君不只是卿卿我我的小儿女，而且是视阉党如无物，敬慕复社文人，具有侠骨柔肠的奇女子，因此才能芳名远播，任人凭吊。陈子玉诗云："青楼侠气触公卿，珠翠全抛党祸成"②，赞许李香君"却奁""骂筵"等敢于触忤权奸的侠义之气。吴陈琰诗云："代费缠头用意深，阉儿强欲附东林。绝交书别金陵去，肯负香君一片心"③，明确指出，侯方域识破阮大铖的阴谋并与其绝交，完全是在李香君引导之下，害怕辜负她的期望。

马士英拥立福王建立南明小朝廷，阮大铖得势后，侯方域逃亡。李香君直面一系列报复，她誓死"守楼"抗拒田仰的逼嫁，其后又被迫入宫教曲，在"骂筵"中将生死置之度外，痛斥权奸，其坚守大义的气节超过东林党人、复社文人。李庚芸称："只有倾城悦名士，青楼一女胜奸回。"毛伟诗云："淡淡春山淡淡妆，生来气节异寻常。却奁不肯归奸党，千古东邻姓氏香。"赞扬香君富贵不能淫，因不同于常人的气节而千古流芳。陈文述《题李香小影并序》："居然气节胜东林，慷慨拒奁还却聘。燕子楼高志不移，可怜巾帼胜须麋。"④直言香君"拒奁""却聘"等行动所表现的气节超过了东林党人，其高洁之志远胜男子。陈文述又在《秦淮杂咏题余曼翁板桥杂记后》赞她："却聘词高气薄云，含光佳侠有精神。一编乐府桃花扇，占断秦淮二月春。"⑤沈学渊《题南部烟花画册四首》其一："难把黄金买妾心，琵琶一曲觅知音。美人侠骨党人胆，不识侯门海样深。"⑥斌良《戏题桃花扇传奇后》："无端钩党激红裙，燕子楼头泣暮云。便面花

---

① 茹纶常：《容斋诗集》卷三，《续修四库全书》，上海古籍出版社2002年版，集部1457册，第177页。

② 丁力选注，乔斯补注：《清诗选》，人民出版社1985年版，第235页。

③ 徐振贵：《孔尚任评传》，南京大学出版社2011年版，第337页。

④ 陈文述：《颐道堂集》外集卷八古今体诗，《续修四库全书》集部1505册，上海古籍出版社2002年版，第496页。

⑤ 陈文述：《颐道堂集》外集卷八古今体诗，《续修四库全书》集部1505册，上海古籍出版社2002年版，第518页。

⑥ 沈学渊：《桂留山房诗集》卷二，《续修四库全书》集部1516册，上海古籍出版社2002年版，第300页。

浓人面改，平康佳话属香君。"①陈作霖诗云："六朝佳丽散如云，草色芊绵绿上裙。一曲桃花歌扇在，更无人似李香君。"②李香君以一青楼弱女子的身份而如此注重政治操守，确实值得敬佩，垂名后世是必然的。如纪迈宜所言："香君一青楼弱女，亦晓畅大义，毁服劐面以愧权奸，天地正气于斯不泯。"③

结　语

李香君出身平康，青春美艳，色艺双全，与侯生有短暂的欢娱时光，"却奁"之后卷入政治斗争的漩涡，如浮萍断梗，备受风雨摧残。历尽磨难之后已是国破家亡，被当头棒喝，与侯方域双双入道。她对爱情的忠贞不渝和坚定的政治操守，赢得了后人发自内心的尊崇与仰慕，进而流芳百世。其实，历史上真实的李香君在明末清初的"秦淮八艳"中，容貌和才艺并不是特别突出，但是经过孔尚任如椽大笔的加工、改造，她却成为最靓丽也最负盛名的一个。关键就在于，孔尚任围绕其原型"侠而慧""能辨别士大夫贤否"的特点，敷彩设色，不断强化，凸显了其远超须眉的政治见识与政治品格，使其形象更为光辉，大放异彩。正因如此，文人对之纷纷题咏，正所谓"血泪分明染竹枝，梁园暮雪竞题诗"。而这些咏剧诗大多较为准确地把握了李香君形象的内涵与特质，加深了后人对李香君形象的理解，表现了文人的道德观念、价值标准和审美取向。同时，这些咏剧诗的刊刻、流传，也进一步扩大了李香君形象在后世传播与接受的范围。

［原载《长春理工大学学报》2014年第6期，与庞杰合作］

---

① 斌良：《抱冲斋诗集》卷四，《续修四库全书》集部1508册，上海古籍出版社2002年版，第41页。

② 陈作霖：《可园诗存》卷十一，《续修四库全书》集部1569册，上海古籍出版社2002年版，第536页。

③ 纪迈宜：《俭重堂诗》卷十三，清乾隆刻本。

论舒位的咏剧诗

舒位（1765-1816），字立人，号铁云，又字犀禅，河北大兴人（今属北京）。乾隆五十三年（1788）举人，在河间府与贵州作幕客多年。擅诗文词，与王昙、孙原湘被誉为"乾隆后三家"，著有《瓶水斋诗集》十七卷，《瓶水斋诗别集》二卷。舒位擅戏曲创作，其《瓶笙馆修箫谱》（《卓女当垆》《樊姬拥髻》《酉阳修月》《博望访星》）传世，《圆圆曲》（未完成）、《琵琶赚》、《桃花人面》、《闻鸡起舞》等均已散佚。舒位《书〈四弦秋〉乐府后（二首）》《观演〈长生殿〉乐府（四首）》《书〈桃花扇〉乐府后（二首）》《论曲绝句十四首，并示子筠孝廉》均属咏剧诗，目前尚未见学者对此加以整体研究，因此我们从舒位对具体戏曲的品读、对戏曲创作论的思考以及使事用典的艺术特点三个方面加以考察，希望对咏剧诗的研究有所助益。

一

舒位针对具体作品的咏剧诗主要涉及三个方面：一是聚焦于戏曲的重要关目，二是注目于剧中人物形象，三是关注戏曲的创作题旨。其咏剧诗所论涉及《西厢记》《琵琶记》《牡丹亭》《长生殿》《桃花扇》《四弦秋》

等六部剧作①，它们均有浓重的悲剧意蕴，结合舒位一生坎坷不遇的命运，不难体会其中"借他人之酒杯，浇自己之块垒"的主体色彩。

对独创性情节关目的聚焦。鉴于绝句、律诗体制的短小，很难对剧情做全景观照，舒位往往将目光投射于戏曲独创性强而又能传达感伤意绪的关目。《四弦秋》是乾隆时期著名戏曲家蒋士铨所作的杂剧，取材于白居易的《琵琶行》，共四出，分别是《茶别》《改官》《秋梦》《送客》，其中《送别》传演最盛。《书〈四弦秋〉乐府后》（其一）即聚焦于此，"送客茫茫月浸波，江州司马恨如何。乌丝红袖丁年集，檀板金尊子夜歌"，营造出子夜时分在烟波茫茫的江面上，失意的江州司马与歌女相遇，"同是天涯沦落人"的悲剧氛围。《观演〈长生殿〉乐府》（其二）"奉召惭高颎，题诗怨郑畋。佛堂埋玉树，仙海寄金钿。客唱霓裳序，人输锦袜钱。江南花落后，重见李龟年。"此诗后三联注目于《长生殿》独创性很强的《埋玉》《寄情》《弹词》《看袜》《私祭》等关目。

对剧中人物悲剧命运的深切同情。《观演〈长生殿〉乐府》前三首表达了诗人对杨贵妃悲剧命运的同情。"一饭张巡妾，三秋织女星。他生原未卜，此曲竟难听。"②（其一）诗人将安史之乱中被杀供食的张巡之妾与杨贵妃并提，暗示二人之死由安史之乱造成，俱属无辜。"奉诏惭高颎，题诗怨郑畋"（其二），表达了诗人对杨贵妃之死的不平之鸣。高颎为隋朝开国元勋，据《隋书》："（开皇）九年，晋王广大举伐陈，以颎为元帅长史，三军谘禀，皆取断于颎。及陈平，晋王欲纳陈主宠姬张丽华。颎曰：'武王灭殷，戮妲己。今平陈国，不宜取张丽华。'乃命斩之，王甚不悦。"③高颎此举于国家大义是明智的，但不顾主上之意，便宜行事，亦失人臣之礼。陈玄礼的行为同此，诗人对此颇有微词。郑畋《马嵬坡》诗：

---

① 《论曲绝句十四首，并示子筠孝廉》论及《西厢记》《琵琶记》《牡丹亭》《长生殿》《桃花扇》。舒位咏剧诗所论除《四弦秋》之外，均为戏曲史上公认的五大名剧，参见董每戡《五大名剧论》（人民文学出版社1984年版）。

② "此曲竟难听"之"听"，《历代咏剧诗歌选注》误作"所"。兹据《瓶水斋诗集》（上海古籍出版社1991年版，第129页）改。

③ 魏征、令狐德棻撰：《隋书》，中华书局1973年版，第1181页。

"肃宗回马杨妃死，云雨虽亡日月新。终是圣明天子事，景阳宫井又何人？"①杨妃殒命，李杨情爱的终结换来国家的新气象，郑畋对此是认同的，但后两句将唐玄宗与亡国之君陈后主相比，表明安史之乱非杨妃之过，足见婉讽之意。"未应来赤凤，从此老青蛾。杨柳词成谶，梨花泪更多"②（其三）亦体现出了诗人对杨贵妃不幸命运的痛惜之情。《书〈桃花扇〉乐府后》（其二）"氄氄秋来客，娉婷夜度娘。文章知遇少，脂粉小名香。不解鸾乘雾，真成燕处堂。秦淮呜咽水，忍与叶宫商。"《桃花扇》"归山"一出中，侯方域感叹："并不曾流连夜晓，无端的池鱼堂燕一时烧。"③即有"真成燕处堂"之意。此诗表达了诗人对国破家亡之际李香君、侯方域爱情不能自主的感慨唏嘘之情，亦寓有"文章知遇少"的自伤怀才不遇之意。

对剧作主旨的诗意表达。《书〈四弦秋〉乐府后》（其一）"当年哨遍无知己，此是浔阳春梦婆"，诗人以同样遭贬的苏东坡与江州司马白居易相比，借春梦婆的典故表达人生如梦、富贵无常之意，同时寄寓自己的切肤之痛。蒋士铨创作《四弦秋》缘起于鹤亭主人江春等人的嘱托，不满于《青衫记》院本之庸俗浅薄，寄托了"人生仕宦升沉，固由数命"④的感慨，舒位准确把握了这一点。《观演〈长生殿〉乐府》（其四）"国事休回首，诗篇说断肠。谁知新旧史，多为郭汾阳"，作者指出《长生殿》呈现的爱情主题充满悲情色彩，令人肝肠寸断，而新旧唐书却只关注郭子仪这样平定安史之乱的功臣，遮蔽了乱世之中至死不渝的情爱。《长生殿》刻意回避贵妃曾为寿王妃的事实及李杨悬殊的年龄差距，其目的显然是"借

<hr>

① "云雨虽亡日月新"之"虽亡"，洪迈《万首唐人绝句诗》作"云雨难忘日月新"，《全唐诗》作"云雨虽亡日月新"。

② 此诗最后一句中"至怜汤殿水"之"水"，《历代咏剧诗歌选注》误作"永"，兹据《瓶水斋诗集》（上海古籍出版社1991年版，第130页）改。

③ 孔尚任著，王季思、苏寰中、杨德平注：《桃花扇》，人民文学出版社1959年版，第199页。

④ 蔡毅编著：《中国古典戏曲序跋汇编》，齐鲁书社1989年版，第990页。

太真外传谱新词，情而已"①。《书〈桃花扇〉乐府后》（其一）"粉墨南朝史"点明了其历史剧性质，"丹铅北曲伶"指最后一出《余韵》通过一大套北曲抒发国破家亡的深哀剧痛，"重来非旧院，相对有新亭"中，诗人用"新亭对泣"的典故进一步强化"风景不殊，正自有山河之异"②的兴亡之感，准确把握了《桃花扇》"借离合之情，写兴亡之感"③的创作题旨，而这正是其不同于《长生殿》之处。

二

《论曲绝句十四首，并示子筠孝廉》展现了舒位对戏曲创作方面的宏观思考。自清代乾隆年间开始，许多文人以组诗的形式表现对戏曲创作的整体观照，其代表作有沈德潜《观剧席上作十二首》、金德瑛《观剧绝句三十首》、凌廷堪《论曲绝句三十二首》等。赵山林先生认为这些论曲绝句："已不限于观剧抒感，也不满足于咏史变体，而是继承元好问论诗绝句的传统，加强了有关戏曲历史、理论问题的探讨，并开始注意系统性，因此也就具备了较浓的文艺批评色彩。"④的确，舒位的论曲绝句涉及戏曲源头、戏曲音律、作家的戏曲史定位等问题，具有一定的理论性和开阔的戏曲史视野。

子筠，即毕子筠，名华珍，系毕沅之族孙，乾嘉时期诗人和戏曲家，与舒位过从甚密，曾为舒位《当垆》《拥髻》谱曲。叶廷琯《鸥陂渔话》卷一"舒铁云古文乐府"云："闻宋于庭丈翔凤，言嘉庆戊辰、己巳间，铁云礼闱报罢，留滞京华。时娄东毕子筠华珍方客礼亲王邸。二君皆精音

---

① 参见王昊：《"长生殿"主题商兑》，《文学评论丛刊》2008年第2期。

② 赵山林选注：《历代咏剧诗歌选注》，书目文献出版社1988年版，第493页。

③ 孔尚任著，王季思，苏寰中，杨德平注：《桃花扇》，人民文学出版社1959年版，第1页。

④ 赵山林：《明清咏剧诗歌对于戏曲接受史研究的特殊价值》，《文学遗产》2012年第5期。

律，取古人逸事，撰为杂剧，如杨笠湖吟风阁例。"①由此看来，《论曲绝句十四首，并示子筠孝廉》有与毕氏讨论戏曲相关问题之意。

"千古知音第一难，笛椽琴爨几吹弹。相公曲子无消息，且向伶官传里看。"（其一）舒位感慨古往今来知音难觅，和凝的曲子词世无流传，真正之解人唯有在伶人中寻找。"苦将词令当诗余，有句无声总不如。一部说文都注遍，无人歌曲换中书。"（其二）一方面，他不满于把词令当做诗之余而忽略其音乐性的做法，突出了词曲的合乐性；另一方面，又清楚地认识到，词曲一般被视为小道，与诗歌相比，缺少了言志的功能，"不为世人所重，不被正统文化承认，只能沦落为抒发个人体会的雕虫小技"②。接下来是戏曲的源起问题，"天宝梨园有旧风，湘潭红豆老伶工。莫将一段霓裳序，阑入元人北九宫。"（其三）"连厢司唱似妃豨，苍鹘参军染绿衣。比作教坊雷大使，歌衫舞扇是耶非。"（其四）作者认为戏曲的成熟在唐朝的梨园，不能把源于唐代的霓裳羽衣曲混入元人北九宫之中，金代连厢司唱承传自乐府，唐代参军戏已较为成熟，从渊源来看歌舞表演不是戏曲的本色。赵山林先生就此指出："金代的连厢司唱与乐府有渊源，宋杂剧、金院本的演出由唐代参军戏发展而来（苍鹘、参军是参军戏角色），而其歌舞与宋代教坊乐舞有关。这种探索比王国维《宋元戏曲考》要早一百多年，虽然略显简单，但已属难能可贵。"③

第五首到第七首是谈戏曲音律问题。舒位精通音律，据记载他"能吹笛鼓琴，度曲不失分寸，所作乐府、院本脱稿，老伶皆可按简而歌，不烦点窜"④（陈文述《舒铁云传》）。"笛声旋宫忽变声，京房才死马融生。要知人籁还天籁，归北归南一串莺。"（其五）在舒位看来，笛子旋宫转调后声情产生了变化，西汉京房去世后，东汉马融继起，精于音律者代不乏

① 叶廷琯：《鸥陂渔话》，新文化书社1934年版，第11页。
② 柳红：《舒位戏曲研究》，南京师范大学2010年硕士学位论文。
③ 赵山林：《清代中期咏剧诗歌简论》，《广西师范大学学报》（哲学社会科学版）2005年第1期。
④ 舒位著，曹光甫点校：《瓶水斋诗集》，上海古籍出版社1991年版，第799页。

人，人籁的极致便是天籁，北曲南曲均很动听，难以轩轾。"便将乐句赠青棠，腰鼓零星有擅场。协律终怜魏良辅，安弦定让陆君旸。"（其六）作者以为，魏良辅改造了昆山腔，使其发生了脱胎换骨的变化，在戏曲音乐史上贡献甚巨；陆君旸作为昆曲乐师，对昆曲音乐的发展亦有很大推动作用。"绿绣笙囊侑笛家，十三簧字凤开花。提琴摇曳双清拨，更与歌天作绮霞。"（其七）笛、笙、提琴等乐器的伴奏，对戏曲演出起到很好的烘托和辅助作用。

第八首到十二首论及戏曲史上的五大名剧，体现了舒位卓越的鉴赏能力和戏曲史视野。"萧寺迎风记会真，铜弦铁板苦伤神。虽然减字偷声惯，十丈氍毹要此人。"（其八）舒位肯定了《西厢记》的成就，也认同李日华《南西厢》"增损句字以就腔"变北调为南曲的意义。"村村搬演蔡中郎，楼上灯花是瑞光。一曲琵琶差可拟，玉人初著白衣裳"（其九）描述了高明创作的艰苦，赞赏《琵琶记》天然本色之美。"玉茗花开别样情，功臣表在纳书楹。等闲莫与痴人说，修到泥犁是此声。"（其十）作者认为《牡丹亭》表现的至情非常独特，清代戏曲家叶堂《纳书楹曲谱》将汤显祖"临川四梦"中不协律之处加以改订，便于演唱，有利于作品的广泛传播，对此给予高度评价。"流水清山句自工，桃花省识唱东风。南朝无限伤心事，都在宣娘一笛中。"（其十一）此诗是对《桃花扇》曲词之美与思想意蕴之深邃的赞赏。"一声檀板便休官，谁向长生殿里看。肠断逍遥楼梵字，落花时节女郎弹。"（其十二）这首诗结合洪昇所遭受的《长生殿》之祸，肯定其经典地位。《书〈四弦秋〉乐府后》（其二）也体现了舒位的戏曲史意识，"玉茗才华胜竹枝，一声宛转迥含思。未忘江岸玲珑唱，又遣天涯沦落知"，作者以蒋士铨与汤显祖相比，高度赞扬其戏曲创作成就。

第十三、十四首还涉及对戏曲题材创新和戏曲陶冶性情功能的清醒认识。"若向旗亭贳酒还，黄河只在白云间。只愁优孟衣冠破，绝倒当筵李义山。"（其十三）此诗用宋代刘攽《中山诗话》所载优人搬演西昆体诗人生吞活剥李商隐的故事，表现对题材抄袭雷同现象的鄙夷之情。"中年丝竹少年场，直得相逢万宝常。他日移情何处是，海天空阔一山苍。"（其十四）舒位认为只要戏曲艺术性强，对少年、中年受众均有陶情养性的作用，能使其在艺术的欣赏中陶然忘机。组诗其六"便将乐句赠青棠"亦有此意，青棠一名合欢，具有"蠲人之忿"之效。

三

舒位主张作诗写真性情，他说："若无真性情，即能为诗，亦不工。"[1]（陈裴之《乾隆戊申恩科举人拣选知县舒君行状》）舒位曾在《始读〈小仓山房全集〉竟各题其后（其一）》中明确表示向袁枚"拜事"之意，但是他作诗颇多使事用典，与袁枚多有不同，不能简单将其归入性灵派。陈文述称："乾隆、嘉庆之际，诗人相望，归愚守'宗法'，随园言'性灵'，学之者众，未有能尽其才者。君（舒位）独以奇博创获，横绝一世。"[2]（《舒铁云传》）针对性灵派诗歌易堕入格调不高的弊端，舒位吸收了翁方纲的"肌理说"诗论予以纠偏，他以学问入诗，认为："人无根柢学问，必不能为诗。"[3]（陈裴之《乾隆戊申恩科举人拣选知县舒君行状》）故其诗歌既立足抒写真性情，又不废典故，在其咏剧诗中这一点表现也很明显。他所吟咏的具体作品分别是《西厢记》《琵琶记》《牡丹亭》《长生殿》《桃花扇》《四弦秋》，皆为戏曲史上的言情名剧。舒位"九上春官，皆下第"，郁郁不得志，生活困顿，他借对这些剧作悲情感伤意境的渲染，抒发了自己命运多舛的悲慨。确如陈文述所评："故君所作瓶水斋诗，不沿袭古法，而精力所到，他人百思不及，非其性情笃挚所见端歟?"[4]（《舒铁云传》）

赵翼称舒位之诗"无一字无来历"[5]，即用典很多，其咏剧诗亦如

① 舒位著，曹光甫点校：《瓶水斋诗集》，上海古籍出版社1991年版，第801页。
② 舒位著，曹光甫点校：《瓶水斋诗集》，上海古籍出版社1991年版，第799页。
③ 舒位著，曹光甫点校：《瓶水斋诗集》，上海古籍出版社1991年版，第801页。
④ 舒位著，曹光甫点校：《瓶水斋诗集》，上海古籍出版社1991年版，第799页。
⑤ 舒位著，曹光甫点校：《瓶水斋诗集》，上海古籍出版社1991年版，第810页。

此。唐代以后诗歌创作，援古尤多。《文心雕龙·事类》云："事类者，盖文章之外，据事以类义，援古以证今者也。"①典故分为古事与旧辞，即事典与语典。典故用得好，言约意丰，可以达到含蓄、洗练、委婉之效。舒位咏剧诗无论是用事典还是语典均能切合剧作情境，精要准确。前文分析已涉及此义，下面再集中申说。先看事典，即化用古代故事的典故。舒诗中的事典大多与诗歌主题十分接近，以含蓄的方式表明诗人的态度。如"当年哨遍无知己，此是浔阳春梦婆"，化用了关于苏轼的两个典故。"哨遍"是苏轼被贬黄州时所作的词，赠给了当时唯一与之交好的董毅夫，以感其知己之情。"春梦婆"则是来源于苏轼贬官广东昌化时发生的一个故事，后寓意为富贵无常。两个典故十分切合《四弦秋》人生如梦、富贵无常的题旨。再如"若向旗亭赊酒还，黄河只在白云间"（《论曲绝句十四首，并示子筠孝廉》其十二），化用了王昌龄、高适和王之涣三人旗亭赌唱的故事，意在强调戏曲独创的重要性。此诗后两句"只愁优孟衣冠破，绝倒当筵李义山"（《论曲绝句十四首，并示子筠孝廉》其十三），化用优人嘲谑西昆体诗人的剽掠之风，进一步突出强化作者的态度。

再看语典，即有来历出处的词语，舒位咏剧诗多引用前人诗句中的词语，在基本保留原意的基础上，还巧妙地将其融入到整首诗的意境中，十分贴合，如"水中着盐"②，不见斧凿之痕。如"匆匆不能唱，肠断柳条青"（《书〈桃花扇〉乐府后》其二），"柳条青"一词出自李白《劳劳亭》："春风知别苦，不遣柳条青"，舒诗不仅引用了该词，还借用了原句写别苦之义，突出了《桃花扇》中所传达的一种离别之痛。"提琴摇曳双清拨，更与歌天作绮霞"，"双清"一词来自元末诗人爱理沙《题钟秀阁》："烟霞五色锦屏晓，风月双清瑶镜秋。"③舒诗在用"双清"之时，也

① 刘勰著：《文心雕龙》，中华书局1985年版，第52页。

② 石天飞：《乾嘉诗人舒位研究》，广西师范大学2011年博士学位论文。

③ 《历代咏剧诗选注》将此句误作"李祁诗"。钱谦益《列朝诗集》（中华书局2007年版，第358页）将李祁诗与爱理沙等人的诗编入一卷，李祁诗置于卷首，读者易误认为整卷均为李祁诗。清代张豫章所编《四朝诗》（清文渊阁四库全书本，元诗卷五十八）、顾嗣立所编《元诗选》（中华书局1987年版，第2319页）收录此诗作者均为"爱理沙"。

将原句所营造的优美意境融入诗句中，给人以美的联想。其咏剧诗化用前人诗歌整句的也不少，如"村村扮演蔡中郎，楼上灯花是瑞光"的前一句源于陆游的《小舟游近村舍舟步归》："斜阳古柳赵家庄，负鼓盲翁正作场。死后是非谁管得，满村听说蔡中郎。"①陆诗本身就是描述《蔡中郎》盲词表演情况以及作者观感的②，故与该诗情境十分吻合。如"送客茫茫月浸波"整合了白居易《琵琶行》中的"浔阳江头夜送客"和"别时茫茫江浸月"两句诗情境，又如"江南花落后，重见李龟年"汲取了杜甫诗"正是江南好风景，落花时节又逢君"的原意，语句略作变换调整，具有浓郁的诗意。舒位咏剧诗运用典故的还有不少，在有限篇幅内难以一一胪举，但是他所用典故基本都能"用旧合机，不啻自其口出"③。

结　语

舒位《瓶水斋诗集》中传世诗歌2000余首，咏剧诗在其中所占比例很少，但是作为兼擅诗歌与戏曲创作的文人，其咏剧诗自具特色。在对具体戏曲作品的吟咏中，他聚焦戏曲史上的名家名作，准确把握其核心关目、主要人物、创作意图等，对这些作品的传播起到一定的推动作用。在对戏曲创作相关问题的书写中，他注目于戏曲起源传承、戏曲音律伴奏、推动戏曲发展的关键人物等，表达了自己独立的见解。舒位诗歌自抒性灵兼擅用典，这一点在其咏剧诗中得到了集中的体现。

[原载《古籍研究》2015年第2期，与肖阿如合作]

---

① 此诗之名《历代咏剧诗选注》作"舍舟游近村"，参见上海古籍出版社2005年版的《剑南诗稿校注》，第2193页。

② 郑振铎据此诗认为："当时不仅有《赵贞女》的戏文，且有《蔡中郎》的盲词。"参见《中国文学史》，吉林人民出版社2013年版，第489页。

③ 刘勰著：《文心雕龙》，中华书局1985年版，第53页。

明清戏曲家生平资料考辨八则

现有戏曲书目著录了大量明清戏曲家的生平及剧作，是研究戏曲的基本工具书，对推动戏曲研究的深入厥功甚伟。但受主客观原因等条件的限制，亦时有戏曲家失载、生平资料不全面和误判现象。为了弥补这些缺失，笔者根据相关文献，对戏曲家失载或生平资料不全面者予以考补，对误判者加以辨讹，以就教于方家。

一、沈自昌

《中国曲学大辞典》著录："（沈自昌）生卒年、字号、里居均不详。作有传奇《紫牡丹记》，已佚。"①《中国古代戏曲文学辞典》著录："沈自昌明末清初戏曲作家。别本《传奇汇考标目》记其'字君克，吴人。官礼部主事，入清隐于山中'。作传奇《紫牡丹记》，佚，剧情不详。按：'官礼部主事'前疑有脱字，或为'其父官礼部主事'，是为沈璟之子，也未可知。待考。"②疑别本《传奇汇考标目》脱"其父"二字是正确的，但是根据"其父官礼部主事"推测沈自昌或为沈璟之子则有误。沈璟曾任兵部职方司主事、吏部验封司员外郎、吏部行人司司正、光禄寺丞，时人称之为"沈吏部""沈光禄"。终其一生，沈璟未做过礼部主事。朱彝尊《明诗

---

① 齐森华等主编：《中国曲学大辞典》，浙江教育出版社1997年版，第154页。
② 邓绍基主编：《中国古代戏曲文学辞典》，人民文学出版社2004年版，第621页。

综》收沈自昌《客夜闻笛》一首："为梦西州早闭门，高楼横笛正黄昏。关山风月愁清夜，杨柳梅花忆故园。波起湘江飞落叶，雨淋蜀道叫哀猿。沙场多少征人泪，一曲吹来欲断魂。"诗前有作者简介："自昌，字君克，吴江人。礼部主事琦子，国子监生。"①明确记载沈自昌是国子监生，乃礼部主事沈琦之子，沈璟之侄，他是吴江沈氏文学家族的重要成员。沈琦在《松陵文献》中有传，载其"字仲玉，汉曾孙。少孤即有成人之度，训二弟玩、珣肃然如严师。万历二十三年与玩同举进士，后十年珣复继之，时以为荣……以礼部主事征入，寻卒"②。可见，沈琦曾任礼部主事，与朱彝尊记载吻合。根据《吴江沈氏文学世家研究》，沈自昌（1576—1637），字君克，号潜予。沈奎六世孙，沈琦长子。吴江人。③兹可补各戏曲书目之不足。

二、林岳隆

《方志著录元明清曲家传略》载："林岳隆《诗韵合解》《义虎传奇》（见《北郭林氏谱》）、《西林集》《罪臣泣言》（《民国鄞县通志》十六）"④。其中无林岳隆的传记材料。邓长风《二十三位明清戏曲家的生平资料》据《鄞县志》补有："乾隆《鄞县志》卷十选举表、卷十六人物内，分别有林氏父子的科第及小传。林祖述，万历四年（1576）举人、十四年（1586）进士，选庶吉士，官至贵州参议；有四子：栋隆、岳隆、祚隆、奕隆。栋隆是万历二十八年（1600）举人、四十七年（1619）进士，仕至吏部侍郎。以下云：……次岳隆，字视公，淡于荣利，耻由兄干进，故为诸生四十年，终不得一第。丙戌，以次当贡，弃之。张煌言招之至幕府，叹曰：'天所废，莫可支，徒死亦无益。'遂隐居不出。……丙戌，即

---

① 朱彝尊：《明诗综》卷七十九，文渊阁四库全书本。
② 潘柽章：《松陵文献》卷六，清康熙三十二年（1693）潘耒刻本。
③ 郝丽霞：《吴江沈氏文学世家研究》，复旦大学出版社2009年版，第140页。
④ 赵景深、张增元：《方志著录元明清曲家传略》，中华书局1987年版，第85页。

顺治三年（1646），是可知林岳隆至清初尚在世。"①亦未详其生卒年及其他事迹。

乾隆《鄞县志》的编撰者钱维乔在上述记载后注云："《闻志》参《续耆旧传》。"②可见，全祖望《续耆旧》是方志的主要来源，其中载有林岳隆较为详细的记载，以及其《国变志哀》《伤老》《午日》三首诗，可补方志之不足，其云："西明山人林岳隆，字视公，一字叔觐。大恭祖述次子也。其兄栋隆官吏部，山人耻由兄以干进，淡于势利，故享盛名者四十年而不得一官。丙戌年六十三矣，时山人已应以明经贡太学，叹曰：'吾代之诸生而事二姓乎？'遂弃之。于是始以西明山人自称。或问之曰：'先生有别业在大雷，其于四明为西陇，恐有取于此耶？'山人笑而不答，槎湖张丈尚燮解之曰：'先生盖希西山之节，而每饭切望明之思，乃故强缀之，以使人不悟耳。'是时甬上多志士，强半濡首没趾以相从于焦原。山人叹曰：'天之所废，殆不可支，徒死亦无益也。生生斯世，苟全性命，且以延一息耳。'故山人于桑海之祸不豫。苍水尝荐之，且贻之书曰：'所望孤凤一出，以支南天。'竟不肯赴，然其眷怀故国之衷，无日不耿耿，则正未尝以高蹈而少忘也。山人于乙亥盲其右目，又十九年癸巳忽愈，同人为之赋《复明》诗。山人貌寝，其行坊巷间，布衣幅巾，况味萧然，莫知其为贵介也。而道范甚方严，董丈剑锷尝曰：'吾犹及见前辈之典型，曰汪伯机，曰山人，曰蛟川薛长瑜，此后不可得矣。'山人善大书，出入率更南宫二家。喜吟诗，称情而出，未尝与当世之诗人争短长于声律，然而穆然有学有养之言也。七十，尝于枕上漫歌曰：'莫嗟贫，莫羡富，天公位置有定数。吃粝饭，穿粗布，聊免饥寒行我素。不随波，不贪污，乱世功名草头露。劝世人，尚早悟，不见北邙山上尽坟墓。'读此可以得山人实际，故录之传后。"③

据此可知，林岳隆是知名的明朝遗民，淡于名利，甘守清贫，达观生

① 邓长风：《明清曲家考略全编》，上海古籍出版社2009年版，第337—338页。
② 钱维乔：《（乾隆）鄞县志》卷十六，清乾隆五十三年（1788）刻本。
③ 全祖望：《续耆旧》卷十九"西明山人林岳隆"，清槎湖草堂钞本。

死，其自称"西明山人"，据张尚瑗的解释，是取伯夷、叔齐"西山饿夫"之典，表达自己坚决不事二朝的遗民情怀，但为避祸而故意隐约其辞。林岳隆乙亥（1635）右眼失明，19年后突然复明，同人赋《复明》诗以示庆贺。文中说林岳隆"丙戌年六十三矣"，丙戌为1646年，逆推知其生年为1584年。卒年已不可确考，然据其"七十，尝于枕上漫歌"知得寿七十以上。李邺嗣《寿林视公先生七十叙》记载其四十余岁左眼失明，与全望祖所记五十二岁右眼失明略异。叙云："先生能远观，自为生藏。每佳日，命仆夫荷楄，携一卷诗，日造饮其所。人过问之，先生笑答曰：'卜吾真宅，爱此寂居。游云翩翩，古今无期。'盖有刘参军、陶彭泽风流，诸君子皆慕先生，为传记益多。"[1]自造墓室饮酒之事生动表现了林岳隆对死亡的旷达态度，亦为王晫《今世说》卷四"识鉴"目记载。

三、魏际瑞

现有戏曲书目失载。魏际瑞（1620—1677），原名祥，字善伯，号东房，宁都县人。明末诸生。崇祯十四年（1641），获江西督学侯峒曾赏识，选为一等，在赣州、南安两府考试"异才"时选为第一名。与魏禧、魏礼并称"宁都三魏"，是"易堂九子"之一，有《魏伯子文集》10卷、《杂俎》5卷刊行于世。魏际瑞精通音律知识，曾经创作过戏曲作品。《众祭魏善伯父子文》云：

> 方子入潮帅之幕，值潮帅挈兵而攻潮，子不调帅曰："潮之生人数十万，今必得城而必无杀人而后可"，而帅果从之。子于潮郊营垒之内，督长围、修攻具。余则按谱谐声，作报德之曲剧至三四十出，因以讽劝帅者。此非子之所以活潮人数十万之命者耶？[2]

---

① 李邺嗣：《杲堂诗文钞》"文钞"卷三，清康熙间（1662—1722）刻本。

② 邱维屏：《邱邦士文集》卷十六，清道光十七年（1837）刻本。

潮帅指范承谟，魏际瑞入其幕时保全了几十万潮人的性命，可谓功德无量。他在从事幕业的闲暇，出于实用的目的，"按谱谐声"创作了报德的戏曲（即曲剧）三四十出以讽劝范承谟。从三四十出的规模体制看，此"报德之曲剧"是传奇。魏际瑞对戏曲十分内行，曾在《伯子论文》中论述了南曲与北曲风格的差异：

> 南曲如抽丝，北曲如轮枪；南曲如南风，北曲如北风；南曲如酒，北曲如水；南曲如六朝，北曲如汉魏；南曲自然者，如美人淡妆素服，文士羽扇纶巾；北曲自然者，如老僧世情物价，老农晴雨桑麻；南曲情联，北曲势断；南曲圆滑，北曲劲涩；南曲柳颤花摇，北曲水落石出；南曲如珠落玉盘，北曲如金戈铁马。贵坚重，贱轻浮，尚精紧，卑流荡，喜干净，厌烦碎，爱老成，黜柔弱，取大方，弃鄙巧，求蕴藉，忌粗率，则南北所同也。北曲步步挢高，南曲层层转落；北曲枯折见媚，南曲宛转归正；北曲似粗而深厚，南曲似柔而筋节；北白似生似呆，南白贵温贵雅；北白或过文，或眼目，或案断；南白有穿插，有挑拨，有埋伏；北白冗则极冗，简则极简，南白停匀而已。作诗，题难于诗；作曲，白难于曲。[1]

魏氏通过深入细致的比较，用形象生动的语言，将南曲、北曲给人的不同审美感受，南、北曲及其宾白的不同风情、面貌呈现出来，确为深有心得之论。难怪同为"易堂九子"的彭士望对此评道："不但论曲，并唱曲之理，无不入神。"[2]

---

① 魏际瑞：《与子弟论文》，《魏伯子文集》卷4，《四库禁毁书丛刊》集部第4册，北京出版社2000年版，第92页。

② 魏际瑞：《与子弟论文》，《魏伯子文集》卷4，《四库禁毁书丛刊》集部第4册，北京出版社2000年版，第92页。

四、何圣符

张增元《方志著录明清罕见戏曲存目七十七种》云：

> 《琴堂花烛传奇》《缘外缘传奇》，清无名氏撰。
>
> "康熙初，邑侯吴存庵判合僧尼凤姻，一时艳称其事，至谱为传奇，有《琴堂花烛词》《缘外缘曲》。邑高士陈次沙诗云："阆仙笑引邬婆迦，汝我当年共一家。彩笔春回新雨露，一齐脱下旧袈裟。"（同治《新淦县志》卷十）①

按：此处"凤渊"实为"凤姻"之误。《中国古代戏曲文学辞典》承之，著"琴堂花烛""缘外缘"两目②。县志撰修者乃同治时人，与康熙初相隔约两百年，只知传奇之名及本事而不知剧作家姓名，故未提作者。张增元等据此将其归入无名氏之作。陈小林据詹贤《缘外缘填词序》考知作者为何圣符，但对材料解读尚欠准确③。《缘外缘填词序》云：

> 客自巴丘来，传吴侯判合僧尼事，闻者艳之。及读其《琴堂笑柄》一书，不惟严、杨两氏之肝膈、须眉呼之欲出，即侯清净和平之心、忠信明决之才，靡不跃然纸上。宜乎一时之学士大夫搦管摛辞，歌咏之不置也。吾邑何子圣符读书不得志间，尝留意声韵之学，偶拈不律编成《缘外缘传奇》，就中曲白、介诨、分合悲愉，未敢自云有当。④

---

① 张增元：《方志著录明清罕见戏曲存目七十七种》，《文史》第24辑，中华书局1985年版，第260页。

② 邓绍基主编：《中国古代戏曲文学辞典》，第553、965页。

③ 陈小林：《曲目拾补》，《中国典籍与文化》2009年第1期。

④ 詹贤：《詹铁牛文集》卷二，《四库禁毁书丛刊》集部第167册，北京出版社2000年版，第307页。

陈小林指出《琴堂花烛》不是传奇，是对的。但认为《琴堂笑柄》是传奇则待商榷。琴堂指县署，从引文语境看，《琴堂笑柄》是吴存庵在公事之余所作一部资谈笑的书，其中记载了他自己判合僧尼之事，僧尼俗姓分别为严、杨。因其事新奇，成为文人歌咏的题材。何圣符以此为本事谱写了《缘外缘传奇》。詹贤（1663—?），字左臣，号铁牛，又号耐庄。江西乐安人。①他称何圣符为同乡，则何圣符为江西乐安人。《高宗实录》载有何圣符的一些情况：

> 丁未，江西巡抚郝硕奏查讯《云氏草》书一案。委员密赴李俊杰家搜查，并无书本板片。拘获亲族，讯明李俊杰并未回家，亦无寄回书籍。讯问何圣符，据称，向在浙江西安县排谱生理，不会刻字，虽与李俊杰认识，并无同刻《云氏草》书之事。何云汉、孔在邑亦供并未知此书名，并据委员于县境书铺及藏书之家访查，亦无此书。应将何圣符等解往浙江质讯。仍饬严查此书。得旨详查固应，亦不必过于滋扰。②

可见，何圣符在乾隆朝曾受《云氏草》文字狱案牵连，之前在浙江西安县（今浙江衢州境内）以排乐谱为生。与詹贤说其"读书不得志间，尝留意声韵之学"相印证。综上，何圣符是江西乐安人，主要活动于康熙、乾隆年间，是一位功名蹭蹬、困于场屋的下层文人，长期离乡背井，有一定的曲学功底。其生卒年及其他情况待考。

---

① 柯愈春在《清人诗文集总目提要（上册）》（北京古籍出版社2002年版，第401页）中称詹贤是江西崇仁人，不确。《赠分宜李栋宇少尹序》（《詹铁牛文集》卷二）云："予家乐安，距分宜仅二百里许"，《庚寅四月望日先母邓孺人七十冥诞署中设位率儿子楠杞梓构拜奠奠毕志痛》其五小字注"甲子重修《乐安县志》，合邑绅矜公举先母载《慈节传》"（《詹铁牛诗集》卷九）。类似表述尚多，由此可知詹贤是乐安人。

② 《清实录》第24册　高宗纯皇帝实录（一六），中华书局1986年版，第60—61页。

五、宋凌云

以往戏曲书目失载其人。仁和朱云翔《蝶梦词》之《木兰花慢》题记云："逸仙，宋南园女，适昆山李某。李应抚幕聘，宾主不洽，卒于僧舍。逸仙悲恨，得梦兆，前身系瑶天洞主，叩乩亦云尔。乃填《瑶池宴》乐府，未终稿，遽卒。"遗稿已佚。《苏州戏曲志》据此首次著录①。宋凌云，生卒年不详，清戏曲女作家。乾隆间在世。字逸仙，长洲（今江苏苏州）人。为苏州缙绅宋聚业之女，嫁昆山诸生李博。少负文才，著有诗文集《轩渠初集》二卷，清乾隆十七年（1752）刊行。《苏州戏曲志》只录了该词的题记，未录其词题与词文，而这对了解宋凌云及其戏曲有所助益，兹补录如下，《木兰花慢·题闺秀宋逸仙遗诗并〈瑶池宴〉乐府》：

> 印钗痕缃卷，应还是，步虚声。念韵冷琴丝，香销兰篆，早断闲情。徘徊故乡带水，但临风诗思白云横。题遍枕边屏纸，付他子夜哀筝。　　葳蕤香梦怯寒轻，昔昔见前身。叹尘劫茫茫，侬宁是我，幻影三生。层城玉楼何处，碧沉沉凉月挂秋冥。旧日云英应在，瑶台同证前盟。②

在古代文献中，乐府可作戏曲解，此时它既可指杂剧也可指传奇，而朱云翔的咏剧词对此并未明言。顾信芳的咏剧词可补其不足，其《百字令·题逸仙宋夫人〈瑶台宴〉杂剧》：

> 书空咄咄，向吟窗谱就、霓裳新阕。一点雄心消不尽，化作彩云千叠。滴粉搓酥，描香绘影，长吉心头血。步虚声里，泠泠似有仙

---

① 苏州市文化局、苏州戏曲志编辑委员会编：《苏州戏曲志》，古吴轩出版社1998年版，第474—475页。
② 尤振中、尤以丁编著：《清词纪事会评》，黄山书社1995年版，第497页。

骨。　　应是秋颖花生，墨池香润，照彻瑶台雪。放眼乾坤供一醉，醉把唾壶敲缺。鬼任揶揄，天胡懵懂，此意凭谁说。倚歌而和，欲将长笛吹裂。①

根据上引两首咏剧词及朱云翔的题记，可知《瑶池宴》杂剧是以宋凌云自己真实经历为蓝本，融入神道题材，加以虚幻描写，应有瑶天洞主谪降人间，历尽茫茫尘劫后重升仙界，在瑶台再证前盟的情节关目。稍有差异的是朱云翔记其戏名为《瑶池宴》，而顾信芳则载其戏名为《瑶台宴》，不知孰是。

六、徐朝彝

多种戏曲书目均著录徐朝彝及其《桃花缘》杂剧，《古本戏曲剧目提要》记载较详，但不载徐朝彝卒年。②

刘蓉《跋徐拙斋拟古乐府稿》云："明西涯李文正公以乐府括史事，其用意婉曲，选词典美，一时称绝调焉，后虽继有作者，皆自以为莫之及也。予亡友吴门徐君拙斋，少倜傥负隽才，欲有所表见于世，而早婴废疾，其嵚崎历落之气，郁无所用，遂一寓之诗以自豪，今世所传《梦恬书屋前后集》者，皆其少作也。中岁以还，其识益高，才益敛，所为诗绝整雅有法度。间读史事，编为古乐府若干首，见者啧啧，谓可与西涯颉颃，而拙斋顾尝语余：'西涯作虽名家，然笔力脆弱，又颇杂以浮藻绮丽语，于体弗称，不足传也。'则其所以自许者可知矣。"西涯李文正公即明代茶陵派的代表人物李东阳，其《拟古乐府》允称绝调，效尤者甚众，无能望

① 丁绍仪辑：《清词综补附续编》，中华书局1986年版，第1362页。
② 李修生主编：《古本戏曲剧目提要》文化艺术出版社1997年版，第778页称：徐朝彝（1797—?），字商侯，号拙斋。吴县（今属江苏）人。少负才名，鲜有知遇。嘉庆二十一年（1816）以风疾废足。道光四年（1824）、十六年（1836）、十八年（1838）先后旅居湘东、长沙、澧县等地。闭户读书，工诗，通史。著有《梦恬书屋诗钞》《拟古乐府》。

·105·

其项背者。徐朝彝却对其作颇有微词，可见自视甚高。《梦恬书屋诗钞》是其早年之作，《拟古乐府》是其中年后之作。该跋文清楚地记录了徐朝彝的卒年："拙斋以癸卯五月卒于常德之寓室，闻尚有遗稿，不知遂归何手。异时或访得之，当并为汇次，以慰其志。呜呼拙斋！故旧之际，存殁之情，所得尽者，如斯而已，岂不悲哉！"①癸卯为1844年，即其卒年。

七、王蓉生

以往戏曲书目失载。

《明清曲目拾遗》云："据光绪五年《南汇县志》和民国十八年《续修南汇县图志》著录，知清代南汇县有剧作家王蓉生。因各曲目专书均未提到他的生平和作品，《方志著录元明清曲家传略》一书也将其遗漏，故特为补出：《续修南汇县图志》卷十二'艺文·词曲类'载：绿窗梦传奇、罗浮梦传奇并王蓉生著。同书卷十三'人物志'载其传略：王蓉生，自（乃字之误）钦裳，号子勖。之佑孙。父惟谦，泾县教谕。蓉生生而歧嶷，具干济才。会匪沈绍之乱，获匪党册，将名捕，蓉生恐株累，亟投诸火，得不究。奉檄援上海，叙功补海州训导，州属赣榆县。仲家围，先贤仲子后也，为剧盗所诬，州逮其族长，蓉生为之昭雪，复亲往安抚，阖族爱感，奉长生位于仲子祠。领乡荐，御捻寇，加同知衔，戴蓝翎，候升知县。归田后主讲惠南书院二十余年，分纂光绪县志，所著见艺文。子五，保健、保衡、保奭并别有传。保奎诸生。光绪《南汇县志》卷十一'选举部'载其科名：王蓉生，咸丰己未举人，字子勖，海州训导。"②《浦东辞典》《中国戏曲志》（上海卷）等亦简略著录王蓉生，均未载其生卒年。据《清代朱卷集成》记载："王蓉生，号钦裳，字子勖，行一，嘉庆己卯年三月初六日吉时生。江苏松江府南

---

① 刘蓉撰，杨坚校点：《刘蓉集》（二），岳麓书社2008年版，第43页。

② 周巩平：《明清曲目拾遗》，《戏曲研究》第38辑，文化艺术出版社1991年版，第94页。

汇县学附贡生，海州训导民籍。"①嘉庆己卯年是1819年，则此即其生年。其生卒年亦可考。《淞隐漫录》卷十二载：

> 王蓉生，字子勋，南汇人。父惟谦，秉铎泾县。君亦由廪贡任海州训导，举于乡。时徐海间捻匪充斥，谍者告曰："寇至矣。"问贼数，以万计；去城远近，则望见旗帜矣。食肉者束手无策，谋诸君。君徐言曰："此乌合之众，易处耳。请出城御之。"刺史集壮丁，听君用。君择老赢数十人，策骑入贼营。有识者曰："此王教官也，来送死耶？"君曰："我胡畏死，特悯汝辈皆族灭矣。"乃导以顺逆利钝。贼罗拜称佛爷，顷刻散尽，危城获全。漕帅将上其功，君固辞，反以此受忌。罢官归，不名一钱，主讲惠南书院，及门多获隽。子保建，进士，授内阁中书；保衡，优贡；保乘，拔贡。壬午，保衡省试得疾，归，旋卒。君西河恸切，病愈，脚软不能行。年六十有九。②

"西河恸"即"西河之痛"，典出《史记·仲尼弟子列传》："孔子既没，子夏居西河教授，为魏文侯师。其子死，哭之失明。"③后用来专指丧子的深哀剧痛。王蓉生颇具胆识，曾用智保全海州全城。后因仲子保衡病故而大病一场，以致脚软无法行走，直至69岁卒。由其生年1819年下推68年，则其卒年为1887年。

八、张贞

《古典戏曲存目汇考》据《居易录》著录张贞有《画衣记》传奇，称

---

① 顾廷龙主编：《清代朱卷集成》第142册，成文出版社1992年版，第413页。
② 王韬著，王思宇校点：《淞隐漫录》，人民文学出版社2006年版，第551—552页。
③ 司马迁：《史记》，中华书局1999年版，第1747页。

其生卒年不详。①王森然从之。②柯愈春对其生平经历及生卒年进行了考证。③张增元对其有关情况加以详考，使读者对其了解更为全面。④《中国古代戏典文学辞典》等亦将张贞视作戏曲家，依据均是《居易录》的记载。张贞（1637—1712），字起元。以别业在杞子旧墟，故号杞园。山东安邱人。⑤官翰林院孔目，举博学鸿儒，以母忧未试。精鉴别，工金石篆刻。晚居杞城故园，著述自娱。著有《潜州》《娱老》等集。

其实，《画衣记》不是传奇，而是一篇散文。王士祯《居易录》云："沂水高中丞平仲，讳名衡，工诗画，后抚汴，有功名。崇祯辛未初举进士，在京师手画白练衣一称，寄其内张夫人，凡花卉二十五种，作三十二丛，著色生动，备极姿态。又题五、七言绝句凡八首，略云：'对月偏成忆，临风更有思。乡心无可寄，聊写最娇枝。''花枝鲜且妍，置之在怀袖。好记花枝新，怜取衣裳旧。''轻襦画折枝，悠然感我思。画时肠已断，著时心自知。''雾縠偏宜暑，冰绡迥出尘。著时怜百朵，应忆画眉人。'安丘张贞杞园作《画衣记》。"⑥王士祯并未说《画衣记》是传奇。实际上，它是一篇记载"画衣"的来历、形制、题诗及收藏状况的散文。原文收在《杞田集》卷四中，其云："此皆不可以无传，因笔之为记，而录其诗于左以存故事焉"，"康熙三十六年六月六日张贞起元记。记成，司寇题一绝句云'几幅冰绡写折枝，淡匀麝墨与燕支。笑他拊马张京兆，玉镜窗前只画眉。'"⑦其他古代文献亦未著录其为戏曲。

误会之源应来自于蒋瑞藻的《小说考证》，其根据《居易录》收录了

① 庄一拂：《古典戏曲存目汇考》，上海古籍出版社1982年版，第1268页。

② 王森然：《中国剧目辞典》，河北教育出版社1997年版，第1157页。

③ 柯愈春：《清代戏曲家疑年考略（四）》，《文献》1997年第3期。

④ 张增元：《清代戏曲作家考略》，《戏曲研究》第54辑，文化艺术出版社1998年版，第210—211页。

⑤ 李滢：《张杞园先生墓表》，载《质庵文集》卷三，清乾隆间（1736—1795）好音书屋刻本。

⑥ 王士祯：《居易录》卷二十九，文渊阁四库全书本。

⑦ 张贞：《杞田集》卷四，清康熙间（1662—1722）春岑阁刻本。

关于《画衣记》的记载。[①]蒋氏虽未明说其为传奇，但《小说考证》是一部小说、戏曲史料集，自然会让人联想到传奇，《古典戏曲存目汇考》又加著录，其后学者遂纷纷沿之而未细察。由此可知张贞并不是戏曲家，戏曲类工具书著录它应是误判。

[原载《戏曲研究》2013年第3期，辑入本书时有改动]

①蒋瑞藻：《小说考证》，古典文学出版社1957年版，第482—483页。

清初戏曲家谢士骘及其剧作关目考略

由于各种戏曲书目失载、文献浩繁难以搜检等原因，明清两代许多戏曲家不幸被人们遗忘，这影响了戏曲史研究的深度与广度。明末清初的谢士骘即是这样一位被遗忘的戏曲家，其人其作在清代的各种曲籍、近人董康《曲海总目提要》、傅惜华《清代杂剧全目》、庄一拂《古典戏曲存目汇考》、齐森华等《中国曲学大辞典》等中均未见著录。清初詹贤所著《詹铁牛文集》中涉及谢士骘的文献有如下八篇：卷首《自序》，卷二之《情文种杂剧序》《玉蝴蝶传奇序》，卷三之《谢翕潭先生全集序》《焚琴诗汇序》（按：题名本佚，据卷三所收均为序，及文末"因哭倡四首并哀其哀挽诸作，录为一编，仍之曰《焚琴诗汇》"之语，断以此名），卷四之《处士谢翕潭先生传》《处士谢翕潭全集跋》，卷九之《荐处士谢翕潭疏代妻》。这些文献是我们了解谢士骘的重要原始材料，笔者拟以此为据对谢士骘的家世、生平、著述等情况作比较详细的勾勒，并初步考索其四种戏曲的关目大略。

一、谢士骘的家世、生平、著述

谢士骘（1627—1706），字一臣，号翕潭，抚州金溪九紫山（今属江西）人。所著戏曲今知存目的有《愤商山》《快目前》《情文种》《玉蝴蝶》。对于其家世、生平、著述，刘水云根据《处士谢翕潭先生传》一文作了开拓性研究①。陆勇强又多引证一篇文献作了进一步研究②。《詹铁牛文集》中涉及谢士骥的文献八篇，而刘、陆两位先生仅据其一二，客观上使其研究成果留有较大的可补充空间。

1. 家世。谢士骥的家族在明朝中后期是科甲鼎盛的名门望族。《处士谢翕潭先生传》载："其曾祖九山公由前明孝廉出仕，祖九紫先生兄弟、叔侄同时四登进士榜，而九紫名尤赫，与若士汤先生（按：即汤显祖）并帜词坛，时有'汤谢'之目。"③《谢翕潭先生全集序》称其家："一门鸒雁，科甲蝉联，厥祖九紫先生同从祖曰可先生皆以名进士起家，声著台中，誉流海内，一时有'二谢入京三王减价'之谣，闻者艳之。"九山公即谢相，字大卿，由乡举授东安知县，颇有政声，后迁合州知州。谢家四登进士榜者分别是：谢廷谅（1551—?），字友可，号九紫、九紫山人，万历二十三年（1595）进士。少时与汤显祖、曾粤祥、吴拾芝并称"临川四俊"，又与汤显祖并称"汤谢"。与张凤翼、顾懋宏、林世吉、潘之恒、梅鼎祚、张萱、佘翘等戏曲家均有交往，著有《纨扇记》《诗囊记》《离魂记》等三种戏曲，吕天成《曲品》、祁彪佳《远山堂曲品》等均曾著录。谢廷讚（1557—?），字曰可，万历二十六年（1598）进士，与谢廷谅一起被誉为"二谢"，亦为讲究气节的净臣。谢廷宷（1534—1596），字思敬，隆庆五年（1571）进士。谢继科，字哲甫，万历十七年（1589）进士。一门两代四人中进士在当时非常罕见，绝对轰动，谓之"一门鸒雁，科甲蝉联"，实至名归。谢士骥之父谢式南在明亡之前虽然仅为诸生，却颇有名声，是"以文学显"。明清鼎革之际，谢式南为保出处大节，携士骥隐居宝塘山终老。由谢士骥的家世背景可知，其文学创作才能与崇尚气节的品格均有着家族先人的基因传承：其戏曲创作才能受到乃祖谢廷谅的深刻影

① 刘水云：《明清曲家新考·谢士骥》，《温州师范学院学报》2003年第4期。按：此文对剧名的考索有误，详后文。

② 陆勇强：《清代曲家汤寅、赵瑜、谢士骥生平史料钩沉》，《学术研究》2007年第11期。

③ 按：此处及后文所引詹贤之文均出自《詹铁牛诗文集》（清活字本）中之《詹铁牛文集》，不再——加注。

响；其"矜尚风节""维持名教"是对其父祖辈重操守的继承与坚守。

2. 生平。《处士谢翕潭先生传》对谢士骙的生卒年有明确记载，其云："处士生于明天启丁卯年（1627）十月二十四日某时，卒于今康熙丙戌（即1706年）正月初十日某时，享年八十岁。"但有学者却说："谢士骙（1628—1707），字一臣，（又字翕潭）……所著愤商山诸传奇，寄托遥深。"①此处有三点疏误：其一，生年、卒年均迟一年；其二，翕潭为其号而非其字②；其三，将《愤商山》判为传奇没有根据，应属臆断。谢士骙自幼颖异过人，有神童之誉。九岁能文，十岁所作之文即获得著名文人艾南英的激赏。谢士骙的人生历程以明亡为分水岭，前后反差极大。他少年时代过着锦衣玉食的奢华生活，是"策肥被锦"，有"乌衣子弟之目"；他在明亡后随父隐居，终身不仕，以授徒自给，过着潦倒拮据的生活，是"布衣草屦"而"鹑鷃自安"。在寓居崇仁的三十多年里，他曾加入"奕社"，在同社十余人中虽然年齿最幼却被推为牛耳。其间，宝塘名士吴雨倩、刘亦茂等人亦服膺其聪明博赡并与之结为知己。1684年，谢士骙受其弟子游奎士延请，至乐安象山讲学，此后寓居乐安二十三年，其间与詹贤（号铁牛）经常诗酒唱和，结为性命之交③。二人交情纯挚，出处殊途，"亦宛然与汤、尤之契合如出一辙"。"汤"指明末才子汤传楹，"尤"指著名才子尤侗。④两人惺惺相惜、互相服膺，又类似袁宏道与徐渭的关系。士骙节操高尚，不随俗沉浮，视出处大节为生命，奉行遗民准则。在隐居期间，崇仁县令骆复旦、陈潜，乐安县当道诸公曾拜访他甚至有所馈赠，均遭其拒绝。谢士骙"持躬峻洁"，赋性刚直，喜面折人过，詹贤视之为畏友。他一生有过三次婚姻，所谓"三娶名家女"，但并无子嗣，所谓

---

① 陈荣华、陈柏泉等：《江西历代人物辞典》，江西人民出版社1990年版，第323页。

② 《处士谢翕潭先生传》明确说："处士姓谢，讳士骙，字一臣，号翕潭。"

③ 柯愈春谓两人相交三十余年，不确。见柯愈春：《清人诗文集总目提要（上册）》，北京古籍出版社2002年版，第401页。《詹铁牛文集自序》明确说："甲子秋与绣谷处士谢翕潭为莫逆交……于是相亲而共风雨者二十三年。"

④ 参见郭长海、金菊贞：《柳亚子文集补编》，社会科学文献出版社2004年版，第84页。

"熊罴之梦杳然"，死后境况凄凉。谢氏人生态度旷达，淡然生死，临终之前津津于诗文删改的讨论，不汲汲于死亡的悲戚与身后之俗事。

3. 著述。谢士骥工诗古文词，思维敏捷，"凡琐屑怪诞极小题目，或步韵，或回文，动以数十首计"。著有《翕潭集》，系经詹铁牛分类别条选定删存，未曾刊布，卷数不详。谢氏曲学知识丰富，对戏曲作品及曲谱等涉猎颇广，"自有元以来诸家词曲以及宫谱诸书靡不浸淫餍饫于其中"。谢士骥钟爱以汤显祖为代表的临川派剧作，对其相当熟稔，如"处士忽为技痒，击箸歌《寻梦》《呼魂》二阕"，其中《寻梦》来自汤显祖的《牡丹亭》，《呼魂》源于临川派吴炳的《西园记》。谢氏也很欣赏李渔的剧作，如"兴酣而'四梦''十种'高唱遏云矣（传）"，其中所唱"四梦"指汤显祖所作"临川四梦"，"十种"指李渔所作"李笠翁十种曲"。从优伶家对其作品"学习传诵演之氍毹"，"先生所撰《情文种》《玉蝴蝶》诸剧独步骚坛，识者奉为填词家科律"，"处士至得意时亦间喜为嘤咿婍妮之态，点衬于筳篴檀板之间"等材料来看，谢士骥所作《愤商山》《快目前》《情文种》《玉蝴蝶》为场上之曲的可能性较大。然而有论者著录其剧作时出现了疏误：

　　其所撰愤商山、快目前，及晚年所构《情文》《种玉》《蝴蝶》等剧，久已脍炙鸡林……谢士骥所撰《情文》《种玉》《蝴蝶》诸剧均不见记载。[1]

《金溪县志》的编者不察而沿袭了上述舛误。[2]另外，百度百科、临川文化网等网站对谢士骥的介绍显然均是承之而误。这一疏漏源自对原始文献的误逗，其原文的正确句读应是：

① 刘水云：《明清曲家新考·谢士骥》，《温州师范学院学报》2003年第4期。
② 谭小平主修：《金溪县志》，三秦出版社2007年版，第1354页。按：该书"谢士骥"误作"谢士鄂"。

其所撰《愤商山》《快目前》及晚年所构《情文种》《玉蝴蝶》等剧久已脍炙鸡林。

笔者以为导致此误的原因有两点：一是未能细读传文，如果细读原文会发现四部作品题名均为三字，前两部既已明示为《愤商山》《快目前》，则后两部当是《情文种》《玉蝴蝶》；二是未读《詹铁牛文集》中关涉谢士鹗的其他文章，如《谢翕潭先生全集序》中称谢士鹗："著述之暇，间或出其闲情逸致，谱作填词。故其所撰《玉蝴蝶》传奇妙绝一时。"《焚琴诗汇序》："先生所撰《情文种》《玉蝴蝶》诸剧独步骚坛，识者奉为填词家科律。"《玉蝴蝶传奇序》《情文种杂剧序》两篇序文更确指《玉蝴蝶》为传奇，《情文种》为杂剧。

由以上分析可知，谢士鹗所著戏曲至少有《愤商山》《快目前》《情文种》《玉蝴蝶》等四种，可以明确的是《情文种》为杂剧、《玉蝴蝶》为传奇，其他两种究为传奇抑或杂剧则不得而知。四剧创作的次第如下：《愤商山》《快目前》均是谢氏的早年之作，由詹贤未曾阅读过《愤商山》之语推断，其创作时间当早于《快目前》；《情文种》《玉蝴蝶》是谢氏晚年所作，《玉蝴蝶传奇序》在提及《情文种》之后说："两年来旅食无聊，又出所得编为《玉蝴蝶》传奇。"据此可知，《情文种》创作于前，《玉蝴蝶》撰写于后，两者之间有两年多的间隔。

二、谢士鹗戏曲的关目大略

谢士鹗所作四种戏曲的情节关目至今未见学者探讨，笔者拟根据《詹铁牛文集》中的相关文献对其进行初步考索。因为詹贤在相关文章中仅约略提及《愤商山》《快目前》且无序文，而《情文种杂剧序》《玉蝴蝶传奇序》的重点又不在于情节关目的绍述，这些为考索谢士鹗戏曲的关目大略增加了难度。

在谢士鹗的四部戏曲作品中，詹贤之文完全未涉及其内容的是《愤商山》。《愤商山》在《詹铁牛文集》中凡两见：其一见于《处士谢翁潭先生传》，只有题名而没有其他信息；其二见于《玉蝴蝶传奇序》，其云："所著《愤商山》缮本遗落，以未得披览为吾生一恨事。"《愤商山》是谢士骘早年的作品，其缮本（即抄本）在他与詹贤结识之前即已遗失，否则以两人的性命之交，詹贤不会没有阅读过，并以其为此生一憾事。虽然詹贤没有提及其内容，但是，我们还是可以结合谢士骘的人生经历与此戏的题名，对其内容做个合理的推断。明清鼎革，中原陆沉，未及弱冠之年的谢士骘即从父隐居，终身未仕，空有一身才华却无法施展，其郁勃不平之气、穷愁牢骚之意可以想见。而与商山相关的典故最著名者无疑是"商山四皓"，"四皓"分别指东园公、绮里季、夏黄公、角里先生，均为秦末汉初德高望重的遗民。作者以此为戏曲创作的题材，"借他人之酒杯，浇自己之块垒"，托古伤今，亦在情理之中。在此剧中，谢士骘可能是通过对四人隐逸生活的描写，抒写自己国破家亡的遗民隐痛，寄寓怀抱难展的郁勃悲愤。因此，题名着一"愤"字，寓有寄托其孤愤之旨。

《快目前》的题材在《玉蝴蝶传奇序》中被提到："他如《快目前》全本、《情文种》杂剧，奸雄堕狱，怨女生天种种，巧弄于舌，灵动乎腕。"两剧并述，而《情文种》演怨女生天之事（详见后文），则《快目前》必定述奸雄堕狱之事。其所写可能是奸雄如曹操、秦桧、严嵩、魏忠贤之辈，生前作恶多端，死后堕入地域的果报内容，是一个"生报"的情节框架，类似于徐渭"四声猿"之《狂鼓吏》。东晋释慧远所著《三报论》在中国佛教史上很有影响，其中说道："经说业有三报：一曰现报，二曰生报，三曰后报。现报者，善恶始于此身，即此身受。生报者，来生便受。后报者，或经二生、三生、百生、千生，然后乃受。""生报"能满足当时受众"善有善报，恶有恶报"的接受心理，获得"取快目前"的效果，因此作者以"快目前"为剧名。

《情文种杂剧序》《玉蝴蝶传奇序》两文在蔡毅先生编著的《中国古典戏曲序跋汇编》（齐鲁书社1989年版）和吴毓华先生编著的《中国古代戏曲序跋集》（中国戏剧出版社1990年版）中均未载录，原文无人点校，且篇幅不长，为论述明晰起见，兹将两序全文点校、征引如下：

情文种杂剧序

读是剧而窃叹天地间之最不可少者，情也，文也。然是二者其遂有定论乎？夫文如苏文忠可云无憾矣。乃忧谗畏讥，徒以不合时宜之肚，供一时之喜怒爱憎，而愀然为东西南北之人。虽所遇颇奇，如"温女自媒"一事，其于情也，可不谓至焉？究之，略其势分，忘其年齿，备极委曲绸缪而竟不获抱衾裯奉箕帚，终目（按：疑为"日"之讹）忧愤无聊，卒以身殉。合而观之，情耶？文耶？其无用也实甚。迨夫相思地就，离恨天完，花容独骋于云路，伤心共诉于明湖，为知己死而还为知己生，则无用者不又转而为有用乎？翁潭谢君，韵士也，亦予畏友也。胸有万卷，笔无点尘。其著作汗牛充栋，余固不能评，然亦不俟余评也。即其搦三寸之管点缀填词，往往彩毫八指，奇句纷飞，奈何赏之者一二而笑之者百千？嗟乎！顾曲周郎值今有几？宜其知希自贵，听浮沉于悠悠之口也。然而，文生于情，情生于文，一种勃然郁然之气可以耀日星、凌岳麓、塞江河。后有知者，犹于山高水长间穆然想见其为人。则是剧之传无疑也。有用无用之间，翁潭其亦可以自信乎？余存此意以律翁潭久矣，今秋出其新剧以相质，颜曰《情文种》，恰与余意吻合，于是乎书。

此序前半部分主要介绍了《情文种》杂剧的情节关目及男女主人公。"夫文如苏文忠可云无憾矣"，苏文忠即苏轼，"温女自媒"，温女即温超超。据宋代王楙《野客丛书》记载，关于苏轼创作《卜算子》（缺月挂疏桐）的动因有两种传闻：一种是苏轼贬谪黄州时为邻家王氏女所作，另一种是苏轼贬谪惠州时为温都监女而作①。《情文种》所演述内容显然与后者是同一题材系列，但又在此传闻的基础上踵事增华、敷彩设色，演绎出苏

----

① 程毅中主编：《宋人诗话外编》（下册），国际文化出版公司1996年版，第1110页。

轼与温超超之间一段神奇凄美的生死恋情。苏东坡才大数奇，在北宋党争中不能苟合取安而屡遭贬谪，所谓"愀然为东西南北之人"是也。据"略其势分，忘其年齿"一语可知，剧中苏轼与温超超两人地位悬隔、年龄悬殊，苏、温演绎的是奇女子与大才子之间一段缠绵缱绻的忘年恋和生死恋。使人"读是剧而窃叹天地间之最不可少者，情也，文也"，所以戏名为《情文种》。温超超因仰慕苏轼的才华而主动加以追求，此即"温女自媒"。"女而自媒，求贞女者贱之"在古代是一种通识，在此语境中作者增益的温女自主择偶的情节显得相当尖新，它应该既是最重要的关目，也是最出彩的重头戏。与以往传说不同，谢士骘还幻设了温超超"为知己死而还为知己生"的情节，即她殉情后又为苏轼重生，亦可谓"生生死死为情多"。这种因情而死又因而重生的结构显然是受到《牡丹亭》"至情还魂"构思的深刻影响。此前的才子佳人戏一般强调男女主人公的年貌相当，而在《情文种》敷演的刻骨铭心的恋情之中，则聚焦于情文绾合的忘年恋，非常新奇，显然是对才子佳人模式的一种超越与突破。

玉蝴蝶传奇序

谢翁潭，千古不平士。其一生饥驱愁迫，身外之物，荡然一切，故往往呼三寸管握之以自鸣。其诗古文词大都得之霜凄露冷、月惨风愁者居多。所著《愤商山》缮本遗落，以未得披览为吾生一恨事。他如《快目前》全本、《情文种》杂剧，奸雄堕狱，怨女生天种种，巧弄于舌，灵动乎腕。两年来旅食无聊，又出所得编为《玉蝴蝶》传奇，艳影香胎、愁城怨海，又从汤、徐、吴、李以后别开生面。至其"怒杀月老"一段，侠留粉属，烈逊蛾眉，不惟将自古及今须眉男子一概抹杀，即头上此公赫赫皇皇，亦有不能不委曲因循、听人转移之势。异哉，此书！夫宁使"四梦""四声""五种""十种"独霸骚坛耶？余又思汤、徐、吴、李诸先辈皆为词曲飞将，而时地不同，境界各别。如临川、石渠并得从八股场中改换头面，至于湖上笠翁以布衣寒士倾动一时之名卿巨公，担簦携艳、恣目舒心，为自古骚客游人另辟一格，迹其所为，又似有过于汤、吴者。其间之悠悠郁郁，百结千嘘，戛然孤鸣，赋士不遇者，独山阴田水月而已矣。然予又乌知夫百年以后之文长尚有踪为之追、武为之步如翁潭其人者，不亦大可怪欤？所以袁中郎序其集云："无之而不奇"。斯无之而不奇，亦犹余千古不平之意也。翁潭萧然宦裔，泛宅浮居，两口以外无他长物，故大书其门有"北阮应难及，东陵定不憎"之句。然天以下之憎翁潭者，不可谓无人也，况其所作宝光烛天，敝庐莫蔽，脱或有人焉，从以黯更、残星、朦灯落之候，挺然而入其室，将一生仅有不再之蕙腑灵心攫之而去，可奈何？

与《情文种杂剧序》相比，《玉蝴蝶传奇序》中关于人物、关目等方面的信息甚少，其中涉及剧情的仅为"艳影香胎、愁城怨海……亦有不能不委曲因循、听人转移之势"等几句，不但语意指向比较模糊，而且未提及主人公姓名，给确切考述其具体情节关目增加了难度。据"艳影香胎""侠留粉靥，烈逊蛾眉，不惟将自古及今须眉男子一概抹杀"等语可知，该剧所演是一个"巾帼不让须眉"的侠烈奇女子的故事，可能类似于"立地撑天，说什么男儿汉"的花木兰（徐渭《雌木兰》），"怒杀月老"应是最能表现人物性格的关目，所以詹贤特别指出。主人公"怒杀月老"的原因可能是媒婆贪图钱财误其婚姻。据"愁城怨海"可知，《玉蝴蝶》整体的感情基调应是哀感顽艳的，属于"苦戏""怨谱"的范畴。"头上此公赫赫皇皇，亦有不能不委曲因循、听人转移之势"为推断结局提供了线索。所谓"举头三尺有神明"，"头上此公"即指神明。烟霞散人《凤凰池》、沈嘉客《同社祭秘蕃锡文》等均有此用法。女主人公以其"侠""烈"气概使神明不得不顺应人情改变故事结局，可见此剧是以团圆作大收煞的。此外，詹贤通过与"汤、徐、吴、李"四位戏曲大家的比较，肯定了谢士鹗在戏曲史上"别开生面"的地位与成就。"汤、徐、吴、李"中"汤"即汤显祖（临川），以"临川四梦"著名；"徐"即徐渭（字文长，号田水月），以"四声猿"著名；"吴"即吴炳（字石渠），以"粲花斋五种曲"

著名；"李"即李渔（别号湖上笠翁），以"笠翁十种曲"著名。他们均曾塑造过卓尔不群、才能出众的奇女子形象。从遭际的坎坷、郁结的心情、悲苦的命运等角度考量，詹贤认为谢士骎与徐渭极为相似，两者均借戏曲创作抒发自己心中的抑郁牢骚。

[原载《戏曲艺术》2011年第1期]

明清戏曲家剧目摭补

明清时期是古代戏曲发展的繁荣与高潮期，在此期间，戏曲家剧目数量之巨是空前的。对戏曲家剧目的著录已有傅惜华《中国古典戏曲综录》、庄一拂《古典戏曲存目汇考》、赵景深、张增元《方志著录元明清曲家传略》、邓长风《明清戏曲家考略全编》、李修生《古本戏曲剧目提要》、齐森华等《中国曲学大辞典》、邓绍基《中国古代戏曲文学辞典》、汪超宏《明清曲家考》等重要著作，还有叶德均、周妙中、陆庭尊、刘世德等先生对戏曲家剧目拾遗补缺的重要论文。这些使我们对明清戏曲家剧目等内容有了较为充分的了解。但是毋庸讳言，在已有的戏曲书目中对明清戏曲家剧目的漏著、误著现象还是存在的，这项基础工作需要更多的学人在大量原始文献中爬梳、钩沉，才能不断趋于完善。近期笔者在翻检明清诗文别集的过程中，发现了失载及误著的明清戏曲家剧目十三种。兹不揣浅陋，据寓目的文献将所得胪举如下，并就相关问题略作申说，以求正于方家学者。

《字字锦》传奇，张丑撰

张丑（1577—1643），明朝著名画家、戏曲家。初名德谦，字青父，号米庵，江苏昆山人。精于书画，工词曲。著有《清河书画舫》《真迹目录》等。明清以降的戏曲书目未将其作为曲家著录。路工先生指出："他的戏曲作品有《清烈乘》《海岳镜》（按：至今均未发现，《明代传奇全目》中也没有著录），并校定《西厢记》《琵琶记》《幽闺记》《荆钗记》《白兔记》，采录编辑了时曲《字字锦》和《颗颗珠》。"①令人遗憾的是，这一发现并未引起此后多数戏曲书目的关注，就笔者所见，只有两部戏曲书目著录了他的这两部传奇②。可见，张丑是画家也是戏曲家。

张丑自云："周文矩画《苏若兰话别会合图》，卷后有李易安小楷《织锦回文诗》，并《则天璇玑图记》，书画皆精，藏于陈湖陆氏。"其后自注："《画系》。此本旧为元素府君购藏，余感其事，为著《字字锦传奇》行世。"③此处，张丑明确指出著的是传奇而非路工先生所说时曲，应当信从。元素是张丑的高祖，曾购买、收藏过周文矩所画《苏若兰话别会合图》。张丑受苏若兰织回文诗使其丈夫窦涛回心转意之事的感染，创作了《字字锦》传奇。此传奇未见戏曲书目著录。敷演这一题材的剧作还有元代关汉卿所撰《织锦回文》杂剧、元代佚名所写《织锦回文》传奇，清代孔广林所作《璇玑锦》杂剧。

《妒者是》传奇，查继佐撰

查继佐（1601—1676），明末清初史学家、戏曲家。字伊璜、敬修，号兴斋，又号东山钓叟，浙江海宁人。少有异才，诗词曲皆擅长。崇祯六年（1633）举人，入清后隐居不出，改名为查省。曾受庄廷鑨《明史》案牵连下狱，后得以免祸。著有《明季国语》《鲁春秋》《罪惟录》《班汉史论》等。剧作有杂剧《续西厢记》、传奇《眼前因》《梅花讝》《鸣鸿度》《玉璪缘》。辑有《九宫定谱》传世。

清人周春称查继佐："传奇有《妒者是》《梅花讝》两种，曾梓行未之

---

① 路工：《访书见闻录》，上海古籍出版社1985年版，第238页。
② 参见苏州市文化局、苏州戏曲志编辑委员会编：《苏州戏曲志》，古吴轩出版社1998年版，第524页；邓绍基主编：《中国古代戏曲文学辞典》，人民文学出版社2004年版，第991页。
③ 张丑撰，徐德明校点：《清河书画舫》"溜字号第六"，上海古籍出版社2011年版，第295页。

见也。"①周春（1729—1815），浙江海宁人，字芑兮，号松霭，晚号黍谷居士，又号内乐村叟，海宁盐官人。清乾隆十九年（1754）进士，在家候选10余年，潜研经史，后授广西岑溪知县。学识渊博，有著作数十种，范围广泛。他曾为查继佐作传并列入州志文苑中，所言定有所据，绝非虚语。《妒者是》传奇未见戏曲书目著录，具体关目不详。

《玉梨缘》传奇、《秋千会》传奇、《福堂旗》传奇、《仙草婚》传奇、《玉马坠》传奇，卢之懔撰

卢之懔，生卒年不详，明末清初戏曲家。字敬生，号钝翁，湖北黄安人。明经，官学博。据《（光绪）湖南通志》卷一二八《职官志》19所载，康熙四年（1665）曾任湖南新宁县训导。工词曲、诗文。剧作有《玉梨缘》传奇、《秋千会》传奇、《福堂旗》传奇、《仙草婚》传奇、《玉马坠》传奇等。此五剧为《中国戏曲志·湖北卷》的编者从《湖北诗征传略》卷十七中钩沉加以著录，此外未见清代以降的其他戏曲书目著录②。可惜，编者不慎将其作者误著为卢尧臣。《湖北诗征传略》卷十七云：

> 卢尧臣，字赞勋，号钦父，万历官知县，有《三不朽集》。从子之懔。
>
> 尧臣幼聪敏，通五经，八岁能文。性至孝，官山东，有能声，致仕隐居。与其徒赋诗讲学以自娱，诗斐恻芊绵，有《李节孝》诗一百六十八韵，工力悉敌，为时所称。
>
> 之懔，字敬生，号钝翁，明经，官学博，有《春雪回文》诗。赴秋闱，闻贼陷邑城，母以骂贼死，茧足哭奔归，辟山砦，人争携财物。之懔独载缥缃以随，平生著作等身，兼工词曲，有《玉梨缘》《秋千会》《福堂旗》《仙草婚》《玉马坠》诸传奇。与先达结社

---

① 周春：《茗余诗话》卷十，清钞本。

② 中国戏曲志编辑委员会编：《中国戏曲志·湖北卷》，文化艺术出版社1993年版，第7页。

赤壁，艾千子、谭友夏呼为小友。孙熿，字镜亭，幼颖异。之懔即以所藏书畀之，后梁以著作称。诗不多见，偶读其七言长篇，痛陈病苦，似香山今乐府，惜不能备录。《运木丁夫歌》起数联云"人不似舟船可以因风行千里，人不似骡驼可以鞭策驰都鄙"，又"穷民贪利充运夫，重茧龟策不顾趾，募夫之钱从何来，卖田贴妇并粥子，一家哭声不见悲，一路哭兮哀如此"，又"庚辰奇荒歌酸楚"尤不忍卒读。①

从引文可知，五种传奇的作者显然是卢之懔，他是卢尧臣的从子即侄子。出现误著的原因是《中国戏曲志·湖北卷》的编者未详究《湖北诗征传略》的编撰体例。《湖北诗征传略》中既有人物独传也有人物合传，这里是人物的合传，作为侄子卢之懔的传附在卢尧臣的传后，编者却将它作了卢尧臣的独传了。卢之懔的好友黄师宪在《黄安卢敬生诗序》里说："余铎邵郡得与卢子游，见其古文、诗歌、乐府、曲剧皆可与汉魏争流，不必与宋元明竞爽。"②对其所作曲剧加以夸赞，有力地佐证了卢之懔是个戏曲家。

《樊川谱》传奇，吴棠桢撰

吴棠桢（1644～1692），清代戏曲家。字伯憩，号雪舫，又号舫叟，浙江山阴（今浙江绍兴）人，由邑庠补太学生。与万树、吴秉钧过从甚密。著有《雪舫诗集》《吹香词》《凤车词》。根据吴秉钧为万树所作《风流棒》序，可知吴棠桢撰有《赤豆军》《美人丹》两种剧作。

吴棠桢的一首《粉蝶儿慢》词云："嫁蛊蛮村，迎蛇蛋俗，更饲鹦哥藏獐。久栖幕府，厌红毛新酿。底事祛愁呼雪儿，一曲檀侯低唱。戏翻新，谱写来、杜牧参军豪荡。　自况。痴情蠢状。愧何曾、协律难供清赏。喜经删抹，便有霞思天想。苕子娇鬟和紫云，彷佛笑啼筵上。谢仙

---

① 丁宿章：《湖北诗征传略》卷十七，清光绪七年孝感丁氏泾北草堂刻本。
② 黄师宪：《梦泽堂诗文集》文集卷一序，清刻本。

翁，笔花多、借人开放。"其词前小序云："樊川谱传奇编成，喜万鹅洲为余改订，赋此奉谢。"①可见，吴棠祯撰写了《樊川谱》传奇，万鹅洲（或作"万鹅州"）为他做了改订。这种改订包括：篇幅的精简，即"喜经删抹"；音律的调整，即"愧何曾、协律难供清赏"。经过改订，该剧的艺术性有所提高，即"喜经删抹，便有霞思天想"，"谢仙翁，笔花多、借人开放"。此剧所写应是杜牧"十年一觉扬州梦，赢得青楼薄幸名"之类的风流韵事，即"谱写来、杜牧参军豪荡"。"苕子""娇鬟""紫云"是其中三个重要的女性。这是传统题材，需要推陈出新，即所谓"戏翻新"。此剧未见戏曲书目著录。以杜牧情事为题材的戏曲还有元代乔吉《杜牧之诗酒扬州梦》杂剧、明代卜世臣《乞麑记》传奇、明代黄家舒《城南寺》杂剧、清代嵇永仁《扬州梦》传奇、清代黄兆森《梦扬州》杂剧、清代陈栋《维扬梦》杂剧等。

《洞庭秋》，黄图珌撰

黄图珌（1699—？），清代戏曲家。字容之（或作"容止"），号蕉窗居士，又号守真子，江苏松江（今属上海市）人。荫生。雍正六年（1728）入都谒选，得官杭州府同知，后又任湖州通判，不久移任衢州府同知，至乾隆十九年（1754）任满入京。又官河南卫辉知府。著有《看山阁全集》64卷。剧作有《雷峰塔》《栖云石》《温柔乡》《双痣记》《梦钗缘》《解金貂》《梅花笺》共7种，总称《看山阁乐府》。

清人杨楷人为黄图珌二十岁生日所作赠诗四首云：

> 无双江夏旧门风，一树琼苞出绮丛。赋就凌云刚弱冠，汉廷应不数终童。掺挝画鼓木兰舟，霜月横空恣胜游。万顷玻璃天一色，高怀长占洞庭秋。（主人尝演《洞庭秋》一剧惠示，故云）
> 荸正含房菊正花，香风拂飘入流霞。云边青鸟传消息，应有麻姑

---

① 南京大学中国语言文学系《全清词》编纂研究室编：《全清词·顺康卷》第11册，中华书局2002年版，第6176页。

降蔡家。（亦因本剧及之并致祝筵之意）

法曲清商若个知，金荃丽句谱乌丝。何时贳酒旗亭下，听唱君家绝妙辞。①

由"主人尝演《洞庭秋》一剧惠示"的小注，结合"何时贳酒旗亭下，听唱君家绝妙辞"两句可知，黄图珌作有戏曲《洞庭秋》，至于是杂剧还是传奇则不得而知。黄图珌《柬谢杨阁学楷人序洞庭秋乐府》一诗也印证了这一点，其云："一经点铁便成金，始信仙家意味深。今日王关重吐气，高山流水有知音。"②可见，杨楷人被黄图珌许为知音，并曾为《洞庭秋》写过序。据杨楷人诗句"云边青鸟传消息，应有麻姑降蔡家"及小注"亦因本剧及之并致祝筵之意"，结合黄图珌诗句"始信仙家意味深"，此剧所写似为神道题材。既然杨楷人在黄图珌二十岁生日的赠诗已提到此剧，则此剧当是黄图珌二十岁之前所作。此剧未见戏曲书目著录。

《杜陵春》院本，宋鸣珂撰

宋鸣珂，清代戏曲家。字楷桓，号澹思，江西奉新人。乾隆四十五年（1780）进士，曾官南城兵马司指挥，卒于任。著有《南川草堂集》《心铁石斋存稿》。剧作有《罗浮梦》传奇。姚燮《今乐考证》著录了其《杜陵春》，但未见后来的戏曲书目记载，所写何人之事更不得其详。张忠纲先生称其："本事不详，疑与杜甫有关。"③宋鸣珂的生卒年也未见学者提及。这两点根据现有文献是可以约略推考的。

清人乐钧《澹思进士杜陵春院本题词》云：

乐府争传太白狂，杜陵野老又登场。词人每爱谈天宝，水绿山青易断肠。

① 黄图珌：《看山阁集》续集诗卷八，清乾隆刻本。
② 黄图珌：《看山阁集》今体诗卷四，清乾隆刻本。
③ 张忠纲等编著：《杜集叙录》，齐鲁书社2008年版，第419页。

浇愁还借八仙歌，云梦胸中作酒波。我合伤心君合笑，诗人从古不登科。

偶吟戏蝶与娇莺，黄四娘家寄远情。遂使浣花添本事，红牙重谱艳歌声。①

从"杜陵野老又登场""红牙重谱艳歌声"等诗句看，《杜陵春》所演是杜甫的情感故事，所以称之为"艳歌"。根据"浇愁还借八仙歌""黄四娘家寄远情"等句看，剧中还有杜甫作《饮中八仙歌》以浇胸中块垒及与黄四娘交往等情节关目，显然，这都是由杜甫自己的诗歌生发出来的。与李白的风流浪漫相比，人们的心目中杜甫十分正统，宋鸣珂以杜诗为依托，幻设杜甫的艳情故事，在写杜甫的戏曲中显得比较特别。明清文人所谓院本可指杂剧与传奇，所以此剧是传奇还是杂剧难以确定。

诸戏曲书目著录宋鸣珂时均未及其生卒年，兹对此略加推考。乐钧《青芝山馆诗集》每卷前均标明诗歌创作的年份，其卷二中有一首《对雪忆宋澹思都监宋亡已六月矣》："独客当寒夜，怀人记往年。拥炉常命酒，刻烛又分笺。旧馆尘封榻，疏窗雪满毡。戴逵如未死，应放剡溪船。"卷首标明的年份是"庚戌（1791）、辛亥（1792）"，也就是说在庚戌或辛亥年宋鸣珂已经亡故六个月了，究竟是哪一年还难确定。清人法式善云："宋澹思鸣珂江西奉新人，余同榜进士。辛亥（1792）改补兵马司指挥，忽得狂疾自戕死。"②这表明其卒年只能是辛亥（1792）。根据乐钧《宋澹思都监鸣珂》大致可以锁定其生年，其云："五十都监未称情，悲来一剑了浮生。神仙堕劫疑兵解，词赋传家亦宦成。风雪十年吟社散，（余庚戌在都下与澹思诸公作消寒会）江湖万里客舟轻。子京官况仍萧瑟，五马崎岖蜀道行。（君弟云墅仪曹近出守叙州）。"③"五十都监未称情"表明他任兵马司指挥时年届五十的可能性较大，"悲来一剑了浮生"表明官职卑微

---

① 乐钧：《青芝山馆诗集》卷二古今体诗，清嘉庆二十二年刻后印本。

② 法式善：《梧门诗话》卷二，稿本。

③ 乐钧：《青芝山馆诗集》卷十一古今体诗，清嘉庆二十二年刻后印本。

未实现自己的愿景是刺激他自杀的原因，与法式善的"自戕死"之说相印证。由其卒年上推49年，则可大致确定其生年为1743年。

《春水船》传奇，达玠撰

达玠，生卒年不详，清代戏曲家。字介石，湖北天门人。与马致远同时举孝廉，工词曲。剧作有《春水船》传奇。此剧名被《中国戏曲志·湖北卷》的编者从《湖北诗征传略》卷二十九中钩沉出来予以著录，此外未见清代以降的其他戏曲书目著录。可惜，编者不慎将其误著为天门马致远撰了①。《湖北诗征传略》卷二十九云：

> 马致远，字子猷，号平山，嘉庆举人，官训导。达玠。
>
> 致远博闻强记，洪素人学使叹为旷世轶才，司训应山，卒以穷死。诗笔清越老劲，以"我老才欲尽，山老春复鲜"之句，为时所称。《樱桃道中》云："微月露云际，秋风生马蹄。人声隔禾黍，暝色度林溪。智短形常役，山深路转迷。归鞍愁欲绝，何处觅丹梯。"
>
> 达玠，字介石。同时举孝廉，工词曲，著《春水船》传奇，诗笔亦豪俊，《大雪同徐冲之登黄鹤楼》七古长篇为集中杰作。惜前路欠爽朗，入后极有兴会，云："君是今时仙，君真古知己。千秋遇子云，古人可不死。安得天公日日剪水作花飞，君作费祎我令威，满赍辛家酒百瓶，烂醉狂歌不须归。"②

从引文可知，《春水船》传奇的作者显然是达玠而非马致远。《中国戏曲志·湖北卷》编者误著的原因是把《湖北诗征传略》里马致远与达玠的合传当作马致远的独传了，从而将《春水船》的作者张冠李戴在马致远的名下。

---

① 中国戏曲志编辑委员会编：《中国戏曲志·湖北卷》，文化艺术出版社1993年版，第7页。

② 丁宿章：《湖北诗征传略》卷二十九，清光绪七年孝感丁氏泾北草堂刻本。

《芝龛记》传奇，纪树森撰

纪树森（1763—1829?），清代戏曲家。字荫田，号勉痴子，河间献县人。监生，由同知升历署嘉定，后任叙州知府。著有《痴说》《阐四子书》等。剧作有《错中错》传奇①。

清人王培荀记载："纪荫田太守，晓岚先生孙也。监生，由同知升历署嘉定，后任叙州知府。作《芝龛记》演秦良玉事为传奇，表扬忠烈，有裨风化。又作《痴说》《阐四子书》……太守不以科第起家而学问湛深，固本于晓岚先生，而厚斋实纪氏之星宿海也。附记于此。太守名（按：疑为"乃"字）晓岚兄晴湖之孙。"②可见，纪树森是纪晓岚的侄孙，他除了《错中错》传奇之外，还创作了《芝龛记》传奇，其目的是"表扬忠烈，有裨风化"。此剧未见戏曲书目著录。在纪树森之前，演述明末奇女子秦良玉之事的还有清初董榕所作《芝龛记》传奇，从戏曲书目的记载与文人大量的题咏来看，后者显然比前者影响大得多，这或许是导致纪树森所作《芝龛记》湮没无闻的重要原因。

《忆长安》传奇，李文瀚撰

李文瀚（1805—1856），清代戏曲家。字莲舫，号云生，又号询镜词人，安徽宣城人。道光八年（1828）中举，曾先后任眉县、城固等县知县。咸丰五年（1855）升任四川夔州知府，次年二月卒于任所。著有《味尘轩文集》4卷，《味尘轩诗集》24卷，剧作有《胭脂舄》《紫荆花》《银汉槎》《凤飞楼》，合称《味尘轩曲四种》，或称《李云生四种曲》《风笛楼四种曲》。

清人张祥河、汤成彦的几首诗歌透露出李文瀚作有其他戏曲的消息，张祥河《李云生太守忆长安传奇书后》云：

① 按：《错中错》以前多误著为周道昌作，参阅邸晓平《〈错中错〉作者考》，《中国典籍与文化》2011年第1期。

② 王培荀：《听雨楼随笔》卷四，清道光二十五年刻本。

廊州月共古人看，旧址羌村土木完。（新建拾遗祠于羌村）他日
锦城祠祭日，神弦齐唱《忆长安》。

故交樗散画师传，万里伤心邂逅边。陷贼当年郑司户，更谁诀别
到重泉。

丹心为国为朝堂，长恨何为讽汉皇。野老吞声曲江上，但传侍辇
及昭阳。①

汤成彦《题李云生太守忆长安乐府遗稿四首》（七律）云：

渔阳鼙鼓夕烽红，人事萧条感愤中。回首京华伤落叶，侧身天地
叹飞蓬。

清辉玉臂闺愁远，凄咽珠喉法曲工。梦冷廊州前度月，浣花溪畔
自春风。

楼东赋笔似长门，一斛珠抛掩泪痕。已分贱工同报国，由来痴婢
解酬恩。

昭阳殿里苔空合，凝碧池头草渐昏。怨煞肥环终误主，杜陵野老
暗声吞。

海隅严谴傍孤城，樗散偏缘误盛名。赖有密章陈帝座，终期同志
复神京。

苍茫泉路悲穷徽，整顿乾坤仗老成。可惜中兴房次律，琴工门下
太纵横。

笙鹤遥天欲赴迟，遗言犹遣索题诗。为传忠爱千秋感，绝似吾家
四梦词。

竟筑仙龛迎白傅，（时太守归道山已经旬日）空余乐府唱红儿。
杜鹃啼罢春花老，禅榻吟成鬓已丝。②

---

① 张祥河：《小重山房诗词全集》鹤在集，清道光刻光绪增修本。
② 孙雄：《道咸同光四朝诗史》甲集卷二，清宣统二年刻本。

由此观之，李文瀚还创作过《忆长安》传奇。从诗中"鄜州月""忆长安""清辉玉臂"等词语不难看出，此剧取材于杜甫著名的诗作《月夜》；从"渔阳鼙鼓夕烽红""怨煞肥环终误主"等诗句可知故事背景为安史之乱；从"清辉玉臂闺愁远""梦冷鄜州前度月"等诗句可知主要内容是杜甫与妻女悲欢离合的情节；从"陷贼当年郑司户""海隅严谴傍孤城"等诗句可知，杜甫与郑虔（郑司户）之间的真挚友谊与生离死别也是剧作的重要内容；从"丹心为国为朝堂""为传忠爱千秋感"等诗句可知，此剧的主题是表达杜甫、郑虔忠君爱民的拳拳之心。从"笙鹤遥天欲赴迟，遗言犹遣索题诗"再结合诗题来看，《忆长安》传奇至少在李文瀚生前没有刊行，可能以后也未刊刻，这或许即是它未被戏曲书目著录的重要原因。

[原载《戏曲艺术》2012年第1期，辑入本书时有改动]

未见著录的清代曲目十四种

现有戏曲目录著作及相关工具书所著录的清代曲目已经相当丰富，这为研究者提供了极大的便利。但是，由于戏曲曲目散见于各种文献之中，将其全部著录不可能毕其功于一役，所以仍然有不少曲家曲目失载，不免遗珠之憾。地方志记载了大量的曲家曲目，是补录曲家曲目的重要资源。基于这种考虑，赵景深、张增元先生编的《方志著录元明清曲家传略》，张增元先生《方志著录明清罕见曲目七十七种》等论文补录了大量的戏曲文献，其他补遗之作还有一些，在此不一一胪举。笔者近来阅读方志及其他著述，从中检得未见著录的清代曲目14种，下面先胪举作者可考的曲目10种，再列举作者不可考的曲目4种，大体按照时代的先后顺序排列，以备对其进一步查考。

一、作者姓名可考的清代曲目10种

1.《新柳缘》传奇，朱宿撰。

据《邵武府志》记载：

> 朱宿，字璧符。顺治初拔贡，与张孟玫齐名。弱冠受知于周亮工，好为诗，精晓音律，尝撰《新柳缘》传奇以寄怀。遇月夕花晨，酒阑灯炧，自敲檀板歌之，音节苍凉，闻者感动。著有《食字堂

诗》。时同邑有赵声远者，字六傅，亦以诗名，尝刻《两携堂稿》，与张、朱二稿并行。①

朱璧符是福建邵武人，清朝顺治初年秀才，因表现优异而"拔贡"。与张孟玫齐名，同为清初著名文人周亮工的门生。他喜好诗歌创作，著有《食字堂诗》，还精通音律知识，曾经创作《新柳缘》传奇以寄托自己的情怀，此戏应当寄寓了作者深刻的人生感慨。名曰《新柳缘》，则所写或许为烟花女子与文士交往的一段情缘，因为"白门新柳"多指平康女子。朱氏"遇月夕花晨，酒阑灯地，自敲檀板歌之"，檀板即檀木做成的拍板，是一种乐器，可见朱宿擅长演奏和演唱，此传奇乃其得意之作，是"场上之曲"而非"案头之作"。观"音节苍凉，闻者感动"可知此戏充满悲情怨苦色彩，颇能引起观众共鸣，可能是"苦戏""怨谱"之流亚。此戏未见诸家戏曲书目著录，应当补录。

2.《奇缘记》传奇，袁枚撰。

据《永嘉县志》记载：

> 周氏女，父学潜，号奕园，工诗，耽饮，幕游江南，家于姑苏。女丽而能文。奕园既没，继妻兄弟利女容慧，绐为字人，实货之青楼。女既去，怨恨不已，无以自全，乃以剪劓面，而阴使人诉于臬使。时臬使康公，名基田，号茂园，为女祖同年友也。得其状，立逮某兄弟，重绳以法，留周女于署邑。诸生蒋寅者，纯孝好学，有声庠序。于是康公为主其婚，以周女妻之，给千金为奁资，并令僚属各伙助之，由臬署鼓吹以送之。一时吴中传为盛事。袁简斋太史为撰《奇缘记》传奇。乾隆甲寅恩科，蒋登乡榜，后以大挑官湖北县令，有政

---

① 张葆森：《邵武县志》卷十四"文苑"，清咸丰五年版（福建省邵武市地方志编纂委员会整理内部发行 1986 年版），第 421 页。

声。黄汉《瓯乘补》。①

　　袁简斋太史即清代著名文人袁枚（1716—1794），他领衔的"性灵诗派"在清代诗坛影响颇为深远，其传世著作迄今未见有戏曲作品，此戏未见各种戏曲书目著录，当予补录，至少亦应存疑。据县志记载，《奇缘记》传奇是以周烈女的真实经历为蓝本而创作的，周氏女聪慧而有文采，其父亡故后，继母之子谎称为其择婿将她卖到青楼，她毁容以全节，暗中派人告官，其祖父同年好友救之于水火，并为其择佳婿而成婚。此事极为离奇曲折，周氏女的聪慧刚烈、异母兄弟的贪婪狠毒、康茂园的仁德侠义，均给人留下深刻影响，颇富戏剧性，因此在吴中地区广为流播，称为"盛事"。袁枚为之感动，在本事基础上予以加工、提炼，撰成传奇。诸如此类从现实中的烈女故事取材，编创戏曲的现象在明清时期较为普遍。若此戏确为袁枚所作，则对研究袁枚及其戏曲观念具有较大的价值。

　　3.《玉莲华》传奇，金鳌撰。

　　据《江宁府志》记载：

　　　　何长发聘妻高氏女，父文华为县役，何之父亦茶佣。女小字玉莲，年十五未嫁，婿病疫死，义不再适，投缳以殉，两家合葬养虎巷。邑人金鳌为作墓志并制《玉莲华》传奇以表章之。按：江宁县署二门右小屋数间为高女殉烈处。（见金陵待征录）②

　　江宁女子高氏女，其父为县役，被茶佣之子何长发聘为妻，尚未行合卺之礼。何长发染上瘟疫而死，高氏女坚守妇道，不愿再嫁，自缢殉夫，年仅十五岁。现在看来，这是愚昧之举，但在当时人的心目中，却是值得旌表的义烈之行。因此，江宁乡贤金鳌为之感动，为高氏女撰写了墓志

　　　① 张宝琳修，王棻、戴咸弼总纂，王志邦等标点：《永嘉县志》卷二十"列女志二"，中华书局2010年版，第897页。
　　　② 《同治续纂江宁府志》卷十四，清光绪六年刊本。

铭，还建议"贤宰官似可勒石，以式风化"①，而且又以其真实经历为蓝本创作了《玉莲华》传奇，用其小字"玉莲"作为戏名，从而达到"表章之"的目的，高台教化的意味非常明显。金鏊是清代知名文学家，原名登瀛，字伟军，一字晓六，道光间江宁人。岁贡生，性亢直，学问博洽。与金佐廷、金志伊齐名，人称"东城三金"。金鏊著述甚夥。著有《桐琴生文集》《鹭藤花馆诗钞》《墨石词》《红雪词》《金陵待征录》《湖熟小志》等。《玉莲华》传奇未见诸家戏曲书录著录，当予补录。

4. 《屈灵均》《苏子卿》《岳忠武》《文文山》传奇 4 种，魏惠洽撰。

据《滑县志》记载：

> 魏惠洽，字春膏，号挹香，城东北南呼村人。道光己酉拔贡。山西候补知县，后署文水县篆，有政声。性旷达，不喜时艺，工诗善绘，与清丰名士侣宜之为画友、浚县周太史筱溪为诗友。著有《诗集》四卷、《诗话》四卷、《笔谈》四卷，卷首有武陟毛尚书旭初弁言。又著《屈灵均》《苏子卿》《岳忠武》《文文山》传奇四则，皆待刊行世。②

魏惠洽，河南滑县秀才，道光己酉（1849）拔贡，曾候补知县，做过县篆，有治绩。不喜欢八股时文，而擅长诗歌创作与绘画。著有《诗集》《诗话》《笔谈》等，撰有《屈灵均》《苏子卿》《岳忠武》《文文山》传奇 4 种。屈灵均即战国末楚国的屈原，苏子卿即汉朝的苏武，岳忠武即宋朝的岳飞，文文山即南宋的文天祥，四人均系著名的爱国忠臣，都有可歌可泣的、典型动人的爱国事迹。由此可见，四种传奇的创作主旨应为阐扬忠臣的忠义爱国之情，具有激励劝惩的作用。四种传奇没有刊本问世，未见诸家戏曲书目著录，应当补录。

5. 《绿叶梦》传奇，李铿载撰。

---

① 吴应箕、金鏊：《留都见闻录　金陵待征录》，南京出版社 2009 年版，第 154 页。
② 《民国重修滑县志》卷十六，民国二十一年铅印本。

据《嘉应州志》记载：

> 李铿载，原名龙孙，字湘宾，咸丰元年恩科举人。性廉介，非其
> 道不苟取于人，而周恤贫困如恐不及，虽屡空弗记也。屡主韩山、培
> 风、榕江、东山讲席，好山水，足迹所到，每流连不置。著有《绿云
> 山馆诗钞》《词钞》各四卷，《蕉鹿梦》传奇四卷（采访册）。①

张增元先生据此辑录了其《蕉鹿梦》传奇，对戏曲书目的著录有补遗
之功，稍显遗憾的是张先生将"李铿载"误作"李鉴载"②。其实，李铿
载还有其他戏曲未见著录。《梅水诗传》所载可补《嘉应州志》之不足，
其云：

> 李铿载，原名龙孙，字湘宾，咸丰元年举人。著有《绿云山馆诗
> 词钞》。孝廉工词赋，兼擅音律，屡受知学使顾耕石、白小迂两先
> 生。然性耿介，家赤贫，晚年得张寿荃观察延主韩山讲席，稍足自
> 存。平生吟咏不辍，曾谱《绿叶梦传奇》，乞其座主万藕舲尚书为之
> 序，兵燹稿毁，心常怏怏，其余诗稿亦多散失。（〔清〕张煜南、张
> 鸿南编《梅水诗传》卷五）③

由于上引两书体例不同，所载侧重互异，因此可以互相补充。合而观
之，李铿载是咸丰元年（1851）举人，性格耿直、廉介，家境贫寒，曾主
讲于广东潮州韩山书院、甘肃靖远培风书院、广东揭阳榕江书院、湖南湘
乡东山书院，可见其游历颇广、学识不凡。他擅长诗、词、赋的创作，著
有《绿云山馆诗钞》四卷、《绿云山馆词钞》四卷；他还"兼擅音律"，撰

---

① 《嘉应州志》卷二十三，清光绪二十四年刊本。
② 张增元：《方志著录明清罕见曲目二十二种》，《文献》1982年第2期。
③ 中山大学中国古文献研究所编：《粤诗人汇传》第3册，岭南美术出版社2009年版，
第1809页。

有《蕉鹿梦》《绿叶梦》传奇两种，后者还请其座师万藕舲尚书做了序言，可惜"兵燹稿毁"，即作品在战火中被毁。这段记载既然明言了作者、交代了作序者，也说明了作品亡佚的原因，有根有据，当非妄语。《绿叶梦传奇》未见诸家戏曲书目著录，应予补录。如是，则李铿载所撰传奇至少有两种，且均以"梦"为题材。

6.《天马记》传奇，谢震撰。

据《南平县志》记载：

> 谢震，字御六，邑庠生。师事乐斌，尽得其传，预知休咎，尝为施中营葬，下山即自题云："性年五十五，河图数有阻，今朝一别后，谁与分今古。"所著有《河洛理数》三卷、七律《梅花诗》百首同韵，又有《天马记》传奇。①

福建南平县秀才谢震精通方术，师从术士乐斌，得其真传，能够预先占卜测知事情的吉凶、祸福。著有《河洛理数》三卷、七律《梅花诗》百首同韵，撰有《天马记》传奇。此传奇未见诸家戏曲书目著录，兹录于此备考，今人廖云泉在地方志中仅提到这部传奇，但未详出处。②

7.《鸳鸯印》传奇，陈筠撰。

据《清河县志》记载：

> 陈筠，字湘杉，苏州人。其先客清河，遂家焉。少食贫，长为人钞胥，得微訾以自活。淫于书，工诗文，已乃专攻词，规摹北宋，能有其长，每过午不具餐，家人告粮匮，筠攒眉苦吟不自休。苦续《词综》者，不能继王氏书，勇力绍述，手自斟录。晨出佣书簿，暮归取书，就明处问之，昧则呼灯，且诵且录，宵深腹饥，倦卧又起，诵且

---

① 蔡建颐：《南平县志》卷二十三"方技传"第三十，成文出版社1973年版，第2093页。

② 廖云泉：《南平市志》，中华书局1994年版，第1409页。

录如故，灯烬乃已。再丧厥偶，多子女累，遂病，属纩时一布被敝席，室空空如。见者欲哭。筠惟以词选未终为憾，冀有志者代成之。尝谱《鸳鸯印》传奇，论者谓其直逼元人①。

河北清河人陈筠先辈是苏州籍，父亲客居清河县，乃驻留于此。贫苦不堪，家徒四壁，无任何功名，成年后成为专事誊写的胥吏、书手。陈筠读书勤苦之极，工于诗文创作，其词作取法北宋，欲续《词综》，未成稿而病故。撰有《鸳鸯印》传奇。清代黄钧宰有同名传奇，属于《比玉楼四种》之一，取材咸丰年间实事，写金陵黄生与蜀女秦碧怜题和《百字令》词而相爱的情事，黄生以玉鸳鸯印为聘礼，与碧怜订婚。②或许两作有某种关联。"论者谓其直逼元人"，可见《鸳鸯印》传奇曾在一定范围传播，有与元杂剧媲美的气象，获得很高的评价。此戏未见诸家戏曲书目著录，当予补录。

二、作者姓名不可考的曲目4种

1.《秋碧》传奇，佚名撰。

据清人曹寅《题马湘兰画兰长卷再叠前韵》诗云：

雨荒桥堵波无影，乌上白门啼不醒。咙胡鼓出渭城声（原注：梁伯龙句），耳畔铿然金磬冷。练裙横抹胭脂笔（原注：《白练裙》剧为屠赤水波及，板旋削去），文苔印得春风迹。秀辅千方粲晓烟，蛾眉几簇分遥碧。徐娘不道回身早，何年鬏髻归房老。琢玉难求并命人，菽香枉化空心草。华发玲珑白项儿，那堪滴泪湿荷衣。当时纳锦成调笑（原注：见《秋碧》传奇），此日零缣足慰饥。粉窟后生谁继起，

---

① 《民国续纂清河县志》卷十一，民国十七年刻本。按：吴涑《陈湘衫周范伯合传》对陈筠有更详细的记载，为县志所本。

② 黄钧宰：《鸳鸯印传奇始末》，《金壶七墨·心影下》，清同治十二年刻本。

上春冠盖如流水。躧步仍推巾帼雄，数钱多傍牙郎死。藏迷卖笑说家家，翻手为琵覆手琶。眨眼寒灰飞十纪，西窗落墨赏幽花。①

这是曹寅（1658—1712）的一首题画诗，画中人物马湘兰是明末清初的名妓，与陈圆圆、李香、董小宛、顾横波、卞玉京、寇白门、柳如是并称秦淮八艳，与才子王稚登有一段情缘，才艺超绝，精通诗、画，有"墨兰图"传世。此诗或许即是曹寅为马湘兰墨兰图所作，诗注中提及两部戏曲，一部是明代郑之文所作《白练裙》杂剧，一部是佚名的《秋碧》传奇。"《白练裙》剧为屠赤水波及，板旋削去"，指的是《白练裙》杂剧述及马湘兰与王稚登、屠隆等人交往的事迹，颇多丑诋之词，后被南京礼部追缴刻本，销毁书板。由诗作内容看，《秋碧》传奇所述应是马湘兰与王稚登之间的因缘遇合，是《白练裙》的翻案之作。曹寅对马湘兰的才艺是赞赏的，从"徐娘不道回身早，何年鬖髿归房老。琢玉难求并命人，萩香枉化空心草。华发玲珑白项儿，那堪滴泪湿荷衣"等看，曹寅对名妓的年老色衰、无人问津的不幸遭际深致同情之意。此戏未见诸家戏曲书目著录，应当补录。

2. 《铁塔》传奇，佚名撰。

据清人李元度《陈恪勤公事略子树芝等》记载：

陈恪勤之生也，母罗太夫人梦入彩云，吞月华，有大鸟负青衣童子来，故命曰鹏年。九岁，著《蜻蜓赋》，即惊其老宿。康熙三十年进士，知浙江西安县。公性强直，初入官，誓以清白自励。西安当耿逆乱后，民多流亡，豪强争占田自殖，公履亩案验，有主者悉还之。烈妇徐氏含冤十载，公案诛首恶，建祠表墓，浙人为演《铁塔传奇》。禁俗溺女，杜开矿议，邑大治。②

---

① 曹寅：《楝亭集（二）》"楝亭诗钞"卷七，上海古籍出版社1978年版，第177页。
② 李元度著，易孟醇点校：《国朝先正事略》卷十二，岳麓书社1991年版，第327页。

陈鹏年（1663—1723），字北溟，号沧洲，湘潭人。清初名臣，康熙辛未进士，官至兵部侍郎、河道总督，多有善政，谥恪勤。著有《陈恪勤文集》十编。陈鹏年任浙江西安知县时，曾为含冤十年的徐烈妇昭雪伸冤，浙江人以其为蓝本创作了《铁塔传奇》，歌颂他励精图治、为民做主的善政。《恪勤列传》亦载此事："有烈妇徐者暴棺，沉冤十年不雪，鹏年下车雪之。今浙人演铁塔戏剧，即其事也。"①只不过称之为《铁塔》戏剧。或名为《铁塔冤》传奇，陈康祺云："烈女徐氏含冤死，公为建祠以褒其节，邑人为演《铁塔冤传奇》。"②此戏未见诸家戏曲书目著录，应当补录。

3.《万民灯》传奇，佚名撰。

据《江西诗征》"江天泰"条记载：

> 天泰，字卓人，南丰人。雍正元年进士，授全椒令。有德政，以催科不力被州守揭，民闻之，一夜尽输代者至县遮道，哭不得入，设香然灯达昼夜，州守经死，好事者谱为传奇曰《万民灯》。③

江西南丰人江天泰，雍正元年（1723）进士，任全椒县令。该条后录其《解组后作》诗一首："迂疏不媚俗，宦海信浮沉。肯废苍生命，重伤造化心。归田平子赋，落日野人吟。辜负黄麻诏，臣今返旧林。"解组即辞官归隐，此诗是江天泰辞官后所作，抒发了其爱民如子的情怀和辞官后的心情，与前文所记江天泰深受子民爱戴正相印证。佚名的"好事者"所作《万民灯》传奇即是以江天泰不忍"废苍生命""重伤造化心"，"催科不力"的事迹为蓝本而创作的，应该是描述江氏爱民如子及深受民众爱戴的事迹。

4.《千秋镜》杂剧，佚名撰。

---

① 陈鹏年撰，李鸿渊校点：《陈鹏年集》，岳麓书社2013年版，第712页。
② 陈康祺著，晋石点校：《郎潜纪闻二笔》卷三，中华书局1984年版，第361页。
③ 曾燠：《江西诗征》卷七十一，清嘉庆九年刻本。

据清人冯云鹏《题钟进士饮酒图赠苗泽普为霖二首》云：

也曾啖鬼护明皇，也伴骑驴小妹旁。近日清平魔障少，蒲觞独自醉端阳。

眼似金铃气似霞，朱衣绀发石榴花。分明一幅千秋镜，悬到中堂镇百邪。（原注：时演杂剧《千秋镜》，有画钟馗斩妖事。）①

这是冯云鹏（1765—1835）的一首题画诗，画的题材是钟馗端阳节醉酒的憨态，对其眼如铜铃、身着红衣，绀青色的头发上插着石榴花的形态加以描写。诗的首联还提到了钟馗吃鬼保护唐玄宗及其嫁妹的传说，很有情趣。诗的小注中提到当时上演的《千秋镜》杂剧，该剧中有画钟馗斩妖的情节关目，可惜未明确记录剧作者的名字，或许是名不见经传的下层文人的作品。此杂剧未见诸家戏曲书目著录，应予补录。

［原载《淮南师范学院学报》2013年第1期，辑入本书时有改动］

---

① 冯云鹏：《扫红亭吟稿》卷十一，清道光十年写刻本。

未见著录的明代曲家曲目五种

明代戏曲创作相当繁荣，戏曲家剧目数量非常庞大。傅惜华《中国古典戏曲综录》，庄一拂《古典戏曲存目汇考》，赵景深、张增元《方志著录元明清曲家传略》，邓长风《明清戏曲家考略全编》，李修生《古本戏曲剧目提要》，齐森华等《中国曲学大辞典》，邓绍基《中国古代戏曲文学辞典》，汪超宏《明清曲家考》等著作对明代戏曲家剧目的著录已较丰富，叶德均、周妙中、陆庭萼、刘世德等先生均有对戏曲家剧目拾遗补缺的重要论文。这些使我们对明清戏曲家剧目等内容有了较为充分的了解。但是毋庸讳言，已有成果对明清戏曲家剧目的漏著现象还是存在的。笔者通过翻检明代诗文别集，发现了失载的戏曲家剧目五种。兹据寓目的文献将所得胪举如下，并就相关问题略加申说，以求正于方家学者。

一、《啸圃》传奇，宋登春撰

宋登春（？—1585），字应元，壮年即须发衰白，因而自号海翁，晚居江陵之天鹅池，更号鹅池生。新河（今属河北）人，终身布衣。少年即能诗善画，三十岁时妻、子、女五人相继亡故，遂弃家远游，足迹几遍天下。性嗜酒慕侠，能挽强驰骑，性格狂傲。论诗先性情而后文词，所作平易自然，而颇乏深意。诸体之中，其五言诗颇淡远可诵。徐学谟守荆州，敬礼之，徐致仕归，登春访之吴中，后投钱塘而死。文章简质，可匹卢柟

《蠛蠓集》，而奇古之趣胜之。著有《宋布衣集》三卷、《燕石集》及《啸圃》传奇，后者未见各种戏曲书目著录。生平事迹见《国朝献征录》卷一一五、《本朝分省人物考》卷七、《列朝诗集小传》丁集卷十、《续高士传》卷四等。

卢世㴶《啸圃》云：

> 海翁作《啸圃》传奇成，出以视卢子曰："子其为我序之"。卢子曰："余不知曲，其何以序《啸圃》?"海翁曰："正惟子不知曲，故邀子作序。昔人有言'不知文章者方能穷文章之变'，子试汗漫言之，余亦汗漫听之，其必有相合者矣。"余遂言曰："当万历中，汤临川以高才逸韵独步一世，作四部传奇几空千古。又有徐天池者，以短兵利刃横空盘硬，与汤先生对垒，齐鸣词坛，侈为盛事。嗣后稍觉寂寥，乃今而海翁挺然特起，不袭临川、天池一字一语，磊磊落落，自我作古，直欲起次楩于九原，与之同堂合席而坐。又招青莲作伴，排调涕泪，慷慨淋漓，其树绩于词林甚伟，其有功于古人志人，铁之梨枣必传无疑。"乃余因是而重有感于次楩之往事矣，次楩一国子诸生，而以奇文遭奇祸，九死一生，甫脱于狱而意气昂藏不少挫抑，陆五台、张峄嵘俱与之讲均礼，王弇州作宪大名，遣书吏十人就其家抄赋稿，目为明代第一手。余尝览其《蠛蠓集》而读之，肮脏峻崛之气犹隐见于行墨间，顾身后荒凉，不复有片碣尺土。谁知八十年後有我海翁为之重开生面也哉！呜呼，此道今人弃如土矣。[①]

以上是卢世㴶为宋登春《啸谱》传奇所作的序言，交代了作序的缘起，认为海翁是汤显祖（汤临川）、徐渭（徐天池）两位明代戏曲大家之后别具风格的著名戏曲家，即"乃今而海翁挺然特起，不袭临川、天池一字一语，磊磊落落，自我作古"，最后介绍了《啸谱》的本事来源，是写

---

① 卢世㴶：《尊水园集略》卷八，清顺治刻十七年卢孝馀增修本。

明代嘉靖间大名士卢柟"以奇文遭奇祸，九死一生"的离奇遭际，在陆光祖（陆五台）为其申冤昭雪之后，仍能与之"讲均礼"，不卑躬屈膝，保持傲岸独立的人格操守，可谓替卢柟"重开生面"。卢柟，生卒年不详，字次楩，浚县（今属河南）人。太学生，嘉靖间在世。博闻强记，落笔数千言，尤其精于赋的创作。恃才傲物，因触忤本县县令，被诬论死。其友谢榛为之鸣冤，后陆光祖为之平反。戏曲所演故事多见于文献记载，有真实的生活基础。既然此剧名为啸圃，显然是围绕啸圃建构情节的。"又招青莲作伴，排调涕泪，慷慨淋漓"，是说此剧有将卢柟与李白相比的关目，也表明长歌当哭、慷慨悲凉是其风格特征。以上两种关目在此前的文献中均未见明确记载。而冯梦龙《警世通言》卷二十九之《卢太学诗酒傲公侯》亦演其事，只不过情节更为曲折，其中也述及卢柟构建精美的啸圃园亭和人称其"李青莲在世"等情节关目。由于《警世通言》问世在后，应该说《卢太学诗酒傲公侯》的创作受到《啸谱》传奇的直接影响。这在研究《三言》本事的著述中均未曾提及。

宋登春生年不可考，其卒年有三种说法：一是卒年不详①；二是卒年约是1589年②；三是卒年为1585年③。根据现有资料，第三种说法可从。据记载："登春来京师，每见必劝以功成名遂宜退，且曰：'公第归，吾终就公蹈东海死。'学谟既谢事，登春果来。居二年，呼舟欲践前约。学谟固挽，其子弟皆委曲沮之，终不听，乃为诗送之，登春径去，跃入钱塘以死。"④徐学谟罢职归是万历十一年（1583）⑤，宋登春登门拜访，两年后死，则其卒年为1585年。

需要指出的是，卢世㴐交代作序缘起的部分纯属杜撰，是设为问答的一种艺术方法，他和宋登春不可能谋面。因为卢氏生于1588年，卒于1653

① 纪昀总纂：《四库全书总目提要》，河北人民出版社2000年版，第4513—4514页。
② 彭镇华、江泽慧：《中国竹文化：绿竹神气》，中国林业出版社2005年版，第632页。
③ 齐森华等主编：《中国曲学大辞典》，浙江教育出版社1997年版，第119页。
④ 张应武：《（万历）嘉定县志》卷十三人物考下，明万历刻本。
⑤ 谈迁：《国榷》卷七十二，清钞本。

年，登春去世时他尚未出生。钱谦益说："山人诗名《鹅池集》，文名《燕石集》，宗伯尝刻之郧中，齐州卢世㴥德水过信都访遗稿于族人家，始尽传于世。"①由此可见，卢氏在海翁遗稿中发现了《啸圃》传奇，并为之作序，假托作者邀其写序是为了强化传播效果。

二、《玉麟记》，王生撰

王生，姓名字号、里藉、生卒年、生平事迹俱不详。明代戏曲家、戏曲演员，主要活动于明代万历年间。著有戏曲《玉麟记》，究为杂剧抑或传奇不详，未见各种戏曲书目著录。王生与明代诗人、戏曲家林章有交往，在林章的著述中透露出他创作戏曲的消息。《玉麟记序》云：

> 道有九轨，隐非一门。既托意以沉浮，何校形于清浊？是故，留侯仙逝，曼倩吏谐，磨勒奴潜，聂娘婢奋，此皆殊迹不可方求。异哉王生！优孟之流。观其《玉麟》之词，雅有黄钟之调，按抑扬可参史传，怀慷慨足吊英雄。是汉室异代之忠臣，而刘郎旷世之知己也。非有得于呻吟，何以发之唱叹？异哉王生！优耶？儒耶？彼其饰文章为脂粉，假道义为机关。面目糊涂，瓜园之鬼非怪；骨肉冰炭，李家之儿未亡。岂知冠盖是行头，朋僚即戏脚。酒阑歌罢，终为散席之人；漏尽钟鸣，都作下场之客。不如陆沉湖海，放浪形骸，日据邯郸之枕，夜登傀儡之台，付离合悲欢于何有，齐穷通得丧于傥来。从稚子之争诧，任矮人之自哀。诗云：优哉游哉，聊以卒岁。异哉王生！虽隐不晦。②

此序侧重于王生之为人及戏如人生的感受，对戏曲关目涉笔不多。但是从"按抑扬可参史传""是汉室异代之忠臣，而刘郎旷世之知己也"等

---

① 钱谦益：《列朝诗集》丁集卷十，清顺治九年毛氏汲古阁刻本。
② 林章：《林初文诗文全集》，明天启四年刻崇祯印本。

语句推断，《玉麟记》可能是历史题材剧。由"雅有黄钟之调""怀慷慨足吊英雄"等句看，该剧所演重点应是风云际会中的英雄事迹，其艺术风格是慷慨悲凉的。由"非有得于呻吟，何以发之唱叹""假道义为机关"可知，此剧是王生宣扬忠义思想的发愤之作。序中既然称王生为"优孟之流""优耶""儒耶""虽隐不晦"，则他应是粗通文墨、能从事戏曲创作的民间演员。林章曾因儿子、女婿九江之行向王生请求过资助，其《与王生》云："不才累足下，犬马所不能报也。然漂母一饭，韩侯千金，此亦常理，无足怪者。不才之事幸已可知。豚儿与小婿九江之行，愿足下慨然，更不吝一助行李，是使人慕谊无穷也，敢忘终始。"他还写过《寿王生母》："青鸾昨日自西来，报道瑶池宴又开。一树碧桃东海上，不知花发若干回。"这些均表明两人关系较为密切，否则林章不会开口向其求助，并为王生的戏曲作序，为其母写祝寿诗。

林章（？—1598），原名春元，字初文，又字寅伯。福建福清（今属福建）人。明代藏书家、诗人、戏曲家。万历元年（1573）举人。著有《述古堂书目》2卷、《林初文诗文全集》19卷，杂剧《青虬记》《观灯记》（收入《全集》第11卷）二种。其生年或认为是1551年，或认为是1555年，其卒年均作1599年[1]。不知何所据而云然。其实根据现存文献可以准确推测林章的卒年。明人钟惺《拜林初文先生墓》诗前小序云："先生讳章，闽之福清人……有子二人：曰楺、曰古度，皆以诗世其业。楺即子丘，古度即茂之。盖先生没十年，而惺获交其子。又十年，为万历戊午三月十一日，乃拜其墓，赠以诗。"[2]林章死后十年钟惺与其子结交，二十年后即万历戊午（1618）拜谒其墓，从此年上推20年为1598年，是为林章卒年。据此，与其交往的王生应主要生活于明代万历年间，或是九江人，或是在九江生活过的戏曲演员兼剧作家。名为《玉麟记》的戏曲还有两部：一部是明人叶宪祖所作传奇，演宋代三苏故事以及苏轼之母授子以书

---

① 福建省戏曲研究所编：《福建戏史录》，福建人民出版社1983年版，第56页；刘德城、周羡颖主编：《福建名人词典》，福建人民出版社1995年版，第113页。

② 钟惺著，李先耕、崔重庆标校：《隐秀轩集》，上海古籍出版社1992年版，第194页。

而成名，其中写到红莲之事；一部是清人张世漳所作传奇，《重订曲海总目》题作《玉麟记》，注云："与明人叶桐柏作不同。"

三、《双桂主人别所欢》杂剧，袁宗道撰

袁宗道（1560—1600），字伯修，号石浦，湖广公安（今湖北公安）人。万历十四年会试第一，授翰林庶吉士，官至右庶子。钦慕白居易、苏轼，书斋取名为"白苏斋"。"书法遒媚，画山水人物有远致。"与其弟袁宏道、袁中道为明代"公安派"的领袖，史称"公安三袁"。宗道为"公安派"创始人，钱谦益说："其才或不逮二仲，而'公安一派'实自伯修发之。"①倡导"独抒性灵，不拘格套"，反对"前后七子""文必秦汉，诗必盛唐"的拟古主义主张。其诗歌平畅清秀，散文精练透脱。著有《白苏斋类集》22卷、《双桂主人别所欢》杂剧，后者未见各种戏曲书目著录。生平事迹见《明史》卷二八八列传第一七六、《本朝分省人物考》卷七十九、《湖北诗征传略》卷三十四、《罪惟录·列传》卷十八等。袁宗道创作过不止一种戏曲，袁中道说：

> 伯修于词曲号当家，年二十二、三时，有游妓王昆山者与族叔狎。叔园中有双桂，因制《双桂主人别所欢》杂剧四折，极佳，其本为彭山人持去。居京师，亦有杂剧数出，今并遗失矣。②

这一记载透露出如下信息：第一，《双桂主人别所欢》杂剧四折，沿袭了标准的元杂剧体制，是袁宗道早年的戏曲作品；第二，剧作本事来源于真实事件，即其族叔与游妓王昆山之间离合悲欢的情事；第三，此剧主人公名为双桂主人是因为其园中有双桂；第四，交代了剧作原本被彭山人（彭起宗）持去，下落不明；第五，宗道在京任职期间还创作了其他杂剧

---

① 钱谦益：《列朝诗集》丁集卷十二，清顺治九年毛氏汲古阁刻本。
② 袁中道：《珂雪斋集》外集卷十三，明万历四十六年刻本。

·146·

几种①。除了杂剧，袁宗道还撰有传奇，袁中道称他："作小词乐府，依稀辛稼轩、柳七郎风味。旧有传奇二种，置之笥中，为鼠子嚼坏。凤毛龙甲竟不存于世，可为永叹。"②综上所述，袁宗道创作了多种戏曲，其中杂剧几种、传奇2种，可惜除了《双桂主人别所欢》外，其他剧名均已不可考。

四、《琴剑记》传奇，李佳徵撰

李佳徵（1539—1616），字吉甫，别号春野，施州卫（今湖北恩施市）人。以明经谒选，先后膺职于许昌、临颍、阳武、新郑、郑州，仕至广西桂林府通判，有治绩，进阶承德郎。著有《便蒙碎玉》及《琴剑记》传奇，后者未见各种戏曲书目著录。生平事迹见丁绍轼《丁文远集》卷十二。《广西桂林府别驾李春野童安人合葬墓志铭》云：

> 公为诗文有先辈风，余所见者有《便蒙碎玉》及传奇《琴剑记》，便蒙书余邑户诵之，《琴剑记》为梨园子弟所习。③

既然《琴剑记》成为戏曲演员学习的曲本，应该是曾在戏曲舞台上表演过的场上之曲，而非仅供阅读的案头之作。琴剑与书箱一样是中国古代读书人必备之物，一般均需随身携带。剧名《琴剑记》，或可推测所演为士子怀才不遇、书剑飘零的曲折故事，取"琴剑感蹉跎"之意而命此名。上引《墓志铭》清楚地记载了李佳徵的生卒年："公生于嘉靖己亥年七月十四日，卒于万历丙辰年七月二十三日，得年七十有八。"则其生年为1539年，卒年为1616年，享年78岁。

---

① 袁中道此处不承上用"折"而用"出"指称其他杂剧，则袁宗道所作不止一种杂剧的可能性较大。

② 袁中道：《珂雪斋集》前集卷十六文，明万历四十六年刻本。

③ 丁绍轼：《丁文远集》卷十二，清光绪十九年养云山庄刻本。

五、《卖花楼》杂剧，李憼撰

李憼（1608—1647），字敬仲，贵池（今安徽池州）人。明末诸生。性孤僻狷狭，读书嗜古，不乐与人交接。"独构别体，幽渺巉削如长吉、东野之为诗。至所自为诗，抑又淹雅苍润，彬彬有开元、大历风。"与著名复社文人号称"贵池二妙"的吴应箕、刘城"姻戚有连，又好相慕悦者也"。李憼是吴应箕内弟，刘城之子刘廷銮为吴应箕女婿。著有《鼓龙生》《野查集》《池志拾遗》及杂剧《卖花楼》，后者未见各种戏曲书目著录。生平事迹见《峄桐文集》卷十之《李憼传》。刘城所作《哭李敬仲》四首，其一云：

> 看来岁岁在龙蛇，恸绝斯人泪莫遮。松管每裁薤麦句，岩栖长住覆巢家。着书封禅无遗草，寓意恢谐有卖花。开箧籀文犹可把，一时风雨识横斜。（原注：有卖花楼杂剧）①

结合"寓意恢谐有卖花"和原注"有卖花楼杂剧"来看，李憼曾创作《卖花楼》杂剧，"寓意恢谐"表明此剧是有所寄托而作，艺术风格是幽默轻松的。池州的卖花楼在唐、五代时非常著名，屡见记载："建德卖花楼在县南半里许，唐及五代时有花楼二十四间，丹阳、浔阳、鄱阳诸郡凡置酒会，多至此市花。谚云：'江南茶饭建德先知。'近楼名胭脂巷，旧管弦地。……桂鳌《怀古诗》：'京兆坟前夜月明，玉人曾此教吹笙。二十四楼青草里，于今空有卖花声。'"②桂鳌，字传之，贵池人，明嘉靖间任柳州府同知，后擢守思恩府，有文武才。其《怀古诗》显然化用了杜牧《寄扬州韩绰判官》"二十四桥明月夜，玉人何处教吹箫"之意。杜牧是京兆万年人，晚唐著名诗人，曾任池州刺史。桂鳌追忆故乡几处名胜昔年的繁华

---

① 刘城：《峄桐文集》卷十，清光绪十九年养云山庄刻本。
② 王崇：《（嘉靖）池州府志》卷三建置篇，明嘉靖刻本。

风流，目睹其今日的凄清荒凉，不胜今昔之感。此处所记当为杜牧与"玉人"之间的风流韵事，如此说不误，则剧本所演当为以杜牧为主角，发生在池州的又一出"赢得青楼薄幸名"的故事。《李懋传》云："懋独浏览典籍，上考苍颉史籀之文，旁及方种戏剧之说，咸诵习效为之。"①可见，李懋除了嗜古之外，还喜欢阅读观看戏曲，进而加以效仿创作，或许尚有其他戏曲作品。清康熙三十一年刊本《贵池县志略》卷六云其有传奇之作，或为《卖花楼》，或为其他戏曲作品。其生卒年可据《李懋传》的记载加以推考，其云："积乙酉至丁亥冬尽，蹶然曰：'岁复除乎（除夕）？'长吁而殁。年四十矣。"作为李懋的姻亲，刘城所记应该是可靠的，则其卒年为丁亥（1647）。从丁亥上推39年，则其生年是1608年。

[原载《古籍研究》第59卷，辑入本集有改动]

---

① 刘城：《峄桐文集》卷十，清光绪十九年养云山庄刻本。

下编 中国古代小说研究

试论敦煌话本小说的情节艺术

敦煌话本小说是中国古代通俗小说的滥觞，在叙事虚构艺术方面表现出一定的水准。为了适应"说—听"的传播方式，它们在叙事时序上，采用以顺叙为主，偶尔辅以倒叙、预叙的连贯叙述；在叙述形式上，大量融入场景形式，使作品的戏剧性、形象性大为增强；在叙事类型上，确立了第三人称全知讲述式叙事类型，叙述者从不掩饰自己的存在；在形象塑造上，调动多种艺术手段，把人物刻画得更加鲜明，凡此均对后世通俗小说乃至其他通俗叙事文学产生了深远的影响（笔者已另文专述）。本文拟从情节艺术的视角审视，对敦煌话本小说进行较深入的阐析，以就教于专家、学者。

一

从情节内在的线索看，中国古代小说的结构可分为线性式和网状式两种，如果小说情节由一种矛盾冲突构成，即属线性式，是小说结构的低级形态，如果情节含有多种矛盾冲突，即属网状式，为小说结构的高级形态。①敦煌通俗小说的情节均由一种矛盾冲突构成，无疑悉属线性式结构。从情节外在的故事层面着眼，美国汉学家韩南先生将中国古代小说布

---

① 石昌渝：《中国小说源流论》，生活·读书·新知三联书店1994年版，第36页。

局分为两种,其云:"如果我们用'布局'一字表示故事中事件的次序,便可分辨出两种彻底不同的布局:一种是,情节无论如何曲折离奇,布局仍是完整一体,若把其中稍有分量的内容抽除,便要破坏整个故事。另一种是,布局只是一个联结故事几个部分的松散架子,其中某些部分即被删除,对故事整体亦不足造成不可弥补的破坏;其实,这几个部分本身皆可视为小布局。我们不妨称这两种极端类型为单体布局及连合布局。"①敦煌话本中的《秋胡小说》《唐太宗入冥记》《庐山远公话》《韩擒虎话本》均属单体式情节布局,而《叶净能诗》则为连合式情节布局。

值得注意的是,中国古代话本小说属连合布局的寥寥可数,仅《古今小说》之《宋四公大闹禁魂张》与《拍案惊奇》之《唐明皇好道集奇人,武惠妃崇禅斗异法》及《二刻拍案惊奇》之《神偷寄兴一枝梅,侠盗惯行三昧戏》等少数几篇。而《叶净能诗》中"斩狐除病""追岳神""噀水止鼓""幻化酒瓮""剑南观灯""游月宫"等故事充满浪漫奇思,精彩绝伦,虽多有本事来源,但与之相比,踵事增华、熟而愈精,充分发挥想象力、创造力,整体取得了高潮迭起,波澜起伏的艺术效果。叶庆炳先生说:"话本作家在布局上可以匠心独运,自成一格;但在事实上,有一种布局出现在现存大多数的话本作品之中。这种经常出现的布局……是把整篇话本故事清楚地划分成几个阶段,每一个阶段都包括进展、阻碍、完成三部分。"②用来概括《叶净能诗》的情节特点,似乎更合适。张鸿勋先生说:"《叶净能诗》把一些零碎片段、互不相关的传说、故事,以叶净能为主干人物按年连缀为一篇,格局跟唐初王度《古镜记》的结构,颇为相似,仍存志怪余风,显示了早期阶段话本的面目。"③作品并非机械地用主人公来串联各故事,以构成连合式布局,它之所以不让人有松散凌乱之

---

① 韩南:《早期的中国短篇小说》,载王秋桂编《韩南中国古典小说论集》,联经出版事业公司1979年版。按:此处情节布局与情节结构所指大体相同。

② 叶庆炳:《短篇话本的常用布局》,载刘世德编《中国古代小说研究》,上海古籍出版社1983年版,第31—32页。

③ 张鸿勋:《敦煌话本〈叶净能诗〉考辨》,载甘肃省社会科学院文学研究所编《敦煌学论集》,甘肃人民出版社1985年版,第136页。

感，是因为有内在动力推动情节向前发展。张锡厚先生云："应当指出的是作者在描述这些奇景幻境时，不是松散的组合，而是利用唐玄宗'倾心好道，专意求仙''频诏净能于大内顾问''净能时时进法'为主线，巧妙地把分散孤立的一个个故事串联起来，形成有机的整体。"①全篇除了前四则故事与唐玄宗无关外，其余无不与之有着密切的关系。唐玄宗形象的功能不只是神异故事的见证人，还是推动情节发展的动力，各种神奇事迹有了这一线索加以贯串，形成"冰糖葫芦"结构，有效地避免了松散、堆垛之感。而《古镜记》将各种神异之事堆垛在古镜上，缺少内在的情节驱动力。两者虽同属连合布局，若从情节开展是否自然顺畅看，《古镜记》显然稍逊一筹。明代同素材的《拍案惊奇》之《唐明皇好道集奇人，武惠妃崇禅斗异法》，以不同人物的类似行事分别演绎，抄袭旧说拼凑成文，情节琐屑枝蔓，旁逸斜出，与本篇虽同为连合布局，但高下已判。由此可见，敦煌通俗小说的艺术起点并不很低。

二

连合式小说，各故事之间联系比较松散，一般不具有深层的逻辑关系。单体式小说则不同，需要强调事件之间的因果关系。英国作家福斯特说："我们曾给故事下过这样的定义：它是按照时间顺序来叙述事件的。情节同样要叙述事件，只不过特别强调因果关系罢了。"②唐太宗入冥事在《朝野佥载》里由三个事件组成：一、入冥前唐太宗与李淳风（即敦煌写卷中的李乾风）的对话；二、判官问六月四日事；三、还阳后唐太宗授官。事件完全被按照时间顺序加以叙述，其间没有因果关系，从所用笔墨看，分不出主次、轻重，故只能算作故事，还未上升到情节层次。而《唐太宗入冥记》中，判官问六月四日事与太宗还阳授官之间被赋予了因果关系，各事件之间的联系上升到逻辑层面。根据残存内容及入冥的情节构架

① 张锡厚：《敦煌文学源流》，作家出版社2000年版，第493页。
② 爱·摩·福斯特：《小说面面观》，苏炳文译，花城出版社1987年版，第75页。

推想，入冥前一定有君臣对话，否则，李乾风写给崔判官的请托信这一情节纽带便没着落。本篇中，李乾风对情节涉入很深，冥间故事部分虽不在场，影响却从未缺席。问六月四日事成为叙事焦点，烛照、统摄全篇，使各事件有机地联系起来。列夫·托尔斯泰说："艺术品中最重要的东西，是它应当有一个焦点才成，就是说，应该有这样一个点：所有的光集中在这一点上，或者从这一点放射出去。"①唐弢先生云："焦点的作用在于突出人物之间的关系，使情节的舒卷产生有机的联系。这样一来，人物形象的独立性不仅不会削弱，而且可以更丰满，更多变化，更容易深入到主题的核心。"②问六月四日事作为叙事焦点，被用场景形式加以描述，其他事件均围绕它展开，太宗被拘入冥是因为它，判官勒索官职借重它，代答问头是针对它，这样使故事情节相当紧凑、集中。冥府严正审判的交易化，冥府环境的官场化，赋予小说深刻的社会讽刺内涵。

单体式小说尚可用观念的框架作为情节整合手段，使情节间的联系更为紧密。《庐山远公话》中，惠远被劫为奴、卖身偿还宿债的"生报"（即下世受报）故事，是唐代民间艺人原创性的发挥。历史上的惠远深信"因果报应"，曾著《三报论》《明报应论》等文，全面阐发"人有三业""业有三报""生有三世"的思想，每次正式讲经前，均要先明"三世因果"。可见，作为历史原型的惠远对"三世因果"极其强调、看重。③话本以"三世报应"思想为情节的主体部分构造一个观念的框架，暗示人物的命运和归宿，为故事情节的推进提供合法依据，使之成为有机的整体。在敦煌小说中，《庐山远公话》反映的社会生活面最广阔，恐怕与这种情节框架的设定有很大关系。后世很多小说都借助报应说来为整体纷繁之事件提供一个观念的框架，并形成颇具民族特色的构思手段，如元代的《三国志平话》，用前世冤孽在后世的果报，来解释纷繁复杂的三国纷争；清代褚人获的《隋唐演义》以隋炀帝与朱贵儿的两世姻缘，作为小说的情节框

①段宝林编：《西方古典文学作家谈文艺创作》，春风文艺出版社1980年版，第575页。
②唐弢：《创作漫谈》，作家出版社1962年版，第58页。
③有关记载参见释慧皎：《高僧传》，中华书局1991年版。

架；清代钱彩的《说岳全传》，把宋与金、岳飞与秦桧之间错综复杂的民族矛盾忠奸冲突，解释成前世宿债；就连清代曹雪芹的《红楼梦》也在超叙述层虚构了"还泪说"，以解释宝黛之间的生死情缘。

敦煌话本小说还非常注意局部情节的增设，以使情节的发展更为合理自然。《庐山远公话》幻设了潭龙听经的情节，有学者认为这来源于《酉阳杂俎》所载。①龙化老人的情节成为特定母题，常在后世叙事作品中出现，但听经之事此前未之闻，与《韩擒虎话本》里八大海龙王听经之事合观，可知它是当时民间盛行的传说，被作者撷取并加改造，成为颇显匠心之情节。这一情节主要有两重作用：其一，龙王属于神话传说世界，增饰龙王听经情节能有力渲染小说的神奇色彩，表现惠远说法听众如云的盛况，突出佛法平等、普度众生等佛家教义。其二，龙王听经是功能性事件，决定了随后情节的发展方向。②近而言之，它是触发惠远作《涅槃经疏抄》的直接诱因，掷笔成峰、疏抄水火不损等神异浪漫情节均由其引发。远而言之，道安说经、惠远与道安论议等重要情节亦导源于此。可见，老龙听经是重要的功能性情节，有非常重要的勾连、关锁作用。

《秋胡小说》首尾情节均有佚失，残本保留了游宦、归家、桑遇、赠金、拒诱、见母、重逢一共七个情节单元。比照汉魏间秋胡传说里始终未变的核心情节，可知，开端少了"娶妻"，结尾缺了"投川"。叙事学研究表明："核心单位"是故事进展线索中的必要环节，直接影响到故事发展的可能与方向；"辅助单位"填补叙述空隙，并不能改变故事进程，只是使故事线索得以延续和伸展。辅助单位不断地触发故事的张力，不断地提示已经发生的事件同将要发生的事件的关系，从而强化了阅读中的期待心理，故事才因此而产生吸引力。③法国叙述学家罗兰·巴特说："核心（我

---

① 见《酉阳杂俎》前集卷五"怪术类"233条。

② 功能性事件在两种可能性中开启一种选择。使这一选择得以实现，或揭示出这一选择的结果。一旦作出选择，它就决定了随后的素材发展中事件的进程。参见米克·巴尔：《叙述学：叙事理论导论》，谭君强译，中国社会科学出版社1995年版，第15页。

③ 童庆炳主编：《文学理论教程》，高等教育出版社1998年版，第210页。

们即将看到）形成一些项数不多的有限的总体，受某一逻辑的制约，既是必需的，又是足够的。这一框架形成以后，其他单位便根据原则上无限增生的方式来充实这一框架。"①（此处核心即指核心单位）。就核心单位而言，《秋胡小说》主要是继承，其创新主要体现在辅助情节的增衍和细节的丰富上。其中增生的辅助单位有六处：一、秋胡与乡邻（或同学）的对话；二、秋胡劝说娘、妻放他出外游学；三、秋胡寻师求学；四、魏国仕宦；五、婆劝媳嫁；六、秋胡求归。它们填补了核心单位之间的空隙，虽不直接推动情节的发展，却通过细节的增衍、场面的丰富，避免了概述，加大了描述的力量，使情节跌宕起伏、人物形象生动鲜活。特别是情节二、情节五，通过对秋胡、秋胡妻言行的描述，使两人品格戏剧化了，从而增强了故事的张力与形象的感染力。核心单位大致不变保证了秋胡传说的价值取向、情感态度的相对稳定，辅助单位的增衍丰富着传说的内容，提高了作品的艺术含量。另外，核心单位中细节的改造也使情节更加合理，反映了作者文心的缜密。例如，秋胡外出游宦时间，在刘向《古列女传》、颜延之《秋胡行》里均为五年，在葛洪《西京杂记》里则是三年，其他作品不详，据文义看当较长。话本将宦游时间拉长为九年，这一细节改动意义极大：一、使"秋胡戏妻"这一情节高潮的到来更符合生活常理和艺术逻辑。九载离别令容颜改变较大，旧日夫妻见面不相识完全有可能，这就增强了戏妻情节偶然性里的必然性因素，情节高潮的到来才自然合理。二、有利于人物形象的塑造。宦游九年置寡母、娇妻于不顾，揭示了秋胡贪图富贵的自私、冷血，符合人物的性格特质。元代石君宝的《鲁大夫秋胡戏妻》杂剧，将离别时间加长到十年，或许即承此而来。

三

敦煌话本小说还很注重情节的戏剧性以增加叙述的魅力。小说情节的

① 罗兰·巴特：《叙事作品结构分析导论》，张寅德译，张寅德编选《叙述学研究》，中国社会科学出版社1989年版，第17页。

戏剧性大体分为两种：一种是事件本身就具有很强的戏剧性，不妨称之为"内在的戏剧性"；另一种则是事件本身没有戏剧性，经过作者苦心经营，才具有了戏剧性，不妨称之为"合成的戏剧性"。《叶净能诗》属于前者，本身即包含许多动人的神话，多数已形成相对完整的格局，均可分为进展、阻碍、完成三部分，故事曲折动人，场面精彩纷呈。每个小布局中场面的敷陈化和形象的鲜明化使"内在的戏剧性"更加凸显。其中最能表现叙事技巧的是"追岳神救张令妻"故事。先看净能为救人发了几道符，发几道符不仅是简单的次数问题，还牵涉到情节张力的形成，也关系着情节叙述的成败。美国理论家克林斯·布鲁克斯说：

> 举例来说，如果一个人物轻而易举地走向胜利或走向灭亡，老实说，那也就没有故事可讲了。单讲一只圆木桶滚到山脚下去，也就不成其为小说了。小说之所以令人感到兴趣，就在于遇到了各种阻力，再加以克服（或者克服不了）——就在于有如下述的逻辑推理的结果，必然使阻力引起了许多反应，于是回过来又遇到了（或者又产生了）新的阻力，需要加以对付。[①]

在作为本事的同型传说里，除"叶法善"条未明确书几符外，有言发二符或相当于二符者，如"河东县尉妻"条、"仇嘉福"条（书九符，先烧三符，再烧六符，相当于发二符），有言书三符者，如"赵州参军妻"条、"李主簿妻"条、"邢和璞"条。显然，《叶净能诗》借鉴了后者的"三复式"结构，把故事分三次层递描述，使情节浪潮层转层高，增强了

---

① 克林斯·布鲁克斯、罗伯特·潘·华伦编：《小说鉴赏》，主万等译，中国青年出版社1986年版，第71页。

故事的魅力。①

再看符的颜色。在书三符的故事中，"赵州参军妻"条未曾提及书符所用颜色，"李主簿妻"条只说第三符为朱符，余两符颜色不详，"邢和璞"条仅说前两符为墨色和朱色，第三符颜色不明。在书两符的故事里，"河东县尉妻"条言符有墨、朱两色，"仇嘉福"条未提符的颜色。在此基础上，《叶净能诗》随着情节紧张程度的递增，将符依次分为黑、朱、雄黄三色，更具想象力的是，把符的颜色与三位神使的穿着打扮紧密结合在一起，黑符即化为黑衣神人，朱符就化作朱衣使者，雄黄符则变为金甲大将军。尤其是对金甲将军形貌、装束的描绘："身穿金甲，罩上兜鍪，身长一丈，腰阔数围。乃拔一剑，大叫如雷，双目赫然，犹如电掣。"显得神异动人、威慑四方，表现出相当丰富的联想力和创造力。伴随颜色的变化，作品渲染烘托出气氛的热烈、紧张，每变一种颜色都能将情节推向一个新的高潮，极大地满足了受众的审美心理。

"斩狐治病"故事也被叙述得极有情致，展示了高超的叙事艺术。《太平广记》"叶道士"条记将人斩断后平复如初之事，"王苞"条载治野狐祛病之事，小说将二事捏合为一，成了斩狐治病故事。②《太平广记》所载两事均用概述，简略平淡，放过了内在的戏剧性。《叶净能诗》采用全知视角，如果把故事从头到尾、一五一十地铺叙出来，至多让人觉得是桩奇

① 同型故事有：1.《太平广记》卷26"叶法善"条引《集异记》及《仙传拾遗》；2.《太平广记》卷298"赵州参军妻"条引《广异记》；3.《太平广记》卷300"河东县尉妻"条引《广异记》；4.《太平广记》卷301"仇嘉福"条引《广异记》；5.《太平广记》卷378"李主簿妻"条引《逸史》；6.《太平广记》卷26引《纪闻》"邢和璞"条谓：某人少妾为山神所摄，邢和璞救归。按：前五条据张鸿勋《敦煌话本〈叶净能诗〉考辨》，张文说第五条《说郛》卷27引同，实误，应为《说郛》卷二十四。见《敦煌学论集》，甘肃人民出版社1985年版。第六条据金荣华《读〈叶净能诗〉札记》、刘铭恕《敦煌文学四篇札记》两文补，分见：中国文化大学中国文学研究所敦煌学会编《敦煌学》第八辑，中国文化大学中国文学研究所敦煌学会1984年；中国敦煌吐鲁番学会语言文学分会编《敦煌语言文学研究》，北京大学出版社1988年版。

② 《太平广记》卷二八五"叶道士"条引《朝野佥载》谓：陵空观道士咒刀斫一女子为两段，取续之，喷水而咒，女子平复如故。《太平广记》卷450"王苞"条引《广异记》谓：王苞为野狐所魅，叶静能为治之。前揭张文无，据前揭金、刘文补。

事。话本别出心裁地用暂时隐瞒叙述信息的方法设置悬念，以写急事偏用缓笔的方法来保持悬念，使故事的传奇性、故事性大增。作品先叙叶净能诊断康太清女所患乃野狐之病，并索要治病之物：一领毡、四枚大钉。弄得人莫知其用，一肚皮狐疑。接着"故作惊人之笔"，叙"净能当时左手持剑，右手捉女子，斩为三段，血流遍地"。显然，叙述者知道叶净能治病的方法，却故意不道破，将信息隐瞒以制造悬疑，使气氛高度紧张，掀起情节的波涛，起到"投石击破水中天"的叙事效果。在故事结尾处，通过"所由"的揭毡验视，揭开谜底令人恍然大悟。唯其如此，才能保持良好的情节张力，扣人心弦、引人入胜。另外，在斩康太清女为三段的紧张时刻，偏用"缓笔"，极力摇曳，满足受众的审美心理，从而产生了强烈的吸引力，正所谓"写急事须用缓笔"①。叙述者一边描写康太清夫妇号啕报官，旁观者惊叹嗟讶，另一边却叙说叶净能"弹琴长啸，都不为事"。两方的忙与闲、恐惧与轻松，形成强烈的对比，使叙述节奏松紧适度，取得了很好的艺术效果。郑振铎先生曾说："说书家是唯恐其故事之不离奇、不激昂的，若一落于平庸，便不会耸动顾客的听闻。所以他们最喜欢用奇异不测的故事，惊骇可喜的传说，且更故以危辞峻语，来增高描述的趣味。"②用它来评价《叶净能诗》也非常合适。

四

《唐太宗入冥记》的本事未蕴涵尖锐的冲突，内在的戏剧性不强，作者通过深入挖掘、精心提炼，营造出"合成的戏剧性"，从而使之具有极强的情节张力。法国叙述学家格雷马斯将叙事作品中人物的功能抽象为六种行动者，并构成三类对立，即：主体/客体；发送者/接受者；帮助者/反对者。这三类对立和几乎出现在所有叙事作品中的三种基本模型相对应：

① 见施耐庵著，金圣叹评：《水浒传（注评本）》第三十九回，上海古籍出版社2015年版，第566页。
② 郑振铎：《插图本中国文学史》，人民文学出版社1982年版，第701页。

（1）欲望、寻找或目标（主体/客体）。

（2）交流（发送者/接受者）。

（3）辅助性的帮助或阻碍（帮助者/反对者）。

从模型（1）看，作为主体的唐太宗寻求的客体是延寿，作为主体的判官寻求的客体是封官。从模型（2）看，封官的发送者是唐太宗，接受者是判官，延寿的发送者是判官，接受者是唐太宗。从模型（3）看，帮助者是李乾风，反对者是元吉、建成。唐太宗、判官寻求的客体均为对方可以任意支配的事物，两人在整个事件中既是发送者亦为接受者，是双重的行动元，形成了双向的互动关系，而帮助者和反对者的力量则相距悬殊。①按常理，两者均可通过满足对方的欲求来达到自己的目的，若他们直截了当讲出各自的诉求，根本没有什么戏剧性可言。

这里情节的戏剧性来源于两人的沟通障碍，唐太宗与判官的矛盾冲突是由信息不对称导致的交流障碍引起的，一方闪烁其词，另一方懵懂不解。从思想交流的角度看，根据格莱思的"会话的合作原则"理论，说话人和听话人保持交流的畅通依赖四个原则：一、数量准则；二、质量准则；三、关联准则；四、方式准则。数量准则规定说话人根据对方的期待不多说也不少说；质量准则规定说话人说自己深信为真实的话；关联准则规定说话人说话要切题，不说与话题无关的话；方式准则规定说话人说话要简明、扼要、有条理，避免晦涩、歧义。②唐太宗还阳延寿的要求非常明确，说的方式也符合"合作原则"，不会导致交流的障碍。关键是崔判官的要求未得到明确表达，崔判官所说，从质量看是真话，但从数量看明显偏少，从关联看不切题，从方式看兜圈子、含混不清，凡此必然会引发沟通的障碍，而其深层根源则在于中国传统文化建构的君臣关系。从戏剧性的发掘看，正是沟通的障碍导致了场面的精彩纷呈，引起受众愉悦的审

① A. J. 格雷马斯：《行动元、角色和形象》，王国卿译，载张寅德编选《叙述学研究》，中国社会科学出版社1989年版，第119—136页。

② 转引自何兆熊：《新编语用学概要》，上海外语教育出版社2000年版，第154—155页。

美体验。

有研究表明，"进程产生于故事诸因素所发生的一切，即通过引入不稳定性——人物之间或内部的冲突关系，它们导致情节的纠葛，但有时终于能够得到解决。进程也可以产生于话语诸因素所发生的一切，即通过作者与读者或叙述者与读者之间的张力或冲突关系——涉及信仰及价值、信仰或知识之严重断裂的关系。"①以此审视《唐太宗入冥记》，其情节张力是来自如下两个方面：

第一，从故事情节层面来看，人物地位的颠倒错位形成一种内在的紧张，是建构戏剧性、推动情节的重要因素，实际也是一种"陌生化"的方法。在阳间，唐太宗乃君临天下的帝王，享有生杀予夺的大权，在冥府却成为任人宰割的囚徒，陷入"人为刀俎，我为鱼肉"的境地。相反，在阳间，崔子玉是没有品级的滏阳县尉，连见皇帝的资格也没有，在冥府却成了举足轻重的判官，掌握生死簿可以任情勾改。入冥前，唐太宗和判官各安其位，关系是稳定的，但在冥府两人身份的错位颠倒引入了关系的不稳定，李乾风的"请托信"更加强了这种不稳定。平衡的打破营造出紧张的情节氛围，冲突双方，一方有明确的目的性，另一方则毫不知情，一方急于要官，另一方却拼命赏物，一方期盼尽快延寿，另一方则慢慢"吊胃口"。交流的障碍，形成双方意图和赠予的错位，经过一番讨价还价、钩心斗角，两人终于各得其所，随着矛盾的解决，两人关系又达到一种新的平衡。

第二，编创者与受众之间在价值、信仰与知识上产生了严重的断裂。在受众的期待视野里，冲突双方应均为符合主流文化意识的"刻板形象"，即唐太宗乃英明贤达的帝王，崔判官是公正无私的法官。由于某些原因，小说对此进行了颠覆式演绎，将唐太宗塑造成颟顸委琐、惧死贪生、懵懂无知、虚伪矫情的形象，把崔判官刻画为利令智昏、贪赃枉法、借机勒索、寡廉鲜耻的形象。众所周知，人物形象的改变牵涉着作品主题

---

① 詹姆斯·费伦：《作为修辞的叙事：技巧、读者、伦理、意识形态》，陈永国译，北京大学出版社2002年版，第63页。

的表达，随着人物形象的变化，《唐太宗入冥记》成为一篇讽刺意味极浓的小说，它体现的价值取向、情感立场均与受众已有的产生严重断裂，进而造成情节张力，产生了"合成的戏剧性"。换言之，作品所塑造的人物形象、表现的道德立场、传达的价值取向，与受众本身的期待视野形成极大反差，使受众极易体会到一种惊奇的审美趣味。

五

中国古代小说，特别是短篇小说，受篇幅的限制应尽量避免情节的雷同，力图不"犯"。而《韩擒虎话本》将比箭的情节接连写了两次，原本极易显得重复累赘、索然寡味，作者却"偏要写一样事，而又断断不使其间一笔相犯"，展示了"犯中见避"的惊人笔力。①作者抓住两次比箭的不同特点，写出它们的同中之异，从而将两者清晰、鲜明地区分开来。殿前比射乃步射，目标为画在殿前射垛上的鹿脐，是固定靶，韩擒虎无须精心准备，"搭栝当弦，当时便射"即可，通过以强衬强的"正衬法"，突出他"百步穿杨"的神技，张扬其势大力猛的神威。而蕃界比射乃骑射，目标为翱翔在空中的飞雕，是移动靶，韩擒虎要等待双雕争食的机会，还要经过必要的准备阶段，"擒虎十步地走马，二十步地臂上捻弓，三十步腰间取箭，四十步搭栝当弦，拽弓叫圆，五十步翻身背射"，在蕃家射雕王子的反衬下，不仅表现了其神乎其技的箭术，也展示了他灵活机敏的特点。

《叶净能诗》"追岳神"中使者索妇场面出现三次，本来很容易写得呆板、无味，但经过丰富细节的增衍，与同型传说相比，情节吸引人的力量大为增强。开始净能书黑符时，可能认为此事易成，心理较为平静，故对其表情未作交待。意外受挫后，书朱符时则"作色愠然"，再次受挫后，书雄黄符时乃"作色动容，怒斥使人曰：'大不了事！'喝在一边。"叶净

---

① 《水浒传》金圣叹评本第十九回回前评。按：在长篇小说中"犯中见避"，把相类事件写得各有特色已属不易，短篇小说受篇幅的限制，能将相类的事情写得不雷同，更是困难。

能的情绪由平静到愠然再到怒斥，步步高，层层转，加剧了现场的紧张气氛，使情节更为引人注目。相比之下，岳神与三位使者态度的剧烈反差，更富层次感和戏剧性，强化了故事性、传奇性。黑衣神人直入殿前，质问岳神："太一传语，因何辄取他生人妇，离他夫妇，失其恩爱？"语气尚属和缓。岳神回复时则理直气壮："皆奉天曹匹配，以之作第三夫人，非关太一之事。"朱衣使者出语威胁时，态度已较为强硬："莫为此女人损着府君性命，累及天曹！"岳神应对亦略为胆怯："伏惟太使，善为分疏，终不敢相负。"当金甲大将军怒斥："咄！这府君，因何取他生人妇为妻，太一怒极，令我取你头来！"并"都不容分疏，拔剑上殿，便拟斩岳神。"此时岳神是"忙惧不已，莫知为计，当时便走"，"自趋下殿，长跪设拜，哀祈使者。"对岳神与使者三次交锋场面的描写很生动形象，将人物情态、言语、动作的变化展现出来，特别是把岳神欺软怕硬性格作了非常人性化、生活化地摹状，达到了神性与人性的结合，传奇化与生活化的统一，颇显艺术功力，收到了良好的艺术效果。综上可见，使者索妇叙述了三次后，矛盾才得以解决，但每次并不是简单的重复，而是同中有异，极尽变化。对"三复"结构的纯熟运用，使故事的叙述有很强的节奏感和韵律感。

结 语

敦煌话本小说既注重整体情节的首尾完具、跌宕生姿，也通过各种艺术技巧将情节整合得更加自然合理；既能通过巧妙的叙述彰显故事本身"内在的戏剧性"，也能经过深入发掘营造出"合成的戏剧性"；既能利用情节的"同"起到强化作用，更融入描写的"异"来增加变化的趣味。凡此均表明敦煌话本小说的情节意识已较为成熟、自觉。

［原载《中国社会科学院研究生院学报》2003年第6期］

略论敦煌话本小说人物塑造的艺术方法

　　人物形象的塑造是传统小说艺术的焦点之一，小说家的主体情感、审美理想、价值取向等均集中通过艺术世界中的人物形象得到体现。作为中国通俗小说源头的敦煌话本小说，在人物形象的刻画上，既继承了前人经验，又有所创新，既有成功的经验，也有失败的教训，从总体看，取得了较高的艺术成就，理应引起治中国小说史、敦煌学的专家们的重视。本文拟对敦煌话本塑造人物的四种主要方法予以简要阐述。

一

　　"同向合成"是敦煌话本塑造人物形象最常用的艺术方法。所谓"同向合成"，是将性质相同或相近的性格、事迹结合起来，使人物的某些本质方面沿着同一方向增长、加强，从而得到强烈的艺术表现。①刻画某一形象时将他人的同类事迹张冠李戴地移植过来，能加强人物形象的鲜明性。在《庐山远公话》《叶净能诗》《韩擒虎话本》中，主人公形象的鲜明性皆因捏合了他人相类情事而得到了有力彰显。

　　《庐山远公话》以史有其人的宗教人物为原型，捏合他人之故实，进行了艺术加工与创造。王庆菽指出："是则本文乃合二惠远传、二道安传

---

　　① 马振方：《小说艺术论》，北京大学出版社1999年版，第90—91页。

而为一，中间加以神话，虚构铺张演绎而成的。"①日本小南一郎说："我推测，在这个故事的形成过程之间，有了庐山的惠远和净影寺惠远，两个人的混同。"②两人都点明了主人公形象塑造中的捏合现象。实际上，话本还捏合了隋代惠远以外的其他佛教徒的神异事迹，且早经元代释优昙指出。③其中最显著者有二：其一，惠远于庐山讲经感得大石摇动，取自道生法师虎丘讲经事。《莲社十八高贤传·道生传》云："师入虎丘山，聚石为徒，讲《涅槃经》，至阐提处，则说有佛性，且曰：'如我所说契佛心否？'群石皆点头。"其二，惠远臂生肉钏异相之事源于道安。《高僧传·道安传》云："初，安生而便左臂有一皮，广寸许，著臂捋，可得上下也，唯不得出手，时人谓之为'印手菩萨'。"优昙还指出惠远无上生兜率之事，虽未考证出处，但其移自他处显见。韩建瓴认为可能来自道安、玄奘、窥基等人上生兜率天的传说。④再看惠远验证疏抄是否合经义的神异描写："是时红焰连天，黑烟蓬勃，经在其中，一无伤损，远公知疏抄远契于佛心。犹自未称其心，遂再取疏抄俯临白莲华池畔，望水便掷，其疏抄去水上一丈已来，屹然而住，远公知远契佛心。"这一情节也源自他人，《朱士行传》及敦煌写卷 P.2094、P.4025 "朱士衡"条都有将经书置于烈火中烧不坏的描述，可见这类故事当时很流行，作者把本属别人的众多神异事迹安置到惠远身上，使这一道行深厚、信仰虔诚的高僧形象得到有力的表现。

《叶净能诗》中各故事与叶净能有关的，仅王苞治野狐、幻化酒瓮、为皇后求子几条，其余则分属罗公远、张果、叶法善、明崇俨等著名道

① 按：王庆菽说周京师大中兴寺道安传载于《续高僧传》卷二十二，实误。考之《续高僧传》，周·道安传在卷24。见王庆菽：《敦煌俗讲、变文等资料一百九十六篇目录和"敦煌俗文学及通俗小说总目提要"摘录》，载王庆菽《敦煌文学论文集》，吉林大学出版社1987年版。高国藩《敦煌俗文化学》不察，照引致误。

② 小南一郎：《有关敦煌本〈庐山远公话〉的几个问题》，载《'93中国古代小说国际研讨会论文集》，开明出版社1996年版。

③ 元释优昙：《庐山莲宗宝鉴》卷四《辩远祖成道事》中"七诳"说。

④ 韩建瓴：《敦煌写本〈庐山远公话〉初探》，《敦煌学辑刊》1983年创刊号。

士。①在小说中，作者通过"移花接木"将这些事迹嫁接到叶净能身上，把他塑造成"人间罕有，莫测变现，与太上老君而无异"的仙师。《韩擒虎话本》撷取主人公最具传奇色彩的四个人生片段，予以浓墨重彩的描绘，其中两次精彩的比箭情节显系移自他人，与蕃使比箭事源自贺若弼事，一箭双雕事来自长孙晟、崔彭事的合成。历史人物韩擒虎，少慷慨，英勇善战，足智多谋，有威容，功勋卓著，作者抓住这些本质特征，采用"同向合成"的艺术方法，将他人事迹"张冠李戴"移植到韩擒虎身上，按照符合人物性格逻辑的方向，使其形象的传奇色彩大为增强。②这种方法在后世历史演义、英雄传奇小说乃至戏曲中都得到广泛运用。为了强化、净化了人物形象某一方面的性格特质，《三国演义》将刘备鞭督邮的情节转嫁给张飞，把孙权草船借箭的情节安置在诸葛亮身上，把孙坚斩华雄的情节嫁接给关羽。元代社会公案剧中，包拯、张鼎巧断疑案情节中汲取了许多他人折狱之事，两人分别成为清官、能吏的代表，进而成了"箭垛式"人物。

二

明清历史演义、英雄传奇成功地运用了"正衬"法塑造人物，并受到激赏。如《三国演义》里，为表现诸葛亮的神机妙算，即先后通过曹操、周瑜、司马懿等精通谋略的军事家来"以强衬强"，有声有色地加以描绘，此所谓"智与智敌"；为突出关羽的神勇无敌，即以华雄、颜良等骁将惊人的声势来铺垫，此所谓"勇与勇敌"。清人毛宗岗赞赏其效果为："写周瑜乖巧以衬孔明为加倍乖巧，是正衬也。譬如写国色者，以丑女形

---

① 金荣华认为在众本事中唯"询问子嗣"与"斩狐除病"的一半与叶净能有关。《读〈叶净能诗〉札记》，中国文化大学中国文学研究所敦煌学会编《敦煌学》第八辑，中国文化大学中国文学研究所敦煌学会1984年。按：此说忽略了唐人杂记《河东记》有叶净能"幻化酒瓮"的记载。

② 参见拙作：《〈韩擒虎话本〉——历史演义、英雄传奇的先声》，《明清小说研究》2003年第4期。

之而美，不若以美女形之而觉其更美。写虎将者，以懦夫形之而勇，不若以勇夫形之而觉其更勇。"①

实际上，这种"正衬"法在敦煌话本中即有较为娴熟的使用，并非《三国演义》作者的发明。《韩擒虎话本》中，隋朝殿前比射的情节是刻画韩擒虎形象的点睛之笔。隋文帝命人安好射垛后，先是"蕃人一见，喜不自胜，拜谢皇帝，当时便射。箭发离弦，势同劈竹，不东不西，恰向鹿脐中箭"。接着是"贺若弼此时臂上捻弓，腰间取箭，搭栝当弦，当时便射。箭起离弦，不东不西，同孔便中"，所写与史书所载基本相同，两人箭法同样精准，均堪称神箭手，然贺若弼和蕃使相比，并未占据明显的上风。他们高超的射术是凸显韩擒虎箭法的铺垫与蓄势，接着，作品进行了原创性的艺术发挥，描绘出神乎其技的"劈箬箭"，其云："擒虎拜谢，遂臂上捻弓，腰间取箭，搭栝当弦，当时便射。箭既离弦，势同雷吼，不东不西，去蕃人箭栝便中，从杆至镞，突然便过，去射垛十步有余，入土三尺。"一番"正衬"使韩擒虎解箭的故事神异动人，洋溢着浓郁的传奇色彩。②客观地说，描述了蕃家使者、贺若弼的高超箭艺之后，再写韩擒虎的箭术确有盛极难继之感，此处偏能翻空出奇，巧妙地插入"劈箬箭"的描写，使情节发展跌宕曲折、声态并作。不但表现了韩擒虎箭法神准无比，而且显示出其气势如虹、力大势猛。如果没有蕃使、贺若弼两人的侧面烘托、渲染，很难取得这样的艺术效果。蕃家界首"一箭双雕"的情节关目亦可作如是观，蕃家射雕王子射中飞雕前翅，已属难得，在其映照下，韩擒虎"一箭双雕"的绝技更让人叹为观止。任蛮奴是三十年名将镇国大将军，精通排兵布阵，在平陈战役中，他排布的"左掩右夷阵""引龙出水阵"均被韩擒虎破解，也是运用"正衬"手法，以绝代名将任蛮奴来烘托韩擒虎，表现他精通阵法的指挥家风范。

在《庐山远公话》中，作为陪衬人物的道安和尚也非等闲之辈，他讲经的效果是："感得天花乱坠，乐味花香。感得五色云现，人更转多，无

---

① 朱一玄、刘毓忱编：《三国演义资料汇编》，南开大学出版社2003年版，第322页。
② "劈箬箭"见宋朱彧《萍洲可谈》卷三的释义，商务印书馆1941年版。

数听众，踏破讲筵，开启不得"，晋文皇帝敕令纳绢一匹听经一日，约有三二万人听经，敕令纳钱一百贯听经一日，约有三五千人，可见道安并非泛泛之辈。惠远与他论议，反复辩难，将之驳得体无完肤，这样"以宾衬主"，有力地传达出惠远对佛教义理的熟稔与精通。惠远讲经的魅力是："便感得地皆六种震摇，五色祥云，长空而遍。百千天众，共奏宫商。无量圣贤，同声梵音。"真是"天外有天"，在道安和尚的"正衬"下，惠远这一得道高僧形象得到强化。

三

"夸诞"法的运用在敦煌话本中也较为普遍。《庐山远公话》《叶净能诗》都以表现宗教人物为主，题材的超现实性、神秘的宗教体验等决定了对"夸诞"法的情有独钟。《庐山远公话》虚构了惠远诵经感动"山神造寺""指地涌泉""上升兜率"等神异情节，有力地强化了道行高深的高僧形象。《叶净能诗》浪漫夸诞色彩更浓，通过"追岳神""剑南观灯""游月宫""术止鼓乐"等神奇故事，形象地表现了叶净能的神通广大、法力无边。

即使在历史人物为主角的《韩擒虎话本》里同样运用了"夸诞"法。主人公的出场是被用"特笔"加以描述的，所谓"特笔"，是指写某主要角色、关键事件或重大场景时，用非常令人注目的笔调浓墨重彩地予以介绍、说明、描写，如同电影之特写镜头，在"焦点推出"中起到先声夺人之效。这里，夸诞主要是通过极力缩小主人公的生理年龄来体现的。平陈战役，发生于公元589年，于史有据，按《隋书》卷五十二《韩擒虎传》载，韩擒虎约生于公元538年，因此他参加平陈之战时约为五十一岁，本为一中年将军，在话本中其年龄被大大缩小，摇身一变为"年登一十三岁，奶腥未落"的少年英雄，出场请战时说出以下豪言壮语："臣启陛下，蹄觖小水，争伏大海沧波；假饶蝼蚁成堆，那能与天为患。臣愿请军，克日活擒陈王进上，不敢不奏。"句句铿锵有力、掷地有声，考量其语气，绝非一少年所能道。然而，经过这样的"大书特书"，主人公那慷慨勇武、胸怀天下的气概得到有力的凸显，给人留下鲜明、深刻的印象。夸诞增强了人物的传奇性，显示出浓郁的通俗文学色彩。后代通俗历史演义、英雄传奇小说塑造传奇英雄时，喜用缩小生理年龄的夸诞手法或即来源于此。如《说唐全传》第三十回"降瓦岗邱瑞中计，取金堤元庆显威"中，裴元庆十二岁时即能攻打瓦岗山、战败众英雄，第三十三回"造离宫袁李筹谋，保御驾英雄比武"里，李元霸十二岁时就已驰骋战场，天下无敌了。《说岳全传》里，岳云十三岁时即上前线帮助父亲抗击金兵，关铃十二岁时就能赤手打虎。这类为彰显人物的传奇色彩而极尽夸诞之能事的例子，在英雄传奇小说中不胜枚举。其中不乏夸张过度而成败笔的，如《说岳全传》中关铃打虎如戏猫之类描写，违背了生活的情理，过于诞妄不经，丧失了基本的真实感。相似的事件如武松打虎的描写在《水浒传》就取得了令人激赏的叙事效果，吴承恩既突出打虎时武松的神勇，又着意渲染打虎前武松的胆怯惊惧的心理和打虎后筋疲力尽的状态，照顾到艺术的真实与生活的情理，获得了逼真可信的艺术效果。用金圣叹的话说是"皆是写极骇人之事，却尽用极近人之笔"①。

四

敦煌话本还采用"皴染"法反复强化人物性格的特定方面，以使故事情节的发展合乎生活与艺术的逻辑。与以前的秋胡故事相比，《秋胡小说》为了强化秋胡的性格增衍了三个情节：A. 与乡里对话；B. 劝说娘、妻让他游学；C. 向魏王请归探母。情节A位于开篇，奠定了秋胡贪恋荣华富贵的性格基调，情节B、C则揭示了秋胡的极端虚伪与自私，他为达目的，不择手段，充分利用"印象整饰"欺世盗名，在不同人面前戴上不同的人格面具，极具虚伪性与欺骗性，是典型的以自我为本位的无耻文

---

① 施耐庵著，金圣叹评：《水浒传（注评本）》第二十二回回评，上海古籍出版社2015年版，第310页。

人。①经过层层皴染着色，秋胡性格逐渐丰满、清晰起来，唯有如此，暴露其丑恶灵魂的桑园戏妻的情节关目，才因为符合秋胡自身的性格逻辑而不显得突兀。从这三个为刻画秋胡形象而增益的辅助情节审视，《秋胡小说》采用有意戏妻的试妻结构的说法显然是不符合作品实际的臆测之语。②演述同样题材的元杂剧《鲁大夫秋胡戏妻》，别具匠心地建构了喜剧性戏剧冲突，取得了很高的艺术成就。然而，就秋胡形象的刻画而言，因为缺乏必要的铺垫与皴染，反不如《秋胡小说》。正如朱恒夫所说："相比之下，秋胡的形象却显得单薄，因为缺少高潮前的性格皴染，桑园戏妻的恶劣表现显得非常突兀，与他刚出场时单纯、沉浸在新婚的喜悦之中与别时叮嘱妻子敬母的孝心相矛盾。可以这样说，在秋胡形象的塑造上，杂剧远不如变文。"③

同样，为了塑造秋胡妻形象，《秋胡小说》幻设了孝养婆母、婆劝媳嫁两个情节，又添加了对其三次梳妆的细节描写。在唐前故事中，秋胡妻必为孝顺之人，这一点从她对秋胡不孝的指责中可以间接看出，然而因为缺少必要的情节支撑而不够突出。《秋胡小说》增设了孝养婆母的情节，其云："其妻不知夫在已不，尔来孝养勤心，出亦当奴，入亦当婢，冬中忍寒，夏中忍热，桑蚕织络，以事阿婆，昼夜勤心，无时暂舍。"其后，婆劝媳嫁时秋胡妻启言阿婆："新妇父母匹配，本拟恭勤阿婆；婆儿游学不来，新妇只合尽形供养，何为重嫁之事，令新妇痛割于心？婆教新妇，不敢违言；于后忽尔夫至，遣妾将何申吐？"两个情节的增设突出了秋胡妻对婆婆勤心孝养的高尚品质，和对爱情的忠贞不渝。对她三次梳妆的细节描写透露出秋胡妻对丈夫的深挚爱情，她在夫妻离别之际是"愁眉不画""蓬鬓长垂"；在桑林劳作时是"面不曾妆，蓬鬓长垂"；在闻夫归家

---

① "印象整饰"即有意控制他人对自己形成的印象的过程。周晓虹：《现代社会心理学》，上海人民出版社1997年版，第178、182页。

② 高国藩：《敦煌本秋胡故事研究》，《敦煌研究》1986年第1期。

③ 此处指元杂剧中的秋胡形象。朱恒夫：《敦煌本〈秋胡变文〉在秋胡故事演变中之地位》，载《中国敦煌学百年文库》卷五文学卷，甘肃文化出版社1999年版。

后是"乃入房中，取镜台妆束容仪"，"乃画翠眉，便拂芙蓉，身着嫁时衣裳。"从中可以看出作者借"女为悦己者容"的文化心理，来刻画秋胡妻内心世界的意图。①经过层层着色，和此前的故事相比，秋胡妻形象更血肉丰满、鲜活生动了。

结　语

敦煌话本小说处于中国通俗小说的始创期，在艺术上有不成熟的地方，如《叶净能诗》不顾人物性格的整一性强行捏合，显然是人物刻画的败笔。②《韩擒虎话本》描述金陵城破后，陈王逃入枯井却化为平地，荒诞可笑，彻底将他丑化，亦不可取。但是，从总体来看，其塑造人物的一些艺术方法已运用得较为成熟。虽然缺乏明确的文献记载证明它们对宋元话本、明清通俗小说的深刻影响，然而，通过对敦煌话本文本的具体分析，还是可以看出两者之间存在着内在的艺术渊源。

[原载《中国社会科学院研究生院学报》2004年第3期]

---

① 伏俊琏、伏麒鹏编著：《石室齐谐：敦煌小说评析》，甘肃人民出版社2000年版，第14页。

② 金荣华：《读〈叶净能诗〉札记》，中国文化大学中国文学研究所敦煌学会编《敦煌学》第八辑，中国文化大学中国文学研究所敦煌学会1984年。

论敦煌话本小说的文学史意义

　　敦煌话本包括《韩擒虎话本》《庐山远公话》《叶净能诗》《秋胡小说》《唐太宗入冥记》《师师谩语话》等六种作品。①在它们被发现之前，对通俗小说源头的追溯最早只到北宋，如明人郎瑛《七修类稿》云："小说起宋仁宗，盖时太平盛久，国家闲暇，日欲进一奇怪之事以娱之。故小说'得胜头回'之后，即云'话说赵宋某年'。"②甚至迟至南宋，如绿天馆主人《古今小说叙》："按南宋供奉局，有说话人，如今说书之流。其文必通俗，其作者莫可考。泥马倦勤，以太上享天下之养。仁寿清暇，喜阅话本，命内珰日进一帙，当意，则以金钱厚酬。"③但是敦煌话本被发现后情况发生了改变，张锡厚先生指出："自从敦煌遗书相继发现《韩擒虎话本》《叶净能话》《庐山远公话》等唐代话本原卷以后，情况就很不一样了，人们才比较清楚地认识到唐代民间不仅孕育着话本小说的雏形，而且远及我国西部边陲已在广泛传抄。其中以讲史为主的《韩擒虎话本》，已经粗具话本小说的'入话''正话'等体制和特点。事实说明敦煌话本为宋代话本小说的发展作出可贵的贡献。"④张先堂、张鸿勋等先生曾对敦煌

---

①参见张鸿勋：《敦煌话本词文俗赋导论》，新文丰出版股份有限公司1993年版。六部作品中《师师谩语话》残佚过甚，在具体论述时可置而不论。

②郎瑛：《七修类稿》，中华书局1959年版，第330页。

③丁锡根编著：《中国历代小说序跋集》，人民文学出版社1996年版，第773页。

④张锡厚：《敦煌话本研究三题》，《社会科学》1983年第2期。

话本的文学史意义做过有益探索。①在借鉴前辈学者成果的基础上，本文拟从确立拟书场叙事格局、初具话本的文本体制、开拓后世小说的题材内容、丰富后世小说的艺术方法这样几个层面，对其在文学史上深刻、多元的影响进行较为全面、深入的阐述，以求正于方家。

一、确立拟书场叙事格局

敦煌话本对后世叙事文学最深远的影响，恐怕就是拟书场叙事格局的确立了。古代通俗小说的叙述者以"说书人"自居，实际成为一种可以"肆入为出"的功能性形象，具有叙述、传达、指挥、评论等功能，形成"说书人"对听众讲故事的叙事情境，即所谓的"拟书场"格局。从表层来看，似乎是几句陈词滥调的说书套语，却牵涉作家的艺术构思方式，深刻地影响着中国古代长、短篇小说的创作。浓重的"说话人"口吻是宋元话本的特色，如表示领起、转换、省略等的说话套语——"话说""却说""且说""单说""话休絮烦""话分两头"等频频出现，在故事的叙述过程中，这些叙述套语常常用于转换视角、转换时空、介绍人物等，承担起引领受众的叙述职能，使受众层次清晰、条理明确地把握故事内容。然而，它们的使用滥觞于敦煌话本，如在《韩擒虎话本》里，有以下叙述套语：当在开端介绍法华和尚的情况时，以"说其中有一僧名号法华和尚，家住邢州，……"引领；当法华和尚用龙膏为杨坚治头疼病时，其神效为："说此膏未到顶门，一事也无，才到脑盖骨上，一似佛手捻却"；当周武帝误饮毒酒时，其状况是："说这酒未饮之时一事无，才到口中，脑裂身死"。在《庐山远公话》中，有如下说书套语：当主人公出场时，用"说这惠远，家住雁门……"，来介绍其情况；当叙述千尺潭龙听经时，用"说此会中有一老人……道这个老人……"，以示强调突出；当引出白庄这一人物时，用"说其此人……"，以领起人物简况。凡此均显示了鲜明的

---

① 参见颜廷亮主编：《敦煌文学概论》，甘肃人民出版社1993年版；张鸿勋：《敦煌话本词文俗赋导论》，新文丰出版股份有限公司1993年版。

说话口吻，并在后世通俗小说得到继承、发展。

叙述者模拟听众、设为问答的程式也发端于敦煌话本小说。如在《庐山远公话》里，叙至千尺潭龙听经时，用"是何人也"设问，以"便是庐山千尺潭龙，来听惠远说法"加以强调；叙至惠远为作《涅槃经疏抄》祈愿掷笔半空时，用"争得知"发问，用"至今江州庐山有掷笔峰见在"加以证实，这种用现存实物来证实传说的假实证幻手法，在后代通俗小说也有遗存，如《熊龙峰刊行小说四种》之《孔淑芳双鱼扇缀传》结尾："自此一境清宁，徐景春生一子接续香火善终。见今新河灞孔家坟墓见存。"两者非常相似。叙完道安在福光寺讲经之后，以"惠远还在何处"发问，用"惠远常随白庄逢州打州，逢县打县……"来作答并接叙主要情节。《韩擒虎话本》中，韩擒虎出场时，用"是甚人"发问，以"是绝代名将韩熊男……"来介绍主人公的出身；韩擒虎排"五虎拟山阵"破"引龙出水阵"时，以"排此阵是甚时甚节"发问，用"是寅年、寅月、寅日、寅时……"来强调阵法的神妙。这些设为问答的叙述套语，明确显示出作为显身叙述者的"说话人"，始终横亘在读者和作品之间，或点明需要关注的重点，或指示叙述线路使条理清晰。敦煌话本中的叙述套语在后世的通俗小说甚至其他叙事文学中得到了继承、发展，如"说……""道……"等套语发展为"话说""且说""却说"等话头，设为问答的套语演变为"怎见得好""有诗为证"等套语，甚至在宝卷、弹词等其他说唱文学中也可以看到这些语句，进而显示出各种文体之间的交融与影响。然而有学者却认为："目前可以确认的唐五代话本'真本'只有敦煌变文。从敦煌变文中看不出口头叙述文学的形式特征。我们完全可以设想它们只是节要。后世'话本'或'拟话本'小说中据说源出说话艺术的种种风格标记，在敦煌变文中完全找不到。"①否认通俗小说来源于"说话"伎艺。拟书场格局限定了作者与读者的关系，"说话"既然以"说—听"为传播方式，就必然会建立起一套与之相应的叙述技巧，进而形成非常稳定的结构，在书

① 赵毅衡：《苦恼的叙述者——中国小说的叙述形式与中国文化》，北京十月文艺出版社1994年版，第20页。

面的通俗小说中留下不可磨灭的痕迹。

采用第三人称全知讲述式叙述也源于拟书场格局。把《唐太宗入冥记》与《朝野佥载》中的本事加以比较，会清楚地看到这一点。《朝野佥载》中各事件多为唐太宗亲历，如入冥前的君臣对话、入冥后判官问六月四日事、还阳授官后的"怪问之"，但李淳风观乾象与入冥同时发生，唐太宗不可能知晓。同样，李淳风也不可能知道唐太宗的冥间见闻。故叙述者所说的大于人物所知，实际上是唐太宗与李淳风所知之和。叙事者是隐身的，采用第三人称全知呈现式叙述，恪守客观立场，不介入故事的叙述之中，人物的内心世界秘而不宣。唯有整个故事叙述结束之后，一句"方知官皆由天也"这样的评论性话语才透露出叙述者的存在。受体例的限制，《朝野佥载》中用概述、省略方法较多，根本谈不上场景描写，即使对人物语言的描写，全篇唯有唐太宗说的一句，"人生有命，亦何忧也"。叙述节奏快，运笔简约、洁净，留有诸多叙事空白，既与其史传式叙事方式有关，更取决于"写—读"的传播模式。读者主要是上流社会有相当文化的知识分子，而且可以对故事进行重复阅读，在传播接受时具有可逆性，因此作者运笔时不妨含蓄简洁，用语不宜过于直白浅露。

而话本源于"说话"，接受者多是文化程度不高的"市人"，传播模式是"说—听"，具有同步性、不可逆的特点，这就决定了必然要用第三人称全知讲述式叙述，叙述者（说话人）是显身的，出入于故事世界和现实世界，为了把故事讲得生动易懂，常深入人物的内心世界，随时发挥指挥、评论等职能，唯恐事情说得不透、不白、不尽。即便《唐太宗入冥记》这样讲说口吻不明显的话本，其拟书场格局亦有迹可寻。就现存残卷看，最明显的叙述者干预是，太宗来到阎罗殿被喝拜舞时，"皇帝未喝之时，犹较可，一见被喝，便即高声而言"，这既不是人物语言，也不是出自故事世界，而是来自叙述者，由此我们仿佛能听到"说话人"绘声绘色的讲述。有理由推想在残佚部分里，可能还有类似的非情节因素，它们属于叙述话语的层面。本篇最为引人注目的是，对唐太宗、判官对话、心理的大量细腻描写，《唐太宗入冥记》虽有概述、省略，但集中笔墨于场景描写，突出小说的故事性、戏剧性。

值得注意的是，表现叙述者判断、评论、插话的非情节因素偶有存在，如《庐山远公话》里，在白庄欲抢劫化成寺时，用"故知俗谚有语：'人发善愿，天必从之；人发恶愿，天必除之'"，以示叙述者的道德评判。善庆在福光寺难道安时，用"若是诸人即怕你道安，是他善庆，阿谁怕你"，以示叙述者对两人高下的评论。然而，这种情况极为少见，当与话本体制尚不成熟、未彻底摆脱史传叙事方式的束缚有关。到了宋元时期，随着商业经济的蓬勃发展，在市民文化消费的推动下，话本小说体制逐渐完善，在娱乐功能得到强化的同时，为抬高身份以自重，教化功能也不断突出。职是之故，表现叙述者或曰作者价值判断、主观评价的非情节因素的渗入也越来越普遍，让人在娱乐的同时道德上得到净化、认识上得到丰富、情感上得到宣泄，从而加强故事的吸引力和受众的现场感。[1]在明清时期的拟话本小说里，文人更自觉、充分地运用非情节手段来说教，力图攀附经史，使之成为"经国之大业，不朽之盛事"，进而摆脱小道的地位，成为指点江山表现书生意气的阵地，以满足在现实世界中难以实现的"白日梦"。从历时性角度考察，有一点显得相当清晰，中国通俗小说中非情节手段的运用，有一个从无到有、从少到多、从不自觉到自觉的逐步成熟、完善的过程，并非一出生就带有的胎记。[2]

二、初具话本的文本体制

由"入话"、正文、结尾三部分组成的叙述结构，韵散结合的叙述文体，以韵语结尾的方式，均是宋元话本小说的文本体制特点。"入话"位于篇首，所谓"入话"，指在正文故事即正话之前加一个小故事、一连串

---

[1] 按叙述学观点，叙述者与作者不同，但因为中国话本小说有其独特的生产、表演方式，当说书人就是作者时，两者也会同一。

[2] 按照叙述学观点，非情节因素属于话语层面，因为叙述者的评论、干预、指点等均不属于故事世界，故事里任何人不可能以任何办法得知。

的诗词或者一段议论，是导入故事正传的闲话，是作品的附加部分，入话与正话之间的联系一般是一种意连，它开始源于现场演出的需要，后来作为口头文学的遗存积淀在书面作品中。其发端可以追溯到敦煌话本小说，卷首完整的《庐山远公话》与《韩擒虎话本》为我们提供了宝贵的文献样本。如《庐山远公话》开首云："盖闻法王荡荡，佛教巍巍，王法无私，佛行平等，王留政教，佛演真宗。皆是十二部尊经，总是释迦梁津。"泛论佛理，总括全篇，似可移易于讲说佛教内容的其他话本之前，敦煌变文的押座文也有可以通用的，像这样可以"通用"的"入话"在后世短篇话本小说中很常见。《韩擒虎话本》开头说："会昌帝临朝之日，不有三宝，毁拆伽蓝，感得海内僧尼，尽总还俗回避"，虽然语言简短，却交代了时代特征，以引出下文。两篇敦煌话本的卷首语，都是正话前的附加成分，具有宋元话本中以议论为"入话"的性质。

韵散结合之体制是指用韵文或赋体描写景物，用散文叙述故事推动情节的发展。韵文包括诗、词、骈文、偶句等，在正话中，一般处于疏通衬托的地位，是整个话本的组成部分。在敦煌话本小说中，《庐山远公话》中韵文最多，其次是《叶净能诗》和《秋胡小说》，《韩擒虎话本》《唐太宗入冥记》中没有使用韵文。受题材限制，《庐山远公话》的许多韵文是以偈语的形式出现，借以宣扬佛理。云庆在惠远被劫为奴后所作偈语："我等如飞鸟，和尚如大树。大树今既移，遗众栖何处？化身何所在，空留涅槃句。愿垂智慧灯，莫忘迷去路。"抒发了他痛失恩师的迷惘无助之心情。崔相公说"八苦交煎"时引用的表现佛理的大师偈语："薄皮裹脓血，筋缠臭骨头。从头观至足，遍体是脓流。""今年定是有来年，如何不种来年谷？今生定是有来生，如何不修来生福？""自从旷劫受深流，六道轮回处处周。若不今生猛断却，冤家相报几时休。"惠远讲"四生十类"时引用大师偈语："身生智未生，智生身已老。身恨智生迟，智恨身生早。身智不相逢，曾经几度老。身智若相逢，即得成佛道。"惠远作偈戒诸宫将字纸秽用茅厕之中，其云："儒童说五典，释教立三宗，誓愿行忠孝，挞遣出九农。《长扬》并五策，字与藏经同，不解生珍敬，秽用在厕中。悟灭恒沙罪，多生忏不容，陷身五百劫，常作厕中虫。"以上虽名偈语，实际是五言、七言诗，用以表现佛教义理。

宋元话本中，诗词韵语的安排，通常是以"正是""但见""怎见得""端的是"和"有诗为证"或者"常言道""俗语说""古人云"等话头引入。这些转换套语是由散文转入韵文的标志，也表现了"说话"伎艺的特点。韵文或静止地描绘品评环境、服饰、容貌等细节，或描写品评一个重要行动的详情，起烘云托月的作用，以补散文叙述的不足，加强艺术形象的感染力，起到强调突出的效果，在表演时也起多样化的调剂作用。凡此均能在敦煌话本中找到源头，其中韵语并不推动情节的发展，而是用来作静态的景物描写，或重复散文的叙述。①粗略地看，可以将韵文描写分为自然景物的描写和人物肖像的描写两大类。

关于自然景物的描绘，用"且见"引起韵文是常见的格式。如《庐山远公话》中，鬼神助建化成寺后，是"且见重楼重阁，与忉利而无殊，宝殿宝台，与西方而无二。树木蓁林，蓊郁花开，不拣四时；泉水傍流，岂有春冬断绝。更有名花嫩蕊，生于觉路之傍，瑞鸟灵禽，飞向精舍之上"。还有先设问提请注意，后列诗赞以描述的，《庐山远公话》中，惠远初至庐山时，用"异境何似生"设问之后，以赋体写庐山之景："嵯峨万岫，叠掌（嶂）千层，崒屼高峰，崎岖峻岭。猿啼幽谷，虎啸深溪。枯松□（挂）万岁之藤萝，桃花弄千春之秀色。"这与《水浒传》中的"怎见得好雪？有《临江仙》为证"，"那冷气如何？但见"的句式很相似，同样是状物写景特有的格式。化成寺造成以后，惠远作偈描写景色道："修竹萧萧四序春，交横流水净无尘。缘墙薜荔枝枝绿，铺地莓苔点点新。疏野免教城市闹，清虚不共俗为邻。山神此地修精舍，要请僧人转法轮。"实为七言律诗，生动鲜活地描绘了庐山及化成寺幽静美丽、远离尘嚣。

对人物肖像的描写，《秋胡小说》中秋胡归省至桑园时，"秋胡忽见贞

---

① 参见萧相恺：《关于通俗小说起源研究的几个问题的辨证》，载《复旦大学学报》1993年第5期。又见曾锦漳：《中国讲唱源流小说的艺术特色》，载《中国人文学报》1995年第1期。

妻，良久占相，容仪婉美，面如白玉，颊带红莲，腰若柳条，细眉断绝。"又以秋胡的赠诗写妻的美貌："玉面映红妆，金钩弊采桑。眉黛条间发，罗襦叶里藏。颊夺春桃李，身如白雪霜。"《庐山远公话》中白庄劫惠远为奴时，"于是白庄子细占视惠远，心生爱慕，为缘惠远是菩萨相，身有白银相光，身长七尺，发如涂漆，唇若点朱。"惠远卖身给崔相公时，草标上文字对其形貌的描写："身长七尺，白银相光，额广眉高，面如满月，发如涂漆，唇若点朱。行步中正，手垂过膝。"这和后世通俗小说的人物肖像描写极为相似，如《三国演义》第一回张飞的出场："玄德回视其人：身长八尺，豹头环眼，燕颌虎须，声若巨雷，势如奔马。"再如刘备看关羽的形貌："身长九尺，髯长二尺；面如重枣，唇若脂；丹凤眼，卧蚕眉：相貌堂堂，威风凛凛。"可见，宋元话本叙述故事时，往往穿插一些诗歌、赋赞之类，或形容人物，或描绘景色，或作引证，形成散中有韵的特点，在敦煌话本中已开先河。

以韵语结尾的体制。《庐山远公话》残佚的篇尾诗，"诸幡动也室铎鸣，空界唯闻浩浩声。队队香云空里过，双双宝盖满空行。高低迥与弥勒等，广阔周圆耀日明。这日人人皆总见，此时个个发心坚。"描述惠远上生兜率的情景，以为收束。《叶净能诗》篇末收束："朕之叶净能，世上无二。道教精修，清虚玄志。炼九转神丹，得长生不死；服之一粒，较量无比。元始太一神符，即能运动天地；要五曹唤来共语。呼五岳随手驱使，造化须移则移，乾坤要止则止。亦能将朕月宫观看，复向蜀川游戏。朕兴异心，干戈备矣：呼之上殿，都无忌畏；问之道术，奏言无比；锋刀遍身，投形柱里；相之无处，宁知其意。剑南使回，他早至彼；令传口奏，能存终始。朕实辜卿，愿卿知意。遥望蜀川，空流双泪。开辟已来，一人而已。与朕标题，列于清史。"简直是用韵语形式作的叶净能赞，其中将叶净能制约宇宙、移动乾坤的法力大为颂扬一番，并将后半部的主要情节概述一遍，两作分别代表了不同的以韵语收束话本的方式。《韩擒虎话本》卷尾残缺，但在"画本既终，并无抄略"前，有"皇帝一见，满目流泪，遂执盏酹酒祭而言曰"，似乎缺少结束的韵文，原貌已不得而知了。①

三、开拓后世小说的内容题材

关于南宋说话四家数的划分，学者们主要依据《都城纪胜·瓦舍众伎》《梦梁录》卷二十《小说讲经史》条的记载。然而，两书所载，段落不明，句读歧异，导致对四家数的看法不一、众说纷纭，其中以胡士莹先生的说法得到多数人的认同，他将四家分为：1. 银字儿。2. 说铁骑儿。3. 说经和说参请。4. 讲史书。②笔者也信从是说，不仅因为胡先生论证翔实有据，而且清人翟灏《通俗编》卷三十一"俳优"条引耐得翁《古杭梦游录》与其正同。③世情小说、英雄传奇、神魔小说、历史演义四大流派的划分即滥觞于此。

从类别看，宋元"说话四家"中的三家在敦煌话本中已初显端倪，《秋胡小说》采自民间传说，很少对神魔等超现实景象的虚幻描写，主要通过现实的描绘反映人情世态，其中秋胡妻对爱情的坚贞，对婆婆的勤心孝养，秋胡的自私自利、富贵忘妻，展示了"痴心女子负心汉"的悲剧。与"极摹人情世态之歧，备写悲欢离合之致"的"小说"在题材方面相似。《韩擒虎话本》融合前代书史文传与民间传说加以铺演，详细描绘了隋朝著名将领韩擒虎传奇的一生，他十三岁时即在平陈战役中两番大破任蛮奴的阵法，生擒陈王，又两次比箭获胜，大长隋朝威风灭北番锐气，死后作阴司之主。在题材方面，类似于"讲史"，是后代历史演义小说的先声。值得注意的是，从具体写法看，"讲史"主要以表现史事为主，不以描摹人物见长，而《韩擒虎话本》却主要写主人公的传奇经历与命运，着重刻画韩擒虎的传奇英雄形象，重大史实基本作为表现人物的时代背景出

---

① 李骞：《唐话本初探》，载周绍良、白化文编《敦煌变文论文录》，上海古籍出版社1982年版。

② 胡士莹：《话本小说概论》，中华书局1980年版，第107页。

③ 宁恢：《南宋说话四家研究评析》，《社科纵横》1997年第2期。

现，这又与写梁山英雄的《水浒传》、写隋唐英雄的《隋史遗文》《说唐全传》等英雄传奇关系密切，因此它同样是英雄传奇小说之嚆矢。《庐山远公话》写惠远讲经修行，偿还宿债，上生兜率的一生遭际，从描写讲经的篇幅看，应是"讲经"话本，或至少是在"讲经"话本基础上的再创作。它与《叶静能诗》一样，无论在丰富、浪漫的想象，神奇、夸诞的描写，宗教题材的选择上，都对后世神魔小说有着深远的影响。

从个案看，《庐山远公话》在元代大致依原样流传。①而《唐太宗入冥记》《秋胡小说》《韩擒虎话本》《叶净能诗》中的重要情节，在后世通俗叙事作品中均有所表现，有的承继关系较为密切，有的则受到颠覆式演绎。《唐太宗入冥记》中的入冥故事，《永乐大典》所载"梦斩泾河龙"，元代杨显之《刘全进瓜》杂剧，明代吴承恩《西游记》，清代褚人获《隋唐演义》均有演述。其中以《西游记》为最优，影响也最大，它直接选取这个题材加以创造性的改造和发挥，使情节更丰富，结构更严谨，创作出第十回"魏丞相遗事托冥吏"，第十一回"游地府唐太宗还魂"，第十二回"唐王秉诚修大会"，以此作为整个取经故事的由头，起到取经故事楔子的作用。在入冥故事的流传中，人物形象不断得到改造、修正，崔判官不再是贪贿好名之徒，而是通情达理之人，唐太宗一片仁心想救龙王，不知情而让魏征在睡中斩龙，错不在己。韩擒虎故事在清代褚人获《隋唐演义》中亦有演述，其事在第一回"隋主起兵伐陈"里文字简略，显然来自《隋书》系统，反不如话本精彩生动。清人民间艺人编撰的《说唐全传》也主要以《隋书》系统为蓝本，只有一处透露出与《韩擒虎话本》的关系，如第十六回说韩擒虎："十二岁打过虎，十三岁出兵，曾破番兵十万，……后归隋朝，封为齐国公。"十三岁出兵的夸诞描写，与《韩擒虎话本》中的描写一致，至于十二岁打虎的传说就更是民间夸大之言了。有学者认为："而《韩擒虎话本》的主要故事情节，还直接被英雄传奇小说《说唐全传》所袭取。"②夸大了两者之间的承继关系。《叶净能诗》中唐明皇游

---

① 周绍良：《读变文札记》，《文史》第7辑。

② 纪德君：《中国历史小说的艺术流变》，中国社会科学出版社2002年版，第12页。

月宫的故事，在后代通俗叙事文学中常有演述，是热门题材，元代王伯成的《天宝遗事诸宫调》，白仁甫的《唐明皇游月宫》杂剧均叙及此事。明代无名氏传奇《龙凤钱》、凌濛初《拍案惊奇》卷七"唐明皇好道集异人"、清代褚人获《隋唐演义》第八十回和第八十五回也都演述了这一故事。在后世演述《秋胡小说》情节的有：元代石君宝《鲁大夫秋胡戏妻》、京剧《桑园会》。两作均将故事改为大团圆结局，使悲剧变成了喜剧，尤其《桑园会》以"有意试妻"来建构喜剧性情节冲突，与敦煌本《秋胡小说》原意已相去甚远。①

四、丰富后世小说的艺术方法

敦煌话本小说处于草创阶段，从总体看，艺术成就不算很高，有时显得比较幼稚，不够成熟。但它们在艺术上也有许多值得借鉴的成功经验，对后世通俗小说的影响主要表现在创作原则、情节布局、人物塑造方法乃至具体场面的描写等方面。

敦煌话本为历史演义小说奠定了创作原则。如何处理史实与虚构的关系，是历史演义小说必须面对的根本问题，直到1984年《三国演义》研讨会对此还有激烈争论。②作为历史演义小说的开篇之作，《韩擒虎话本》以其成功的艺术经验，表明了历史演义小说应该遵循的创作原则。历史学家恪守实录原则，小说家遵从虚构信条，两者之间存在本质差别。美国理论家克林斯·布鲁克斯曾指出："历史学家心中所关注的，就是去发现这些事实所包含的那种模式（和旨趣）；小说家可以根据他心中想要表现的人的行动和价值的方式，去选择或者'创造出'一些事实来。"③追求真实是

---

① 高国藩说："敦煌本秋胡的形象最明显的特点，是采取有意戏妻的试妻结构来表现的。"见《敦煌本秋胡故事研究》，《敦煌研究》1986年第1期。按：事实并非如此，叶爱国已著《秋胡有意戏妻吗?》一文反驳，见《敦煌研究》1991年第3期。

② 赵庆元：《演义成败话三国》，安徽文艺出版社2001年版。

③ 克林斯·布鲁克斯、罗伯特·潘·华伦编《小说鉴赏》，主万等译，中国青年出版社1986年版，第65页。

史学家和小说家的目标，但真实对他们来说，有完全不同的内涵，史学家要求的真实，必须与事实相符，小说家要求的真实，必须与情理相符，却未必符合事实。历史演义小说具有两栖的特点，在大的史实上必须尊重历史，不能妄加改动，也不能完全被历史粘住想象的翅膀，在具体情节关目的设置上，可以选择、创造出一些"事实"，以表现自己的价值情感和审美意趣。对历史演义的这一特点，明代可观道人有精当概括："虽敷演不无增添，形容不无润色，而大要不敢尽违其实。"①历史演义作为一种骑墙文体，受历史、小说两方面的约束。受历史制约的一面是大的史实要顾及历史原貌，超越历史束缚的一面是可以根据自己的价值理想虚构、创造出一些事情。鲁迅先生说得好："大抵史上大事，即无发挥，一涉细故，便多增饰。"②

《韩擒虎话本》里的重大历史事件都于史有据，不敢偏离。如杨坚代周自立、韩擒虎、贺若弼为伐陈主力，任蛮奴降于韩擒虎、陈王为擒虎俘获等事件，均与史实基本吻合，保证了源于历史的特性。为了塑造传奇英雄形象的需要，作者充分发挥创造力和想象力，采用"扬韩抑贺"的方法，或"移花接木"，或"无中生有"，刻画出熠熠生辉的人物形象。③把贺若弼战败任蛮奴事移植于韩擒虎，并幻设出精彩绝伦的斗阵、破阵等情节，有力彰显了其精于韬略的战略家形象；又将长孙晟、崔彭善射事嫁接在韩擒虎身上，并予以浓墨重彩地描绘，成为刻画其神勇威猛形象的点睛之笔。④经过艺术虚构和文学加工，韩擒虎已不是历史人物的再现，而成为崭新、鲜活的艺术形象。《韩擒虎话本》以其成功的艺术经验，确立了历史演义应遵循的创作原则，并在后代蔚为大观的历史演义小说得到广泛

---

① 可观道人：《新列国志叙》，引自孙逊、孙菊园编《中国古典小说美学资料汇粹》，上海古籍出版社1991年版，第66页。

② 鲁迅：《中国小说史略》第十二篇《宋之话本》，人民文学出版社1973年版，第91页。

③ 张锡厚：《敦煌话本研究三题》，《社会科学》1983年第2期；又见张锡厚：《敦煌文学源流》，作家出版社2000年版，第485页。

④ 见《隋书·韩擒虎传》《隋书·长孙晟传》《隋书·崔彭传》。

继承和发挥，开辟了一条历史演义、英雄传奇小说创作的新路，影响极为深远。从接受心理的角度，清人金丰总结过历史演义的审美效果："苟事事皆虚，则过于诞妄，而无以服考古之心；事事皆实，则失于平庸，而无以动一时之听。"①《韩擒虎话本》体现出来的"大事不虚，小事不拘"的精神，确保了历史演义小说的"两栖"特性。

敦煌话本塑造人物的艺术方法也为历史演义、英雄传奇小说提供了可资借鉴的艺术经验。"同向合成"法在《韩擒虎话本》《叶净能诗》《庐山远公话》中均有运用，所谓"同向合成"是将性质相同或相近的性格、事迹结合起来，使人物的某些本质方面沿着同一方向增长、加强，从而得到强烈的艺术表现。②《韩擒虎话本》捏合了贺若弼、长孙晟、崔彭等人的事迹，《叶净能诗》捏合了叶法善、罗公远、张果等事迹，《庐山远公话》捏合了道安、道生等人的事迹，使人物形象的鲜明性大为增强。这种抓住人物本质特性的"张冠李戴""移花接木"成为后世历史演义人物塑造的常用方法。例如，《三国演义》中，张翼德怒鞭督邮的情节移植自刘备，刘备挞督邮在《三国志·先主传》《典略》中都有记载。诸葛亮草船借箭的情节来源于孙权，《魏略》记载孙权乘船受箭，并非出于事前的谋划，其云："权乘大船来观军，公使弓弩乱发，箭著其船，船偏将覆，权因回船，复以一面受箭，箭均船平，乃还。"在《三国志平话》里移到周瑜身上，罗贯中笔下，又移到了诸葛亮身上。关羽温酒斩华雄的情节移植自孙坚，《资治通鉴》汉纪五十二和《三国志·吴书·孙破虏讨逆第一》载，华雄是"（孙）坚出击，大破之，枭其都督华雄"。历史重在真实，小说重在情趣，通过"同向合成"法的使用，人物的性格、气质得到了净化、强化。另外，元代公案剧里的包公、张鼎等清官、廉吏，都是作为"箭垛式"人物来塑造的，许多神异、动人的情节都移植于他人，与人物原型无关，却使人物形象放射出理想的光辉，实际也运用了"同向合成"法。

---

① 金丰：《说岳全传序》，载孙逊、孙菊园编《中国古典小说美学资料汇粹》，上海古籍出版社1991年版，第69页。

② 马振方：《小说艺术论》，北京大学出版社1999年版，第90—91页。

　　以强衬强的"正衬"手法的使用在敦煌话本里也较为突出，并在历史演义、英雄传奇中得到承继，大放异彩。清人毛宗岗曾指出此法的美学效果："譬如写国色者，以丑女形之而美，不若以美女形之而觉其更美；写虎将者，以懦夫形之而勇，不若以勇夫形之而觉其更勇。"①确实，《三国演义》写诸葛亮的神机妙算，先后通过曹操、周瑜、司马懿等卓越军事家来"以强衬强"，有声有色地加以表现，此谓"智与智敌"；写关羽的神勇无敌，就以华雄、颜良、文丑咄咄逼人的声势来烘托，此谓"勇与勇敌"。然而，这种方法并非《三国演义》作者的发明，而是在敦煌话本里已得到运用。《韩擒虎话本》里"智与智敌"反映在平陈战役中，任蛮奴乃绝代名将，先后两次在排阵、斗阵中败给韩擒虎，以此表现韩擒虎的精通韬略；"勇与勇敌"则反映在殿前比射中，前有蕃使、贺若弼的精湛射术作为铺垫、蓄势，更能显出韩擒虎神乎其技的"劈笴箭"之威力与声势。②《庐山远公话》中，道安讲经感得天花乱坠、五色云现，听众踏破讲筵，不得不采用纳绢、纳钱的方式加以制约，但仍然人满为患。从后来他与惠远的论难看，其实也是运用了"正衬法"来突出惠远讲经的神奇效果，及其对《涅槃经》准确、精深的理解。

　　就具体的场面描写而言，以往的小说从来没有描写过两军交锋互斗阵法的场面。应该说，历史演义、英雄传奇、神魔小说中排兵布阵的描绘，物物相克的破阵描写均发轫于《韩擒虎话本》。在韩擒虎、任蛮奴的第二次交锋中，写了阵法的相生相克，以阵破阵的情景，先是蛮奴心生不忿，排出"引龙出水阵"，然后是韩擒虎排"五虎拟山阵"大破之，此阵的威力是"蛮奴一见，失却隋家兵士，见遍野总是大虫，张牙利口，来吞金陵"。如此浪漫夸饰又非常具象的描写在后世演义、英雄传奇、神魔小说

---

　　① 罗贯中著，毛宗岗评：《三国演义（注评本）》第45回批，上海古籍出版社2014年版，第437页。

　　② 朱彧《萍洲可谈》卷三"伶人讥典帅王恩不习弓矢"："王德用为使相，黑色，俗号'黑相'。尝与北使伴射，使已中的，黑相取箭焊头一发破前矢，俗号'劈笴箭'。"朱彧、陆游撰，李伟国、高克勤校点：《萍洲可谈　老学庵笔记》，上海古籍出版社2012年版，第57页。

中得到更为充分的继承和发挥。例如《新刊全相平话前汉书续集》卷上："周勃领圣旨，即排一阵，名蛟龙混海：势如蟠螭，屈屈两口，压阵四面旗；睹前排长枪当锋，后列弓弩攻威。陈豨排一阵，名大鹏金翅阵：头如铧觜，两翅似征旗遮阵。闪出杂彩旗；点布青红白黑黄。阵圆如飞鹏振翅，军马似竹笋，准备与汉军交战。"结合阵名将阵势作拟物化夸诞、形象描写的方法，显然与《韩擒虎话本》一脉相承。就阵名的虚拟来看，其间的传承关系更为清晰明了。例如，《新刊全相平话武王伐纣书》（卷下），姜太公摆"五虎阵"迎战崇侯虎；《新刊全相平话乐毅图齐七国春秋后集》（卷上），邹坚排下"五虎靠山阵"迎战张奢，邹文简排"青龙出水阵"对乐毅的"靠山白虎阵"，同书卷下孙子摆"青龙出水阵"；《新刊全相平话秦并六国》（卷上）项梁摆下"五虎离山阵"攻击王贲，同书卷中燕兵布下"五虎离山阵"。其中，"五虎靠山阵""五虎离山阵""青龙出水阵"的名号，与《韩擒虎话本》中的"五虎拟山阵""引龙出水阵"何其相似乃尔！其间的联系恐怕不是偶合所能解释。《韩擒虎话本》的斗阵描写虽较为简单，却为这类描写开了个好头，在后世的历史演义、英雄传奇中，各种阵法越来越翻空出奇、斑斓多彩，阵名也越来越五花八门、千奇百怪，各种阵法甚至可以互变以迷惑敌手，这些均是在前者基础上的发展与创造。

敦煌话本采用清晰完整的线性叙述，具有统一完整的结构，并善用悬念来使故事情节曲折跌宕。后世小说的两种整体结构模式——单体式和连合式（《叶净能诗》），在敦煌话本中均有，其影响自不必说。《庐山远公话》以佛教的"三世果报"思想为构建主体情节的观念框架，惠远被白庄劫为下人，被卖给崔相公，与道安说法论议等重要情节都是在这一情节框架下得以整合的，如此处理使惠远故事显得较为紧凑、完整。这种为故事情节设定外在观念框架的作法可以使结构布局显得集中、合理，对后世通俗小说的创作有深远的影响，进而成为一种颇具民族特色的情节建构技巧。如宋元时期的《三国志平话》，把魏、蜀、吴三国的百年纷争，解释为刘邦、韩信、彭越、英布等人前世之因，在今世的果报不爽。清人钱彩等著的《说岳全传》，卷首预设了前世的因果报应，解释岳飞与金兀术、岳飞与秦桧之间的纷繁复杂的民族矛盾和忠奸矛盾。就连《红楼梦》这样伟大的小说，也于第一回预设了神瑛侍者与绛珠仙子的"还泪"之说，以此暗示人物的命运。应该说，相比之下，《庐山远公话》只以"三世因果"观念整合了主体部分的情节，并未完全统摄其他故事，还较为幼稚、简单，但这毕竟是在通俗小说创作中首次运用，提供了一种影响深远的情节整合方法，成为后世通俗小说常用的结构布局技巧。

结　语

作为中国古代小说的重要形式，敦煌话本小说在唐代即已产生，填补了古代小说由志怪、传奇向通俗小说转变的空缺，是非常珍贵的文学史料，代表了中国通俗小说的最初形态。它以丰富的内容题材和独特的艺术形式，拓展了叙事文学的领域，开辟了中国古代小说的新道路，为宋元话本及其后长篇章回小说的产生奠定了坚实的基础，深刻地影响了后代叙事文学的发展、演进，在中国文学史上具有划时代的意义，值得小说研究者深入地研究。

［本文2003年收到《敦煌研究》录用通知，后因编辑部人事变动未发表］

热腔骂世与冷板敲人

——《聊斋志异》《儒林外史》对八股科举制度态度之比较

科举制度始于隋朝、兴于唐朝，这种选拔制度打破了"上品无寒门，下品无势族"的界限，为知识分子提供了通过努力读书步入上层的机遇，让他们有了"朝为田舍郎，暮登天子堂"的愿景，在历史上曾起过进步作用。然明清以降，以八股取士，内容限于《四书》《五经》，程式拘于八股，科举的落后性的一面已经暴露无遗。清代经典小说《聊斋志异》和《儒林外史》都对之进行了不遗余力的揭露和鞭挞，虽然《聊斋志异》是文言短篇小说集，《儒林外史》是白话长篇小说，体制有别，深度有异，但是两部作品对八股科举制度都有深入的反思，具有较强的可比性。从此切入，笔者比较了两作对八股科举看法的异同，审视八股科举的毒氛及文人的逐步觉醒。大而言之，蒲松龄是以"个中人"的心态，控诉着八股科举的不公，热腔骂世，冀望改良；吴敬梓则以"过来人"的心态，暴露着八股科举的腐败，冷板敲人，与之决绝。

科举之弊与科举如同一枚硬币的两面，从一开始就相伴相生。明清两朝，以八股取士，科举在历史上的进步性业已逐渐淡化，而其腐朽性则暴露得更加明显。《聊斋志异》和《儒林外史》都揭示了八股科举造成的恶果。聂绀弩先生曾指出："以致可以说，《聊斋》里面有一部《儒林外史》，甚至可以说，某些地方，连《儒林外史》也不及它的痛切。"[1]就两

---

① 聂绀弩：《〈聊斋志异〉三论》，《中国古典小说论集》，上海古籍出版社1981年版，第252页。

作对八股科举各方面危害的揭露而言，笔者同意这段话的前半句。《儒林外史》对八股科举危害的描述，《聊斋志异》都已基本触及（虽有深浅之别），而这正是许多论者所忽视的。

科举在原则上为儒生们搭建了公平竞争的平台，而这一点在明清两朝也被破坏殆尽，因而造成大批士子才不获展、进身无门、赍志以没。对此，蒲松龄有切肤之痛，能明察秋毫。他描绘了因科举不公而造成的"陋劣幸进而英雄失志"的现象。《叶生》中，叶生"文章词赋，冠绝一时"，深受邑令丁乘鹤赏识，却屡困场屋，以至抑郁亡身。《贾奉雉》中，贾奉雉"才名冠一时"，而"试辄不售"，其后鬼使神差，以平日粗滥不堪之句连缀成文，竟中经魁。其他如《三生》《于去恶》《司文郎》中无不反映了类似的事实。面对是非颠倒、朱紫莫辩的科场，蒲松龄掩饰不住内心的愤懑，矛头直指考官，痛斥考官或为不学无术的"师旷式"的盲试官，或为贪赃枉法的"和峤"式的钱财迷。他对前一类群体抨击尤力，可见，作者意识到这是普遍现象，认知颇具深度。《儒林外史》对科举的不公亦有所涉及。如周进当了学道后，凭主观好恶，随意点黜，杂学旁搜的举子皆遭惩罚。审阅范进之文时，先觉不通之极，再读不过尔尔，三读竟觉得字字珠玑，根本无客观标准可言。范进做了考官，竟然不知苏轼是何人。这些考官除了读几本八股选本，胸无点墨，他们衡文选拔人才，岂不荒唐？同写科举不公，吴敬梓多用曲笔，在情节的自然流动中显示态度，冷峻而客观。

八股科举造就儒生普遍空疏无学。八股文体制僵化，且要"代圣贤立言"，毫无个人见解可言，加上应运而生的"程墨"选本畅销，士子甚至不读《四书》亦能考中。蒲松龄对此痛心疾首。《嘉平公子》通过人鬼相恋的故事，讥嘲"风仪秀美"而别字连篇的读书人，使女鬼都深以为耻，长叹"有婿如此，不如为娼"，悄然离去。这是何等辛辣的嘲讽，何等切齿的热骂。《苗生》中，从苗生的视角，描绘了一帮俗不可耐、互相吹捧的腐儒酸丁，他们互诵闱中之作，刺刺不休，苗生蔑称："此等文只宜向床头对婆子读耳，广众中刺刺可厌也！"苗生怒而化虎扑杀诸生，通过简单的情节，作者一吐胸中的深广忧愤。《儒林外史》中，张静斋信口雌黄，把八股科举的制定者刘基说成洪武三年的进士，把赵匡胤雪夜访赵普之事附会到朱元璋和刘基身上，汤奉、范进不知就里，随声附和。号称选本行销华北五省的匡超人，竟然不知"先儒"是指已过世的儒者，受到质疑居然死不承认。老选家马二先生没有一点审美能力，他游西湖全无会心，只说出："真乃'载华岳而不重，振河海而不泄，万物载矣'！"这样的冬烘之语。他不知道李清照、苏若兰、朱淑真是何人。这些儒生们知识贫乏得惊人，眼界狭窄得骇人。相比之下，蒲松龄痛感斯文之扫地，儒生之俗烂，热嘲之意显见。他往往抑制不住情绪，跳出来发言，或借人物之口表态，如狂涛之怒卷。吴敬梓则见惯不惊，冷讽之意时出，在精彩纷呈、纡徐舒缓的叙述中寓机锋，如潜流之暗涌。

八股科举引发了许多社会问题，如毒化社会，腐化吏制等，然而最让人痛心的是它对士子心灵的戕害、精神的扭曲和人格的践踏。蒲松龄对此亲历亲闻，感受非常痛切。《王子安》中，主人公久困场屋，困顿异常，一日醉后，竟因郁结而产生迷幻，梦见自己点了翰林，"自念不可不出耀乡里"，便大呼长班。其精神的变态、人格的贬损可笑复可悲，可怜复可憎。《叶生》中，叶生赍志而没后，竟然魂从知己，倾囊传授丁公子制艺之术，使其连战连捷，以证明自己半生沦落是命薄而非战之罪，博得阿Q式的自慰，这种死而不已的科举情结，可敬耶？可悲耶？《儒林外史》中，周进、范进中举前受尽了社会的冷落和亲人的白眼，长期隐忍着欺凌侮辱而愚昧麻木，将全部的人生价值和意义维系在科举之上。长久难释的郁结形成严重的心理病症，以致演出了周进头撞贡院号板，范进闻喜报而发疯的悲喜剧。这种心理不健康的失态凝聚着多少青春的浪费和心灵的荼毒啊！不仅如此，八股余炽还祸及妇孺，鲁小姐是精通八股的另类才女，其梳妆台上都摆着八股文章，她的丈夫蘧公孙对八股文不甚在行，她就寄希望于儿子，每天拘着四岁的儿子熬夜读八股。匡超人在参加八股科举之前非常纯朴善良，孝顺父母，在马二先生指引下，读八股考功名，进入名士圈，转变成厚颜无耻、忘恩负义的骗子，背叛了自己的两个恩人——马二和潘三。由此可知，八股科举对正常的人情人性、良知良心的凋残、摧挫达到何等程度，吴敬梓对八股余毒危害的揭示令人扼腕叹息，如暮鼓晨钟、振聋发聩，让人警醒，这正是吴敬梓比蒲松龄深刻的地方。

综上可见，《儒林外史》中对八股科举危害的暴露，在《聊斋志异》中基本上都涉及了，由此说《聊斋》里有一部《儒林外史》很有见地。但若说《儒林外史》不及《聊斋》痛切，则不敢苟同。

两作的重大分野在于对八股科举制度本身的看法。如果说蒲松龄对八股科举制度毫无保留地赞同，有些厚诬前贤。《贾奉雉》中，贾生力主文章"贵乎不朽"，不愿以烂八股苟合取容，作者借郎生之口说："帝内诸官，皆以此等物进身，恐不能因阅君文，另换一副眼睛肺肠也。"鄙夷之情溢于言表。冯镇峦认为《叶生》是"聊斋自作小传，故言之痛心"[1]。叶生以"文章词赋"著称，其他一些困于场屋的才子形象基本也是擅长诗词歌赋的，这应该一种有意的安排。蒲松龄本人除制艺之外亦博闻强记，致力于诗词、俚曲等文体的创作。因此，笔者认为，蒲松龄隐约朦胧地意识到以八股取士束缚士子才情，不能全面考察人才。但也只是到此为止，理性自觉的开拓尚未真正展开。蒲松龄在反映八股科举的流弊时，融入自己的闻见感受，字字血泪，写来感人至深。然而他关注的焦点在于科场的不公正上，因此批判科举制度只定位在具体的操作者上，即考官的无能和贪赃。他对八股科举的认识尚未超越感性的层面，换言之，即还未上升到对制度本身的批判。美国社会心理学家韦纳说，如果我们把失败归因于不稳定因素，那么期望不会因失败而变化，我们会再试一次希望成功[2]。蒲松龄即是如此，他将考生的失败归因于试官及命运等不稳定因素，所以对瞎眼考官的抨击尤其激切、猛烈。如《司文郎》中的盲僧对王生落榜而余杭生高中的现实，大发感慨："仆虽盲于目，而不盲于鼻；帝中人并鼻盲矣。"衡文的考官不但眼睛瞎鼻子也瞎，这是何等入骨的谩骂。由于蒲松

---

① 蒲松龄著，张友鹤辑校：《聊斋志异（会校会注会评本）》，上海古籍出版社1986年版，第85页。

② 转引自周晓红：《现代社会心理学》，上海人民出版社1997年版，第215页。

龄身历其中，体会深刻，语语击中要害，酣畅动人。蒲松龄痴迷科举，五十多岁"犹不忘进取"，甚至年逾花甲尚"白头见猎犹心喜"。他之所以九死未悔地追求科场得意，是因为坚信自己的落拓不遇由眼鼻俱盲的考官酿成，而与制度本身无关。失志落魄时，他带着切肤之痛，怀着满腔悲愤控诉着八股科举。被推上受审席的是具体的考官，真正的罪魁祸首——八股制却逍遥法外。他站在科举迷的立场看，是局内人，虽然"到底意难平"，却相信这只是"美中不足"。于是，在《考城隍》中，作者幻设出阴间有个公平的八股科场，人尽其才，以满足自己的"白日梦"。在《叶生》中，借叶生死后再战夺魁，以恢复屡试不售造成的心理失衡，确证自己的八股实力。在《新郑讼》中，更公然为八股文辩护"谁谓文章无经济哉"。可以设想，在蒲松龄心中，只要八股科举遵从公平竞争的原则，只要考官有能力且公正，这种制度仍然是无可厚非的。不难发现，《聊斋志异》许多篇章里的才子科场失意均被归因于命运不济。蒲松龄终身沉迷科场，可谓"衣带渐宽终不悔"，他载着微茫难求的信念，坚韧地一次次尝试，渴望遇到伯乐式的主考。可惜，在残酷的现实面前，希望一次次被粉碎。这是个人的悲剧，更是八股文化熏染下普遍的社会悲剧。

蒲松龄对八股制是基本认同的、亲和的，吴敬梓则是彻底否定的、反叛的。吴敬梓是理性气质很浓的文学家，在充满血泪的事实教训下，三十六岁就勘破科场的污浊和八股制的不合理，绝意仕进，笑傲泉林。他经历了看重科举，看轻科举到与之决裂的人生三部曲，他将考生失败归因于八股制这一稳定的因素，因而不再困惑，不再迷茫。勃兰兑斯说："文学史，就其最深刻的意义来说，是一种心理学，研究人的灵魂，是灵魂的历史。"①对于具体作品，亦当作如是观，由范进到杜少卿，由灵魂的拷问到彻底的清醒是吴敬梓的心路历程。因此，他才尖锐地质问："如何父师训，专储制举才？"②他才在小说开篇伊始就否定八股科举制，程晋芳在

① 勃兰兑斯：《十九世纪文学主流》（第1分册　流亡文学），张道真译，人民文学出版社1980年版，第2页。
② 王又曾：《丁辛老屋集》卷十二《书吴敏杆〈文木山房诗集〉后》注引吴敬梓佚诗。

《文木先生传》中说:"生平见才士,汲引如不及;独嫉时文士如仇,其尤工者,则尤嫉之。"①可见吴氏认识到八股制是罪恶的渊薮,他秉持公心,不仅批判科举不公、考官无能,而且深入到对制度不满的层面。小说开头借王冕之口说:"这个法却定得不好。"批判的锋芒所向,是"法"即制度本身的不合理与腐朽,而不是具体操作者的无能。吴氏的机锋所指是八股的内容狭窄、程式僵化对人才的毁灭,及其引起的"一代文人有厄"的严重危机。在这种制度下,只会生长出像张静斋、严贡生、匡超人这样的"恶之花"。这种制度下遴选造就的人才,只能是不明本朝历史,不识苏轼何人,不知"先儒"何义的低能、愚蠢之辈,只能是大堂上响着"板子声、算盘声、戥子声"的凶狠贪婪之徒,只能是作诗都用"且夫""尝谓"等八股字眼的浅陋、粗疏之流。此外,吴敬梓钦慕魏晋名士的放任达观、愤世嫉俗,敬仰阮籍以身对抗名教的风范,加之颜李思想的濡染。这一切,使吴氏能跳出牢笼之外,保持适度的距离看清八股科举,揭批自觉、深入,能够一针见血地指出八股科举制度的腐烂与霉变,成为高举反八股科举大旗的斗士。

两相比较,蒲松龄不识八股真面目,"只缘身在此山中",是入而未能出,对科举制度本身的看法是肤浅的、皮相的;吴敬梓则在局外冷眼旁观,故看得真切,是入而能出,因此对问题的认识是深刻的、本质的。

两作创作方法与笔法的差异造成了"骂世"与"醒世"两种大相径庭的接受效果。《聊斋志异》主要采用浪漫夸饰的创作方法,真幻相生,迷离恍惚,运用大胆的夸张和变形来突出事物的本质,给读者留下深镌难磨的印象。在《司文郎》中,盲僧以鼻嗅文辨优劣的构思,想落天外,神思飞越,妙不可言。作者往往在作意好奇,幻设无端中,鞭辟入里地嘲讽无能的考官。在《三生》中,因考官目中无珠而落第,愤懑而卒的士子,在阴间告状,要挖掉考官的双眼,以为"不识文之报",将对盲考官的义愤发泄无余。《叶生》中,叶生死后仍然能入场屋,一举高中,尽抒士子们

---

① 李汉秋编:《儒林外史研究资料》,上海古籍出版社1984年版,第12页。

落拓不遇的遗恨，精妙入神。

蒲松龄在《聊斋自志》中自云："遗飞逸兴，狂固难辞；永托旷怀，痴且不讳。"①他正是怀着这种"狂"与"痴"，讲述着诸多儒生在科场挣扎呻吟，惊心触目的人间悲剧。凡此种种，尚不足泄蒲氏之"孤愤"，他还在篇末的"异史氏曰"中，反复阐释其主旨，骂尽考官，希望彰显天道公理于天下。作者以被誉为"鬼之董狐"的干宝自比，用异史氏曰卒章显志，规摹史家笔法的意图显而易见。故何彤文说："至其每篇后异史氏曰一段，则直与《太史公列传》神与古会，登其堂而入其室。"②而且小说基本都用直笔、显笔，来传达作者的愤激和牢骚。然而从接受角度而言，尽管人物形象鲜明、丰满，尽管情节离奇、曲折，但过多运用直笔、显笔，几乎没有"空白"和"未定点"。从一定程度上剥夺了读者判断的权利，留下的回味、思索的空间相当有限，也影响了读者向纵深求索，这造成了力度有余而深度不足的接受效果，同时也是其主题不易误读的重要原因。

在《儒林外史》中吴敬梓采用高度写实的创作方法。作品中许多人物在现实生活中都有原型，是作者熟悉的，写来得心应手，游刃有余。作者在原型的基础上集中提炼，使之成为典型，增强了作品的辐射力与穿透力。通过周进、范进形象的塑造，写尽天下寒儒科场失利的辛酸和血泪。通过匡超人的堕落变质，控诉了八股科举对士子灵魂的鲸吞蚕食。在构思中，作者也不乏奇思妙想，但总能以深入本质的抽象和鲜活真实的形象，给人以强烈的震撼与冲击。无怪乎惺园退士说："其云'慎勿读《儒林外史》，读之乃觉身世酬应之间，无往而非《儒林外史》。'"③正是吴敬梓基于现实生活的高度写实和概括，才使沉迷科举

---

① 蒲松龄：《聊斋自志》，引自黄霖、韩同文选注《中国历代小说论著选》，江西人民出版社1982年版，第360页。

② 何彤文：《注聊斋志异序》，引自黄霖、韩同文选注《中国历代小说论著选》，江西人民出版社1982年版，第565页。

③ 惺园退士：《儒林外史序》，引自黄霖、韩同文选注《中国历代小说论著选》，江西人民出版社1982年版，第624页。

之人产生"对号入座"的恐慌。这对他们的本质揭示得实在太深刻了，连仅剩的隐私和尊严都暴露于光天化日之下，无怪乎《儒林外史》获得"烛幽洞微，物无遁形"的赞赏。这一切也得力于作者对史家笔法的仿效。书名为外史，实可谓明清时期读书人的正史、心史。他不同于《聊斋志异》对史迁笔法的规摹，而是对"春秋笔法"的效法。套用"孔子成《春秋》而乱臣贼子惧"，我们也可以说："吴敬梓成《儒林外史》而八股科举迷惧。"作者在小说中基本上以局外人的姿态，展示着一个个你方唱罢我登场的笑剧、闹剧，叙述的语调平缓而滞重。作者不急于表态，其言外之意只能在沉潜吟咏中体味，作者不急于介入，而是用曲笔、隐笔呈现出沉重、真实的生活剧，褒贬之意须于字里行间感悟。如果说《聊斋志异》中作者是显在的、讲述的，他站在窗口，告诉你这世界发生了什么故事，那么《儒林外史》中作者就是隐含的、展示的，他领你到窗口，让你自己看这世界究竟发生了什么。从接受的角度来说，作者只是将八股科举的痛疽割开来展示给你看，而不加任何评判，爱憎好恶却尽寓其中，从而形成一种"召唤结构"，引导启发受众，使其在欣赏中有无穷无尽的回味、思索，调动其审美的主动性与积极性，进行二度创作。如此看来，《儒林外史》可谓余味曲包，情韵绵邈了，这也是其主题至今聚讼纷争的症结所在。

笔者无意轩轾两作的艺术成就，也无意评判两作的优劣贤愚。蒲松龄、吴敬梓两人都看到、感受到八股科举的弊端，并把目光投射到这一社会热点问题，但在认知的深浅上却判然有别。蒲松龄重点写了科举的不公和考官的无能，只批判了具体的人和事，怀着当局者的愤激、怨恨热腔骂世，因而是感性的皮相之论。而吴敬梓则在此基础上进行了透析，怀着痛定思痛的沉静，主要揭批腐朽的八股制度本身，这种理性的反思备受后人击节赞叹。正如黄安谨所说："其实作者之意为醒世计，非为骂世也。"①以人为喻，《聊斋志异》所表现的痛切，是皮外伤引起

---

① 黄安谨：《儒林外史评序》，引自黄霖、韩同文选注《中国历代小说论著选》，江西人民出版社1982年版，第628页。

的苦楚，《儒林外史》所表现的冷峻，是机能坏死引发的无望。当然，认识的差异也与两人的身世际遇、气质风度、时代先后有关，兹不赘述。但是，我们可以说，若无蒲松龄奋进揭竿于前，可能就没有吴敬梓踵武超越于后。

[原载《明清小说研究》1999年第4期，辑入本书时有改动]

花开又被风吹落，月皎那堪云雾遮

——解读《婴宁》的文化意蕴兼与杜贵晨先生商榷

作为中国古代最经典的文言短篇小说之一的《婴宁》历来为读者与研究者所关注，其中表现的婚恋理念并无新颖之处，仅以婚恋小说视之似乎不够准确。蒲松龄所倾力打造的是独特的婴宁形象，将其作为性格小说解读更切合作品本旨[1]。清人喻焜早已指出其深层结构的多义性："仁见仁，智见智，随其识趣，笔力所至，引而伸之，应不乏奇观层出，传作者苦心，开读者了悟，在慧业文人，锦绣才子，固乐为领异标新于无穷已。"[2] 信哉斯言。寄寓作者孤愤的《婴宁》自然有多元解读之空间。以《庄子·大宗师》中的"撄宁"思想概括小说主题视角独特、发人深省，近年渐成一种主流意见[3]。其中杜贵晨先生论述斩截，具有代表性。其核心观点是

① 张稔穰、李永昶：《婴宁赏析》，引自《名家解读聊斋志异》，山东人民出版社1999年版，第135页。

② 喻焜：《聊斋志异序》，转引自朱一玄编《〈聊斋志异〉资料汇编》，南开大学出版社2012年版，第324页。

③ 赵伯陶先生认为婴宁的命名源自《庄子·大宗师》中的"撄宁"思想，见赵伯陶：《〈婴宁〉的命名及其蕴涵》，载《明清小说研究》1995年第1期。杜贵晨先生更进一步阐述了《婴宁》从达道的状态与达道的过程两方面演义了"撄宁"思想。袁行霈主编的《中国文学史》也汲取此观点（袁行霈主编：《中国文学史》，高等教育出版社1999年版，第320页）。袁世硕先生亦持相同看法，见马瑞芳：《神鬼狐妖的世界：聊斋人物论》，中华书局2002年版，第6页。

蒲松龄借小说阐述了《庄子》"撄宁也者，撄而后成者也"的哲理①。笔者认为此说不够圆通，尚有商兑之余地。故不揣简陋，从作者的主观创作意图、具体的叙事文本、特定的文化语境三个维度，论证《婴宁》并非阐述"撄宁"哲理之作，以就教于方家学者②。

一

首先，让我们来考察传达《庄子》"撄宁"哲理是不是蒲松龄的主观创作意图。探询作品的创作意图是一种传统的批评方法，它要求以作家为中心，因此必须尊重作者关于作品创作意图的说法，它是"以意逆志"地还原创作意图的最可靠、最权威的一手材料。换言之，作品到底表达什么思想，作者最有发言权。众所周知，作为提升小说的文体地位的一种手段，《聊斋志异》诸多作品的体例均追摹史传，来一段类似"太史公曰"的"异史氏曰"，成为作者发表评论、自道创作旨趣的平台。据雷群明先生统计，在491个短篇小说中，194篇附有"异史氏曰"③。吴志达先生对其艺术功能的评价是：

> 这些议论性的文字，是针对本篇故事情节和具体人物的品质、思想作风而发的，所以虽简约精要，而无空泛说教之弊；其精辟议论，往往起了画龙点睛的作用。或者篇中故事意有未尽，在议论中更予以发挥，使故事中所描述的事件与篇末所发的议论相辅相成，相得益彰。④

---

① 杜贵晨：《人类困境的永久象征——〈婴宁〉的文化解读》，《文学评论》1999年第5期。

② 苏涵先生曾发表文章与杜贵晨先生商榷，但反响不大，故笔者认为更有撰文深入探讨之必要。参见苏涵：《〈婴宁〉的文化解读与小说的文化研究》，《吕梁高等专科学校学报》2000年第2期。

③ 雷群明：《聊斋艺术通论》，上海三联书店1990年版，第197页。

④ 吴志达：《中国文言小说史》，齐鲁书社1994年版，第763页。

马瑞芳先生进一步指出其彰显主题的功能：

> 《聊斋志异》的某些"异史氏曰"往往成为蒲松龄对自己写作用意的剖白，所谓"文之取义"，尽由"异史氏曰"徐徐道来。[1]

职是之故，依据"异史氏曰"推断作者的创作意图应是最佳选择，也是深入解读《聊斋志异》的关键。

从西方经典叙事学视角观照，"异史氏曰"属于非情节因素，它不是故事情节的有机组成部分，所以不属于故事层面，而是属于话语层面。它是作者针对文本自道用心的议论，是一种明确的叙事干预，同时也是理解蒲氏创作意图的绝佳指南。请看《婴宁》的"异史氏曰"：

> 观其孜孜憨笑，似全无心肝者；而墙下恶作剧，其黠孰甚焉！至凄恋鬼母，反笑为哭，我婴宁殆隐于笑者矣。窃闻山中有草，名"笑矣乎"。嗅之，则笑不可止。房中植此一种，则合欢、忘忧，并无颜色矣；若解语花，正嫌其作态耳。

在此，作者概括了婴宁由"孜孜憨笑"到"反笑为哭"的发展历程，认为她是隐于笑者。接着又将其比作生长在山中的野草——"笑矣乎"，她摆脱一切羁绊与束缚，自由自在、无忧无虑，能让人忘记所有的烦恼与忧愁。与之相比，合欢花、忘忧草亦黯然失色。从蒲氏不遗余力的深情礼赞中，不难看出他对婴宁率性畅笑、纤尘不染的纯天然品格充满了憧憬之情。

他为什么如此钟情于一株野草？恐怕只有从其寄寓的文化理想与美学追求来阐释。笔者认为，"若解语花，正嫌其作态耳"既是理解婴宁形象

---

[1] 马瑞芳：《聊斋志异创作论》，山东大学出版社1990年版，第355页。

美学意蕴的关键，也是考量其文化品格的最佳视角。令人遗憾的是，许多论者对此并未予以足够的重视。先从美学形态看。"解语花"美不美？当然很美。她美在端庄、谨重，美在精心修饰，属于"画工""能品"的层次。"笑矣乎"美不美？当然更美，她美在充分自由，美在纯任天然，属于"化工""神品"的层次。她们分别代表了不同的美学追求，蒲氏更欣赏哪一种美呢？毫无疑问，作者以明确的叙事评价揭晓了答案：为"笑矣乎"那任性纯真的自然美张本，在一定程度上贬抑"解语花"那刻意雕琢的"作态"美。

再观其文化品格。了解"解语花"典故的来历及其所指是审视其文化品格的前提。"解语花"本指杨贵妃，典出《天宝遗事》：

> 明皇秋八月，太液池有千叶白莲数枝盛开，帝与贵戚宴赏焉。左右皆叹美。久之，帝指贵妃示于左右曰："争如我解语花？"[1]

白莲与解语花本来即有天然、人工之别，后来"解语花"被用来泛指聪慧美丽、善解人意的女子。与"清水出芙蓉"的自然本真相比，解语花颇多人工雕饰的痕迹，因此又被进一步引申为受到封建正统文化熏陶牢笼，自觉恪守封建礼教规范的美貌女子，即温柔体贴、八面玲珑的封建淑女。比《聊斋志异》稍后的《红楼梦》中即有如此用法，在小说第19回"情切切良宵花解语，意绵绵静日玉生香"中，袭人即被称作"解语花"。她以离开宝玉为要挟，与之约法三章，真诚地规劝宝玉走符合封建正统文化规范的仕途经济之路，企图阻止他在叛逆的人生道路上越走越远。护花主人对此评道："袭人试探宝玉、规劝宝玉，实是'解语花'。"[2]可见，将封建礼教内化为自觉意识的贤淑女子才被称作"解语花"。按照所谓的影子写法，宝钗是袭人在小姐层次的对位。在《红楼梦》中，唯袭人、宝钗

---

① 上海古籍出版社编：《唐五代笔记小说大观》，上海古籍出版社2000年版，第1737页。

② 冯其庸纂校订定：《八家评批红楼梦》，文化艺术出版社1991年版，第438页。

两人享有在回目里被冠以"贤"名的"待遇"，如第21回"贤袭人娇嗔箴宝玉，俏平儿软语救贾琏"，第56回"敏探春兴利除宿弊，贤宝钗小惠全大体"。毋庸置疑，袭人、宝钗均为封建淑女的典型，是正统封建伦理规范自觉而忠实的奉行者与恪守者。她们就像人工雕饰痕迹很浓的解语花，从属于作态美，与黛玉、晴雯的自然、纯真相比，曹雪芹对她们否定成分要多一些。

反观婴宁形象，如果用封建淑女的标准来衡量她，一定会将其定位为异端与另类。她整天"孜孜憨笑""笑辄不辍"，或"大笑"，或"狂笑"，毫无封建淑女"笑不露齿"的意识；她经常攀爬高大的树木，摘花以供簪玩，毫无闺阁女子纤纤细步的矜持。相反，她就像一株浑身散发着活力、洋溢着诗意、充满着性灵的野草——"笑矣乎"，"绝假纯真"的天然美、阳光美在其身上得到了最充分的体现。宗璞先生在《无尽意趣在"石头"》一文中，对曹雪芹以绛珠仙草比喻黛玉击节叹赏：

> 从来多以花喻女子，用草喻女子的，除了这一株，一时还想不出别的来。花可见其色，即容颜，是外在的；草则见其态，即神韵，是内在的。[①]

事实上，在用草比喻理想女性以彰显其内在神韵方面，蒲松龄是曹雪芹之先导。耐人寻味的是，婴宁、黛玉均为不见容于庸俗社会的另类，都被作者用草加以比喻，两个象喻之间的神似之处，似乎暗示着其间可能存在着的艺术传承与借鉴。

综上所述，在"异史氏曰"里蒲松龄进行了非常明确的叙事干预，他对婴宁带有生存方式意义的"笑""野"抱着热烈赞颂、倾心爱悦的情感态度，无论在情感导向上还是在理智评价上均予以彻底认同，不存在杜先生说的感情与理智的矛盾。恰恰相反，对"解语花"认同封建礼教规范的

---

① 宗璞：《无尽意趣在"石头"：〈红楼启示录〉代序》，见王蒙《红楼启示录》，生活·读书·新知三联书店2005年版，第3—4页。

"作态"，作者报着一种非常明确的批判姿态。杜先生不以"异史氏曰"为主要依据，而仅靠相对模糊的题名推断小说主旨，说服力不强。马瑞芳先生认为"婴宁"由《韩非子·说难》婴鳞说演变而来，具有反封建伦理道德之意①。苏涵先生认为"婴宁"应解为像婴儿一般。照杜先生的逻辑，也都是无法反驳的。之所以出现各种说法，原因是据题名推断创作意图不可靠。

二

其次，让我们来看具体的叙事文本是否支撑了小说表现"撄宁"哲理的说法。古今中外的文学现象表明，作家的主观创作意图与作品的客观接受效果不一致的现象并不鲜见，所以只依据"异史氏曰"来判断《婴宁》的主旨还不充分，更为重要的是尊重文本自身。以文本为中心的批评理论认为，评判作品主题的最权威依据是作品，作品诞生后即成为独立自主的客体，即作品表达了什么，作品最有发言权。因此，判断《婴宁》主题更要依靠叙事文本。

跌宕起伏的情节、让人解颐的妙趣，均无法遮蔽婴宁形象的独特光彩。她被深深镌刻在每一位读者的心中。为什么婴宁会受到历来读者的垂青与喜爱呢？独特的"这一个"固然是重要原因。符合受众深层的文化心理或许是其形象魅力的更深层动因。换言之，其形象承载的不仅仅是一种个体性格，更是一种文化性格，两者水乳交融、相得益彰，寄寓了人们对天然、纯真、自由人格的由衷倾慕与无限神往。

爱花成癖与爱笑成痴是婴宁的两大核心性格。清人但明伦对此有精彩评论：

> 此篇以笑字立胎，而以花为眼，处处写笑，即处处以花映带之。

---

① 马瑞芳：《论聊斋人物命名规律》，《文史哲》1992年第4期。

拈梅花一枝数语，已伏全文之脉，故文章全在提掇处得力也。以拈花笑起，以摘花不笑收，写笑层见叠出，无一意冗复，无一笔雷同，不笑后复用反衬，后仍结转笑字，篇法严密乃尔。①

确实，爱笑成痴是婴宁最重要的形态特征。可以说，没有笑就没有婴宁。所谓"此篇以笑字立胎"应即指此。婴宁是一个名副其实的"善笑"者。作者写其笑凡二三十处之多，均能"犯中见避"、绝不雷同。诸如"笑容可掬"、"笑语自去"、"含笑捻花而入"、"嗤嗤笑不已"、"笑不可遏"、"忍笑而立"、笑不可仰视、"大笑"、"笑声始纵""、狂笑欲堕"、倚树笑不能行、"浓笑"、"极力忍笑"、"放声大笑"等，丝毫不予人以单调划一、叠床架屋之感。其笑百无禁忌、不分时地，"笑辄不辍"，"禁之亦不可止"，以至新妇礼亦因"笑极不能俯仰"而作罢。她的笑魅力四射、感染力强，无论笑态如何，均能"笑处嫣然，狂而不损其媚，人皆乐之"。其笑功能多样、效果显著，可以为人疗饥，如令王子服"坐卧徘徊，自朝至于日昃，盈盈望断，并忘饥渴"；可以让人忘忧，如"每值母忧怒，女至，一笑即解"；可以替人解纷，如"奴婢小过，恐遭鞭楚，辄求诣母共话；罪婢投见，恒得免"。其笑纯任自然、率性纯真，如出岫之白云，如山间之猿鸟，如潺潺之清泉，象征了人生的一种理想状态，代表了一种文化追求与生存形态，即"法天贵真""不拘于俗"的思想。

爱花也是婴宁性格的核心层面，完整解读其形象离不开这一向度，而杜先生对此比较忽视。婴宁"年已十六，呆痴才如婴儿"的原因何在？是其远离尘嚣的生活环境使然。她由"孜孜憨笑"到"矢不复笑"直至"反笑为哭"的两次逆转均与生活环境的变化密切相关。在"乱山合沓，空翠爽肌"的世外桃源，没有封建礼教的束缚与禁锢（即"少教训""少教诲"），婴宁可以言笑由心，率性而为，这就导致了其生理年龄已然十六，心理年龄却依然是婴儿水平，其社会化过程尚未启动，而这在一般的

---

① 蒲松龄著，张友鹤辑校：《聊斋志异（会校会注会评本）》，上海古籍出版社1986年版，第159页。

同龄女子早已完成。此时的婴宁未被封建礼教扭曲与异化，尚能葆有绝假纯真的"童心""真心"，然而这种天真、纯粹无法见容于礼法社会。世外桃源与现实世界各有一套截然不同的行为处事原则和方法。花是自由社会的代表，婴宁进入世俗社会后想用花来改造这个世界，为自己营造与以前一样的美妙空间，可是愿望在残酷的现实面前归于幻灭。步入社会伊始，其任情率真在温情脉脉的婆家暂时得以保持。她对淫荡的西人子的惩罚差点给夫家带来灭顶之灾，面对婆婆心有余悸的训诫，承受着巨大压力的婴宁只能无可奈何地改变本性以顺应社会。令人心仪的笑容从此在她脸上永远消失了。

从表层结构看，小说既没有惊心动魄的矛盾冲突，也没有始困终亨的团圆结局，可谓"也无风雨也无晴"。然而透视其深层结构，可发现这是一幕"于无声处听惊雷"的悲剧：为了顺应生活环境的变迁，婴宁从纯任天然的"自然人"被迫异化成遵循现实法则的"社会人"。婴宁的反笑为哭既表现了作者对传统孝道文化的认同，更让人感受到力透纸背的悲剧情韵。小说结尾意味深长："女逾年，生一子。在怀抱中，不畏生人，见人辄笑，亦大有母风云。"婴宁消失的笑容却在其子脸上粲然绽放，这一情节显示出作者的情感价值取向，印证了"童心说"的深刻内涵。只有初生婴儿才能葆有象征"童心"的灿烂笑容，然而美丽笑容又能保持多久呢？可以预见：婴宁之子亦将步其后尘继续这近乎宿命的悲剧轮回。这是我们不愿直面又无法不正视的残酷现实。在这幕悲剧中，如王国维评论《红楼梦》时所说："又岂有蛇蝎之人物、非常之变故行于其间哉？不过通常之道德、通常之人情、通常之境遇为之而已。"[1]《婴宁》的悲剧意蕴在于揭示了人生的永恒困境——"成人不自在，自在不成人。"[2]

杜先生证明其说主要依据两个情节：其一，鬼母对婴宁"若不笑，当

---

① 王国维：《红楼梦评论》，引自王志良主编《红楼梦评论选》，中国社会科学出版社1998年版，第1057页。

② 罗大经著，王瑞来点校：《鹤林玉露》，中华书局1983年版，第172页。乙编卷三之朱文公帖"谚云：成人不自在，自在不成人。此言虽浅，然实切至之论，千万勉之。"

为全人"的评价；其二，"而女由是竟不复笑。虽故逗之，亦终不笑；然竟日未尝有戚容。"由此得出结论：鬼母的评价代表了作者的价值判断与理性认知，婴宁由憨笑到不笑是达到了"常寂"境界，既是得道状态的形象体现，也是得道过程的演义。笔者认为其论证存在三个问题：第一，直接将人物的评价等同于作者的态度，缺乏必要的分析。鬼母是以"解语花"标准要求婴宁的，用淑女的尺度衡量，她罔顾场合、肆无忌惮的笑确实是"少教训""少教诲""太憨生"。所谓"教训""教诲"即"小学诗礼"之"诗礼"，亦即封建礼教针对女性的一系列闺范、妇诫与礼仪。而"异史氏曰"对婴宁的"野"是激赏的，可见，鬼母与作者的态度并不一致。蒲松龄只是借其口提供了审视婴宁的世俗文化视角。第二，求之过深、阐释过度。查《汉语大辞典》全人有五个义项，仅据《庄子》的义项，推断婴宁之"不笑""未尝有戚容"是成为了"全人"（成玄英释为"神人"）。这是硬塞给小说的价值标准，有将之贬低为传声筒之嫌。其实，"全人"即"完人"，取"金无足赤，人无完人"之意。站在封建正统文化的立场看，如果婴宁能改掉憨笑的毛病，就无可挑剔了。"达人""解人""通人""可人"等词语也是类似用法。第三，以偏概全、难以自洽。杜先生无视西人子事件前后的诸多情节，只撷取西人子事件证明"撄"（扰乱）的过程，有以偏概全之嫌。如果蒲松龄真想以小说证明"撄宁"思想，那么表现扰乱的情节起码应该不止一处，方能显示出达道之艰难。如果蒲松龄真想以小说证明"撄"宁思想，那么在婴宁达到杜先生认为的"常寂"境界（即不笑亦无戚容）时戛然而止，才是其合理选择。按照"撄宁"说，其后"凄恋鬼母，反笑为哭"、生子大有母风的情节岂非画蛇添足？蒲松龄作为杰出的小说家岂会犯这样的低级错误？因此，从小说整体观照，笔者以为杜先生之说在文本中得不到支撑。

三

最后，让我们结合作品产生的特定历史文化语境看小说是否表现了

"撄宁"主题。准确理解一部作品的文化意蕴和精神内涵，除了考察作家的创作意图、细读具体的叙事文本之外，深入把握作品所由诞生的时代心理、精神气候、文化思潮也至关重要。如果不能沉潜入特定的时代氛围、文化思潮之中，对一部作品的文化内涵做历史的观照，而只是一味做寻根式探究恐怕会失之浮泛，难以理解某些文化精神的时代变异，进而影响对作品独特内涵的理解。车尔尼雪夫斯基说得好：

> 所有不属于我们这时代并且不属于我们的文化的艺术作品，都一定需要我们置身到创造那些作品的时代的文化里去，否则，那些作品在我们看来就将是不可理解的，奇怪的，但却是一点也不美的。①

可见，把握《婴宁》的精神实质尚需置身于明末清初这一特殊的历史时期，了解其时代心理与精神气候。王阳明"心学"引起的思想界的革命，在晚明被李贽推到了顶峰，具备了颠覆传统的意义，其影响已远远超越了哲学思想、文学观念的领域，而且渗透到文人士大夫的日常生活之中，改变着他们的生活态度与人格理想。在这样的语境中，许多原本被视为离经叛道的行为变得可以理解，社会评价标准与人格价值观念发生着巨变。李贽提出了著名的"童心说"：

> 夫童心者，绝假纯真，最初一念之本心也。若失却童心，便失却真心；失却真心，便失却真人。人而非真，全不复有初矣。童子者，人之初也；童心者，心之初也。夫心之初，曷可失也！然童心胡然而遽失也？盖方其始也，有闻见从耳目而入，而以为主于其内而童心失。其长也，有道理从闻见而入，而以为主于其内而童心失。②

汤显祖的"至情论"、袁宏道的"性灵说"均打上了"童心说"影响

---

① 车尔尼雪夫斯基：《生活与美学》，周扬译，人民文学出版社1957年版，第59页。
② 李贽著，张建业主编：《李贽文集》，社会科学文献出版社2000年版，第92页。

的深刻烙印。贯串这些文学创作主张的基本核心就是"求真",这与"求善"的传统观念差异显著。这种审美取向渗透到社会生活领域,转变着人们的人格价值观。以往遭到排斥的"癖""痴"等特征受到文人的追捧,甚至成为一种时尚,折射出文人个性的张扬与主体意识的觉醒。在个性鲜明的小品文中这种新的时代气象与人格理想得到集中展现。

袁宏道说:

嵇康之锻也,武子之马也,陆羽之茶也,米颠之石也,倪云林之洁也,皆以僻而寄其磊傀俊逸之气者也。余观世上语言无味面目可憎之人,皆无癖之人耳。[1]

世人所难得者唯趣。趣如山上之色,水中之味,花中之光,女中之态,虽善说者不能下一语,唯会心者知之……当其为童子也,不知有趣,然无往而非趣也。面无端容,目无定睛,口喃喃而欲语,足跳跃而不定,人生之至乐,真无逾于此时者。孟子所谓不失赤子,老子所谓能婴儿,盖指此也。[2]

张岱说:

人无癖不可与交,以其无深情也;人无疵不可与交,以其无真气也。[3]

吴从先说:

生平卖不尽是痴,生平医不尽是癖,汤太史云:"人不可无癖"。

---

[1] 袁宏道著,钱伯诚笺校:《袁宏道集笺校》,上海古籍出版社1981年版,第826页。
[2] 袁宏道著,钱伯诚笺校:《袁宏道集笺校》,上海古籍出版社1981年版,第463页。
[3] 张岱:《陶庵梦忆 西湖梦寻》,作家出版社1995年版,第92页。

袁石公曰："人不可无痴。"则痴正不必卖，癖正不必医也。①

张潮说：

> 花不可以无蝶，山不可以无泉，石不可以无苔，水不可以无藻，乔木不可以无藤萝，人不可以无癖。②

> 情必近于痴而始真，才必兼乎趣而始化。③

> 曰痴、曰愚、曰拙、曰狂，皆非好字面，而人每乐居之；曰奸、曰黠、曰强、曰佞，反是，而人每不乐居之，何也？④

以上不惮辞费地征引小品文中的言论是为了说明，明清之际文人对"痴""癖"等张扬个性的行为持肯定、欣赏的态度，直接将其与真诚无伪的品格挂起钩来，并且将之视作"真人""真气""深情"的外在表现。这股思潮对蒲松龄创作的影响是显而易见的。《聊斋志异》中刻画了一批有各种癖好的痴人形象，而且作者对此类形象多持褒扬态度，如《阿宝》中"性痴"之孙子楚，《宦娘》中"少癖嗜琴"之温如春，《葛巾》中"癖好牡丹"之常大用，《书痴》中之书痴郎玉柱，《石清虚》中之石痴邢云飞等。具体到《婴宁》更是如此，婴宁的丈夫王子服本来就是情痴。作者塑造婴宁形象时，在短短篇幅中，五次用到"痴"字，并反复强调其"爱花成癖"。此处之"痴""癖"也被赋予了纯真无垢的文化意义，显示出作者符合特定时代精神的人格取向。从这一特定的文化视域审视，婴宁的孜孜憨笑，爱花成癖，嬉不知愁，"年已十六，呆痴才如婴儿"，无不与矫强虚

---

① 吴从先著，李安纲批评：《小窗自纪》，中国社会出版社2005年版，第213页。
② 张潮著，孙硕夫译评：《幽梦影》，吉林文史出版社1999年版，第6—7页。
③ 张潮著，孙硕夫译评：《幽梦影》，吉林文史出版社1999年版，第48页。
④ 张潮著，孙硕夫译评：《幽梦影》，吉林文史出版社1999年版，第132页。

伪的"假人""假事""假言"尖锐对立，形成一种内在的紧张，这也注定其率性而为、纯任自然不能为俗世所容，必然难逃遭扼杀的命运。从鬼母在她走出山谷之前的评价中可以窥见端倪。其"一片天真烂漫到底"仿佛是为"童心说"所做的绝妙注脚，也似乎印证了袁宏道所谓"孟子所谓不失赤子，老子所谓能婴儿"之说。在艺术世界中婴宁确实是个"真人""趣人"，这也折射出明清之际倾向于真实之维的人格取向。当然，蒲松龄并不是将这样的时代思想硬塞进小说里，而是将它与人物形象、情节结构有机地交织在一起，使之成为作品的内在要素。

结　语

"花开又被风吹落，月皎那堪云雾遮"，揭示自然本真的个性永远无法逃离群体原则牢笼的悲剧宿命，表现对真诚无伪的理想人格的向往，才是《婴宁》的深层文化意蕴。当然，《婴宁》之所以成为经典之作，并不在于它是否传达了高深的哲学思想。其实在思想史的层面，蒲松龄并未提出超越其前贤与时俊的新思想。只不过，他以令人信服的叙事技巧将个体原则与群体原则无法调和的冲突呈现出来，使读者产生一种强烈的共鸣与震撼。

［原载《明清小说研究》2008年第4期］

《韩擒虎话本》
——历史演义、英雄传奇的先声

　　敦煌话本小说在中国文学史上的意义是具有变革性的，有关古代小说的诸多误解因为它们的发现得以澄清，它表明了宋元话本的繁荣与成熟有其源头活水。郑振铎先生指出："在'变文'没有发现以前，我们简直不知道'平话'怎么会突然在宋代产生出来？……我们才在古代文学与近代文学之间得到了一个连锁。我们才知道宋元话本和六朝小说及唐代传奇之间并没有什么因果关系。"①在《敦煌话本研究三题》一文中，张锡厚先生专门指出敦煌话本的文学史意义："敦煌遗书发现以前，人们一般认为话本小说起于宋代，向上溯源也只探求到汉魏六朝以来的志怪小说和唐人传奇，即使有人从《一枝花话》的记载，推知唐代可能有话本的存在，由于作品亡佚，很难考证出唐代话本的原貌。自从敦煌遗书相继发现《韩擒虎话本》《叶净能话》《庐山远公话》等唐代话本原卷以后，情况就很不一样了，人们才比较清楚地认识到唐代民间不仅孕育着话本小说的雏形，而且远及我国西部边陲已在广泛传抄。其中以讲史为主的《韩擒虎话本》已经粗具话本小说的'入话''正话'等体制和特点。事实说明敦煌话本为宋代话本小说的发展作出可贵的贡献。"②作为敦煌话本中最重要的作品之一的《韩擒虎话本》，在内容题材、创作原则、艺术方法、战阵描写等方面，对后世通俗小说影响是深刻而多元的，可

---

　　① 郑振铎：《中国俗文学史》，东方出版社1996年版，第144页。此处"变文"是广义的用法，包括敦煌话本。

　　② 张锡厚：《敦煌话本研究三题》，《社会科学》1983年第2期。

以说，它是历史演义、英雄传奇的先声。以往，学者对此未遑系统深论，本文拟从此切入，探讨其文学史意义。

一

《韩擒虎话本》（S.2144）叙周武帝摒斥佛教，海内僧尼还俗避祸。法华和尚隐居山中念经，八大海龙王每日来听。其后，为了让杨坚戴稳平天冠，龙王为其换脑盖骨，并送法华一盒龙膏，治愈杨坚脑疼之病。武帝预知杨坚有天分，召之入京意图加害。时杨坚之女为皇后，备毒酒原拟自尽，却被武帝饮下身亡。杨坚乃篡周称隋文帝，金陵陈王不服，领军讨伐。贺若弼与十三岁的韩擒虎争相请战，之后，擒虎斗阵战败任蛮奴，攻破金陵生擒陈王，被封开国公。后与蕃使殿前比射，以劈笴箭威服蕃使。作为和蕃使，又以"一箭双雕"绝技震慑藩王，因功受赏。后五道将军奉天符请韩擒虎作阴司之主，乃辞文帝升云雾而去。卷末题"画本既终，并无抄略"字样，与元刻本《新编红白蜘蛛小说》残页篇末"话本说彻，权作散场"极为相似。

韩擒虎史有其人，乃隋朝著名将领，《隋书·韩擒虎传》云：

擒少慷慨，以胆略见称，容貌魁岸，有雄杰之表。……陈人逼光州，擒以行军总管击破之。又从宇文忻平合州。高祖作相，迁和州刺史。陈将甄庆、任蛮奴、萧摩诃等共为声援，频寇江北，前后入界。擒屡挫其锋，陈人夺气。……无何，其邻母见擒门下仪卫甚盛，有同王者，母异而问之。其中人曰："我来迎王。"忽然不见。又有人疾笃，忽惊走至擒家曰："我欲谒王。"左右问曰："何王也？"答曰："阎罗王。"擒子弟欲挞之，擒止之曰："生为上柱国，死作阎罗王，斯亦足矣。"[1]

---

[1] 魏征等撰：《隋书》第5册，中华书局1973年版，第1339、1341页。

话本融合前代书史文传与民间传说加以铺演，详细描绘了韩擒虎的传奇一生。在题材内容方面，颇类"说话"四家数中的"讲史"一门，开后代历史演义小说的先河。值得一提的是，从具体写法看，"讲史"主要以表现史事为主，不以描摹人物见长，而《韩擒虎话本》却主要写主人公的传奇命运与遭际，着重刻画韩擒虎的传奇英雄形象，其中重大史实是作为表现人物的时代背景出现的，与写梁山英雄的《水浒传》、写隋唐英雄的《隋史遗文》《说唐全传》等英雄传奇关系密切，说它是英雄传奇小说之嚆矢似不为过。

本篇所演故事，清代褚人获《隋唐演义》在第一回"隋主起兵伐陈"节中亦予以编入，然对杨坚故事演之较详，而对韩擒虎故事反较略，观其文，主要出自史传系统，文字简略，就生动形象、语言文采而言，弗如本篇远甚。清代民间艺人编撰的《说唐全传》，第一回"战济南秦彝托孤，破陈国李渊杀美"，所写大体与《隋唐演义》相同，可见其传承自《隋书》等史传系统者多。唯在第十六回提到韩擒虎时云："十二岁打过虎，十三岁出兵，曾破番兵数十万……后归隋朝，封为齐国公。"才显示出与《韩擒虎话本》的一定联系。因此，有学者认为："而《韩擒虎话本》的主要故事情节，还直接被英雄传奇小说《说唐全传》所袭取。"①夸大了两者之间的承继关系。实际上，本篇对后世小说深层的影响表现在创作原则、艺术方法、战阵描写等方面。

二

《韩擒虎话本》为后世历史演义小说确立了创作原则。如何处理史实与虚构的关系，是历史演义小说必须直面的基本问题，直到1984年，《三国演义》研讨会对此尚有争论。②历史学家恪守实录原则，小说家遵从虚构信条，两者之间存在本质差别。美国理论家克林斯·布鲁克斯指出：

①纪德君：《中国历史小说的艺术流变》，中国社会科学出版社2002年版，第12页。
②赵庆元：《演义成败话三国》，安徽文艺出版社2001年版。

历史学家心中所关注的，就是去发现这些事实所包含的那种模式（和旨趣）；小说家可以根据他心中想要表现的人的行动和价值的方式，去选择或者"创造出"一些事实来。①

史学家和小说家都追求真实，但对他们来说，真实有完全不同的内涵。史学家要求的真实，必须与事实相符；小说家追求的真实，未必与事实相符，却必须与情理相符。历史演义小说具有两栖的特点，在大的史实上必须尊重历史，不能妄加改动，然亦不能完全被历史粘住想象的翅膀，在具体情节关目的设置上，可以选择、创造出一些"事实"，以表现自己的价值情感和审美意趣。对历史演义的这一特点，明代可观道人有精当概括："虽敷演不无增添，形容不无润色，而大要不敢尽违其实。"②历史演义作为一种骑墙文体，受历史、小说两方面的约束。受历史制约的一面是大的史实要顾及历史原貌，超越历史束缚的一面是可以根据自己的价值理想虚构、创造出一些事情。鲁迅先生说得好："大抵史上大事，即无发挥，一涉细故，便多增饰。"③

《韩擒虎话本》里的重大历史事件都于史有据，不敢偏离。如杨坚代周自立、韩擒虎、贺若弼为伐陈主力，任蛮奴降于韩擒虎、陈王为擒虎俘获等事件，均与史实基本吻合，凡此保证了源于历史的特性。为了塑造传奇英雄形象的需要，作者又充分发挥创造力和想象力，采用"扬韩抑贺"的方法，或"移花接木"，或"无中生有"，刻画出熠熠生辉的传奇英雄形象。④如话

---

① 克林斯·布鲁克斯、罗伯特·潘·华伦编：《小说鉴赏》，主万等译，中国青年出版社1986年版，第65页。

② 可观道人：《新列国志叙》，引自孙逊、孙菊园编《中国古典小说美学资料汇粹》，上海古籍出版社1991年版，第66页。

③ 鲁迅：《中国小说史略》第十二篇《宋之话本》，人民文学出版社1973年版，第91页。

④ 张锡厚：《敦煌话本研究三题》，《社会科学》1983年第2期；又见张锡厚：《敦煌文学源流》，作家出版社2000年版，第485页。

本把贺若弼战败任蛮奴事移植于韩擒虎，并幻设出精彩绝伦的斗阵、破阵等情节，有力彰显了其精于韬略的战略家形象；又将长孙晟、崔彭善射事嫁接在韩擒虎身上，并予以浓墨重彩地描绘，成为刻画其神勇威猛形象的点睛之笔。①经过艺术虚构、文学加工，韩擒虎已不是历史人物的再现，而成为崭新、鲜活的艺术形象。《韩擒虎话本》以其成功的艺术经验，确立了历史演义应遵循的创作原则，并在后代蔚为大观的历史演义小说得到广泛继承和发挥，开辟了一条历史演义、英雄传奇小说创作的新路，影响极为深远。从接受心理的角度，清人金丰总结过历史演义的审美效果："苟事事皆虚，则过于诞妄，而无以服考古之心；事事皆实，则失于平庸，而无以动一时之听。"②确实，作品在"大要不敢尽违其实"基础上的敷演增衍原则，确保了历史演义小说的"两栖"特性。

三

在塑造人物形象的艺术方法上，《韩擒虎话本》也为后世历史演义、英雄传奇提供了可资借鉴的成功经验。为了使人物典型化，它采用了"同向合成"法，所谓"同向合成"是将性质相同或相近的性格、事迹结合起来，使人物的某些本质方面沿着同一方向增长、加强，从而得到强烈的艺术表现。③韩擒虎两次与蕃使比射的精彩场面，被作者予以浓墨重彩地描写。而历史上根本就没有韩擒虎善射的记载，两情节均源自他人，刘铭恕先生指出："第六、七节通节所述，为韩擒虎之射术震动突厥。通观全节，似系串坠《隋书》贺若弼、长孙晟、崔彭等传之故事而成者。"④《隋书·贺若弼传》云：

---

① 见《隋书·韩擒虎传》《隋书·长孙晟传》《隋书·崔彭传》。

② 金丰：《说岳全传序》，孙逊、孙菊园编《中国古典小说美学资料汇粹》，上海古籍出版社1991年版，第69页。

③ 马振方：《小说艺术论》，北京大学出版社1999年版，第90—91页。

④ 刘铭恕：《敦煌文学四篇札记》，载《敦煌语言文学研究》，北京大学出版社1988年版。

　　弼少慷慨，有大志，骁勇便弓马，解属文，博涉书记，有重名于当世。……尝遇突厥入朝，上赐之射，突厥一发中的。上曰："非贺若弼无能当此。"于是命弼。弼再拜祝曰："臣若赤诚奉国者，当一发破的。如其不然，发不中也。"既射，一发而中。上大悦，顾谓突厥曰："此人，天赐我也！"

《隋书·长孙览传》所附《长孙晟传》云：

　　晟字季晟，性通敏，略涉书记，善弹工射，矫捷过人。时周室尚武，贵游子弟咸以相矜，每共驰射，时辈皆出其人。……尝有二鹏，飞而争肉，因以两箭与晟曰："请射取之。"晟乃弯弓驰主，遇鹏相攫，遂一发而双贯焉。

《隋书·崔彭传》云：

　　彭少孤，事母以孝闻。性刚毅，有武略，工骑射。……上尝宴达头可汗使者于武德殿，有鸽鸣于梁上。上命彭射之，既发而中。上大悦，赐钱一万。及使者反，可汗复遣使于上曰："请得崔将军一于相见。"上曰："此必善射闻于虏庭，所以来请耳。"遂遣之。及至匈奴中，可汗召善射者数十人，因掷肉于野，以集飞鸢，遣其善射者射之，多不中。复请彭射之，彭连发数矢，皆应弦而落。

　　从以上记载可以看出，《隋书》写良将的常规程式是，对善射者一般在开首的概述中即予点明，然后再举具体事例以相佐证。以此考察《韩擒虎传》，既没有对他善射的概述，又没有写到善射的具体事情。可见，比射情节确系串缀三人之事而成。作为历史人物的韩擒虎，少慷慨，英勇善战，足智多谋，颇有威容，功勋卓著，作者抓住这些本质特征，采用"同向合成"的艺术方法，将他人事迹"张冠李戴"移植到韩擒虎身上，按照符合人物性格逻辑的方向，使其形象的传奇色彩大为强化、净化。这在后世历史演义中，成为塑造人物的常用方法，并对其他叙事文学的创作也产生了深刻影响。

例如，《三国演义》中，张翼德怒鞭督邮的情节移植自刘备，刘备挞督邮在《三国志·先主传》《典略》中都有记载。诸葛亮草船借箭的情节来源于孙权，《魏略》记载孙权乘船受箭，并非出于事前的谋划，其云："权乘大船来观军，公使弓弩乱发，箭著其船，船偏将覆，权因回船，复以一面受箭，箭均船平，乃还。"在《三国志平话》里移到周瑜身上，罗贯中笔下，又移到了诸葛亮身上。关羽温酒斩华雄的情节移植自孙坚，《资治通鉴》汉纪五十二和《三国志·吴书·孙破虏讨逆第一》载，华雄是孙"坚出击，大破之，枭其都督华雄"。历史重在真实，小说重在情趣，用"张冠李戴""移花接木"法，目的是为了使传奇人物的性格、气质更加彰显突出。甚至在元代公案剧里，像包公、张鼎等清官、廉吏形象，都是用"同向合成"法塑造的，其中许多神异、动人的情节都移植于他人，与人物原型无关。

四

以强衬强的"正衬"手法的使用，在《韩擒虎话本》中也较为突出，并在后代的历史演义、英雄传奇中得到承继，大放异彩。清人毛宗岗曾指出这种方法的美学效果："譬如写国色者，以丑女形之而美，不若以美女形之而觉其更美；写虎将者，以懦夫形之而勇，不若以勇夫形之而觉其更勇。"[①]《三国演义》里，写诸葛亮的神机妙算，就先后通过曹操、周瑜、司马懿等卓越军事家来"以强衬强"，有声有色地加以表现，此谓"智与智敌"；写关羽的神勇无敌，就以华雄、颜良逼人的声势来衬托，此谓"勇与勇敌"。

然而，此法并非《三国演义》作者的发明，而是在《韩擒虎话本》里即

---

① 罗贯中著，毛宗岗评：《三国演义（注评本）》第45回批，上海古籍出版社2014年版，第437页。

已得到运用。这里的"智与智敌"反映在平陈战役中，任蛮奴是三十年名将镇国大将军，精通排兵布阵，所排"左掩右夷阵""引龙出水阵"均被韩擒虎破解，以绝代名将任蛮奴来烘托韩擒虎，表现他精通阵法的指挥家风范。"勇与勇敌"则反映在殿前比射中，前有蕃使、贺若弼的精湛射术作为铺垫、蓄势，更能显出韩擒虎"劈箬箭"的威力与声势，这是成功运用"正衬法"的范例。隋文帝命人安好射垛后，先是："蕃人一见，喜不自胜，拜谢皇帝，当时便射。箭发离弦，势同劈竹，不东不西，恰向鹿脐中箭。"接着是："贺若弼此时臂上捻弓，腰间取箭，搭栝当弦，当时便射。箭起离弦，不东不西，同孔便中。"所写同史书所载基本相同，两人均堪称神箭手，箭法同样精准，贺若弼和蕃使相比，并未明显占据上风。他们高超的箭艺为彰显韩擒虎的箭法起了有效的铺垫和蓄势作用。在此基础上，作品进行了原创性的艺术发挥，描绘出韩擒虎神乎其技的"劈箬箭"，其云："擒虎拜谢，遂臂上捻弓，腰间取箭，搭栝当弦，当时便射。箭既离弦，势同雷吼，不东不西，去蕃人箭栝便中，从杆至镞，突然便过，去射垛十步有余，入土三尺。"[1]通过"正衬"手法的运用，使韩擒虎解箭的故事神异动人，充满了传奇色彩。本来，在描述了蕃家使者、贺若弼的高超箭艺之后，再写韩擒虎的箭艺确有盛极难继之感，此处偏能翻空出奇，插入"劈箬箭"的描写，使情节进展得有声有色、曲折跌宕。既表现了他箭法的神准无匹，也表现了其力大势猛、气势如虹。若无蕃使、贺若弼两位强手的烘托，很难取得这样的艺术效果。

另外，话本里夸诞法的运用也很引人注目。主人公的出场是用"特笔"描述的，平陈战役前，他请战时说道："臣启陛下，蹄猇小水，争伏大海沧波；假饶蝼蚁成堆，那能与天为患。臣愿请军，克日活擒陈王进上，不敢不奏。"语言豪壮、掷地有声，韩擒虎慷慨勇武、抱负远大的形象在"大书特书"中得到凸显。这里的夸诞主要通过缩小主人公的年龄来

---

① "劈箬箭"，宋朱彧《萍洲可谈》卷三"伶人讥典帅王恩不习弓矢"有释义："王德用为使相，黑色，俗号'黑相'。尝与北使伴射，使已中的，黑相取箭焊头一发破前矢，俗号'劈箬箭'。"朱彧、陆游撰，李伟国、高克勤校点：《萍洲可谈 老学庵笔记》，上海古籍出版社2012年版，第57页。

体现的，据《隋书·韩擒虎传》所载，传主约生于公元538年，平陈之战发生于公元589年，此时韩擒虎约五十一岁，在小说里其年龄被大大缩小，成了"年登一十三岁，奶腥未落"的少年，并说出与年龄很不相称的豪言壮语，这样极力夸诞无非是为了增加人物的传奇性，显示了浓郁的民间文学色彩。后代历史演义、英雄传奇塑造传奇人物时，喜用缩小年龄的夸诞手法应即源于此。如《说唐全传》，在第三十回"降瓦岗邱瑞中计，取金堤元庆显威"中，裴元庆只有十二岁时，即能攻打瓦岗山、战败众英雄，在第三十三回"造离宫袁李筹谋，保御驾英雄比武"里，李元霸年方十二岁时，即已驰骋战场，天下无敌。在《说岳全传》里，岳云仅十三岁时，即上前线帮助父抗击金兵，关铃十二岁时，即能赤手打虎。此类通过夸诞来突出人物传奇色彩的例子，尚有很多，不胜枚举。

五

后世历史演义、英雄传奇、神魔小说中光怪陆离的阵法描写，相生相克的破阵描写似滥觞于《韩擒虎话本》。韩擒虎与任蛮奴首次交锋时，"蛮奴闻语，回马遂排一左掩右夷阵，索隋家兵士交战"。话本通过韩擒虎对诸将的解释来描写阵法，其云："此是左掩右夷阵，见前面津口红旗，下面总是鹿巷，里有挠勾搭索，切须记当。"叙述者藉韩擒虎之口向诸将道出此阵的机关、奥妙，起到"一石二鸟"之效，不仅清楚地交代了阵法，而且显出韩擒虎对兵书战策的精通。

在韩、任两人的第二次交锋中，更写到阵法的相生相克，以阵破阵的情景，先是蛮奴心生不分，排出"引龙出水阵"，然后是韩擒虎排"五虎拟山阵"大破之，此阵的威力是"蛮奴一见，失却隋家兵士，见遍野总是大虫，张牙利口，来吞金陵"。如此浪漫夸饰又非常具象的描写在后世历史演义、英雄传奇、神魔小说中得到更为充分的继承和发挥。例如《新刊全相平话前汉书续集》卷上："周勃领圣旨，即排一阵，名蛟龙混海：势如蟠螭，屈屈两口，压阵四面旗；睹前排长枪当锋，后列弓弩攻威。陈豨排一阵，名大鹏金翅阵：头如铧觜，两翅似征旗遮阵。闪出杂彩旗；点布青红白黑黄。阵圆如飞鹏振翅，军马似竹笋，准备与汉军交战。"结合阵名将阵势作拟物化夸诞、形象描写的方法，显然与《韩擒虎话本》一脉相承。

就阵名的虚拟来看，其间的传承关系更加清晰明了。例如，《新刊全相平话武王伐纣书》（卷下），姜太公摆"五虎阵"迎战崇侯虎；《新刊全相平话乐毅图齐七国春秋后集》（卷上），邹坚排下"五虎靠山阵"迎战张奢，邹文简排"青龙出水阵"对乐毅的"靠山白虎阵"，同书卷下孙子摆"青龙出水阵"；《新刊全相平话秦并六国》（卷上）项梁摆下"五虎离山阵"攻击王贲，同书卷中燕兵布下"五虎离山阵"。其中，"五虎靠山阵""五虎离山阵""青龙出水阵"的名号，与《韩擒虎话本》中的"五虎拟山阵""引龙出水阵"何其相似乃尔！其间的联系恐怕不是偶合所能解释。《韩擒虎话本》的斗阵描写虽较为简单，却为这类描写开了个好头，在后世的历史演义、英雄传奇中，各种阵法越来越翻空出奇、斑斓多彩，阵名也越来越五花八门、千奇百怪，各种阵法甚至可以互变以迷惑敌手，这些均是在前者基础上的发展与创造。甚至韩擒虎、任蛮奴阵前叙旧，韩擒虎提三个根本无法实现的化解刀兵的条件，此类欲扬先抑的描写，在后来的历史演义、英雄传奇乃至说书平话中都竞相效仿，形成一种固定程式。

结　语

由于处于话本小说的发轫期，《韩擒虎话本》在某些方面或许还显得幼稚、不够成熟，但在题材内容上开了历史演义之先河，确立了"大事不虚，小事不拘"的创作原则，其塑造人物的艺术方法及具体的斗阵、破阵场面的文学描写等，均在后世通俗小说中得到传承，并不断被丰富、完善。它拓展了叙事文学的领域，开辟了中国古代历史演义、英雄传奇小说的新道路，深刻影响了后代叙事文学的发展、演进，值得小说研究者深入研究。

［原载《明清小说研究》2003年第4期］

贾母形象功能探析

　　仪态万方、声口各异的人物形象是《红楼梦》中炫目亮丽的风景线，红学研究者关注这一领域势在必然，其中贾宝玉、林黛玉、薛宝钗乃至贾探春等形象都备受瞩目，有关研究论著、论文很多。相形之下，贾母这一极重要的形象，处于相对弱势的研究域。即使偶有论述，也是将其形象作为自足的个体来考察，故遮蔽了许多东西。这同时也是作品中其他人物形象研究的不足之处。笔者认为，探讨一个艺术形象的美学价值，须将其置于具体的文本语境中，进而考察它在整个作品中的功能，这样才能显示其多维价值。本文拟循着人物形象的多重功能这一径路，展现贾母的形象范式意义，及其对彰显双重主题、建构叙事结构、强化审美信息的重要作用。（本文所有论述皆以前八十回为据）

一、提供形象范式的功能

　　贾母的称号之多，可谓作品中之最。这些名号都从不同角度反映了其性格的某个侧面，对此脂砚斋有精当的评说："不知贾母之号何其多耶？众人曰老太太，阿凤曰老祖宗，僧曰老菩萨，姥姥曰老寿星，却似众人，想去则皆贾母，难得如此各尽其妙。"①这就指出了贾母形象的丰富、鲜活与多元。众称号皆冠以"老"字，表明其年龄特征，确实，在她身上老年人的言谈、举止、心态都显得很突出。她信奉世俗享乐主义，爱热闹怕寂寞，因而，一幕幕子孙承欢膝下、共尽天伦、其乐融融的生活剧才得以上演，摆家筵、吃寿酒、共赏戏等丰富多彩的场面才得以展现。老太太颇具童稚心态，喜欢和孙辈尽兴玩耍，怕他们受拘束而赶走贾政；打牌赢钱后，辩解因图乐子才锱铢必较。老菩萨确有恤老怜贫的慈悲心肠，如第二十九回，贾母体恤照顾被王熙凤打的小道士，于此王希廉评曰："写凤姐打小道士，贾母安慰小道士，恃势、厚道两相对照。"②斯言极为允当。她称刘姥姥"老亲家"，既现成又大方，既亲切和蔼，又无依势轻蔑之态，后来还予以热心资助。若说这是老贵妇故意显示优越感的无聊作态，恐怕是戴着有色眼镜看人的结果，难以令人信服。

此外，深有意味的是，凡大观园中女儿之受迫害、遭摧残均与贾母无涉，如金钏之死、晴雯之逐。有论者以为贾母乃伪善人，鄙意以为这是深文周纳之见。因为从道德层面来看，只有当叙述者关于人物的评述（叙述者直接说出的或借人物之口说出的）与其戏剧化的事实不一致时，即表里不符时，方可谓之虚伪。和叙述者对王夫人、宝钗所用的反讽手法形成对比的是，贾母之言行举措与其口碑并无不符之处，因而伪善论至少是于文本无据的臆测之语。

贾母是封建宗法大家族的太上家长，享有无限威权，贾府中的当权派都要仰其鼻息行事，度其意而后动。倘违其意，引起震怒，局面很难收拾，如贾政笞宝玉，贾赦谋鸳鸯。与其显赫地位相伴的是生活的极端奢靡和铺张，乃至一饭费金数十两，遑论其他。但她又绝非只会享乐的庸俗老妇，而是见识广博、深通人情、颇富治家之才。第三十回，宝钗抑凤姐扬

---

① 脂砚斋三十九回夹评，转引自朱一玄编《红楼梦资料汇编》，南开大学出版社1985年版，第445页。

② 王希廉：《红楼梦回评》二十九回回评，转引自朱一玄编《红楼梦资料汇编》，南开大学出版社1985年版，第567页。

贾母，虽有逢迎之意却也并非虚话，它适与贾母的深情追忆构成和声，表现了其治家才干。第四十回，她针对凤姐误认"软烟罗"的议论，固为炫耀，然也显出其博闻广见来。第七十三回，她干政查赌，制定举者赏、匿者罚的措施，使其干练与精明更加彰明。

王昆仑先生以太愚为笔名指出："第一，她不是一般的母亲而是地位更高层环境更复杂的老祖母；第二，他说明了一个女家长在中国社会上的权威与才能；第三，他塑造成中国大家庭老太太最完整最形象化的典型。"①洵为的论。她与以往史传、小说、戏曲中缺乏个性神采的贤母、恶妇形象相距不啻天壤，她复杂真实，保持着性格张力。福斯特说："如果从小说中将人性排除，乃至将人性净化，小说就会枯萎，除了一串单词就所剩无几了。"②贾母形象之所以成为典范熠熠生辉，皆得自曹氏"十年格物，一朝物格"的深刻洞察，写出了封建大家庭老贵妇的复杂人性，是从事体情理之真中得出，没有丝毫的穿凿与假借。

二、彰显双重主题的功能

关于《红楼梦》主题的说法很多，笔者赞同双重主题的折衷说，一是表现封建大家庭之衰亡，一是表现追求平等自由爱情之毁灭。两者实为一体之两面，皆寓有浓重的悲挽情调。这点可从对贾母形象功能的蠡测中洞见其由。

先看封建大家庭的衰亡。贾府从创业者到草字辈子孙已有五世，唯有贾母身历五世，难道这与作品开篇不久"君子之泽，五世而斩"的深沉叹悼仅仅是巧合？恐怕其中寓有作者的深意吧？贾母亲历亲闻了创业时的艰辛，鼎盛时的辉煌，也深切感受到贾府的日渐式微，从她的视角传达出的切肤之痛与悲凉况味是他人无法取代的。细读作品可以发现，在前半部贾

---

① 太愚：《红楼梦人物论》，长安出版社1981年版，第125页。
② 福斯特：《小说面面观》，引自卢伯克、福斯特、缪尔《小说美学经典三种》，方土人、罗婉华译，上海文艺出版社1990年版，第219页。

母的笑声随处可闻，当贾府日趋没落，其笑声也愈来愈罕闻，即使有也日益悲凉无奈起来。小说中多次聚焦于贾母在享乐中涌出的伤感、凄凉。第二十九回，贾母听贾珍禀报神前拈戏的结果，由"笑道"至听了"便不言语"，对这一表现，王希廉曰："神前拈戏，第一本《白蛇记》，汉高祖斩蛇起事，是初封国公已往之事。第二本《满床笏》，是现在情形。第三本《南柯梦》，是后来结局。所以贾母默然，止演第二本。"①虽未必如王氏说的那样一一对应，但也确可看出她对不祥神谶的默会于心与深层隐忧。第七十五回，贾母闻知甄家获罪抄没，心中不自在，却叹道："咱们别管人家的事，且商量咱们八月十五赏月是正经。"就此吕启祥先生说："她何尝没有预感、不知焦虑？只是不愿说出不敢捅破，此刻只有强打精神抓住眼前的繁华热闹尽情一乐，以填补空虚的心灵和冲淡不祥的预感。"②的确，若和吃红稻米粥要"可着头做帽子"时，贾母笑道："这正是巧媳妇做不出没米的粥来。"这一事对观，其笑声中的勉强和尴尬是显而易见的。第七十六回，在凸碧堂赏月时，贾母叹人少，不似当年热闹。听着呜咽悲怨的笛声，"不免有触于心，禁不住堕下泪来"。这些皆从其切身体会中写出贾府的衰微及其心中无限凄凉况味。是啊，赫赫扬扬的百年旺族，江河日下，后继乏人，安富尊荣者多，运筹帷幄者无，老祖宗目睹着封建大家族的兴替、盛衰、热冷，其复兴、重振家业的梦想渐趋幻灭，触景生情，如何能不感叹唏嘘、悲从中来呢？此时的贾母连强颜欢笑的精神也打不起来了。与前半部相比，后半部对贾母伤感、凄凉描写的密度明显增大，这预示着贾府已走到了崩溃的边缘。冷子兴演说荣国府所含的历史意蕴通过从贾母视角的设色敷彩而落到实处，也因而使作品凄怆的挽歌情调更真切、更具象、更可感。

再看爱情的毁灭。关于贾母之溺爱宝玉的论述已夥，毋庸赘述。她对黛玉又何尝不深爱呢？在第三回里，称之为"心肝儿肉"，"贾母万般爱

---

① 王希廉：《红楼梦回评》二十九回回评，转引自朱一玄编《红楼梦资料汇编》，南开大学出版社1985年版，第567页。

② 吕启祥：《红楼梦开卷录》，陕西人民出版社1987年版，第264—265页。

怜，寝室起居，一如宝玉"，"迎春、探春、惜春三个亲孙女倒且靠后"。
寥寥几笔写尽天下疼子孙的神理来。通览前八十回，她从无冷遇黛玉之
处。这一点紫鹃看之甚清、言之甚明。第五十七回中，她对黛玉说："若
娘家有人有势的还好些，若是姑娘这样的人，有老太太一日还好一日，若
没了老太太，也只是凭人去欺负了。……"可见，贾母对黛玉的照顾和关
爱始终并无大的变化，她仍是黛玉在贾府当权派中的唯一靠山。有理由推
测，贾母最终即或不认同宝黛之结合，也不会说出后四十回续作中那样令
人心寒齿冷之语，如此的决绝，如此的忍情绝非其所为。然而即使有贾母
的慈悲、呵护与羽翼，也绝不能容忍宝黛叛逆性格的无度发展及与之相伴
的具有现代性爱色彩的爱情追求。恩格斯说："对于骑士或男爵，以及对
于王公本身，结婚是一种政治的行为，是一种借新的联姻来扩大自己势力
的机会；起决定作用的是家世的利益，而绝不是个人的意愿。"①诚哉斯
言。放眼贾府里诸男性，文字辈中，贾敬求仙炼丹，贾赦荒淫无耻，贾政
有德无才，均不堪委以重任；玉字辈中，贾珍、贾琏都是皮肤淫滥之徒，
俱不足论，唯宝玉聪明灵秀，颇具乃祖之风，堪授重任。但是，他厌恶仕
途经济、不读八股文章，喜在内闱厮混。这虽偏离了当时社会的主流意识
形态，但观其诗才、学养及脱俗之气，犹可以传统的逸士、高人之品视
之，故也属封建礼教文化认同的范畴。然而，其以"所爱者互爱为前提"
"妇女处于同男子平等地位"②的现代性爱追求在封建社会根本没有存在的
合法性。作为太上家长，贾母在关系家世利益的大是大非问题上，在关系
封建大家族的反叛与颠覆的问题上，也绝不会纵容"木石前盟"走得太
远。这一立场在小说中曾有暗示，如贾母在谈到宝玉时强调正经礼教，在
针对凤姐时提到大礼不错，可见她在处理事务时的底线是不能越过大礼。
宝黛爱情悲剧是不可避免的，它不是以这种方式发生，就是以那种形态出

---

① 马克思、恩格斯：《马克思恩格斯选集》第4卷，中共中央马克思恩格斯列宁斯大林
著作编译局译，人民出版社1972年版，第74页。
② 马克思、恩格斯：《马克思恩格斯选集》第4卷，中共中央马克思恩格斯列宁斯大林
著作编译局译，人民出版社1972年版，第73页。

现。作品中处理矛盾的方式比幻设一位恶祖母横加干涉更具情节张力，更具震撼人心的力量，更能激活读者的理性思索：在封建社会中，动摇礼教文化基础的具有现代性爱色彩的爱情追求是不可能实现的。

三、营造叙事结构的功能

前八十回中贾母出场回数在半数以上，且基本是贯串其中的人物。《红楼梦》在《金瓶梅》的基础上更进一步打破了传统的思想和写法，它并不注重搜奇志怪和传奇性故事，而是力图在平凡的日常琐事描写中表现当时的社会现实和人们的精神现实，所以作者用在日常生活描写上的笔墨是很多的。李希凡先生指出："贾母，这位贵族之家的老封君，当然不是这部伟大杰作中的艺术主角，但她却是荣宁二府这贵族之家的生活主角。"①确实，贾府中许多生活画面都是围绕着她而构图的，如对刘姥姥二进大观园的精彩描述，对宝钗、凤姐、贾母生日场面的摹写等，在其中贾母都扮演着关键角色。《红楼梦》中生日描写很多，但作者浓墨重彩描绘的只有三次，除贾母的生日外，宝钗、凤姐过生日也由贾母提议，脂砚斋在此评道："故起用宝钗，盛用阿凤，终用贾母，各有妙文，各有妙景。"②一方面点明了曹氏"犯中见避"的高超技艺，另一方面，"起、盛、终"三字也指出贾母在生日描写中的结构意义。尤其是贾母的八十寿辰，不愧大场面、大气派，但已出现盛极难继的气象，它实在是贾府烈火烹油的回光返照。此后家运的渐衰，已于极热闹时生出冷淡的根芽。

此外，就其他主要人物性格的发展来看，她的作用也是不可或缺的。如果没有贾母的庇护和羽翼，宝玉也不能在内帏厮混，如果没有她对宝玉的溺爱、娇宠，对贾政父权的控制，宝玉的灵秀之气和叛逆性格也无法滋长、发展。如果没有她的呵护、怜爱，宝黛爱情就不会有合适的环境土

---

① 李希凡：《说"情"——红楼艺境探微》，人民日报出版社1989年版，第119页。

② 脂砚斋四十三回夹评，转引自朱一玄编《红楼梦资料汇编》，南开大学出版社1985年版，第449页。

壤，因而也无由萌发、壮大。如果没有贾母对凤姐的偏爱、袒护，其杀伐决断，嬉笑调侃的才干也无从发挥。可以看出，贾母不但是贾府的生活主角，而且还是许多青春活剧的导演。汪道伦先生说，她是连接女儿国兴衰史和贾府末日史的枢纽性人物①。由此观之，贾母在《红楼梦》叙事结构中的重要作用是不言而喻的。

以上是贾母形象在表层上的结构意义，若换一视角，将她和另一个积古老人刘姥姥合而观之，则其两极共构的深层结构意义就会更加彰显。在第六回，叙述者借"千里之外，芥豆之微"的刘姥姥来引入对贾府的描述，对此王希廉评道："头绪万端，真是无从说起。借刘老老叙人，不但文晴闲逸，且为巧姐结果伏线。"②首先，这里非常准确地指出了刘姥姥作为牵引人物的结构意义，把她造访贾府作为故事开端很便捷。其次，她叙事结构的意义还在于为巧姐结穴。再看贾母，其贯串作用已如上述，她的出场也相当隆重，从中可见作者的精心安排。在第三回，叙述者借黛玉的眼睛对她详加描绘，并特意向读者指出："此即冷子兴所云之史氏太君也——贾赦、贾政之母。"贾母与刘姥姥都是年过古稀之老妇，都阅历颇丰、深通人情世故。其不同处是：一者居于宗法大家庭的宝塔顶，一者处在贫困小农家的卑微地；一者为极度纵欲快乐的享福人，一者为备尝生活艰辛的受苦者；一者是贾府衰亡史的个中人，一者为贾府衰亡史的局外人。对贾母与刘姥姥的问答寒暄，王昆仑评道："贾母在天上发问，姥姥在地上应声。"这样两极共构的人物配置并非任意幻设，而是有其叙事结构的意味的，真可谓"兼之则双美，离之则两伤"。可以设想，若无刘姥姥的局外视角相辅相成，则贾母主观融入的戏剧化叙事，会有种种"只缘身在此山中"造成的遮蔽。正是叙述者通过刘姥姥的视角，采用"陌生化"手法描述在贾府的见闻，这样，贾府的奢侈浪费与农家的贫困挣扎之间的巨大落差和张力才得以突出。同样，若无贾母的局内

---

① 汪道伦：《〈红楼梦〉中的枢纽性人物——贾母》，贵州省红学会编《红楼梦人物论：1958年全国红学讨论会论文选》，贵州人民出版社1988年版，第185页。
② 王希廉：《红楼梦》第六回回评，转引自朱一玄编《红楼梦资料汇编》，南开大学出版社1985年版，第550页。

视角定向指涉，则刘姥姥客观游离的牵引作用，会有无关休戚而形成的别样遮蔽，那种身历其中盛极而衰、热极而冷的悲怆意味和弥散在作品中的哀挽情愫就会大打折扣。两种视角交汇融合，一个客观清醒，一个主观投入；一个局外旁观，一个亲历亲闻；一个未终局而撒手，一个为巧姐作结穴。这样就形成了一种复合的叙事情态，不仅加大了叙事的强度与深度，而且具有结构叙事的独特匠心。

四、强化审美信息的功能

贾母形象的审养价值已如上述。此处所论为在贾母的言行中体现出来的审美信息，如果不能说其审美观和曹雪芹的完全重合，最少也是大部分吻合。这由作者对贾母的偏爱和回护性的描述中可以看出，贾母并非庸俗无知之老妇，她有治家之才，洞明事理，而且富有审美情趣。最能体现贾母审美品位而与作者美学思想重合者是在第五十四回，贾母对才子佳人小说批驳道："这些书都是一个套子，左不过是些佳人才子，最没趣儿。把人家女儿说的那样坏，还说是佳人，编得连影儿也没有了。"脂评于此曰："首回楔子内云：古今小说千部共成一套云云，犹未泄真，今借老太君一写，是劝后来胸中无机轴之诸君子不可动笔作书。"[1]这就明确指出，在此处贾母为作者审美观的代言人，斯为确论。这里批评才子佳人故事皆为因袭旧套的模仿，缺少生活的逻辑与情理，它们依照僵化的外设的情节框架，借以夸耀其浮华的所谓文采，抒发其无病呻吟的廉价情感。其人物是脸谱化、单向度的，缺乏个性风采，是"为文造情"而非"情动辞发"的结果。换言之，此类作品皆非得自事体情理的触发，因而违背了生活和艺术之真，这显然是针对明末清初才子佳人小说泛滥而言的。它既表现了贾母的见识、气质、趣味，亦体现了作者的美学理念，确为"一击两鸣"之法。

其次，作品中也表现了贾母的音乐品味，第七十六回，凸碧堂月夜品笛，虽则写出笛声凄楚的不吉之征，然亦反映了其音乐鉴赏力。贾母首先

---

① 脂砚斋五十四回回前评，转引自朱一玄编《红楼梦资料汇编》，南开大学出版社1985年版，第470页。

提议好月需要闻笛助兴，接着说出了具体的欣赏办法："音乐多了，反失雅致，只用吹笛的远远的吹起来就够了。"可见，她并非徒求热闹的烂俗之人，颇懂清风明月与悠扬笛韵在意境上的契合，情韵上的互助，色调上的符同。果然，众人听得烦心顿解，万虑齐除，以致叹服："实在可听。我们也想不到这样，得老太太带领着，我们也得开些心胸。"排除话中的奉承之意外，它也体现了贾母清新脱俗的审美格调。

另外，在家居布置方面，贾母也有不俗表现，她自己居室的大气、疏朗于刘姥姥眼中写出："昨儿见了，老太太正房，配上大箱大柜大桌子大床，果然威武。那柜子比我们那一间房子还大还高。"阔大明爽，井井有条的设计，显出以大为美，以刚为美的审美心态，同一般老贵妇以拥红偎翠、繁缛琐细为美颇不相类。在潇湘馆，她指出绿窗纱与绿竹子没有桃杏树的搭配便单调，为黛玉换其他颜色的纱，注重冷暖色调的配置，这是深谙"合而不同"古典美学原则的体现。在衡芜苑帮宝钗装饰房间，送石头盆景、纱桌屏，墨烟冻石鼎摆在案上，既保持了房间本身的古朴、素雅，又讲究色彩配饰，添了几件小景致后，为其房生色不少，诚如其自言："如今让我替你收拾，包管又大方又素净。"尤其难得的是，她帮黛玉和宝钗装饰住房，不仅能为其居住环境增色添彩，而且照顾到两人不同的性格特质。

五、结语

在《红楼梦》人物群像中，贾母形象血肉丰满，鲜活复杂，是不可或缺的。这得益于作者能根据自己的闻见感受，笔墨中融入血泪，在当时典型的社会、时代、家庭环境中塑造出典型的封建老贵妇形象。但是，其经典意义绝不止给读者提供了性格刻画的精彩个案，而且它在彰显主题、结构叙事、审养信息诸方面的多重意蕴，也具有启迪心智的作用。这种经典的写作传统值得现代作家关注与借鉴。

［原载《西北第二民族学院学报》2003年第2期］

民间视野话《三国》

　　《三国演义》是我国第一部章回体长篇小说，也是历史演义小说的开山和巅峰之作。从成书方式看，它是"滚雪球"式的世代累积型作品。因而，和文人独创小说相比，它蕴含着更多的民间审美情趣和价值观念，在民间拥有广泛的接受群体，对中国人的社会、文化生活产生了无与伦比的深刻影响。三国故事早在隋朝就已经上演，经宋代讲史的"说三分"，元代的《三国志平话》，元杂剧中的"三国戏"，至明代《三国演义》的正式成书，民间的道德选择和审美取向早已如盐在水，融入其中。此后，人们在"三国戏曲"、民间说唱文学、俗谚、歇后语中仍然对它认同着、欣赏着、评说着，形成了《三国演义》接受史的雄奇景观。虽然，这些评判大多散发着感性、朴野、俚俗的气息，有些甚至是皮相的、庸俗的、浅薄的，但其中也有不少不拘泥陈见，望表知里，扒毛辨骨的深知慧解。重视民间对《三国演义》的评说，或许可以为我们研究它提供一些全新的视角和多元的参照。

一、世代累积看主题

　　三国故事的历时性流传，使我们看到其中涵容的民间审美体验、情感倾向、价值取向。陈寿的《三国志》和裴松之的注本身就包含着许多生动的故事，它在民间的流传中又不断地丰富着、发展着。据唐代颜师古《水饰图经》记载："炀帝别敕学士杜宝修《水饰图经》十五卷，新成，以三月上巳日，会群臣于曲水，以观水饰……曹瞒浴谯水，击水蛟；魏文帝兴师，临河不济；……吴大帝临钓台望葛玄，刘备乘马渡檀溪。"[1]可见，隋朝已有表演三国故事的节目。李商隐《骄儿》诗云："或谑张飞胡，或笑邓艾吃。"[2]说明唐代三国故事流传已相当广泛了。至此，在有关民间三国节目的记载中，我们尚看不出有明确的道德评判和情感倾向。宋代说话出现了"说三分"的专门节目，而且"拥刘反曹"的价值取向已相当清楚。据苏轼《东坡志林》："王彭尝云：'涂巷中小儿薄劣，其家所厌苦，辄与钱令聚坐听说古话，至说三国事，闻刘玄德败，颦蹙有出涕者，闻曹操败，即喜唱快。以是知君子小人之泽，百世不斩。'"[3]前几句明确了"拥刘反曹"倾向，后两句指出它的思想基础。即"拥刘反曹"主要是建立在"君子""小人"这样的道德判断基础上。君子、小人的界定是以对待义、利的态度为标准的，君子重义而小人重利。君子小人的个人行为对社会影响有限，然而作为王者重义还是重利成为一种辐射力非常强的社会行为。统治者实施仁政以德服人还是实施霸政以力服人会影响到历史的进程和百姓的生存状态。由苏轼的记载，可顺理成章地推断，"说三分"中曹操已是推行霸道的极端利己主义的统治者代表，刘备则是推行仁政的以解民倒悬为己任的统治者典型。蜀主刘备因重仁义而受到民间的认同与亲和，魏主曹操则因崇功利而受到民间的批判和鄙弃。从中我们亦可看出小说由于感人"捷且深"的特点，而被作为形象的道德教材，具有良好的教育作用。后来，经过元代《三国志平话》、三国杂剧、罗本《三国演义》、毛本《三国演义》的不断型塑，这样的道德评价得到逐步强化。吴组缃先生认为《三国演义》接受了拥刘反曹的思想并进一步加以突出了，是它成功的

① 颜师古：《大业拾遗记》，转引自朱一玄、刘毓忱编《三国演义资料汇编》，百花文艺出版社1983年版，第47页。
② 李商隐：《骄儿诗》，转引自朱一玄、刘毓忱编《三国演义资料汇编》，百花文艺出版社1983年版，第78页。
③ 苏轼：《东坡志林》，转引自朱一玄、刘毓忱编《三国演义资料汇编》，百花文艺出版社1983年版，第123页。

根本原因，洵为确论。

战国时代孟子就提出"王道""霸道"两种对立的政治模式，因"王道"中民本思想在很大程度上符合民众的利益，在民间获得广泛认可。《三国演义》中曹操与刘备是"霸道"和"王道"两种政治思想的形象代言人，曹操的宗旨是"宁教我负天下人，休教天下人负我"，刘备的原则是"宁死不为负义之事"。刘备曾表白："今与吾水火相敌者，曹操也。操以急，吾以宽；操以暴，吾以仁；操以谲，吾以忠；每与操反，事乃可成。"在两极对立的形象塑造中，作者强调着来自民间的伦理认知和政治理想。如刘备的携民渡江、曹操的徐州屠城等，正、负两极的行为突显着刘备的仁德爱民、曹操的残民以逞。故事的世代累积已在民众心中形成根深蒂固的刻板印象，曹刘的义利之争升级为王霸之争，善恶之争，是非之争。创作者必须顺应、强化这种思想，才能符合民众的接受心理，后来民间三国说唱文学也充分证明了这一点。在三国故事流传——定型——再流传的过程中，歌颂仁政，反对暴政，褒义贬利一直是《三国演义》的基本主题，其他主题说皆由此生发。黑格尔说："没有人能够真正地超出他的时代，正如没有人能够超出他的皮肤。"①在资产阶级革命前，倡导仁政反对暴政是中国封建社会民间政治理想所能达到的高度，苛责人们超越这种思想是不切实际的。

二、智勇兼备显意趣

崇义反利、倡仁抗暴是《三国演义》的主题曲，在此基础上作品对智略与勇武也进行了热情的讴歌，从而使得汉末近百年的恢宏历史斗争画卷更加云蒸霞蔚，气象万千，大大增强了《三国演义》的文学魅力和艺术感染力。毛宗岗称颂三国人才之盛："入邓林而选名材，游玄圃而见积玉，

---

① 黑格尔：《哲学史讲演录》第1卷，贺麟、王太庆译，商务印书馆2011年版，第61页。

收不胜收，接不暇接，吾于《三国》有观止之叹矣。"①歌颂智慧与勇力展现了作者在乱世中的人才理想，对智与勇的集中表现是作品吸引读者的重要意趣所在。在"三绝"中，诸葛亮的"智绝"占其一，而曹操的"奸绝"、关羽的"义绝"均是立足伦理层面的评价，但是转换一个视角，曹操何尝不是具备雄才大略的智者，唯其权诈中寓机智，才奸得可喜，奸得可爱，才成为鲜活、真实、动人的典型形象，形成与董卓、袁绍等人的巨大差异。以至于："《三国演义》的读者恨曹操，骂曹操，曹操死了想曹操。"民间还常说："曹操献刀——随机应变"，"说曹操，曹操到"，"曹操用人——唯才是举"，"曹操割须——以己律人"。如果曹操一味奸诈，智略低下，就不会有跣足迎许攸、哭郭嘉、赤壁之败后的"三笑"等精彩情节，作品的艺术光彩一定会黯淡许多。

关羽不但"义绝"而且"勇绝"，诸葛亮不但是"智绝"而且是"忠绝"。民间说唱文学及俗谚、歇后语对两者更是情有独钟，倾注了极大的热情，显示着民间对智、勇的肯定与赞许。智勇借鲜明的人物形象得到张扬，人物形象特质又借智勇得以强化。元代《单刀会》《隔江斗智》杂剧分别突出关羽、诸葛亮之勇与智。自罗本《三国演义》出，关于三国的说唱文学更与日俱增，叙关羽温酒斩华雄，过五关斩六将，刮骨疗伤的故事流传更广；写诸葛亮"隆中决策""舌战群儒""空城计"的故事成为传唱热点，在在展现着民间对智勇人才取向的赞同与热望。随着三国说唱文学的流播，三国故事日益深入人心。俗谚、歇后语更以其简洁、凝练的形式寄寓着这种认同。如"聪明莫过诸葛亮"，"诸葛亮借东风——巧用天师"，"诸葛亮用兵——神出鬼没"，"孔明大摆空城计——化险为夷"，"诸葛亮皱眉头——计上心来"等，这些都表现出对诸葛亮运筹帷幄、足智多谋的热情礼赞。在民间，诸葛亮是智慧的化身、精明的同义语，由他导演和演出的"空城计""草船借箭""三气周瑜""七擒孟获"等精彩片段深深烙在受众心中，让人难以忘怀。至于关公，"关羽斩华雄——马到成

①毛宗岗：《读三国志法》，转引自朱一玄、刘毓忱编《三国演义资料汇编》，百花文艺出版社1983年版，第297页。

功"，"单刀赴会——声势压人"，"关公面前耍大刀——不自量力"，"过五关斩六将——所向无敌"，"关云长刮骨疗伤——若无其事"等歇后语大都着眼于《三国演义》表现勇武的情节加以凝练，折射出民众对关羽神勇威武、英气勃发的神往、崇拜情结。此外，"一身是胆"的子龙，硬骨锋铮的张飞，智谋过人的徐庶，精细厚道的鲁肃在民间视野中都据有一席之地。由于罗贯中运用了"才与才敌"的正衬技巧，写周瑜之智以强化诸葛亮之智，写华雄、颜良之声势突出衬关公之声势。围绕智、勇建构的曲折情节，增添了《三国演义》的可读性和观赏性，客观上扩大了作品的传播范围。当然，《三国演义》弘扬的人才观还很注重德，如诸葛亮之忠贞不渝，关羽之义薄云天，赵云之忠心耿耿，刘备之仁德宽厚，这属于伦理范畴，此不赘述。

三、直探心源去伪饰

《三国演义》塑造了众多迷人的典型形象，在有些人物形象身上，作者的创作意图与客观效果有一定差异，对这些形象民众也有自己的不同解读。民间对《三国演义》的看法主要不是靠理性分析和逻辑推理，他们凭着对三国故事的熟稔，带着自己的情感体验，审视着纷繁的三国世界。由于头脑中没有过多陈腐观念的困扰，他们在评价《三国演义》时不囿于伦理的认知，往往能一针见血，直探心源，洞穿本质，颇有见地。这主要体现在对人物形象的评判上。诸葛亮是智慧、忠贞之士，相对于忠，表现其智的故事更加深受民众喜爱。其"舌战群儒""隆中决策""安居平五路"等都既显现了孔明超人的智识，又合情合理，无可挑剔。特别是"武侯弹琴退仲达"，因为司马懿知道孔明一生谨慎、从不冒险，所以他偶一行险立刻奏效，吓退了司马懿。这是基于知己知彼基础上的高明的心理战，尤见精彩。这些精彩情节弥散着无穷的艺术魅力，满足人们的审美心理，启迪了人们的心智。

但书中确有神化诸葛亮、不合情理的败笔，如在诸葛亮祭风、退风、禳星、未卜先知以及用奇门遁甲术等情节中，诸葛亮儒雅之风锐减，而妖道之气陡增。因割裂了艺术与真实的关系，虚妄无稽而不可信。叶昼托名李贽评："《水浒传》文字不好处，只在说梦、说怪、说阵处，其妙处都在人情物理上，人亦知之否？"①此评也适用于有关诸葛亮的荒诞描写。难怪鲁迅批评《三国演义》"状诸葛之多智而近妖"，这是作者主观意图与客观效果的错位，他太想突出诸葛亮的智谋，反而适得其反，破坏了诸葛亮形象的完整性。民间对这种神化诸葛亮的倾向并未盲从。俗谚云："三个臭皮匠，凑成一个诸葛亮。"一方面认同诸葛亮卓越非凡的智慧、谋略，另一方面肯定集思广益能达到诸葛亮的水准，把诸葛亮由神坛拉下来，抹去了其神异色彩，使其贴近生活。

刘备是理想化的、施仁义的统治者典型，作者将儒家民本思想中优秀品质如仁德、宽厚、爱民加诸一身，通过与曹操的两极共构强化其仁厚形象。但由于缺乏现实基础而虚无缥缈，以致其成为儒家王道美质的空洞符号，这样恰恰形成一种悖反态势，就是主观创作意图"欲显刘备之长厚"，而客观接受效果却是"似伪"。与鲁迅相比，民间的评价结合具体情节与行为，显得更加绝假存真，更加明白晓畅。刘备的要投江、三辞徐州、遣众将、摔阿斗、白帝托孤等行为，其实都是为结人心而耍的权谋。歇后语"刘备摔阿斗——收买人心"，结合典型情节指出刘备长厚这一印象整饰下的"假意儿"。在曹操青梅煮酒论英雄中说"天下英雄，唯使君与操"，把刘备定位为非凡的英雄。但通览全书，除了求贤若渴、仁义邀民之外，实难看出他有多少英雄气概。相反，诸多情节让人感到这是为了彰显蜀方的正统地位而强贴的标签。正如《水浒传》中人们一见宋江纳头便拜一样，刘备的哭有时让人感到腻烦。"刘备的江山——哭出来的"，正是基于此而发的精辟之见。其他对人物的评判，如肯定张飞粗豪性格的另一侧面，"张飞使计谋——粗中有细"。对昏庸暗昧、乐不思蜀的后主，称之为"扶不起的阿斗"。这些都是简明、精当之论。

---

① 《水浒传回评》，转引自朱一玄、刘毓忱编《水浒传资料汇编》，南开大学出版社2002年版，第184页。

四、情感缺失须补偿

在三国时代战乱频仍的大舞台上，导演是"是非成败转头空"的天命观，演员是各方霸主、英雄、谋士，他们翻云覆雨、叱咤风云，使舞台光怪陆离、生色增辉。《三国演义》的世界是男人的世界，女性在其中不过是尤物和道具，男人展现雄姿风采要靠政治斗争中的斗智斗勇，要靠战争对垒中的拼搏厮杀，这些事迹富于传奇色彩，有力地表现了阳刚之美。但是，对于这些英雄，《三国演义》很少涉及他们的情感世界，特别是儿女情长的一面。《三国演义》中衡量英雄的一个重要指标是不近女色，红颜祸水、好色误事是常识。面对绝色美女，英雄应心如止水，不为所动。关羽降曹后，曹操送给他十个美女，他令其伺候两个嫂子。赵范欲将美貌的寡嫂樊氏嫁给赵云，赵云毫不动心，其他很多英雄人物也是如此。相反，董卓、吕布、曹操等因为好色而受到了惩罚。

受作者赞赏的是刘备的"衣服论"："古人有云，兄弟如手足，妻子如衣服，衣服破而尚有更换，使手足若废，安能再续乎？"在这种观念支配下，英雄的情感世界当然不足道了。祁彪佳评《千金记》："纪楚、汉事甚豪畅，但所演皆英雄本色，闺阁处便觉寂寥。"[1]以此评价《三国演义》也很恰当。三国中的女性，很少看出其情感的本真状态。貂蝉牺牲青春、美貌，只是作为政治斗争的工具而出现，她在吕布、董卓间虚与委蛇、巧妙周旋，使连环计大获成功，除掉了窃国大盗董卓。而其间丝毫看不出她的情感波动和生命体验。她不是有血有肉、鲜活真实的人物，只是封建伦理观念的符号化。其他如糜夫人、太史慈之母、徐庶之母，无一例外。在"周郎妙计安天下，赔了夫人又折兵"中，"孙夫人"着墨较多，那也只是揶揄周瑜智逊孔明一筹的副产品。

民间三国说唱文学除承传三国传奇故事，咏唱智、勇、德外，亦感受

---

[1] 俞为民、孙蓉蓉编：《历代曲话汇编（明代编）》第1集，黄山书社2009年版，第628页。

到这方面的匮乏，于是增饰出一些爱情、婚姻故事。唐传奇、宋话本、元杂剧、明拟话本都有演绎浪漫缠绵爱情的传统，在这种思想的影响下，特别是在明末清初才子佳人小说的影响下，三国说唱文学中凭空幻设了一些爱情故事。清代中期弹词《三国玉玺传》里玉玺是刘备赠邢姣花之物，以此演绎刘备与邢姣花的悲欢离合及两世姻缘。像凤仪亭这样的"出彩点"，吸引了说唱文学的视线，它们不是把貂蝉当作政治斗争的筹码，而是表现了她内心对爱情的真切渴慕与大胆追求。许多以小乔故事为题材的说唱作品，如《小乔自叹》《小乔哭夫》表现了爱情和家庭幸福生活的毁灭给女性造成的心灵创痛。这些作品中的女性不再是伦理观念的符号或是无足轻重的龙套，而是有真切的生命体验和个性风采的形象。电视连续剧《三国演义》中出现了周瑜儿女的形象，着意抒写了周瑜夫妻和他们的儿女之间的感人亲情，呼唤着真实人性的回归，拉近了英雄和凡人的距离，逼真可感。这些增饰虚拟都融入了特定的时代思潮，是一种满足民间期待的创造性发挥，也是对情感缺失的历史性补偿。

五、应用方解其中味

《三国演义》描写战役约五百次，历时近百年，规模宏大、形式多样，曾被称为全景性军事文学。历史小说允许虚构，作者将我国几千年间著名战役及其战略、战术以及历代兵法尤其是孙吴兵法融入其中，把三国时代著名战役场面描绘得五彩缤纷、波谲云诡。在描写战争时，宏观、微观并重，突出"人谋"，即战争胜负的关键是智慧、谋略的运用是否恰当，其中强调统帅知己知彼的未雨绸缪，审时度势的战略眼光，运筹决策的实战能力，写战争将"伐交""伐谋"有机结合，使战争描写立体化。战争是一个复杂的综合体，它受各种因素和条件的制约、影响，在具体战役中根据具体情况突出其中主要因素或条件，就能体现战役的特点。如写赤壁之战时，突出水、雾、风；写"七擒孟获"时，聚焦险山毒水和恶劣气候。另外，针对性极强的谋略，如攻心战、连环计、骄兵计、苦肉计、空城计等都写得生动形象。

《三国演义》描写战争不但写出普遍的共性，而且写出独具的个性，符合战争的规律和特点。具体的战役被描述为一个个具体而微的个案战例，具有较强的实践性和可模效性，受众从中获得美感享受之余，亦可学到古代的军事知识。从这种意义说，它是形象的军事教材。加之《三国演义》"文不甚深、言不甚俗"的语言品格使其便于接受，以致明清以降，许多起义领袖以之作为战争指南，从中汲取战争谋略，运用于现实斗争。据黄人《小说小话》："张献忠、李自成（按：原文此处衍一顿号）及近世张格尔、洪秀全等，初起众皆乌合，羌无纪律。其后攻城略地，伏险设防，渐有机智，遂成滔天巨寇；闻其皆以《三国演义》中战案，为帐内唯一之秘本。则此书不特为紫阳《纲目》张一帜，且有通俗伦理学、实验战术学之价值也。"①张德坚《贼情汇纂》亦云："贼之诡计，果何所依据？盖由二三黠贼，采稗官野史中军情，仿而行之，往往有效，遂宝为不传之秘诀。其取裁《三国演义》《水浒传》为尤多。"②两种载录互相发明，绝非空穴来风，证明了《三国演义》战争描写的可仿效性。这种实用主义态度对目前从人才学、领导科学、商战技术等角度进行的应用研究可能启示良多。民间秘密组织更以"桃园结义"为一种理想范式，动辄效尤，可以看到"义"在民间的号召力和凝聚力。邱炜萱《挥麈拾遗》中说："自《三国演义》出，而世慕为拜盟歃血之兄弟，斩木揭竿之军师多。"③"看《三国演义》使人聪明"，人们还从书中政治、军事、外交斗争中吸取生活智识。如"已非吴下阿蒙"，表明要用发展的眼光看问题；"大意失荆州，骄傲失街亭"，指出"满招损"，处世应谨慎；"要做事前的诸葛亮，不要当事后的诸葛亮"，强调处理问题要有前瞻性；"刘备报仇——因小失

---

① 黄人：《小说小话》，转引自朱一玄、刘毓忱编《三国演义资料汇编》，百花文艺出版社1983年版，第748页。

② 张德坚：《贼情汇纂》，转引自朱一玄、刘毓忱编《三国演义资料汇编》，百花文艺出版社1983年版，第709页。

③ 邱炜萱：《挥麈拾遗》，转引自朱一玄、刘毓忱编《三国演义资料汇编》，百花文艺出版社1983年版，第735页。

大"，主张办事要权衡利弊、考虑周详。诸如此类，不胜枚举。《三国演义》的应用和传播是一种互动关系，应用扩大了其传播面，传播又推动了它的应用性。本着"学以致用"的原则，只有加强《三国演义》的应用研究，才能注入更多的现代意识，适应社会需要。

结　语

丹纳曾说："艺术家不是孤立的人。我们隔了几世纪只听到艺术家的声音；但在传到我们耳边来的响亮的声音之下，还能辨别出群众的复杂而无穷无尽的歌声，像一片低沉的嗡嗡声一样，在艺术家四周齐声合唱。"①相对作家独创的小说而言，这话用来评价世代累积型作品更为允当。在三国故事流传、定型、再流传的历时性过程中，我们应当关注隐显在作者声音之下的民间的美妙和声，这对开拓《三国演义》的研究疆域和选用别一视角进行审美观照，有极为重要的意义。当然，对其中浮浅、庸俗的东西，也需要做一番去伪存真的细致工作。

［原载《第十三届〈三国演义〉研究论文集》（黄山书社2001年版），辑入本书时有改动］

---

① 丹纳：《艺术哲学》，傅雷译，安徽文艺出版社1998年版，第45页。

功首罪魁非两人，遗臭流芳本一身

——谈《三国演义》中涉曹诗的叙事功能

　　在小说叙事中融入诗歌滥觞于魏晋笔记小说，文备众体的唐传奇更以"诗笔"为其重要特色，随着小说形态的演进，融入诗词等韵语遂成我国古代小说的一大特点。如毛宗岗所言，"叙事之中，夹带诗词"是"文章极妙"之处①。我们对小说中的诗、词的整体评价，不能仅仅关注其本身的艺术价值，更要着眼于它们对人物形象的塑造、故事情节的发展、主体价值的表达是否发挥了不可替代的作用。据笔者统计，毛本中共有诗、词、赞、赋207首（词2首，一为卷首词，一为貂蝉出场词；赞两篇，一为徐母赞，一为崔琰赞；赋两篇，一为铜雀台赋，一为大雾垂江赋），涉及曹操的诗歌共有32首，其中曹操创作的《短歌行》1首属于故事层面，其余31首均属于叙述话语层面，直接或间接地表现了叙述者对人物的评价②。为了论述的方便，我们将涉曹诗分为三类：一、曹操创作的诗歌（1首）；二、直接评价曹操的诗歌（9首）；三、间接评论曹操的诗歌（22首）。本文从这三方面论述涉曹诗在塑造曹操形象、推动情节发展、营造叙事氛围等方面的叙事功能。

---

　　① 《三国演义凡例》，见罗贯中著：《三国演义会评本》，北京大学出版社1986年版，第21页。

　　② 按：据笔者统计，在涉曹诗中尊其为曹公者3首，尊其为操公者1首，称其号孟德者1首，直呼其名曹操者4首，贬其为奸雄者3首，曹操奸雄连用者3首，呼其为曹瞒者7首，斥其为奸者2首，斥其为奸党者1首，斥其为奸相者1首，斥其为虐者1首，称其为功首、罪魁者1首，以王莽况之者1首，用天道循环来阐释曹操所造之业者2首。

一、曹操自咏的诗歌

《短歌行》在第四十八回"宴长江曹操赋诗，锁战船北军用武"中出现，是曹操诸多诗作中唯一一首被引入《三国演义》的作品。作者让曹操在赤壁之战前夕即兴创作、吟咏《短歌行》，并通过对之进行别具匠心的误读、曲解，成功地营造出大战前夕的不详预兆，逼真地展示了人物丰富复杂的内心世界。在此，曹操不再是历史的原型，而是小说中的人物，他吟咏《短歌行》是小说中的故事情节，根据西方经典叙事学的观点，这属于故事层面，而非话语层面。因此，我们对之加以考量，关注的重心不再是诗本身的思想内涵与艺术价值，而是聚焦于它是否被充分戏剧化了，是否有利于揭示人物的思想性格，是否能营造一种适当的环境氛围，推动情节的发展。

华莱士说："叙事的显著特征——进入人物的思想感情。"①从表面看，以历史原型曹操的诗作去表现艺术形象曹操的性格，可以起到增强历史演义的拟实性与逼真感的作用。然而问题的关键在于，人物原型曹操有诸多诗作，如以"生民百遗一，念之断人肠"著称的《蒿里行》，以"天地间，人为贵"名篇的《度关山》，以"老骥伏枥，志在千里"为警策的《龟虽寿》等，作者为何偏偏选取《短歌行》，并罔顾史实地将其移置于赤壁之战前让曹操在宴会上即兴创作并吟诵？②罗贯中如此安排究竟有没有明确的叙事意图？我们认为这样的叙事操作有以下两个明确意图，兹分述如下。

其一，通过让曹操横槊赋诗来使《短歌行》的创作与吟咏得以具象化

---

① 华莱士·马丁：《当代叙事学》，伍晓明，北京大学出版社1990年版，第128页。

② 按：通常认为《短歌行》作于赤壁之战后，参见《曹操集译注》，中华书局1979年版，第17—18页。范垂新：《曹操〈短歌行〉写作年代考》，《辽宁教育学院学报》1997年第1期。知渐认为《三国演义》把《短歌行》放在赤壁之战的情节里是不合适的，这是以史衡文，此不具论。知渐：《曹操〈短歌行〉为谁而作》，《重庆师院学报（哲学社会科学版）》1983年第3期。

和戏剧化,进而展示曹操的正、负两极性格。情节是"某种性格、典型成长的历史"①。而曹操横槊赋诗的情节堪称"最富于性格特征的行动,是人物思想本质的表现"②。郑铁生先生认为:"当小说和诗词熔铸成为一个完整的有机的艺术整体时,诗词成为曝光人物内心世界最为有力的一笔。"③由此观之,作者有意将此诗的创作时间提前到曹操"破荆州、下江陵、顺流而东"之时,十分确切地表现了小说中曹操求贤若渴、一统天下的胸怀和志得意满、骄矜自负之态。前者通过《诗经·小雅·鹿鸣》之意象与以周公自况得以清晰的表现,后者则在具体情节中加以展示。曹操在生死攸关的赤壁之战前大摆酒席宴请群臣,显然有将孙权集团、刘备集团视同无物之意,群臣唱和提前奏凯之行为将其得意忘形、刚愎傲慢之状暴露无遗。在这种心态的驱使下,曹操不可能听进任何逆耳忠言。因此,当刘馥进言:"大军相当之际,将士用命之时,丞相何故出此不吉之言?"恰撄曹操之盛怒,被他一戟刺死,在酒醒后他又不断自责并厚葬刘馥。曹操骄矜自负、深不可测的性格通过这一戏剧化场景得到有力的彰显。他既具有草菅人命、凶残暴戾的性格,又兼备雄才大略、唯才是用的气度,既完全不同于董卓的残暴寡谋,也迥然区别于袁绍的羊质虎皮。

其二,作者利用诗中"乌鹊南飞"而"无枝可依"的意象,进行了创造性的误读和曲解,营造了一种对于曹魏集团不祥的环境氛围,实际上起到谶语式预叙的作用。"乌鹊"意象,对小说家来说,是个难得的象征,它与不祥之事联系在一起,乌鹊南飞找不到可以栖息的树枝,象征远征的失败命运,诚如毛宗岗所言,乌鹊南飞为南征失利之兆④。这一意象能"激发读者的联想,引导他去搜寻,捕捉隐藏在意象里的种种言外之意,韵外之致,于是在无形中便大大丰富了作品的意蕴"⑤。这种谶语式预叙

① 马振方:《小说艺术论》,北京大学出版社1999年版,第109页。
② 马振方:《小说艺术论》,北京大学出版社1999年版,第109页。
③ 郑铁生:《三国演义叙事艺术》,新华出版社2000年版,第173页。
④ 陈曦钟、宋祥瑞、鲁玉川辑校:《三国演义会评本》,北京大学出版社1986年版,第21页。
⑤ 罗钢:《叙事学导论》,云南人民出版社1994年版,第14页。

以古代天人感应的哲学思想为基础，营造出赤壁之战前不祥的情调氛围，初现了赤壁之战曹操败北的端倪。作者根据自己的叙事意图明确幻设出《短歌行》创作的"本事"背景，并以"乌鹊南飞"意象作为曹操事业从巅峰到跌落的象征，为其赤壁之战的惨败预先埋下了伏笔，具有"隔年下种，先时伏着"之妙。作者唯恐此处所写不透、不尽，可能会被读者轻轻放过，还特意通过刘馥之口直接予以点破："'月明星稀，乌鹊南飞；绕树三匝，无枝可依。'此不吉之言也。"更进一步坐实了乌鹊意象是不祥之兆的象征。因此，曹操最终狼狈逃窜的结局在每个读者的意料之中，才不会给人以突兀之感。作者运用将诗歌情节化的手法，既刻画了曹操的性格，又推动了情节的发展①，折射出对"奸得可喜，奸得可爱"的曹操形象的复杂情感与评价。

二、直接评价曹操的诗歌

《三国演义》中的一百八十首论赞诗均来自叙述者，属于叙事话语的层面而非故事层面，占诗歌总数的88%。三十二首涉曹诗中，除了《短歌行》属于故事层面以外，其余三十一首涉曹诗均属于叙述话语层面，其中的九首是叙述者对曹操的直接评价，诗歌的重点也是评价曹操，他也是参与情节的主要角色。西方经典叙事学以为："叙述者外在于人物的世界，叙述者的世界存在于一个与小说人物世界不同的层面。"②如郑铁生先生所说："小说家以全知叙事者的身份，对小说中的人物和事件进行议论或赞叹，直接抒发爱憎感情，表达政治倾向、伦理观念和道德准则。"③在这九首诗中，有八首是结合具体情节对曹操的主观评价，另外《邺中歌》是对曹操一生的总体评价，它们均非常明确地表现了叙述者的政治理念、道德立场与价值取向。

---

① 郑铁生：《三国演义叙事艺术》，新华出版社2000年版，第170页。
② 罗钢：《叙事学导论》，云南人民出版社1994年版，第163页。
③ 郑铁生：《三国演义叙事艺术》，新华出版社2000年版，第189页。

第十回曹操之父曹嵩被杀,诗曰:"曹操奸雄世所夸,曹将吕氏杀全家。如今阖户逢人杀,天理循环报不差。"叙述者将曹操父亲全家意外被张闿所杀归因于他杀害吕伯奢一家的果报,即所谓"天理循环报不差",可见叙述者对其杀害无辜的道德义愤之深。第十七回曹操马践麦苗,为严明军纪割发代首,诗曰:"十万貔貅十万心,一人号令众难禁。拔刀割发权为首,方见曹瞒诈术深。"平心而论,曹操此举客观上对百姓秋毫无犯,使"百姓闻谕,无不欢喜称颂,望尘遮道而拜",在在显示出政治家、军事家的睿智与机敏。而毛宗岗却抱着道德偏见,不无偏颇地从狡诈、虚伪的负面角度对之进行解读,真可谓"欲加之罪何患无辞"。

第四十五回曹操中了周瑜的反间计杀了蔡瑁、张允两位水军降将,诗曰:"曹操奸雄不可当,一时诡计中周郎。蔡张卖主求生计,谁料今朝剑下亡!"显而易见,叙述者是站在孙刘联盟的立场对曹操的中计、失策幸灾乐祸,对蔡、张两人卖主求荣的可耻下场表达一种道义上的快慰。第五十回曹操败走华容道被关羽放走,诗曰:"曹瞒兵败走华容,正与关公狭路逢。只为当初恩义重,放开金锁走蛟龙。"叙述者尊称关羽为关公,直呼曹操为曹瞒,褒贬分明,对比强烈。第五十六回曹操大宴铜雀台众文官赋诗纪胜时,诗曰:"周公恐惧流言曰,王莽谦恭下士时:假使当年身便死,一生真伪有谁知!"在此之前,曹操尚无实质性的篡窃神器的行为,而且在统一北方、结束割据等方面功勋甚著,因此之故,众文官以伊尹、周公拟之,恰好与第四十八回中曹操在《短歌行》中以周公自况遥相呼应。然而,叙述者通过白居易《放言五首》(其三)来揭露其虚伪、矫饰,认为他和王莽一样有篡逆之心,实际上也起到了预叙的效果。

第五十八回马超大败曹操使其割须弃袍落荒而逃时,诗曰:"潼关战败望风逃,孟德怆惶脱锦袍。剑割髭髯应丧胆,马超声价盖天高。"如郑铁生先生所言,曹操逃跑反应迅捷,急中生智,足见其败而不馁,沉着应变①。然而，叙述者出于反曹的目的，为了烘托"马超声价盖天高"，不惜用"望风逃""怆惶""丧胆"等词丑化曹操形象。第六十六回曹操犯上弑伏皇后，诗曰："曹瞒凶残世无双，伏完忠义欲何如。可怜帝后分离处，不及民间妇与夫！"叙述者对曹操无君无父的行为的切齿痛恨溢于言表。第七十八回曹操临终时，诗曰："三马同槽事可疑，不知已植晋根基。曹瞒空有奸雄略，岂识朝中司马师？"叙述者站在一定的时空距离之外，嘲讽曹操机关算尽的谋逆行径实际上是为司马氏作嫁衣裳。综合以上分析可见，以上八首诗均结合具体情节，站在传统儒家伦理道德的立场对曹操的心理、言行、举止等进行否定性分析、阐释，甚至对其正确行为也加以负面阐释，表明了叙述者强烈的干预意识。在这种形势之下，曹操的奸诈、凶残等负面品行被放大，进而在戏曲舞台上被涂上"甚于斧钺"的大白脸也就在所难免了。另外，第三十回曹操在官渡之战中大获全胜后焚毁属下私通袁绍的信件，嘉靖本、李贽评本均有诗赞："尽把私书火内焚，宽宏大度播恩深。曹公原有高光志，赢得山河付子孙。"毛本却把这样有利于反映曹操胸怀与气度的诗歌删除了，致使曹操形象的正面光彩越来越暗淡。

如果说以上八首诗偏重于对曹操作道德上的否定评价的话，那么毛本独有的《邺中歌》则对曹操作了偏于肯定的总体评价："邺则邺城水漳水，定有异人从此起；雄谋韵事与文心，君臣兄弟而父子；英雄未有俗胸中，出没岂随人眼底？功首罪魁非两人，遗臭流芳本一身；文章有神霸有气，岂能苟尔化为群？横流筑台距太行，气与理势相低昂；安有斯人不作逆，小不为霸大不王？霸王降ître儿女鸣，无可奈何中不平；向帐明知非有益，分香未可谓无情。呜呼！古人作事无巨细，寂寞豪华皆有意；书生轻议冢中人，冢中笑尔无生气！""异人""英雄""雄谋韵事""文心"云云均是对曹操过人的才能、胆识、谋略、文采、功业的充分肯定。但对曹操一生的定评是一分为二的，即"功首罪魁非两人，遗臭流芳本一身"。统

---

① 郑铁生：《三国演义诗词鉴赏》，天津古籍出版社2003年版，第219页。

观直接评价曹操的诗歌,叙述者既有肯定,也有否定,肯定中有否定,否定中有肯定,肯定其雄才大略,否定其大奸大恶。曹操原型本身存在着复杂的矛盾,在经过艺术加工与合成后,更增加了其性格的丰富性与复杂性。毛氏父子虽然无法否认曹操政治家、军事家、文学家的才能与素质,却加强了对其在道德伦理方面的揭露与批判。

三、间接评价曹操的诗歌

所谓间接评价曹操的诗歌是指,他不是诗歌关注的重点,也不是情节的主要参与者,而是述及其他人事时被顺便提及的诗歌。这类涉曹诗在《三国演义》中有22首,对曹操形象进行了一定程度的评价,其中有褒扬的,有贬抑的,也有价值中立的。此类诗歌中的主体评价主要从对曹操的称谓上体现出来,在22首诗中,有两首着眼于因果报应、天道循环,没有对曹操的称谓(第109回、119回),其他20首均有对曹操的称谓,其中直呼其名"曹操"者四首(第5回、38回、48回、120回),尊其为曹公者四首(第30回、34回、39回、50回),鄙其为曹瞒者三首(第19回、69回、109回),斥其为奸者二首(第24回、57回),斥其为奸党者一首(第23回),斥其为奸相者一首(第25回),骂其为虐者一首(第66回),斥其为奸雄者三首(第24回、37回、57回),曹操奸雄连用者一首(第40回)。按照叙事学的观点,这些对曹操的称谓可以看作是公开的叙述者的判断性评论,他们依据的是某些外在的价值、信仰、道德准则对故事中人物或事件的评价。[①]从这些称谓可以看出叙述者对曹操是贬抑多于褒扬,这与宋代以来"拥刘贬曹"的倾向一致,而且叙述者对曹操的主体评价之词如"奸""奸党""奸相""奸雄""虐",均主要聚焦于道德层面,而几乎不涉及才能层面("奸雄"之雄肯定了其才能),这些评论属于话语行为,非常明确、公开地传达出叙述者的声音,在古代中国这样一个典型的

---

① 参见罗钢:《叙事学导论》,云南人民出版社1994年版,第229—230页。

伦理型社会中，直接影响了叙述接受者对曹操的印象，将其钉在道德的耻辱柱上。

先看直呼其名的四首诗。第五回描述三英战吕布的诗有"曹操传檄告天下，诸侯奋怒皆兴兵"两句，第三十八回赞诸葛亮的古风有"曹操专权得天时，江东孙氏开鸿业"两句，第四十八回徐庶识破连环计，庞统教其金蝉脱壳之法后有诗："曹操征南日日忧，马腾韩遂起戈矛。凤雏一语教徐庶，正似游鱼脱钓钩。"第一百二十回总结三国归晋的古风有云"曹操专权居相府，牢笼英俊用文武；威挟天子令诸侯，总领貔貅镇中土"四句，暂且抛开具体的情节，从叙述者在这四首诗中对曹操的称呼看，态度比较客观，价值相对中立，只有"专权"隐约透露出不满的消息，第五回的诗还肯定了其讨董卓的首倡之功，第一百二十回的诗实事求是地赞赏其得天时的战略眼光，唯才是举的领导才能，这些主要是从政治、军事才能的角度着眼的，而从道德立场的批判在此基本是缺席的。

再看尊其为曹公的四首诗。第三十回评沮授之死的诗中有"曹公钦义烈，特与建孤坟"两句，肯定其褒奖忠臣为敌人题墓碑的豁达胸怀。第三十四回咏叹刘备的诗："曹公屈指从头数：'天下英雄独使君。'髀肉复生犹感叹，争教寰宇不三分？"对曹操纵论天下英雄，慧眼识才充分肯定。第三十九回赞诸葛亮的诗："博望相持用火攻，指挥如意笑谈中。直须惊破曹公胆，初出茅庐第一功！"第五十回："魏吴争斗决雌雄，赤壁楼船一扫空。烈火初张照云海，周郎曾此破曹公。"均是以强衬强，以博望、赤壁的两次败于火攻，突出诸葛亮、周瑜杰出的军事指挥才能。在这四首诗中，叙述者对曹操的评价是公允、客观的，甚至流露出赞赏之意，如前两首。如果叙述者带着偏见，大可以借曹操的两次败绩对他进行大肆的嘲讽、挖苦甚至丑化，然而，叙述者却放过了这一大好机会，这本身即是一种评价。

复看鄙其为曹瞒的三首诗。第十九回论玄德："伤人饿虎缚休宽，董卓丁原血未干。玄德既知能啖父，争如留取害曹瞒？"叙述者在诗中提出一种看法，认为刘备应该保住吕布的性命，让他像杀董卓、丁原一样杀掉曹操,这种想法极其天真,因为曹操智谋过人,丁原、董卓非其匹也。第六十九回:"飞步凌云遍九州,独凭遁甲自遨游。等闲施设神仙术,点悟曹瞒不转头。"神仙左慈施展种种仙术后,劝曹操让位于刘备,表明叙述者对蜀汉政权合法性的认同。第一百零九回:"昔时曹瞒相汉时,欺他寡妇与孤儿。谁知四十余年后,寡妇孤儿亦被欺。"将司马师废曹芳、株连张皇后解释为当年曹操棒杀伏皇后的轮回报应。从以上三首诗的具体诗句,结合曹瞒的称呼,可以看出叙述者对曹操种种僭越、不合道义的行为的负面评价,包括借用神仙幻术、因果报应之说来获得一种心理的补偿。

次看斥其为"奸""奸党""奸相""虐"的五首诗。第二十三回:"汉朝无起色,医国有称平;立誓除奸党,捐躯报圣明。极刑词愈烈,惨死气如生。十指淋漓处,千秋仰异名。"太医吉平想要毒死曹操,事情败露后被害,此诗颂扬吉平即是对曹操欺君枉上的痛斥与怒骂。第二十四回中"密诏传衣带,天言出禁门。当年曾救驾,此日更承恩。忧国成心疾,除奸入梦魂。忠贞千古在,成败复论谁。"董承策划的衣带诏事件暴露,导致"赤胆可怜捐百口""伤哉龙种并时捐"的惨剧,董承对汉朝的忠诚与曹操对汉朝的不轨形成鲜明对比,褒贬自不待言。第二十五回:"威倾三国诸英豪,一宅分居义气高。奸相枉将虚礼待,岂知关羽不降曹。"叙述者把曹操爱才的一片真心、苦心解读为奸相的"虚礼",讥讽他想收买关羽是"可怜无补废精神"。第五十七回:"父子齐芳烈,忠贞著一门。捐身图国难,誓死答君恩。嚼血盟言在,诛奸义状存。西凉推世胄,不愧伏波孙!"衣带诏事件的参与者马腾与黄奎要铲除曹操,谋事不密,招致满门抄斩。叙述者对其义烈忠贞的表彰与曹操的奸诈、狠毒做了判然分明的评价。第六十六回:"华歆当日逞凶谋,破壁生将母后收。助虐一朝添虎翼,骂名千载笑'龙头'。"叙述者在怒斥华歆犯上弑后的丑行时批判的锋芒亦直指背后元凶曹操。从这些对曹操评价的词语可以看出,叙述者在这五首诗中对曹操的评价均是从纯粹的道德立场出发的,其僭越、欺君、惨毒之举在强调君臣纲纪的封建社会是令人发指的。

再看斥其为奸雄的四首诗(包括"曹操""奸雄"连用的一首)。第二十四回："吁嗟帝胄势孤穷，全仗分兵劫寨功。争奈牙旗折有兆，老天何故纵奸雄？"叙述者将衣带诏事件的败露归因于旗折示警，并对老天的不公与纵奸发出诘难。第三十七回的诗句"群盗四方如蚁聚，奸雄百辈皆鹰扬"，是对汉末整体的政治乱象的一种描述，其奸雄必定包括曹操在内。第四十回的诗句"奸雄曹操守中原，九月南征到汉川"，是对曹操平定北方后南征的描述。第五十七回的诗句"苗泽因私害茂臣，春香未得反伤身。奸雄亦不相容恕，枉自图谋作小人"，借曹操都不相容来强烈谴责苗泽卖主的丑行。以上四诗虽然用了"奸雄"一词，但主要还是突出伦理道德的层面即"奸"，而丝毫没有强调智慧才能的层面即"雄"。换言之，在这些叙述话语中，曹操的政治、军事才能等受到某种程度的淡化，而其伦理道德上的负面品质则得到彰显。

最后看两首没有对曹操的称谓，却着眼于对其恶行报应的诗。第一百零九回："司马今朝依此例，天教还报在儿孙。"第一百一十九回："魏吞汉室晋吞曹，天运循环不可逃。张节可怜忠国死，一拳怎障泰山高。"司马家族"以其人之道还治其人之身"取代曹魏家族，被叙述者归因于天理循环、因果报应，进而使接受者获得一种道义上的胜利与快感，得到某种程度的心理补偿。这与第十回将曹操父亲被灭门归因于果报是一个思路。

与直接评价曹操的诗歌相似，多数间接评价曹操的诗歌也蓄意关注甚至强化其不良品行，如奸恶、凶残、狡诈等，而在有意无意之间，曹操"敢为天下先"的政治前瞻意识、唯才是举的领导艺术、神机妙算的军事才能均在一定程度上被冲淡了。比具体的情节可能更有力度，在涉曹诗中，叙述者的干预引导着读者的审美判断，使"智足以揽人才而欺人才"，"古今来奸雄中第一奇人"[1]的曹操形象永远定格了。

---

[1] 陈曦钟、宋祥瑞、鲁玉川辑校：《三国演义会评本》，北京大学出版社1986年版，第6页。

结　语

综上所述,《三国演义》中的涉曹诗在凸显拥护仁政反对暴政的政治理想,建构戏剧化、具象化的场景,推动情节发展方面发挥了重要的叙事功能,尽管叙述者主要在道德层面上否定曹操,一再突出其奸其恶,却无法在才能层面否定曹操,客观地显示其雄其才,因此成就了曹操这一浑圆形象。恰如冥飞所云:"书中写曹操,有使人爱慕处,如刺董卓、赎文姬等事是也;有使人痛恨处,如杀董妃、弑伏后等事是也;有使人佩服处,如哭郭嘉、祭典韦,以愧励众谋士及众将,借督粮官之头,以止军人之谤等事是也。又曹操之机警处、狠毒处、变诈处,均有过人者;即其豪迈处、风雅处,亦有非常人所能及者。盖煮酒论英雄及横槊赋诗等事,皆其独有千古者也。"①

［原载《沈阳师范大学学报》2008年第1期,与庞婧文合作］

---

① 冥飞:《古今小说评林》,转引自朱一玄、刘毓忱编《三国演义资料汇编》,百花文艺出版社1983年版,第511页。

论《儒林外史》中戏曲描写的价值

　　《儒林外史》中有31回涉及与戏曲相关的描写，占全部章回的一半以上，不难看出吴敬梓不仅对戏曲艺术相当熟稔，而且将戏曲描写作为小说创作的重要手段来运用。这一现象比较突出，早已引起学者关注，陈美林先生在《吴敬梓和戏剧艺术》一文中对《儒林外史》的戏曲描写做了比较深入的论述①，吴国钦先生主要从其戏曲史料价值予以阐述②，朱恒夫先生主要从明清杂剧体制对《儒林外史》结构的影响及其戏剧性的角度加以研究③。我们认为，戏曲描写在《儒林外史》中的价值尚未得到充分挖掘，还有深入探究的必要。因此，拟从生动呈现戏曲生态、刻画人物寄寓褒贬、建构情节勾连照应等三个层面对此一论题加以集中阐释，以就教于方家学者。

一、生动呈现戏曲生态

　　《儒林外史》是公认的写实性长篇小说，其一半以上的章回都涉及与

---

　　① 陈美林：《吴敬梓和戏剧艺术》，《南京大学学报（哲学社会科学版）》1979年第4期。

　　② 吴国钦：《〈儒林外史〉中的戏曲资料——为纪念吴敬梓诞辰三百周年而作》，《中山大学学报（社会科学版）》2002年第3期。

　　③ 朱恒夫：《论戏曲对〈儒林外史〉的影响》，《同济大学学报（社会科学版）》2002年第3期。

戏曲相关的描写。具体而言，有几十处描写了与戏曲演出有关的内容，涉及戏曲演出场合、演出规模、艺人地位、流行剧目等，这些是对清初戏曲生态的生动呈现，具有戏曲史料价值。

（一）细致描写戏曲演出场合

《儒林外史》中描写的戏曲演出场合主要有三种类型：第一种是喜庆演戏，如科考得意演戏，第二回顾小舍人中了秀才，顾老相公办宴会演戏，请塾师周进首席点了一本梁灏八十岁中状元的戏。乔迁之喜演戏，第三回范进中举后，搬入新居，"唱戏、摆酒、请客，一连三日"。拜师学艺演戏，第十五回胡三公子要学洪憨仙"烧银"之法，"两席酒，一本戏，吃了一日"。寿诞庆贺演戏，第二十五回杜家老太太七十大寿唱戏，薛乡绅过生日也定戏。婚礼庆典演戏，第二十三回盐商万雪斋家娶媳妇第三日亲家上门做朝，"家里就唱戏，摆酒"。第二十六回王太太称送亲到孙乡绅家时，摆的是"吃一看二眼观三的席"，戏子"细吹细打"把她迎进孙家。甚至僧官到任也在家里摆酒唱戏，请了五六十人。第二种是消灾祈福演戏。第四十二回汤由、汤实在贡院考试结束后，"溜了一班戏子来谢神"。第四十七回方盐商大闹节孝祠时，"戏子一担担挑箱上去"，"尊经阁摆席唱戏，四乡八镇几十里路的人都来看"。第三种是友朋宴集演戏。第十二回莺脰湖宴会，"一班唱清曲打粗细十番的"，"饮到月上时分，一派乐声大作，在空阔处更觉得响亮，声闻十余里"。第二十九回杜慎卿在寓所设小宴，鲍廷玺吹笛子，小小子唱李太白《清平调》。第四十九回秦中书款待万中书，"叫一班戏，次日清晨伺候"。更有令杜慎卿名震江南的莫愁湖大会，主要就是卖弄风雅，捧戏子，定花榜，凡是榜上有名的戏子都身价倍增。

（二）细腻描述戏曲演出规模

《儒林外史》中天长县杜老太太七十大寿的戏曲演出规模极为庞大，属于堂会演出。邵管家付给鲍文卿五十两银子定金，定了二十本戏，表演时做了四十多天，平均两天多演完一本戏，戏班赚了一百几十两银子，班里的十几个小戏子还每人赏了一件棉袄、一双鞋袜。小说中描写堂会演出程序十分清晰，演出前要"定班"。第二十四回水西门戏班"总寓内都挂着一班一班的戏子牌，凡要定戏，先几日要在牌上写一个日子"。邵管家就是提前多日过江定戏。官府或豪家喊戏班演堂会却不付酬劳的风气叫"溜戏"，第四十二回汤大爷、汤二爷用都督府的溜子，溜三元班演戏，第四十九回秦中书"发了一张传戏的溜子"就可以叫一班戏次日清晨侍候①。正式演出前要先"参堂"，即戏子们在演出的厅堂参见主宾。"参堂"后"打动锣鼓"演"尝汤戏"，即演正戏之前先表演几段表庆贺和祝福的小戏，这是堂会演出惯例②。"尝汤戏"一般是三出，如《跳加官》《张仙送子》《封赠》之类的"三出头"。"唱完'三出头'，副末执着戏单上来点戏"，进入"点戏"程序。蘧公孙婚礼上戏曲演出即如此，他点了正戏《三代荣》，正本戏演完后是宾客换席看戏。值得注意的是汤大爷、汤二爷传戏开场唱了四出尝汤戏，与一般情况略有差异。规模较大的戏曲演出还有莫愁湖高会等。《儒林外史》不仅描写了城市、农村的演戏，而且还写了"罗列着许多苗婆，穿的花红柳绿，鸣锣击鼓，演唱苗戏"。展现了具有少数民族风情的苗戏表演。

（三）真切表现戏曲演员地位

在主流思想中，戏曲演员从事的是贱业，地位非常低下。牛浦郎听道士称万雪斋不可能做官，便问："这又奇了！他又不是倡、优、隶、卒，为甚么那纱帽飞到他头上，还有人挡了去？"倡、优即戏子。按照科举制度，这几种人没有参加科考的资格。当季守备听到鲍文卿是一个老梨园脚色时，脸上不觉就有些怪物相，直到向鼎夸赞文卿"虽生意是贱业，倒颇多君子之行"，季守备才肃然起敬。娄太爷临终前责怪杜少卿"贤否不

---

① 李静：《明清堂会演剧史》，上海古籍出版社2011年版，第261—262页。

② 刘怀堂、李道明：《明清堂戏中的戏俗：点戏与参堂》，《运城学院学报》2010年第6期。

明"，说："近来又添一个鲍廷玺，他做戏的，有甚么好人？你也要照顾他？"陈木南和徐九公子谈及莫愁湖大会时，将戏子与妓女比较，甚至认为戏子还不如妓女，因为"青楼婢妾"还能母凭子贵，但"那些做戏的，凭他怎么样，到底算是个贱役"。但是，随着明清戏曲的繁荣，人们对戏曲由衷爱好，主流思想受到极大冲击，戏曲演员与官员、乡绅跨界平等交往的越来越多，甚至成为一种时尚风气。作者对此是极为不满的，往往通过正面人物之口对不安本分的戏曲演员予以谴责。如鲍文卿指责钱麻子不该穿戴读书人的服饰，钱麻子道："而今事，那是二十年前的讲究了！南京这些乡绅人家寿诞或是喜事，我们只拿一副蜡烛去，他就要留我们坐着一桌吃饭。凭他甚么大官，他也只坐在下面。若遇同席有几个学里酸子，我眼角里还不曾看见他哩！"鲍文卿嘲谑他不守本分，下辈子会做驴做马。黄老爹僭越服制，"头戴浩然巾，身穿酱色绸直裰，脚下粉底皂靴，手执龙头拐杖"，鲍文卿用讽刺反语当面讥嘲他该做乡饮大宾。这表现了吴敬梓对演员地位问题的认识还比较保守。

（四）客观记述戏曲剧目剧种

《儒林外史》中提及的堂会演出剧目众多，且题材广泛。主要有高则诚《琵琶记》、苏复之《金印记》中的《封赠》、佚名《百顺记》中的《三代荣》、沈采《千金记》中的《追信》、李日华《南西厢记》中的《请宴》《长亭饯别》、徐复祚《红梨记》中的《窥醉》、许自昌《水浒记》中的《借茶》、佚名《铁冠图》中的《刺虎》、佚名《思凡》以及源自元人朱凯《昊天塔》杂剧的《五台》等。以上剧目多数属于昆曲剧目，其主题大致分为三类：表现对功名利禄的追求，表现对男女爱情的渴望，表现对忠孝伦理的坚守，具有浓厚的士大夫趣味。这些剧目在明清之际非常流行，有些剧目至今仍活跃在戏曲舞台上。《儒林外史》中涉及的剧目多为传奇，此书问世于乾隆时期，晚明时戏曲演出已经是传奇的天下，而江南一带堂会盛行昆山腔传奇。书中所写内容与清代戏曲的发展状况一致①。吴敬梓对戏曲艺术相当熟悉，小说中有关南京戏行设置、规矩、演出情况的叙写，无疑是清初南京剧坛之重要史料。其中重点描写的鲍家戏班是侧面了解清初南京剧坛兴衰史的一个窗口②。

二、刻画人物寄寓褒贬

《儒林外史》注重客观叙述，作者一般不直接表态。鲁迅称其"婉而多讽""无一贬词而情伪毕露"，即采用春秋笔法，在人物形象的描写中自然融入了作者的褒贬之情。

（一）称扬人格高尚的戏曲演员

吴敬梓对位卑而德高者不遗余力地称赞，其中包括身份低微的戏曲演员，鲍文卿即为显例。鲍文卿祖上几代均从事戏曲行当，小说主要通过他与向鼎、倪霜峰两人的交往，赞赏他敬重斯文、善良正直、安于本分的性格品质。戏子按律例不许干政。鲍文卿在崔按察面前甘冒风险为素不相识的向鼎求情，是因为敬重"这位老爷是个大才子、大名士"，他对落魄的倪老爹也很尊重，称其子为小相公。看到科场作弊，鲍文卿阻止儿子告诉太爷，为"正经读书人"保留廉耻。

鲍文卿心地善良，同情倪老爹的遭遇，过继他的小儿子廷玺，只改姓不改名。因鲍廷玺是正经人家儿子，不肯叫他学戏，送他读了两年书，待之"比亲生的还疼些"。根据封建宗法制度，嗣父健在，不可为生父守制。鲍文卿却在倪霜峰去世后"依旧叫儿子披麻戴孝，送倪老爹入土"，并且"拿出银子替倪老爹料理后事，自己一连哭了几场"。

鲍文卿为人正直，以自己从事贱业不能用"朝廷的银子"为由婉拒向

---

① 黄天骥、康保成主编：《中国古代戏剧形态研究》，河南人民出版社2009年版，第241页。

② 参见王廷信：《〈儒林外史〉中的鲍家班》，《古典文学知识》2001年第5期。

鼎所赠谢银。安庆府两个书办诱他请托，他断然拒绝，并告诫他们"凡事不可坏了太老爷清名"。他安于本分，无论向鼎以"恩公"相待，还是以"老友"相称，他都叩头请安。他礼数周全，去安庆衙门寻向鼎前，买南京的人事——头绳、肥皂之类，送给衙门里各位管家。请倪老爹修补乐器前，让浑家把乐器都揩抹净了，搬出来摆在客厅里，招待饭食也讲究礼数。鲍文卿之"死"写得庄重严肃，亦可看出作者对他的赞赏褒扬。他"瞑目而逝"后"四个总寓的戏子都来吊孝"，向道台题铭旌称其"皇明义民"，"吹手、亭彩、和尚、道士、歌郎，替鲍老爹出殡，一直出到南门外"，"同行的人，都出来送殡"，可见其人品得到大家认可。

（二）贬抑不安本分的戏曲演员

作者对不安本分、不守礼法的戏曲演员则予以批评与讽刺。鲍廷玺在鲍文卿去世后，自领班子做戏，逐渐沾染了恶习。他趋炎附势，自居杜慎卿"门下"，为讨资助，善于察言观色，插科打诨。为讨杜慎卿欢心，相机凑趣，撺掇举办莫愁湖大会，并称"这些人让门下去传，……他们听见这话，那一个不滚来做戏"。骗取杜少卿银子时，谎称要养活母亲成立戏班；不顾廉耻，甘做帮闲，自称是汤大爷、汤二爷门下，怂恿他们留下跑马的小戏子伺候，引诱汤大爷"顽"戏子、汤二爷行不端之事。鲍廷玺的堕落与匡超人相似，主要是鲍文卿教导缺失后周围环境熏染和影响的结果。

作者辛辣地嘲讽了品行恶劣的戏班教师金次福父子。金次福为贪图钱财，故意隐瞒真相，把奢侈又虚荣的泼妇胡七喇子介绍给鲍廷玺，昧心地称"两人年貌也还相合"。其子金修义曾在国公府里做戏，是聘娘的母舅，却让陈四老爷嫖宿聘娘，并劝聘娘："你将来相与了他，就可结交徐九公子，可不是好。"简直丧尽人伦。被冷嘲热骂的还有戏曲演员钱麻子、黄老爹，对于两人僭越礼法穿戴士绅服饰，吴敬梓非常愤怒，借鲍文卿之口讥刺钱麻子："只疑惑是那一位翰林、科、道老爷，错走到我这里来吃茶，原来就是你这老屁精！"甚至直接跳出来斥骂黄老爹："那老畜生不晓的这话是笑他，反忻忻得意。"

（三）品鉴与戏曲演员交往的人物

《儒林外史》中士绅和戏子交往有两种情形：一是以平等的态度成为朋友；二是带有狎玩意味的交往。通过与戏子的不同交往态度，可以体会作者对特定人物的评价。向鼎因感恩鲍文卿而与之成为平等相待的挚友，渴盼与他重逢，一直称他为"老友"，称鲍廷玺为"鲍相公"，发自内心地敬重他。向鼎升职后千方百计报答鲍文卿，替他置产娶媳、养老送终，将管家之女配给鲍文卿当儿媳；委托鲍文卿父子府考"巡场"，对季守备称颂他"至公至明"，品德高尚；给文卿饯别时，亲自送出宅门，真情流露，洒泪而别。两人超越身份等级观念的深厚友情相当感人，向鼎之襟怀坦白、知恩图报也因之得到集中展现。杜慎卿、杜少卿品行的高下，在对待鲍廷玺的不同态度中得以凸显。杜慎卿视鲍廷玺为篾片，像对待下人一样使唤他，筹办莫愁湖高会时，挥金如土，当鲍廷玺求其资助时，他却"吓了一跳"，一毛不拔，反而将其转荐给杜少卿。杜少卿将廷玺当成"故人"，让他"在书房里陪着韦四太爷歇宿"，以客人之礼相待，听说廷玺需要银两赡养母亲时，杜少卿说："你一个梨园中的人，却有思念父亲、孝敬母亲的念，这就可敬的狠了。"慷慨出资赞助他组建戏班。韦四太爷等人均赞少卿是豪杰，而娄太爷则称："慎卿虽有才情，也不是什么厚道人。"洵为确论。对玩弄戏子的方老六、厉太尊的公子、汤大爷等人，以酒宴有梨园人物为高雅有趣的高翰林、薛乡绅，作者的鄙夷之情溢于言表。

三、戏曲描写的情节功能

《儒林外史》没有贯串全篇的中心人物和情节线索，与其他以情节曲折取胜的长篇小说大异其趣。鲁迅称其："全书无主干，仅驱使各种人物，行列而来，事与其来俱起，亦与其去俱讫，虽云长篇，颇同短制。"①
然而，这种"缀段式"结构并不给人松散之感，一方面是因为有统一的理
念笼罩全篇，另一方面也因为有一些情节描叙具有映带穿插勾连情节、牵
引人物预示情节的作用，有关戏曲的描写即是如此。

（一）映带穿插勾连情节

除了祭泰伯祠的场景描写之外，《儒林外史》写了三次名士的聚会，
莺脰湖聚会、西湖诗会俱怪模怪样，极为鄙俗，展现了假名士的种种丑
态。只有莫愁湖高会具体形象地描绘了戏曲表演、定梨园榜的过程，显得
较为雅致，成为别人艳羡的风流韵事，其后屡屡被人提及，起到了映带穿
插、勾连情节的作用，使小说的结构更加谨严。

杜慎卿、季苇萧牵头召集通省梨园子弟六七十位唱旦的戏子演杂剧，
举办比赛，以其色艺为评比标准。这些旦角演员都装扮起来从桥上走过，
方便杜慎卿、季苇萧细细赏其袅娜形容，让他们一个个上来做戏。在几百
盏明角灯照耀如同白日的背景下，他们的歌声缥缈直入云霄，直演到天亮
才散，制造了万人空巷的轰动效应。在定了梨园榜之后，"那些小旦取在
十名前的，他相与的大老官来看了榜，都忻忻得意，也有拉了家去吃酒
的，也有买了酒在酒店里吃酒庆贺的。这个吃了酒，那个又吃，足吃了
三四天的贺酒。自此，传遍了水西门，闹动了淮清桥，这位杜十七老爷名
震江南"。莫愁湖高会不但使上榜的旦脚身价倍增，而且让杜、季二人声
名鹊起。正因如此，其后汤大爷慕名与榜上第二名的小旦葛来官交往，杜
慎卿、季苇萧的出场均与"梨园榜"挂钩，也就顺理成章了。

三十三回季苇萧初会杜少卿、迟衡山，迟衡山问："是定梨园榜的季
先生？久仰，久仰！"既回映前文，又牵引出另一发起人杜慎卿的新动向
——加了贡，进京乡试去了。四十六回庄非熊办登高会，把梨园榜上有名
的十九人都传了来，虞博士不知何为"梨园榜"，余大先生遂将杜慎卿举

---

① 鲁迅：《中国小说史略》，人民文学出版社1958年版，第178页。

办莫愁湖高会的始末演说一遍，并让汤镇台说出杜慎卿已铨选部郎，借武正字之口讽刺他一旦入仕，容易目迷五色。这些内容不仅照应了前文，而且交代了杜慎卿的下落，还对其言清行浊加以讽刺。如黄富民所评："借戏子了慎卿。"①在这一回中，唐二棒椎认为拜访虞华轩的人不是季苇萧，其理由竟是"季苇萧是定梨园榜的名士。他既是名士，京里一定在翰林院衙门里走动"。可见，季苇萧的出现也与其"定梨园榜的名士"身份密不可分了。第五十三回，徐九公子感慨莫愁湖大会时还有几个有名的角色，如今却没有看得的，由此引发了陈木南对杜慎卿办莫愁湖高会的指责："自从杜先生一番品题之后，这些缙绅士大夫家筵席间，定要几个梨园中人，杂坐衣冠队中，说长道短。这个成何体统？"定梨园榜竟然模糊了士绅与戏子的界限，"败坏"了社会风气，足见其影响之大。莫愁湖高会在第三十回，到第五十三回仍被提及，时间跨度大，回数跨度大，不断回顾勾连，从某种程度上消解了结构的松散性，强化了小说的整体感。

（二）牵引人物预示情节

《儒林外史》与戏曲相关的描述不是闲笔，有的起着牵引人物出场的作用。二十三回牛浦郎设计揭发牛玉圃的阴私而被毒打，黄客人如厕解救了他，黄客人的作用在于引出鲍文卿这一重要人物，是典型的功能性人物。作为戏子行头经纪，他"前日因往南京去替他们班人买些添的行头"，顺理成章地引出鲍文卿出场。二十四回牛浦郎冒名顶替牛布衣，牛布衣之妻告状，向鼎处理不力被参，崔按察门下戏子鲍文卿因崇敬向鼎是会写曲子的大才子、大名士而为之求情，引出后文两人交往的诸多情事。其后，鲍文卿路遇黄老爹，回忆十四年前离开南京时在国公府看着他妆了一出《茶博士》才走，为下文即将写国公府预埋伏笔。钱麻子与黄老爹谈及给薛乡绅拜寿，"隔年下种，先时伏着"，三十四回才有薛乡绅邀请钱麻子赴宴之情节。二十五回天长县杜老爷的邵管家为杜老太太七十大寿找鲍文卿定戏，鲍氏父子带戏子足足做

①吴敬梓著，黄小田评点，李汉秋辑校：《儒林外史（黄小田评本）》，黄山书社1986年版，第424页。

了四十多天的戏，为后文鲍廷玺向杜少卿求助预留地步。

有的起着预示情节发展的作用。喜庆演戏本为求吉，有时却适得其反，预示不祥之结果。在蘧公孙与鲁小姐的婚礼上，正式点戏前，一只老鼠从房梁上掉进燕窝碗里，又弄油了新郎的衣服。演戏之中，厨役雇乡下小使出差错，把一只钉鞋踢飞，打碎了陈和甫面前的点心，陈和甫又弄泼了粉汤。鲁编修也感到这是不吉之兆。蘧公孙点《三代荣》颇有意味，《三代荣》演宋人王曾中状元、做宰相，其子又中武状元，封三代的故事，点此戏寄寓良好的愿景。可惜，事与愿违，鲁编修刚接到升职的朝命就病亡，蘧公孙又不通八股，想走仕途是不可能的。换言之，根本无法实现三代荣。同样的剧目可以预示不同的情节走向。如三十回王留歌为杜慎卿、季苇萧唱了一支"碧云天"《长亭饯别》，音韵悠扬，足唱了三顿饭时候才完，此处《饯别》预示慎卿即将加贡、参加乡试，进京铨选部郎等情节。万中书在宴会上点了一出《请宴》，一出《饯别》，结果在酒宴上被抓。施御史认为是万中书戏点得不利市，"才请宴就饯别，弄得宴还不算请，别倒饯过了"。

四、结语

吴敬梓虽然没有创作过戏曲作品，但是对戏曲艺术非常熟悉和喜爱，其《减字木兰花》词中写道："昔年游冶，淮水钟山朝复夜。金尽床头，壮士逢人面带羞。王家昙首，伎识歌声春载酒。白板桥西，赢得才名曲部知。"[①]他还为老艺人王宁仲写了《老伶行》诗，为李本宣《玉剑缘传奇》作过叙，与卢见曾、程廷祚、金兆燕等擅长戏曲之人是好友。正因为吴敬梓对戏曲艺术如此熟稔，所以把它嵌入《儒林外史》才能达到得心应手的程度，使这些戏曲元素在表现写实性、塑造人物、建构情节方面发挥了难以替代的作用。

[原载《江苏师范大学》2016年第3期，与徐雅萍合作]

---

① 吴敬梓：《减字木兰花·庚戌除夕客中》，《文木山房集》卷四，转引自朱一玄、刘毓忱编《儒林外史资料汇编》，南开大学出版社1998年版，第125页。

精英、通俗文化视域中的不同慧远形象及成因

　　庐山是风光美丽的自然名山，更是底蕴丰厚的文化名山，庐山与中国许多历史文化名人结下了不解之缘。若论及庐山在佛教史上的地位，则与东晋名僧慧远密不可分。清人潘耒云："域中之山，自五岳外，匡庐山最著名……远公于僧为最高。东晋以前，无言庐山者。自莲社盛开，高贤胜流时时萃止，庐山之胜始闻天下，而山亦遂为释子之所有。"①慧远在中国古代佛教史、中国古代思想文化史上均占有重要地位。他在佛教中国化的进程中起到了举足轻重的作用，系统阐发和完善了三世报应的理论，对后世的思想产生了深远的影响。慧远曾隐居庐山修佛三十余年，在此期间，他与上层统治集团中的诸多重要人物、当时非常著名的文化人均有交往，并赢得了他们的尊重，留下了诸多名垂青史的趣闻、佳话。《庐山远公话》中的远公是神异化与世俗化奇妙杂糅的一代神僧、圣僧形象，是在慧远真实事迹的基础上踵事增华、敷彩设色的结果②。本文拟对精英文化视域与通俗文化视域中的慧远形象加以比较，并就两者呈现迥异面貌的原因略加分析。

---

　　① 潘耒：《游庐山记》，谭其骧主编《清人文集地理类汇编》第6册，浙江人民出版社1990年版，第447页。
　　② 《庐山远公话》中"慧远"均作"惠远"，为论述的统一，除直接引话本原文外，"惠远"均写作"慧远"。

一、精英文化视域中的慧远

慧远在推动佛教的中国化进程中起到了至关重要的作用，是中国佛教史上的一代宗师。张野《远法师铭》、谢灵运《庐山慧远法师诔并序》和《庐山远法师碑》、僧祐的《出三藏记集》等对其生平事迹有详略不同的记载。慧皎《高僧传》后出转精，全面、详细地记载了慧远生平经历、交游著述、思想贡献等方面的内容，其史料价值历来备受关注。虽然其中已有慧远以杖扣地出泉、读海龙王经求雨等神异描述，但总体而言，《高僧传》中的慧远传记还是信而有征的。我们勾勒慧远的真实面影即以《高僧传》为主要依据，兼及其他文献。

慧远，生于晋成帝咸和九年（334），卒于晋安帝义熙十二年（416），俗姓贾，雁门楼烦（今山西宁武附近）人，出身仕宦家庭，自幼聪颖，学识渊博，精通六经，擅老庄之学。二十一岁时，听道安讲《般若经》后"豁然而悟"，深为折服，遂拜道安为师，成为其最器重的弟子。慧远"厉然不群，常欲总摄纲维，以大法为己任"①。二十四岁即能引《庄子》义讲解《般若经》，令"惑者晓然"。公元378年，道安为朱序所拘，被迫与徒众分手。此后慧远"卜居庐阜三十余年，影不出山，迹不入俗"②，授徒讲学，成就斐然，加速了佛教的本土化，成为一代佛学大师。

慧远诸多的重大佛学活动和成就均与庐山相关，庐山也因慧远而成为佛学重镇。为了弘法，慧远曾组织一百二十三位对佛教贞信之士在阿弥陀像前建斋立誓，《高僧传》云：

> 既而谨律息心之士，绝尘清信之宾，并不期而至，望风遥集。
> 彭城刘遗民、豫章雷次宗、雁门周续之、新蔡毕颖之、南阳宗炳、张莱民、张季硕等，并弃世遗荣，依远游止。远乃于精舍无量寿

---

① 释慧皎撰，汤用彤校注：《高僧传》，中华书局1992年版，第211页。
② 释慧皎撰，汤用彤校注：《高僧传》，中华书局1992年版，第221页。

像前，建斋立誓，共期西方。①

此事逐渐被附会演绎成"白莲社"传说，净土宗因此被称作莲宗，慧远自然成为莲社初祖。随后衍生的"莲社十八高贤"之说在文人雅士圈中广为流播，影响深远②。

慧远虽然"影不出山，迹不入俗"，但是以其隆望与硕德引起了上层统治集团的普遍关注，并与之保持着或疏或密的交往。庐山亦因之避免了战争的侵扰，成为当时修佛的理想净土。刺史桓伊专门为慧远建造了东林寺："桓乃为远复于山东更立房殿，即东林是也。"③"司徒王谧，护军王默等并钦慕风德，遥致师敬。"④甚至帝王也对慧远礼敬有加，比如东晋安帝对他致书问候，后秦之主姚兴不但频频致书而且有所馈赠。恒玄因为"唯庐山为道德所居"，在大规模沙汰众僧时未将其列入搜简范围。可见，慧远确实成了庐山的"保护伞"。

慧远不但与上层统治集团保持关系，而且还与当时的文化名流过从甚密，在文人圈中影响颇巨。如慧远与陶渊明关系密切，惺惺相惜。《东林十八高贤传》云：

> （潜）常往来庐山，使一门生二儿舁篮舆以行，时远法师与诸贤结莲社，以书招渊明。渊明曰："若许饮，则往。"许之，遂造焉；忽攒眉而去。⑤

宋人李公焕《笺注陶渊明集》也载录了两人的交谊：

---

① 释慧皎撰，汤用彤校注：《高僧传》，中华书局1992年版，第214页。
② 汤用彤先生断言《莲社十八高贤传》："乃妄人杂取旧史，采摭无稽传说而成"。但这不影响它被后世文人津津乐道。
③ 释慧皎撰，汤用彤校注：《高僧传》，中华书局1992年版，第212页。
④ 释僧佑撰，苏晋仁、萧炼子点校：《出三藏记集》，中华书局1995年版，第568页。
⑤ 《续藏经》第135册，新文丰出版公司1995年版，第17页。

（陶）靖节与远公雅素，宁为方外交，而不愿齿社列，远公遂作诗博酒，郑重招致，竟不可诎。①

由此还生成了颇具文人雅趣的"虎溪三笑"的佳话：慧远在庐山送客常以虎溪为界，陶渊明和陆修静来访，三人谈笑甚欢，慧远送客过了虎溪，引起虎啸，三人相视而笑。此事未必实有，却因其情韵颇受后世文人叹赏，折射出慧远与当时文化名流的交往情状。

谢灵运年辈较晚，与慧远相识之时，他风华正茂，慧远已年过八旬，可称是忘年之交。《高僧传》云："陈郡谢灵运负才傲俗，少所推崇，及一相见，肃然心服。"②谢灵运《庐山慧远法师诔并序》云：

予志学之年，希门人之末。惜哉，诚愿弗遂永违此世。（唐释道宣《广弘明集》卷二十三，四部丛刊景明本）

可见，谢灵运非常尊重、敬仰慧远，并以未能成为其学生为憾事。白莲社的得名似乎亦因谢灵运而来，《东林十八高贤传》云：

（谢灵运）至庐山，一见远公，肃然心伏。乃即寺筑台，翻涅槃经，凿池植白莲。时远公诸贤，同修净土之业，因号白莲社。灵运尝求入社，远公以其心杂而止之。③

慧远为人行事与文人意趣颇多交集，其博雅宏通、超逸玄远，进入魏晋风度的范畴，《世说新语》中有两则关于他的记载，如《文学篇》：

殷荆州曾问远公："易以何为体？"答曰："易以感为体。"殷曰：

---

① 陶潜：《陶渊明全集》，上海中央书店1935年版，第164页。
② 释慧皎撰，汤用彤校注：《高僧传》，中华书局1992年版，第221页。
③ 《续藏经》第135册，新文丰出版公司1995年版，第18页。

"铜山西崩，灵钟东应，便是易耶?"远公笑而不答。①

殷荆州向其问《周易》，表明慧远对易经的研究非常精深，慧远意在言外的作答方式，颇有魏晋风流的神韵。像《规谏篇》：

> 远公在庐山中，虽老，讲论不辍。弟子中或有惰者，远公曰："桑榆之光，理无远照，但愿朝阳之晖，与时并明耳。"执经登坐，讽诵朗畅，词色甚苦。高足之徒，皆肃然增敬。②

慧远在暮年仍以时不我待的紧迫感劝诫学生勤苦向学，向我们展示了勤修不辍的一代高僧形象。慧远不但精于佛家义理，还擅长通过讲经来传播教义，这是弘扬佛教、扩大其影响的需要。实际上，慧远是中国古代佛家讲经轨仪的制定者，《高僧传》卷十三"唱导"篇载：

> 论曰：唱导者，盖以宣唱法理，开导众心也。昔佛法初传，于时齐集，止宣唱佛名，依文致礼。至中宵疲极，事资启悟，乃别请宿德，升座说法，或杂序因缘，或旁引譬喻。其后庐山释慧远，道业贞华，风才秀发。每至斋集，辄自升高座，躬为导首。先明三世因果，却辩一斋大意，后代传受，遂成永则。③

在慧远之后，"先明三世因果，却辩一斋大意"成为后世唱导的固定范式。佛教义理高深难明，在法师讲经过程中照例可由都讲或预会听众向其提出关于经义的疑问，谓之"难"；法师必须对疑问予以解答，谓之"通"，这种规仪谓之"论难""论议""论义"④。慧远非常精通论难之

---

① 徐震堮：《世说新语校笺》，中华书局1984年版，第132页。
② 徐震堮：《世说新语校笺》，中华书局1984年版，第314页。
③ 释慧皎撰，汤用彤校注：《高僧传》，中华书局1992年版，第521页。
④ 汤用彤：《汤用彤全集》，河北人民出版社2000年版，第85—89页。

道，谈锋甚健，辩才无碍，《高僧传·竺法汰传》对此有所载录：

> 时沙门道恒，颇有才力，常持心无义，大行荆土。汰曰："此是
> 邪说，应须破之。"乃大集名僧，令弟子昙一难之。据经引理，析驳
> 纷纭。恒仗其口辩，不肯受屈，日色既暮，明旦更集。慧远就席，设
> 难数番，关责锋起。恒自觉义途差异，神色微动，麈尾扣案，未即有
> 答。远曰："不疾而速，杼柚何为。"座者皆笑矣。心无之义，于此而
> 息。①

关于慧远的容貌，《高僧传》等没有具体、直接的描述，只有较为抽
象、间接的勾勒，主要通过与其首次接触的旁观者的切身感受，感性地传
达出其形象的威重与严厉。《高僧传》卷六：

> 远神韵严肃，容止方棱，凡预瞻睹，莫不心形战栗。曾有沙门持
> 竹如意，欲以奉献，入山信宿，竟不敢陈，窃留席隅，默然而去。有
> 慧义法师，强正少惮，将欲造山，谓远弟子慧宝曰："诸君庸才，望
> 风推服，今试观我如何。"至山，值远讲法华，每欲难问，辄心悸汗
> 流，竟不敢语。出谓慧宝曰："此公定可讶。"其伏物盖众如此。②

通过瞻睹者的"心形战栗"，持竹如意者整夜不敢奉献，慧义的"心
悸汗流，竟不敢语"，让人们感受到慧远的严肃威重、锋芒毕露、端方严
正、迥异流俗，进而产生敬畏之感。

综上所述，在精英文化视域中的慧远是威严端方，精通佛理，擅长讲
经，通经博学的一代高僧，他超凡脱俗、遁世修行，交往圈子也是"谈笑
有鸿儒，往来无白丁"，这是历史上慧远的真实面影。

---

① 释慧皎撰，汤用彤校注：《高僧传》，中华书局1992年版，第192页。
② 释慧皎撰，汤用彤校注：《高僧传》，中华书局1992年版，第315页。

二、通俗文化视域中的慧远形象

《庐山远公话》中的慧远以其真实形象为原型，保持了其得道高僧的核心内涵，又融入了大量匪夷所思的神异情节，增益了诸多世俗生活的描述，从而使其成为世俗气息较为浓郁的神僧、圣僧形象。元代释优昙"七诳"之说早已指出通俗文化视域与精英文化视域中慧远形象的不同之处①。话本叙慧远出家拜旃檀为师，年深日久，拟往一名山访道参僧，旃檀指点他止于庐山。慧远在香炉峰结草庐念《涅槃经》，感得大石摇动，山神为其造寺。慧远以杖扣地出泉，号"锡杖泉"，寺名"化成寺"，寺下有"白莲池"。慧远说《大涅槃经》，听众如云。千尺潭龙听经一年却不明经义，慧远遂作《涅槃经疏抄》，掷笔化作掷笔峰。书成，投之水火中均无损伤。盗贼白庄劫持慧远为奴数年，一日，阿閦如来托梦慧远指明他与白庄、崔相国之间的前世因果。慧远又卖身崔相公家为奴，借此偿还所欠白庄之宿债。慧远徒孙道安携《涅槃经疏抄》至福光寺讲经，听者听经一日须纳钱一百贯。慧远论义难倒道安，并亮出左腕肉环以明身份，为皇帝请入大内供养。数年后，慧远重返庐山，再举经声，又造一法船，归依上界。

小说是通过情节刻画人物形象的。历史上的慧远善于讲经说法、辩才无碍，话本更是以具体的情节把慧远刻画成精通佛理、擅长讲经、举国倾仰的圣僧。话本中的道安是陪衬人物，他讲经时："敢（感）得天花乱坠，乐（药）味花香。敢（感）得五色云现，人更转多，无数听众，踏破讲筵，开启不得。"可见，道安不是泛泛之辈。小说中有一段慧远与道安的论义的情节，形象而富有戏剧性，有力地烘托出慧远的形象。整个论义过程中，慧远机锋百出，应变无穷，舌辩犀利，细腻地展示了慧远的步步紧逼、剥茧抽笋的洒脱之状，道安的节节败退、色厉内荏的窘迫之态，形

---

① 据周绍良先生考证，元释优昙说的《庐山成道记》就是《庐山远公话》，见周绍良：《读变文札记》，《文史》第7辑。

象地彰显了慧远对佛教义理的熟稔、精通。随后慧远的讲经也是非同凡响："是时远公才开经之题目，便感得地皆六种震摇，五色常（祥）云，长空而遍；百千天众，共奏宫商；无量圣贤，同声梵音。经声历历，法韵珊珊。大众睹此其希，听众［皆］言罕有。"以上情节不无夸诞虚饰，但与历史上的慧远精于论义保持了一致。

实际上，话本中的其他情节除了家住雁门、庐山修道、锡杖泉、白莲池等与慧远有关之外，多数是艺术的虚构。有的情节是对真事加以改造，使之符合中国传统的孝道观念。如慧远兄弟本为同时随道安出家，在话本中被改造为："兄名惠远，舍俗出家，弟名惠持，侍养于母。"再如慧远隐于庐山本为偶然，却被改造为师父旃檀的预先指点。有的情节是移花接木，以突出故事的神异色彩。如慧远诵经感得山石摇动之事移植于道生，左腕有肉钏异相之事移植于道安。有的情节则完全是无所依傍的独立创作。如慧远两度为奴，先是在庐山被白庄劫持，整日与盗匪为伍，追随白庄的鞍前马后，然后卖身给崔相国家为奴，追随其左右。再如在邻近结尾处，慧远完全被神化了，他竟然有腾云驾雾的神通。晋文皇帝迎请他到大内供养，其时："远公出得寺门，约行百步已来，忽然腾空而去，莫知所在。"慧远辞别晋文皇帝重回庐山："是日远公能涉长路而行，遂即密现神通。远公既出长安，足下云生，如壮士展臂，须臾之间，便至庐山。"最终"便将自性心王，造一法船，归依上界"。

当然最具结构意义的是，话本作者创造性地为慧远两度为奴的受难情节植入了果报思想。这既揭示了慧远受难的前世因果，使情节的演进更加合理，又起到了佛教宣传的震慑作用。其宣教效果确如远公为崔相公说宿世因果时所言："贫道为作保人，上（尚）自六载为奴不了。凡夫浅识，不具（惧）罪愆，广造众罪，如何忏悔。"以远公之尊尚不能免除因果轮回，其现身说法的意义不可小觑。这一情节安排并非完全无据，因果报应思想是慧远所信奉的佛教思想的中心，他曾著《三报论》《明报应论》等文阐发"人有三业""业有三报""生有三世"的思想，对因果报应思想作了非常充分的论证。话本中表现的正是"三报"中"生报"（即下世受报）的观念。

慧远的外貌在话本中有两处描述，与历史上慧远的真实容貌颇不相同。话本对慧远的第一次外貌描写是在白庄劫掠化成寺时，其云："于是白庄子细占觇远公，心生爱慕，为缘远公是菩萨相，身有白银相光，身长七尺，发如涂漆，唇若点朱。"第二次描写是在远公让白庄将其转卖给崔相国时，其云："是时远公来至市内，执标而自卖身。是时万众千人，无不叹念。且见远公标：'身长七尺，白银相光，额广眉高，面如满月，发如涂漆，唇若点朱，行步中王，手垂过膝。'东西举步而行。看众咨嗟，无不爱念。"显然，话本中的慧远外貌比《高僧传》中写得具体、细致，而且截然不同，反差鲜明。《高僧传》中的慧远威仪赫赫、令人生畏。在话本中则变为一副慈悲的"菩萨相""身有白银相光"，"额广眉高，面如满月，发如涂漆，唇若点朱，行步中王，手垂过膝。"更像一个形容俊美的青年，让人"心生爱慕""无不爱念"，散发着浓郁的亲和力。

综上所述，在通俗文化视域中的慧远保持了精通佛理，擅长讲经，以弘教为己任的核心特点，但显然已被神圣化了甚至世俗化了。他形容俊美，混迹尘世，与人为仆，受尽磨难，以亲身经历印证了因果报应的无所不在。

三、两种形象产生差异的原因

在两种类型的文本中慧远形象之所以产生很大差异，根本原因是精英文化与通俗文化关注点与兴趣点的不同。"大传统或精英文化是属于上层知识阶级的，而小传统或通俗文化则属于没有受过正式教育的一般人民。"[①]精英文化与通俗文化传播的范围不同，其受众是完全不同的两个群体，两者的社会地位、所受教育及与其相关的生活情趣、价值观念、生命体验等均有着很大的差异。与此相适应，精英文化作品与通俗文化作品所

---

① 余英时：《士与中国文化》，上海人民出版社1987年版，第129页。

承载的审美品位与人生旨趣亦大不相同。在精英文化视野中充满奇情逸韵的事件，被精英阶层津津乐道，却很难引起下层民众的兴趣和关注。相反，在通俗文化视野中充满兴味的事件，被下层民众盛传艳称，却往往因为诞妄俚俗而被精英阶层鄙弃。这也是元代释优昙在《庐山莲宗宝鉴》卷四《辨远祖成道事》中指斥《庐山远公话》"七诳"的缘由所在。

精英文化与通俗文化关注点、兴趣点的不同，决定了两种文本的叙事策略的差别，对素材的取舍、增损的角度相异。这是导致两种文本中慧远形象迥异的直接原因。相对而言，精英文化在真实性方面崇尚信而有征，在思想情趣方面向慕高情雅韵，超凡脱俗，偏重高深义理的探讨。比如慧远隐于匡庐三十余年足不出山，遁迹泉林之间，与文酒风流的雅士交往，诸如建白莲社、虎溪三笑等情事，与精英阶层向往隐逸、远离尘俗的集体无意识密合无间。比如慧远与人谈易、教导徒众勤奋，发言玄远，意蕴深厚，与精英阶层重感悟、重抽象的取向比较吻合。这些体现了精英阶层的意趣与品位，能得到他们的领悟与欣赏，却无法进入通俗文化的视野，引起一般民众的共鸣。

通俗文化往往尚俗好奇，不太在意事情的真实与否，比较注重世俗情味，甚至流于荒诞鄙俚。在通俗文化文本中违反史实甚至常识的叙述时常可见，却并未受到苛求。因为通俗文化的受众主要是下层民众，而创作者基本上是粗通文墨的下层文人，他们要迎合下层民众的口味，上述慧远的雅事趣闻符合文人的品位，与下层民众的趣味却没有交集，因而在话本中被摒弃未用。按照史实，慧远遁迹庐山不出三十年，期间没有波澜，不会有戏剧性故事的发生，难以满足俗众好奇的心理诉求。因此，话本虚构了慧远离开庐山的情节，并且这些情节占有主要的篇幅。话本依据尚俗好奇的标准镂空画影，增益了诸多反映下层民众趣味的情节。尚俗取向表现在对慧远形象的塑造上是尽量使之平民化、通俗化。比如慧远原本出身仕宦家庭之事不作交代，反而大写特写其两度为奴仆，先是白庄的马前驱使，又做崔相公的家奴，随之描写了口马牙行买卖人口等市井生活。其"额广眉高，面如满月，发如涂漆，唇若点朱"的肖像描写，让人感觉更像才子佳人小说中的俊美书生。经过这样的艺术处理，慧远形象的世俗味、烟火气大增，拉近了与受众的距离，符合其接受心理。尚俗取向体现在思想内容上是极力强化劝惩意图，设计了因果报应的情节框架，使之明白浅显，更易于为下层民众接受，起到震慑的宣教效果。如沈榜所云："若彼愚夫愚妇，理喻之不可，法禁之不可，不有鬼神轮回之说，驱而诱之，其不入井者几希。"①在后世的通俗小说中表现果报观念的小说比比皆是，道理即在于此。

好奇取向体现在通过奇异荒诞情节的营构使慧远形象神秘化、神奇化。比如，为了突出慧远诵《涅槃经》的效果，作品写道："是［时也］，经声朗朗，远近皆闻；法韵珊珊，梵音远振。敢（感）得大石摇动，百草亚身；瑞鸟灵禽，皆来赞叹。"为了强调化成寺来源的神异性，写造寺的过程："树神奉敕，便于西坡之上，长叩三声，云雾斗暗，应是山间鬼神，悉皆到来。是日夜（也），拣鍊神兵，闪电百般，雷鸣千锤（种），彻晓喧喧，神鬼造寺。"为了凸显慧远作《大涅槃经疏抄》契合佛心，先后设置了掷笔空中（屹）然而住、《疏抄》火不能烧之、水不能溺之等三个离奇情节。此外，阿閦如来向慧远说明他与白庄、崔相公的前世因果并约其偿债后在庐山相见；慧远卖身崔府，帝释变作崔相公使下为其牵线，与崔相公梦神之兆相符；慧远两次梦见十方诸佛，催其早证涅槃之位；远公左膊腕有肉环，放大光明；慧远白日飞升；造法船上升兜率天；白庄庐山行劫本无人知晓，土地神密现神通预警庐山众僧等。诸如此类情节外加慧远"身有白银相光"的"菩萨相"，使之成为混迹人间的神话式人物。在精英文化的视野中，这是鄙俚荒诞的，却非常符合下层民众的胃口。

尚俗、好奇的审美品位造成神秘化与平民化的两种相反相成的艺术处理手段，神秘化通过奇异的事件、耸人听闻的内容，满足了普通民众崇拜英雄、超人的文化心理情结，平民化通过下层民众比较熟悉的生活，使故事、人物充满人情味、烟火气，使之拉近距离，便于接受。这对以后的通

① 沈榜：《宛署杂记》，北京古籍出版社1982年版，第236页。

俗小说如神怪小说影响深远。

结　语

由以上分析可以看出慧远形象在精英文化视域与通俗文化视域中呈现出怎样的差异。一般而言，精英文化崇实征信，通俗文化尚俗好奇，"历史学家心中所关注的，就是去发现这些事实所包含的那种模式（和旨趣）；小说家可以根据他心中想要表现的人的行动和价值的方式，去选择或者'创造出'一些事实来"[①]。由此决定了两者立场的不同，素材的取舍不同，价值取向的不同，因此，在两种不同类型的文本描述同一人物就会呈现出迥异的面貌。

［原载《合肥工业大学学报》2010年第5期，与张舟合作］

[①] 克林斯·布鲁克斯、罗伯特·潘·华伦编：《小说鉴赏》，主万等译，中国青年出版1986年版，第65页。

附录 《中国宝卷总目》补遗

一、《中国宝卷总目》的体例及贡献

  车锡伦先生主要依个人之力，赖友朋之助，穷十五年之光阴，编出了《中国宝卷总目》（为论述方便，以下均称车目）这样一部皇皇巨著，实乃研究宝卷者之梯航，裨益学界不浅，可谓厥功甚伟。车目在以往学者宝卷编目的基础上广事搜求，收罗宏富，共著录了中国国内和海外公私收藏的宝卷1579种，版本5000余种，宝卷异名1000余种。车目主要著录了以下内容：入编的宝卷以较通行的卷名为正名，并在其下注出异名；有简单题解，且注明宝卷的编撰者、归属、版本、收藏者及机构等情况，非常详备。车目体例中尤其值得称道的是，按音序、笔画精心编排了宝卷及其异名的检索系统，搜寻起来十分方便。从中我们能看出车先生用力之勤、经营之苦。可以说，车目是继郑振铎《佛曲叙录》、胡士莹《弹词宝卷目》、李世瑜《宝卷综录》后的又一部里程碑似的作品。它的出版必然会推动宝卷研究往纵深方向发展。但是，确如车先生在该书后记中所言："笔者虽尽力而为，惜未能将各地收藏宝卷一一过目。时下海内外公私收藏亦续有发现，本书疏漏之处在所难免。修订、补充，期待于后之学者，是所至望。"正是在车先生热望的鼓舞下，笔者不揣浅陋，就闻见所及，力图给车目作一补编，供宝卷及古典文学的研究者参考。

安徽师范大学图书馆善本室收藏有题为清代逃禅居士集的《宝卷汇集》，共收一百二十种作品，是全国宝卷收藏较集中的机构之一。《宝卷汇编》中的藏品全是抄本，良莠不齐，有抄写相当隽秀的精抄本，有抄写极陋不堪读者，亦有因误抄而多处涂改者。笔者仔细研读了全部抄本，并一一对照检索了车目中的宝卷及其异名的著录，共辑得有补佚、版本和校勘价值的宝卷三十种。现将其分为三种情况作一简单介绍：即作品车目未著录的，异名车目未著录的，卷末年代题记比车目早的。

二、作品车目未著录部分

（1）《烂柯山宝卷》，系旧抄本，一册，一卷，无抄写人及其年代可考。抄写比较认真，字一般，但涂改处少，错处几无。半页八行，行十八字，全卷二十一页。书口上半写有"烂柯山"，下半写有"吴惠棠志"。名为"烂柯山宝卷"盖因故事中朱买臣未发迹前在烂柯山砍材度日而得。卷首起自"且说汉朝浙江省会稽地方有一人姓朱名买臣"，讫于"买臣进京谢皇恩，官封职大不非轻。一路为官多清正，子孙显贵耀门庭。迅速光阴容易过，买臣八十有余另。此时伸表来告老，奉旨浩（据语境当为告之误）老转家门。一子成亲女出嫁，一生快乐过光阴。夫妻日日来念佛，功成行满上天庭。痴梦卷，宣完成，诸佛菩萨尽欢忻。人欢佛喜消灾障，斋主获福保太平"。本篇叙汉朝朱买臣发迹前，娶妻崔氏，好吃懒做，强逼买臣至烂柯山砍柴。他在砍柴卖柴时仍手不释卷，加之不懂经营，以致度日维艰。崔氏整日与之吵闹，逼要休书，搅得家里鸡犬不宁。一冬日雪天，买臣砍柴归家途中跌落河里，丢了扁担，冻饿非常，反遭崔氏辱骂，坚决与其分手并改嫁木匠张三。买臣无奈以写春联为生，因而被推荐到富家教书坐馆，后参加科考，以进士第一名的身份被封会稽太守。他到任后传唤崔氏与张三，崔氏妄图与其重新修好，买臣以"覆水难收"来拒绝。她悔愧难当，在归途上投水而亡。皇帝将宰相石庆之女千祥嫁于买臣，生一男一女，各已婚嫁。夫妻共同念佛修行，最终升上天庭。卷中对崔氏乃白虎精投胎，会给人带来灾殃大加渲染，极尽嘲骂之能事，反映了市民文艺思想落后的一面，这是需要加以批判的。全篇以宣扬佛教思想为主，同时也羼有道教思想，体现了民间宗教信仰的混杂不清。按：本事取自《汉书·朱买臣传》，在通俗叙事文学中，演绎此事者尚有宋元戏文《朱买臣休妻记》，元杂剧《朱太守风雪渔樵记》《会稽山买臣负薪》，明代通俗小说《古今小说》第二十七卷《金玉奴棒打薄情郎》之头回演此事且有覆水难收的情节与宝卷相似，《国色天香》卷七《买臣记》亦有此事。明清传奇有《佩印记》《露绶记》《烂柯山》《渔樵记》等。此外，《醉醒石》第十四回中的莫女事与朱买臣妻相类，结尾评论也说她"生前贻讥死后贻臭"，"是朱买臣妻子之后一人"。

（2）《油坛宝卷》，系旧抄本，一册，一卷，无抄写人及其年代可考。半页七行，行二十二至二十五字不等，全卷五十二页。首页有一枚阴文小印，字已不可辨。卷首起自"叹息青春运未通，华堂锦室尽见空，早知今日买卖贱，悔不当初学务农也"。讫于"世上无双杀子事，宣扬四季定太平。油坛宝卷宣完满，传说世上众人听。经也完来卷也完，佛也欢来人也欢。佛圣两欢添吉庆，一年四季保安宁。斋主年年增福寿，两防贺佛永康宁。会上因缘三世佛，文殊普贤观自在。诸尊菩萨摩诃萨，摩诃般若波罗蜜"。名"油坛宝卷"盖因其为徐氏藏碎尸之所。本篇叙通州南门外天齐庙巷王世成娶妻徐氏，生子官保，后数年又生女金定。官保敏而好学，进学堂深得先生钱正林喜爱。后来王世成病故，徐氏与天齐庙的和尚纳云通奸，一日官保撞破奸情，并到庙里威胁纳云。徐氏因此生杀子之心，金定获知后到学堂告之哥哥。先生得知，不信，以为"虎毒尚不食子"，乃执意送官保回家。哪知徐氏竟残忍地杀子并将其碎尸后，藏在床下的油坛里。翌日，钱先生不见官保，心生疑虑，前去询问，徐氏说官保在舅舅徐光中家，但钱先生路遇徐光中，谎言被戳破。当晚，官保的鬼魂向钱托梦，次日，金定证实了哥哥已遇害。钱先生到官府告状，荆老爷也不信会有此事，将钱先生下狱，后官保又向荆老爷托梦，乃派人去找到藏碎尸的油坛，人赃并获。徐氏与纳云被诛，荆老爷将金定许配给钱先生之子。全卷故事情节比较曲折离奇，特别是对纳云和尚通奸后不愿杀害官保的心理刻画很真实。按：据宝卷中"乾隆三十八年事，和尚事情八月中，一说实情无虚话，字字行行尽事情"。"乾隆年间到如今，□□学得正林样。"（中间两字不可辨）可以据此推断，此事是清朝乾隆年间发生的真事，因为是一桩非常奇特、不合常理的惨案，所以一直在民间流传，并被作为宝卷题材来宣讲。卷中主要以此骇人听闻的奇事为载体来宣扬佛家的因果报应思想。

（3）《猫儿祝寿宝卷》，系旧抄本，一卷，无抄写人及其年代可考。半页八行，行二十字，全卷共四页。起自"百样为善孝为先，来世投猫有分别。大众难得听猫话，猫儿祝寿世罕闻"，讫于"前世不修今受苦，修来投于富家门，前世借了义债分还清，耕牛就是还债人"。写三人转世投胎为猫，其中张龙在世修行投胎为乌云盖雪，张虎乃在世念佛人，投胎为雪里拖枪，张彪是行恶人，投胎为偷粪老鼠。王丞相将乌云盖雪送于皇帝，雪里拖枪留给自己，将偷粪老鼠交给百姓。一日三鼠向老猫祝寿，老猫命三鼠各念佛偈祝寿，程明道懂兽语，与王丞相一同听三鼠祝寿，老大、老二表明在君王和丞相家享尽清福，而老三则诉说在百姓家受尽苦楚，最后点明前生修福后世有报。本宝卷主要以拟人方法表现佛家的业报、轮回思想，意主劝世修行。

（4）《荤素分明宝卷》，系旧抄本，一卷，无抄写人及其年代可考。半页八行，行二十字，全卷共二页。起自"夫吃荤来妻吃斋，西方路上各自飞。吃素为善仙桥过，吃荤难免地狱门"。讫于"你吃羊肉我吃斋，奈何桥上见高低。奉劝在堂诸大众，修行吃素最便宜"。本篇叙山东谢子岐每日吃荤，其妻邹氏吃素并劝夫君吃素，谢不听。谢先死，因生前吃荤备受折磨，三年后，在奈何桥下遇见邹氏过仙桥，求其救命，乃言明因果报应，生前吃素获好报，吃荤受恶报。从内容看，完全是宣扬素食修行、不杀生，以免来世遭恶报的佛教思想的宣传品。

（5）《鹿度樵夫宝卷》，系旧抄本，一卷。半页八行，行二十字，全卷共三页。起自"为人有恩须先报，莫做忘恩无义人。有恩不报非君子，有仇莫冤认为人"。讫于"善恶到头终有报,不知早来与迟来"。本篇叙山东泰望山樵夫杨利及砍材落入涧中,被修行五十年的鹿救了性命。但马上心生歹意,要杀鹿,未果。又想让两猎户杀之,鹿将前情告之,五只小鹿也哀告乞免,猎户遂不忍下手。杨的恶行遭到天谴,被雷劈死在鹿门。作品主要宣扬忘恩负义必有恶报的思想。

以上三种再加《红脸托钵宝卷》《五虫争斗宝卷》《金锭宝卷》《孝媳宝卷》共七种一同抄在一册上,这种体例在《宝卷汇集》中仅一见,非常奇特。

(6)《欺贫宝卷》,系旧抄本,一册,一卷。半页八行,行或二十六或二十八字不等,全卷六十二页。卷首题为《欺贫宝卷》,盖以故事内容命名,卷末题有《玉球宝卷》之名,盖因"玉球"乃定亲信物而名。又《宝卷汇集》目录中著录为《欺贫宝卷》,而其他无与其重名者,可以确信此本即《欺贫宝卷》。本疑它与车目0806条《欺贫害婿宝卷》同,经在中国社科院文学所查对,后者乃《黄糠宝卷》之异名,遂知两种实为不相干之宝卷。起自"欺贫宝卷初展开,诸佛神圣座莲台。在堂大众同声贺,福寿多子永齐来。……",讫于"劝人莫做欺心事,莫道无佛也无神。玉球宝卷宣完满,诸佛世尊尽喜欢"。本篇叙元朝浙江金华府杨乾夫妇之子杨素与尚封雷之女定亲,但杨乾夫妇亡故后家庭又连遭灾变,遂穷困不堪。尚封雷两个儿子皆在朝为官,尚封雷与长子嫌杨素贫穷,千方百计欲悔婚约。尚夫人、次子夫妇和尚小姐坚持婚约不能悔,三番五次与尚封雷斗智斗勇,并大获全胜。最后杨素在他们的支持下得中状元,举家欢欣无比。

三、异名车目未著录部分

(1)《南无吉祥菩萨宝卷》,按:内容乃演绎汉文帝时开宗义家七世不分家之事。检车目宝卷正名及异名中均无此名,因疑其为未著录者。然《宝卷汇集》的目录著录了《开家宝卷》,而全部作品除此外无叙开家事者,据此可知其必为《开家宝卷》之异名无疑。车目0563《开家宝卷》条下注：又名《发财宝卷》《七代宝卷》《忠孝天颜宝卷》。0564《开家宝卷》条下注：又名《弥勒宝卷》。均无此异名，应予补入。

（2）《双奇宝卷》，按：其内容与《双奇冤宝卷》同，均敷演熊友兰、熊友蕙兄弟双双蒙受冤屈，最后况钟为之昭雪事。唯抄写小异。对此，车目分为两条来著录。车目1242《双奇宝卷》条下注仅存一册。车目1245《双鼠奇冤宝卷》条下注：又名《十五贯宝卷》《双奇冤宝卷》《访鼠宝卷》《冤缘宝卷》《双熊梦宝卷》。参见《十五贯宝卷》《奇冤宝卷》。据此，《双奇宝卷》乃其同卷异名无疑。乃疑车目著录的《双奇宝卷》条，因未曾寓目，而将同卷异名当作两种来著录了，经在中国社科院文学所查对，证实了我的想法。因而，这两条应并入一条著录方为妥当。

（3）《双惜錄录宝卷》，存上卷，佚下卷。卷末有"琴川王大统抄 娄东沈小云藏"的题记。按：考其内容惟人名"王均荣"此卷作"王君荣"，抄写略异外，同于《三景阁宝卷》。车目1343《三景图宝卷》条下注：又名《三鼎甲宝卷》《三景阁宝卷》《三锦阁宝卷》《昆仲宝卷》《昆仲贤良宝卷》《三贤宝卷》等。此异名车目未著录，应予补入。

（4）《五虫争斗宝卷》，按：其内容与《五虫宝卷》同，均叙公冶长懂兽语，听五虫各自夸耀本领之事。唯抄写稍异。据车目1510《五虫宝卷》条注，唯中国社科院文学所藏王铭卿抄本一册。无此异名，当据以补入。

（5）《红脸托钵宝卷》，按：其内容与《红脸古迹宝卷》同，均叙红脸僧化斋时救蛇，蛇恩将仇报事，颇类东郭先生故实。唯抄写稍异。据车目0611《红脸古迹宝卷》条注，唯中国社科院文学所藏一册光绪十六年抄本。无此异名，理当补入。

（6）《桃花女延寿宝卷》，按：其内容与《桃花宝卷》同，唯抄写略异。车目0344《桃花宝卷》条下注：又名《桃花延寿宝卷》《顺星桃花延寿宝卷》。参见《桃花女宝卷》《女延寿宝卷》。均无此异名，应予补入。

（7）《黑心宝卷》，按：其内容与《西瓜宝卷》同，唯抄写略异。车目0873《西瓜宝卷》条下注：又名《西瓜古典》《黑心种西瓜宝卷》《李黑心宝卷》《欺心宝卷》《爱花伤身宝卷》《斋僧宝卷》。均无此异名，应予补入。

（8）《西瓜记宝卷》，按：其内容与《西瓜宝卷》同，唯抄写略异，是它的又一异名，也应补入。又作品中名为《西瓜记宝卷》，而逃禅居士《宝卷汇集》的目录著录为《西瓜宝卷》，此乃两者同卷异名的一个旁证。

（9）《大士世尊化成家堂五圣宝卷》，按：卷名正下盖有阳文"高嘉玉"的方印，且卷末题有"高嘉玉 崧泉沐手抄习""岁次丁卯桃月中旬五日完"。其内容与《家堂宝卷》同，唯抄写小异，车目0710《家堂宝卷》条下注：参见《观音家堂宝卷》《家堂财神宝卷》《家堂灶界宝卷》。无此异名，应予补入。

（10）《观音游地府宝卷》，按：其内容与《观音游殿宝卷》同，唯抄写小异。车目0553《观音游殿宝卷》条下注：参见《观音大世游十殿阴阳善恶报应人心宝卷》《香山说要宝卷》。无此异名，应予补入。

（11）《兰香宝卷》，按：其内容与《兰香阁宝卷》同，唯抄写稍异。又逃禅居士《宝卷汇集》的目录著为《兰香阁宝卷》，而作品名为《兰香宝卷》，这是其为异名的一个旁证。车目0409《兰香阁宝卷》条下未注此异名，当据此补入。

四、年代题记较车目早的作品

（1）《唐僧宝卷》，车目0338条著录最早者是傅惜华收藏的道光二十一年（1841）抄本，一册。而《宝卷汇录》收的本子是两册本，卷末题有"时维 道光元年桂月下旬 弟子浦正芳沐手钞"。即此本的抄写是在1821年8月（此为阴历记月，以下均同），比傅惜华藏本要早二十年。

（2）《蟆蛉宝卷》，车目0138条著录的最早者是北大馆藏的一册民国壬戌十一年（1922）抄本。而此本卷末题有"光绪十一年岁次 乙酉榴月昱日 安心逸河巷浜抄录"，即其抄写年代是1885年5月，比车目著录的要早三十七年。

（3）《雕龙扇宝卷》，车目0293条著录最早者是苏州藏一册光绪十七年

（1891）抄本。而此本卷末题有"飞龙同治戊辰岁次　桃月吉日　晋昌唐山甫录"，即抄写年代为1868年3月，比苏州藏本要早二十三年。

（4）《香蝴蝶宝卷》，车目0913条著录最早者是南开藏一册光绪四年（1878）华世卿（眉轩）抄本。而此本卷末题有"同治十三年杏月　昱高廷佐抄录"，即其抄写年代为1874年2月，比南开藏本要早四年。

（5）《姻缘宝卷》，车目1433条著录最早者是北京藏一册清光绪三十三年（1907）抄本。而此本分两册两卷，上卷卷末题有"天运悝癸丑岁菊月念日　欧品祥抄录""共五十叁板敬选"，即其抄写年代为1913年9月。下卷卷末题有"大清光绪念陆年太岁庚子榴月　欧品祥敬选""共□□板"中间两字漫漶莫辨，它的年代为1900年5月，比北京藏本早七年。而且，这里还有一个值得注意的现象，欧品祥先抄下卷，隔了十三年以后才抄完上卷。

（6）《发财宝卷》，车目0159条著录最早者是中国社科院文学所藏一册民国九年（1920）李茂枝抄本，卷名《美玉宝卷》。此本则无前题，据卷首首句和《宝卷汇集》的目录，可以断定就是《发财宝卷》，卷末题有"天运同治四年岁次乙丑巧月下浣四知堂杨缘松秘藏记"，既曰"秘藏记"，则其抄写年代必早于此，即至少要早于1865年7月。换言之，它的抄写年代至少比文学所藏本早五十五年。

（7）《六神宝卷》，车目0479条著录的最早者是首都藏一册清光绪五年（1897）抄本。而此本卷末题有"时维　道光八年正月□日　滦泉周炳沐手敬抄"即其抄写年代是1828年，比首都藏本要早五十一年。

（8）《姑嫂同修宝卷》，车目0531条著录最早者是苏州藏一册光绪十六年（1890）年吴维松抄本。而此本卷末有题记"道光十一年榴月上旬　滦泉周炳录"，即其抄写年代为1831年5月，比苏州藏本要早五十九年。

（9）《四喜宝卷》，车目0595条著录最早者是北师藏一册清光绪元年抄本。而此本卷末题有"天运咸丰三年岁次癸丑杏月昱抄录　钱永山"，即其抄写年代为1853年2月，比北师藏本早二十二年。

（10）《红袍宝卷》，车目0247、1263条著录最早者为郑州藏一册光绪十一年（1885）陶继贤抄本。此本卷末题有"大清光绪六年□月抄万芳□"月前芳后各有一字漫漶，不可辨。它的抄写年代为1880年，比郑州藏本要早五年。

（11）《描金凤宝卷》，车目0131条仅著录两目，其中有抄写年代的，是苏州藏一册民国庚午十九年（1930）胡文忠抄本。而此本卷末题有"光绪十八年六月　汇龙庵尼应修藏"，既名曰"藏"，则其抄写年代必早于1892年，至少要比苏州藏本早三十年。

（12）《养亲宝卷》，车目1410条著录两目，其中有年代题记的是北大藏二册乙酉年抄本，不能断定是哪一年。而此本卷末则题有"光绪念玖年菊月日立谷旦　赵凤鸣沐手抄顶"，即其抄写年代是1903年9月，可能比北大藏本早也未可知，今录之备考。

（13）《皇封宝卷》，车目0666条仅著录首都藏一册旧抄本，没有抄写年代题记。而此本卷末则题有"时维　道光十三年癸巳杏月朔弟子姚茂芳谨立"，即其抄写年代为1833年2月。其抄写年代或早于首都藏本也未可知，今录之待考。

［原载《文献》2002年第4期］

后 记

　　1993年大学本科毕业之后，我被分配到淮南一中任教两年，在此期间对学术研究的路径、学术论文的写作缺乏清晰、明确的认识。1995年，我考回安徽师范大学攻读硕士学位，师从赵庆元先生研习元明清文学，在赵老师的精心指导下，刻苦学习，颇有收获，由一个只会看热闹的门外汉，转变成能够看出一定门道的研究生。在攻读硕士学位期间，发表了3篇元杂剧方面的学术论文，为进一步深造打下了基础。2000年我考入中国社会科学院研究生院攻读博士学位，师从张锡厚先生修习敦煌文学，进一步拓展了学术视野，提高了研究能力。

　　如果把我1997年发表第一篇学术论文算作步入学术界的起点，至今正好是20年。安徽师范大学文学院出版学术文库给我提供了回眸20年教研生涯的良机。"蜗牛背着那重重的壳呀，一步一步地往上爬"，这句歌词是我20年学术历程的形象写照。由于生性疏懒，本人虽然始终处于爬坡状态，但提速增效非常缓慢，迄今为止仅出版1本学术专著，发表30余篇学术论文，年均发表论文1.5篇左右。与诸多学界先后入道的朋友、文学院的后起之秀相比，时常感到汗颜。他们的精力充沛、勤勉努力使我难以望其项背，实现弯道超越只有寄希望于将来。这次选择在各种学术期刊发表的27篇论文结集出版，因为研究领域主要集中在中国古代小说、古代戏曲方面，故名之为"中国古代叙事文学研究"。收入其中的论文，有的保持原貌、一仍其旧，有的补充材料，做了修改润色，可以看作是本人学术研究工作的阶段性总结。由于本人资质愚钝，学问荒疏，书中舛误之处在所难免，真诚期待各位看官的批评、指正。

"回首向来萧瑟处，也无风雨也无晴"，苏东坡的词句恰是我这四十五年人生征途的形象注脚。对我而言，高考、考研、考博均是超常发挥，一帆风顺，家父、家母身体健康，妻子贤良，儿子优秀，家庭和谐，生活无虞。教书育人不忘初心，朋友交往真诚相待，职称晋升按部就班。生活平淡无奇，波澜不惊，既没有什么波峰，也没有什么波谷。因而，我难以深切体会古人"不如意事常八九""可与人言无二三"的慨叹。当然，成为大学教师对我是个意外。本人生性好动，爱好广泛，喜欢热闹，坐不住冷板凳，曾经坚信自己不适合做教师，尤其不适合做大学教师，也有过几次改行的机会，由于种种原因均无果而终，或许这就是所谓的宿命。我走上这条道路，并且貌似还算平顺，许多大学同窗每每"大跌眼镜"。既然肩负教书育人的使命，就要干好这个良心活，努力做个合格的大学教师，我常以"千万不能误人子弟"警醒自己。做一个大学教师是辛苦的，今年年初一篇《大学老师从不加班，因为他们从不下班》的文章刷爆了朋友圈，文中对此有深入的分析。做一个优秀教师也是幸福的，这种幸福不是来自于待遇，而是来自于学生，来自于他们课堂上的认真聆听，来自于他们课后的踊跃请益，来自于他们年节时的诚挚问候，来自于他们多年之后的回忆……时光如白驹过隙，倏忽已至中年，两鬓已染霜华，不知不觉之间我完成了年轻教师向资深教师的转变，慢慢地竟然也有了"桃李满天下"的感觉。近年来在国内各高校做学术交流，总能邂逅曾经的学生，看到他们的成长、成熟，听着他们发自肺腑的感谢，对于教师而言，还有比这更幸福的时刻吗？

人贵有自知之明，我的自我评价是有自知之明且心态良好。王梵志有白话诗："他人骑大马，我独跨驴子。回顾担柴汉，心下较些子。"我常以此调整心态，杜绝攀比。凡事有利有弊，这也经常成为自己不积极进取的借口与托辞。如果说我的教学科研工作有些微进益，那么主要得归功于赵庆元先生、张锡厚先生的耳提面命和精心栽培。我进步的缓慢主要是个性疏懒和用力不勤所致。两位恩师对我期许甚高，而我取得的成绩却微不足道，以后定当奋力前行，不辜负恩师对我的期望。

　　最后，我要衷心感谢发表拙文的《文学遗产》《文献》《戏曲艺术》《戏曲研究》《明清小说研究》《中国社会科学院研究生院学报》《文史知识》《安徽师范大学学报》《学术界》《文学评论丛刊》《广州大学学报》等学术刊物的编辑老师，感谢文学院历任领导、老师、朋友的关心和支持，感谢学术界关爱、提携我的各位师友，感谢安徽师范大学出版社领导、编辑的辛勤付出。

王　昊
二〇一七年一月